DROEMER ✱

AMSEL, DROSSEL, TOT UND STARR

Mona Nikolay

SCHREBERGARTENKRIMI

DROEMER ✦

Besuchen Sie uns im Internet:
www.droemer.de

Aus Verantwortung für die Umwelt hat sich die Verlagsgruppe
Droemer Knaur zu einer nachhaltigen Buchproduktion verpflichtet.
Der bewusste Umgang mit unseren Ressourcen, der Schutz unseres
Klimas und der Natur gehören zu unseren obersten Unternehmenszielen.
Gemeinsam mit unseren Partnern und Lieferanten setzen wir
uns für eine klimaneutrale Buchproduktion ein, die den Erwerb
von Klimazertifikaten zur Kompensation des CO_2-Ausstoßes einschließt.
Weitere Informationen finden Sie unter: www.klimaneutralerverlag.de

Originalausgabe September 2022
Droemer Taschenbuch
© 2022 Droemer Verlag
Ein Imprint der Verlagsgruppe
Droemer Knaur GmbH & Co. KG, München
Alle Rechte vorbehalten. Das Werk darf – auch teilweise – nur
mit Genehmigung des Verlags wiedergegeben werden.
Dieses Werk wurde vermittelt durch die
AVA international GmbH Autoren- und Verlagsagentur
Redaktion: Nina Hübner
Covergestaltung: Carola Bambach
Coverabbildung: Collage von Carola Bambach
unter der Verwendung von Bildern von Shutterstock.com
Innenteilabbildungen: LigKo/Shutterstock.com
Satz: Adobe InDesign im Verlag
Druck und Bindung: CPI books GmbH, Leck
ISBN 978-3-426-30867-7

2 4 5 3 1

KAPITEL 1

Das erste Mal seit Monaten ging Schmittchen leichtfüßig in Richtung Vereinsheim. Auf den heutigen Tag hatte er schon sehr lange hingefiebert – so wie die meisten seiner Mitstreiter ebenfalls. Von neunzig Prozent der Gartenfreunde in ihrer Anlage ganz zu schweigen. Die Vorstandssitzung stand an, und er hatte ein gutes Gefühl. Endlich würden diese ewigen Streitigkeiten ein Ende nehmen. Wenn dafür ein bisschen mehr Arbeit an ihm hängen blieb, nun, dann war es eben so. Ihm auch schon egal; alles war besser als der Istzustand.

Der Vorstand tagte zweiwöchentlich im Konferenzraum des Bezirksvorstandes am Eingang zur riesigen Kleingartenanlage Rosenthal. Schmittchen selbst hatte dafür gesorgt, dass sie diese Räumlichkeiten nutzen durften. Er saß in beiden Vorständen. Es war ein wunderschöner Freitagabend, nach einem sehr heißen Tag Anfang September. Für viele die beste Zeit des Jahres; überall roch es nach Grillkohle, und in den Gärten wimmelte es nur so von Menschen. Auch wenn er die Einsamkeit schätzte, mochte er es, die Anlage so voll zu sehen. So sollte es doch sein, oder nicht? Wobei er mit leisem Bedauern feststellen musste, dass die meisten Gartenfreunde ihre Pflichten zugunsten sommerlicher Freuden hatten schleifen lassen. Ein Effekt, der jedes Jahr zuverlässig und unmittelbar nach der Gartenbegehung im Juni eintrat.

Menschlich war das nachvollziehbar, und tatsächlich waren die Gartenarbeiten, die im Frühjahr anfielen, deutlich wichtiger als das Nacharbeiten im Sommer. Schmittchen gefiel es trotzdem nicht.

Dass heute Abend niemand mehr werkelte, war allerdings kein Wunder. In etwas über einer Stunde würde das Fußballspiel Union

Berlin gegen Hertha BSC angepfiffen. Ein Heimderby, das ausnahmslos alle Gartenfreunde der Anlage vor die Bildschirme locken würde. In vielen Gärten konnte er schon die Vorberichterstattung laufen hören. Schmittchen schmunzelte in sich hinein. So unkreativ manche bei der Bestückung ihrer Beete waren, so sehr wuchsen sie über sich hinaus, wenn es darum ging, den Fernsehempfang im Garten zu sichern. Er selbst hatte für Fußball nichts übrig, aber heute spielte er ihm in die Hände. Er hatte die Sitzung extra so gelegt, damit sie zeitlich nicht ausartete.

Wie immer kam er ein kleines bisschen zu spät. Schmittchen mochte es nicht, auf andere zu warten, auch, weil er dann Small Talk betreiben musste, was er ebenso wenig mochte. So kam er immer als Letzter, was ihm die Möglichkeit gab, die Sitzung direkt zu eröffnen. Schnell überprüfte er, ob auf jedem Platz eine Tagesordnung lag und an seinem Pult ein Glas Wasser stand, was beides der Fall war.

Schmittchen durchmaß den Raum mit wenigen Schritten, nickte in die Runde und räusperte sich. »Sind wir vollzählig? Gut. Dann kann es ja losgehen.« Er räusperte sich erneut. Tagelang hatte er überlegt, wie er den Tagesordnungspunkt eins umschreiben sollte. Was er sagen sollte. In seinem Kopf hatte er alles immer wieder hin und her gewälzt, es war kaum zum Aushalten gewesen. Zu einem Ergebnis, das ihn zufriedengestellt hätte, war er allerdings nicht gekommen. Manche Dinge konnte man einfach nicht blumig umschreiben.

»Ihr wollt sicher alle schnell wieder zurück in eure Gärten, das Wetter ist ja herrlich, und das Spiel fängt gleich an.« Um ihn herum erhob sich zustimmendes Murren. Seine Vorstandskollegen waren nicht in der Stimmung für eine Sitzung; Schmittchen hatte aus dem Augenwinkel gesehen, wie einige ihre Mollen hinter die Stuhlbeine geschoben hatten, als er reinkam. Bestimmt hatte Theo sie versorgt. Schmittchen fand, man könne ja auch mal eine Stun-

de auf sein Bier verzichten, doch er hatte keine Lust, sich zu streiten. »Kommen wir also direkt zu Tagesordnungspunkt eins«, fuhr
er fort und atmete noch einmal tief durch. »Die Verabschiedung
unseres geschätzten Vorstandsmitglieds Maik Reu…«

»Da muss ich einhaken, Schmittchen«, unterbrach ihn Maik
Reuter ziemlich unhöflich, und Schmittchen hielt irritiert inne.

»Wieso das?«, fragte er und hob die rechte Braue.

Maik stand auf. Sein Schultheiss ganz offen in der rechten Hand
haltend grinste er breit und schaute von einem zum anderen.
Schmittchens Herz begann, unangenehm schnell zu klopfen. Er
kannte dieses Grinsen. Und er mochte es nicht.

»Weil ich es mir anders überlegt habe, deshalb. Du kannst dir
deine Lobeshymnen sparen, Schmittchen, ich bleibe euch erhalten.« Nun grinste er noch breiter, seine Mundwinkel erreichten
fast die Ohrläppchen, während Schmittchens linkes Auge zu zu-
cken begann.

Im Raum hätte man eine Stecknadel fallen hören können. Die
anderen Vorstandsmitglieder schauten so entgeistert drein, wie er
sich fühlte. Maik schien es entweder nicht zu bemerken, oder es
interessierte ihn nicht.

»Aber … aber ihr habt doch gebaut!«, sagte Schmittchen nun,
weil ihm nichts anderes einfiel. »Du hast den Pachtvertrag gekündigt.«

»Schon«, bestätigte Maik. »Aber du klagst doch seit Jahren über
zu viel Arbeit. Und da es hier sowieso immer einen Mangel an
Freiwilligen für die Vorstandsarbeit gibt, dachte ich, es könnte
nicht schaden, dabeizubleiben. Um dich und euch alle weiter zu
unterstützen.« Maik wippte fröhlich auf seinen Flip-Flops auf und
ab. »Ich finde das ziemlich nobel von mir, immerhin ist der Job
verdammt schlecht bezahlt. Freut ihr euch denn gar nicht?« Ohne
eine Antwort abzuwarten, fuhr er fort: »Nein, ich lass euch nicht
hängen. So einer bin ich nicht.« Triumphierend sah er in die Run-

de. »Und wo ich gerade stehe: Ich brauche noch Freiwillige für die Baumschnittaktion in unserem Wäldchen am Samstag. Ich schlage einen Aushang am Schwarzen Brett vor. Machst du das, Schmittchen?«

»Ja … also … gut … also.« Schmittchen stotterte. Und er hasste es. Sein Blick huschte von einem Vorstandsmitglied zum nächsten und zum übernächsten. Keiner sagte auch nur ein Wort. Und bei einigen war das auch sehr, sehr viel besser so. Der Kopf seines Kassenwarts Ralf stand kurz vor der Explosion, und Marianne sah aus, als würde sie gleich in Ohnmacht fallen. Gabi gab ihm mit Blicken sehr eindeutig zu verstehen, dass sie von ihm erwartete, Maik rauszuwerfen. Wenn er nicht wollte, dass die Situation eskalierte, musste er dringend handeln. Nur wie?

Er nahm einen Schluck Wasser. Das war nicht gut. Es war überhaupt nicht gut. Mit zitternden Fingern ordnete er die Papiere vor sich auf dem Pult. Er hinterließ schwitzige kleine Abdrücke.

»Ja. Gut. Dann … ähm. Dann kommen wir also zu Tagesordnungspunkt zwei …«

KAPITEL 2

Mannes Rücken schmerzte. Vor allem der untere Bereich tat höllisch weh, und er wusste nicht, wie er sich noch hinsetzen sollte. Zum wiederholten Male versuchte er, eine Position in seinem alten Autositz zu finden, die wenigstens halbwegs komfortabel war, doch er scheiterte. Wie immer. Wie hatte er die unzähligen Fahrten bis an den Gardasee in diesen Sitzen eigentlich ausgehalten? Demnächst würde sich sein Steißbein durch die Haut ins Polster bohren.

Caro warf ihm einen halb irritierten, halb amüsierten Blick zu. »Kannst du nicht mal 'ne Minute still sitzen?«, fragte sie. »Du bist wie ein Kleinkind, das aufs Klo muss.« Seine Kollegin runzelte die Stirn. »Musst du?«

»Nein. Und selbst wenn, würde es dich nichts angehen.« Wenn Manne über eine Sache jetzt ganz sicher nicht sprechen wollte, dann über seine Verdauung. Er fühlte sich auch so schon alt genug. Die Rückenschmerzen reichten vollkommen.

Außerdem hatte Manne ein ganz anderes Thema, das er mit Caro diskutieren musste, bisher aber noch nicht die Gelegenheit gefunden, es anzuschneiden. Oder den Mut.

»Du kannst ruhig eine Pause machen, wenn du willst. Dir die Beine vertreten. Ich pass schon auf.«

Manne schüttelte den Kopf. »Es geht schon, danke. Außerdem fällt es irgendwie auf, wenn ständig einer von uns aus dem Auto steigt, sich anschließend wieder reinsetzt und trotzdem nicht losfährt. Ich will hier nicht umsonst rumhocken.«

Caro runzelte die Stirn. Ihr Blick wanderte zu der Bar auf der gegenüberliegenden Straßenseite, deren weit geöffnete Eingangstür und gut gefüllten Außenbereich sie jetzt schon seit Stunden anstarrten und deren Geschäftigkeit mit jeder Minute einladender wirkte. Selbst auf Manne, der nicht viel mehr als brennende Kerzen sah. Ihr Schein brach sich auf Bierflaschen und Cocktailgläsern. Er erkannte nackte Beine und ab und zu weiße Zähne in einem lachenden Mund. Der Rest wurde von der Dunkelheit verschluckt. Doch Manne wusste auch so, wie es gerade dort auf der Terrasse aussah. Seine Erinnerungen hatten alles gespeichert.

Obwohl die Sonne längst untergegangen war, war es immer noch sehr warm im Auto. Die Klamotten klebten ihm am Körper, und er hätte jetzt wirklich gern ein Bier gehabt. Die da draußen hatten alle kühle Getränke in der Hand; er selbst hatte nur eine Flasche mit lauwarmem Wasser. Aber Observationen waren nicht der beste Zeitpunkt, um Bier zu trinken.

»Meinst du, sie würden uns bemerken?«

Er zuckte die Schultern. »Das kann man nie wissen. Wenn wir einmal auffliegen, ist der ganze Auftrag futsch.«

Caro seufzte. »Und die Kundin zahlt wirklich gut.«

Sie lehnte sich auf dem Beifahrersitz zurück und ließ die Hand in eine riesige Tüte Gummiwürmer gleiten, die sie, zusammen mit einer Unmenge anderer Snacks, in der Tür verstaut hatte.

Wenn Manne zu Beginn ihrer Bekanntschaft noch gedacht hatte, ein so zartes Persönchen würde nichts anderes als Apfelspalten zu sich nehmen, so war er schnell eines Besseren belehrt worden. Caro aß eigentlich ununterbrochen, und vieles von dem, was sie sich in den Mund schob, würde seine Frau Petra wohl als »Zellgift« bezeichnen. Manne selbst musste wirklich aufpassen; die Monate mit Caro hatten ihn deutlich runder werden lassen. Das viele Herumsitzen im Auto tat sein übriges.

»Ich weiß nicht, warum ich immer mitkomme«, murmelte er und streckte seine Hand aus, in die Caro ganz selbstverständlich einen sehr klebrigen und viel zu weichen Gummiwurm legte. »Ich sehe nachts sowieso nichts.«

»Weil ich mich allein zu Tode langweilen würde und weil dein Auto kleiner ist als unseres.«

»Ich langweile mich auch mit dir zu Tode«, grummelte Manne und schob sich das Gummitier in den Mund.

»Warst du es nicht, der gesagt hat, ein Großteil unserer Arbeit bestünde aus Warten?«, fragte Caro mit vollem Mund.

»Hm«, machte Manne.

»Und wolltest du damit nicht sagen, das Ganze wäre vielleicht nichts für *mich*?«

Manne schluckte und spülte mit lauwarmem Wasser nach. Das klebrige Tier kroch nur sehr langsam die Speiseröhre hinab. »Ich wollte dir damit nur verdeutlichen, dass diese Arbeit vielleicht nicht so spannend ist, wie du sie dir vorgestellt hast.«

»Also ich bin hier nicht diejenige, die sich langweilt«, gab Caro grinsend zurück und legte noch einen Gummiwurm nach. »Im Gegenteil. Ich amüsiere mich prächtig.«

»Ach«, sagte Manne, weil ihm sonst nichts einfiel. Musste sie immer so gut gelaunt sein? Das war einfach nicht richtig. Da sie ihm jetzt aber so schön auf die Nerven ging, konnte er ihr im Gegenzug auch ein bisschen zusetzen. Mal schauen, ob sie dann immer noch grinste.

»Weißt du, was noch amüsanter wäre? Wenn du dich mal um das ganze Unkraut in deinem Garten kümmern würdest.«

Caro hörte auf zu kauen und sah ihn an.

»Guck nach vorne«, mahnte Manne. »Nicht dass wir sie jetzt auch noch verpassen.«

Caro wandte den Blick wieder in Richtung Kneipeneingang, runzelte aber verärgert die Stirn. »Du kommst auch von Kuchenbacken auf Arschbacken. Was soll denn dieser Themenwechsel jetzt?«, fragte sie gereizt.

»Tut mir leid, ich wusste nicht, wie ich da elegant hinleiten soll.«

»Gar nicht?«, schlug Caro vor, und Manne lachte.

»Das geht leider nicht.«

»Du weißt doch, wie wenig Zeit wir haben«, verteidigte sich Caro. »Eike muss arbeiten, und wir beide haben auch gut zu tun. Und Kinderarbeit ist verboten.«

Manne verschluckte sich fast am Rest seines Gummiwurms. »Ich weiß«, hustete er. »Aber so, wie euer Garten jetzt gerade aussieht, kann er auf keinen Fall bleiben!«

»Es ist eben ein Wildgarten«, sagte Caro spitz und verschränkte die Arme. »Ein Biotop.«

»Ein Schrebergarten ist kein Biotop und soll auch gar keins sein«, gab Manne streng zurück.

Caro legte den Kopf schief. »Steht in unserer Satzung nicht auch etwas darüber, dass wir angehalten sind, Insekten und Vögel zu schützen?«

»Schon, aber …«

»Schau. Die haben bei uns viel mehr Lebensraum als bei anderen Leuten. Bei euch zum Beispiel. Und soweit ich weiß, steht in der Bundeskleingartenverordnung auch gar nichts über Unkraut.«

»Natürlich nicht, aber …«

»Außerdem«, fuhr Caro ungerührt fort, »ist Unkraut Ansichtssache. Giersch beispielsweise ist essbar, der schmeckt gar nicht mal so schlecht.«

Manne musste gegen seinen Willen grinsen. »Du hast dich aber gut vorbereitet«, sagte er. »Man könnte meinen, du hättest diese kleine Rede auswendig gelernt.«

Er streckte die Hand aus, und Caro klatschte einen weiteren roten Gummiwurm darauf. Ein bisschen fester, als nötig gewesen wäre. Das Ding klebte unangenehm. Eigentlich wollte er es gar nicht essen. Aber jetzt musste er.

Caro verschränkte die Arme erneut. »War ja klar, dass du mir damit irgendwann kommen würdest. Herr *Vorstandsvorsitzender*.«

Manne schlug einen beschwichtigenden Tonfall an. »Schau mal, genau das ist das Problem. Ich bin nun mal der Vorsitzende unseres Vereins und muss dafür sorgen, dass unsere Regeln eingehalten werden. Und zwar von allen Mitgliedern! Wie stünde ich denn da, wenn ich ausgerechnet bei dir ein Auge zudrücken würde?«

»Wie ein anständiger Mensch?«, schlug Caro gereizt vor.

»Aber Caro, es haben alle ziemlich hart gearbeitet, damit ihr einen schönen Garten habt. Es ist nicht gut für die Stimmung, wenn ihr ihn so … verkommen lasst.«

»Wir lassen ihn doch nicht verkommen!«, protestierte Caro schnaubend. »Wir haben nur eine andere Vorstellung vom perfekten Garten.«

»Um eure Vorstellung geht es aber nicht. Es geht nicht mal um meine. Mir wäre es offen gestanden egal, was ihr in eurem Garten treibt, wenn der Bezirksvorstand nicht alles so genau im Auge behalten würde. Und wir wollen ja wohl beide keinen Ärger mit Schmittchen.«

Caro schnaubte erneut, sagte aber nichts, sondern kaute sehr angestrengt auf ihrem Gummitier herum. Manne konnte sehen, dass sie eigentlich gern einlenken wollte, aber noch nicht ganz bereit war, sich geschlagen zu geben. Das Gefühl kannte er von sich selbst nur allzu gut. Und eigentlich hatte er überhaupt keine Lust, mit ihr zu streiten. Er wusste ja, dass Caro nicht faul oder nachlässig war, ganz im Gegenteil.

Die vergangenen Monate wären für jeden normalen Menschen überwältigend gewesen. Caro hatte im Frühjahr mit ihm gemeinsam einen gefährlichen Mörder gefasst, und sie hatten beide eine Prüfung bei der IHK Berlin abgelegt, um eine Detektei gründen zu können. Entgegen Mannes düsteren Prognosen waren ihre Dienste seitdem sehr gefragt, ihr Auftragsbuch war voll. Dafür hatte die Berliner Klatschpresse gesorgt, nachdem sie Kalles Tod aufgeklärt hatten. Zwischen all die neuen Verpflichtungen auch noch Gartenarbeit zu quetschen, war eine Herausforderung, gerade für einen Gartenneuling wie Caro. Trotzdem war es seine Pflicht, sie zu ermahnen. Was für ein Scheißjob. Wahrscheinlich war das auch der Grund, warum außer ihm selbst niemand bereit war, ihn zu machen.

»Was passiert denn, wenn Schmittchen Ärger macht?«, erkundigte sich Caro und klang dabei ein wenig verunsichert.

Manne seufzte. »Im schlimmsten Fall könnte er euch den Garten wegnehmen.«

Caro riss die Augen auf. »Das kann er nicht!«

»Doch. Leider. Wir sind nur Unterpächter beim Bezirk Pankow und auf die Gnade von Schmittchen und seinen Kollegen angewiesen. Und denen sind wir von der Harmonie sowieso schon ein Dorn im Auge.«

»Warum das denn?«

Manne lächelte. »Vermutlich, weil es bei uns ein bisschen wilder zugeht als woanders. Wenn ich Schmittchens Mentalität hätte, dann würde jede Hecke bei uns in der Anlage mit einem Lineal geschnitten.«

Caro schnaubte. Dann seufzte sie. »Okay, okay. Ich geb mir Mühe.«

»Das wollte ich hören«, sagte Manne zufrieden. In dem Moment begann sein Telefon zu vibrieren, und er runzelte die Stirn. Es war kurz vor halb zwölf. Wer rief denn um diese Zeit noch an?

Als er auf sein Display schaute, wuchs seine Verwunderung um ein Vielfaches.

»Was ist denn?«, fragte Caro.

»Es … es ist Schmittchen.«

KAPITEL 3

Sie ließ Manne während des Gesprächs mit Schmittchen nicht aus den Augen. Caro wusste nicht viel über den ernsten, ruhigen Mann aus dem Bezirksvorstand. Sie war ihm erst einmal begegnet, und da war er ihr vorgekommen wie jemand, der einen Besenstiel im Ganzen verschluckt oder noch genauer: im Hintereingang stecken hatte. Doch Manne sprach immer sehr respektvoll von ihm, auch wenn er, wie eben, durchblicken ließ, dass Schmittchen eher konservativ eingestellt war. Umso rätselhafter, dass er freitags um diese Uhrzeit anrief. Auf jeden Fall schien es wichtig zu sein, Manne wirkte auf einen Schlag wie elektrisiert.

»Was ist passiert?«, hörte sie ihren Kollegen fragen, dessen Stirn sich beeindruckend kräuselte. Caro spitzte die Ohren, um zu hören, was Schmittchen am anderen Ende sagte, doch sie hatte keine Chance.

»Maiks Laube ... was?«

Manne kniff die Augen zusammen, wie es Leute manchmal taten, wenn sie das Gegenüber nicht richtig verstanden.

»Ja, aber ... jetzt beruhige dich doch bitte. Wir ... wir sind hier gerade ... ja ... ja ...«

Caro spürte, wie sich ihr Puls beschleunigte. Offenbar hatte dieser Anruf zu später Stunde einen ernsten Hintergrund. Mannes Halsader pochte.

»Wir kommen so schnell wie möglich. Bleib ruhig und ... ja ... gut.«

Manne legte auf und starrte sein Telefon an, als hätte es ihn soeben gebissen.

»Was ist denn los?«, fragte Caro, die es hasste, dass man aus Manne alles herauspressen musste.

»Bei Maik brennt die Hütte.«

»Maik?«, fragte Caro stirnrunzelnd. »Ich dachte, du hättest mit Schmittchen gesprochen.«

»Hab ich auch.«

»Jetzt verstehe ich überhaupt nichts mehr.«

»Die Hütte von Maik Reuter brennt. Oben in der Kolonie Rosenthal.«

»Da brennt wirklich eine Hütte?«

Manne nickte. »Eine Laube. Schmittchen möchte, dass wir sofort kommen.«

Caro riss die Augen auf und fummelte am Sicherheitsgurt herum. »Meint er, es war Brandstiftung?«

»Ich konnte nicht alles verstehen. Er ist sehr aufgebracht.«

»Dieser menschliche Aktenordner?«

Manne grinste, wenn auch widerwillig, wie es schien. »Im Rahmen seiner Möglichkeiten.«

Caro kicherte. »Warum dürfen ihn eigentlich alle Schmittchen nennen? Wenn er so konservativ ist, meine ich?«

»Weil die Alternative für ihn noch schrecklicher wäre. Sein Vorname ist Edelhart.«

Caro prustete. Was sich manche Eltern bei der Namensgebung ihrer Kinder dachten, war ihr immer wieder schleierhaft. »Okay. Und Eddi ist natürlich auch keine Alternative.«

»Natürlich nicht.« Manne wurde wieder ernst. »Schmittchen ist wirklich in Ordnung. Er hat mir schon oft geholfen, und ich vergesse so was nicht.«

»Na dann, auf nach Rosenthal!«, sagte Caro enthusiastisch.

Manne wedelte mit der Hand in Richtung Kneipe. »Und was machen wir jetzt mit Herrn Heidenreich? So nah sind wir seit Wochen nicht an ihn rangekommen.«

Caros Aufregung bekam einen Dämpfer. Im Lichte des Telefonanrufs schien es ihr vollkommen absurd, noch eine Minute länger hier in diesem Auto sitzen zu bleiben und auf die Tür einer Szene-kneipe zu starren. Entschlossen legte sie die Kamera zur Seite und ihre rechte Hand auf den Türöffner.

»Wo willst du denn hin?«, fragte Manne überrascht.

»Ich regle das«, entgegnete Caro, stieg aus und knallte die Tür zu. Sie wusste nicht, warum sie das, was sie jetzt vorhatte, nicht schon viel früher getan hatte.

Zielstrebig durchquerte sie den proppenvollen Außenbereich und betrat die Kneipe. Kurz vor der Bar hielt sie inne und schaute sich in dem fast leeren, hip eingerichteten Gastraum um. Links saß eine Gruppe Studenten in müder, trunkener Zufriedenheit beisammen und diskutierte angeregt, an der Bar polierte eine absurd schöne Frau ein paar Gläser. Dabei ließ sie sich von einem Ventilator abkühlen.

»Kann ich dir helfen?«, fragte sie.

»Ich suche die Toilette«, sagte Caro mit einem breiten Lächeln.

»Dahinten die Treppe runter«, antwortete die Barkeeperin und zeigte nach rechts.

Das Glück war auf ihrer Seite. Mit festen Schritten ging Caro in Richtung der Treppe, die ins Untergeschoss führte, an dem knut-schenden Pärchen vorbei, das verschwitzt und eng umschlungen im hinteren Teil des Raumes zugange war.

Wenn sie schon mal hier war, beschloss sie, konnte sie auch tat-sächlich auf die Toilette gehen. Um keine Aufmerksamkeit zu er-regen, musste sie sowieso ein paar Minuten unten bleiben.

Nachdem sie sich die Hände gewaschen hatte, schlich sie die Treppe, so vorsichtig sie konnte, wieder hinauf, ihr Handy in der Hand, den Kameramodus eingeschaltet. Die Musik in der Bar war glücklicherweise laut genug, um ihre Schritte auf den metallenen Stufen zu übertönen.

Als sie das Pärchen im Fokus hatte, drückte sie ein paarmal auf den Auslöser, wobei sie darauf achtete, dass das Gesicht des Mannes mittig und gut zu erkennen war. Dann steckte sie das Telefon wieder ein.

Während sie die letzten Stufen geräuschvoll nach oben ging, kam ihr kurz der Gedanke, dass die Bilder, die sie jetzt auf dem Telefon hatte, das Leben des spindeldürren Mannes, der sich wie ein Ertrinkender an die kurvige Blondine klammerte, mächtig durcheinanderwirbeln, vielleicht sogar zerstören würden.

Auf der anderen Seite war es seine eigene Schuld, oder nicht? Caro warf der schönen Barkeeperin ein flüchtiges Lächeln zu und war kurz darauf wieder am Auto, grinsend wie ein Honigkuchenpferd. Ihr Atem ging schnell, sie musste unbewusst die Luft angehalten haben während der Aktion.

Manne war schon auf den Beifahrersitz ausgewichen. Er konnte bei Dunkelheit nicht mehr fahren.

»Hab ihn«, rief Caro triumphierend. Sie feixte und warf ihm ihr Handy zu. »Der Auftrag ist beendet. Also, wo soll ich hinfahren?«

Sie zog den Fahrersitz nach vorne, damit ihre Füße überhaupt an die Pedale kamen, und beobachtete amüsiert, wie sich Manne durch die Bilder arbeitete.

»Donnerwetter«, hörte sie ihren Kollegen murmeln. Dann sah er auf. »Caro, das war ganz schön riskant.«

»Warum das denn?«, fragte sie. »Was hätte er denn tun sollen, selbst wenn ich aufgeflogen wäre? Mich mit einem Cocktailspieß erstechen?«

»Haha. Du weißt doch, dass es besser ist, unbemerkt zu bleiben. Unsere Kundin hat vielleicht noch gar keinen Plan, was sie mit unseren Informationen anfangen wird. Wenn das Objekt herausfindet, dass es beobachtet wird, eskaliert die Situation garantiert.«

Caro zog die Brauen hoch. »Hat Frau Heidenreich den Eindruck auf dich gemacht, als wüsste sie noch nicht, was sie mit ihrem Mann tun würde, sollte sich ihr Verdacht bestätigen? Der Typ da drinnen hat gerade die letzten schönen Stunden für eine sehr lange Zeit, da bin ich mir sicher.«

»Menschen ändern ihre Meinung«, gab Manne zurück. »Vor allem in so einer Situation. Wir haben ihr versprochen, diskret zu sein.«

»Ja, weil sie sichergehen wollte, dass sie die Bombe selbst platzen lassen kann. Aber mach dir keine Gedanken. Die beiden waren so beschäftigt, die haben nichts bemerkt. Der ganze Außenbereich ist voll, da geht bestimmt ständig jemand aufs Klo und an ihnen vorbei.« Caro schnallte sich an und schüttelte schnaubend den Kopf. »Danke, o du meine brillante Kollegin, dass du den Sack zugemacht hast, damit wir dem edlen Besenstiel Schmittchen zu Hilfe eilen können. Was für ein Geniestreich.«

Manne lachte und gab ihr das Handy zurück. »Gut gemacht, o du bescheidenste aller Detektivinnen. Und jetzt fahr endlich. Wir müssen zur Schillerstraße in Pankow.«

Sie fuhren los durch das nächtliche Berlin. Zum Glück war nicht viel Verkehr und der Weg vom Prenzlauer Berg bis in die Schillerstraße mit dem Auto auch nicht zu weit.

Caro erinnerte sich noch gut an den Sitz des Bezirksvorstandes. Sie waren im Frühjahr mit der ganzen Familie dort gewesen, um einige Unterlagen zu unterzeichnen, bevor sie den Garten in der Harmonie hatten in Besitz nehmen können, nur um dort noch einmal Unterlagen zu unterzeichnen. Da der Verein die gesamte Anlage vom Bezirk pachtete, hatten sie den doppelten Papierkram erledigen und sich zwei Ansprachen über ihre Pflichten als Gartenfreunde anhören dürfen. Caro dachte an das Unkraut in ihrem Garten und schämte sich. Zum Glück war Schmittchen schon eine Weile nicht mehr in der Harmonie gewesen, sonst hätte sie spontan in Erwägung gezogen, Reißaus zu nehmen. Obwohl: wahrscheinlich nicht. Sie war viel zu neugierig.

Auf dem Parkplatz vor der Anlage standen einige Autos. Kein

Wunder, es war warm, auch jetzt im September noch, und viele Familien übernachteten in ihren Hütten, vor allem am Wochenende. Es gab einige, die zwischen Juni und September kaum mehr nach Hause fuhren. Auch sie hatten es sich zur Gewohnheit gemacht, zumindest an den Samstagen auf ihrem Gartengrundstück zu schlafen. Ein bisschen wehmütig dachte sie an Eike, der jetzt vielleicht noch mit einem Glas Weißwein vor ihrer Laube saß, zufrieden auf den Ausgang des Spiels trinkend, während Caro und Manne sich die Nacht um die Ohren schlugen. Ihr Leben war nicht gerade ruhiger geworden in letzter Zeit.

»So, da wären wir«, sagte Manne und schob sich mit etwas Mühe aus dem Autositz hinaus auf den Vorplatz. Er wirkte müde und angespannt. Caro hingegen spürte eine gewisse Vorfreude, für die sie sich gleichzeitig schämte. Aber sie konnte es nicht ändern: Eine brennende Hütte war deutlich aufregender und interessanter als ein untreuer Ehemann. Sie atmete einmal tief durch und schnupperte.

»Hier riecht es verbrannt«, sagte sie, und Manne nickte.

»Es ist gar nicht so selten, dass Lauben abbrennen, aber in den letzten Jahren zum Glück zumindest bei uns in Pankow nicht mehr vorgekommen.«

»Warum brennen Lauben ab?«

»Alte Kabel, unsachgemäß gelagerter Spiritus, alte Öllappen und so weiter.«

Caro runzelte die Stirn. »Öllappen?«

Manne nickte. »Können sich selbst entzünden, wenn sie in einem kleinen Raum gelagert werden. Ist selten, kommt aber vor.«

Mit Unbehagen dachte Caro an ihren kleinen Schuppen. Lag da irgendwo ein Öllappen herum? Ausschließen konnte sie es nicht. Sie unterdrückte den Impuls, Eike anzurufen. Der würde sie für verrückt erklären, wenn sie ihn jetzt anwies, im stockdunklen Schuppen nach Öllappen zu suchen.

»Komm«, sagte Manne. »Schauen wir uns das Ganze mal an.«

Gemeinsam gingen sie den Hauptweg entlang. Caro hatte sich bei Manne untergehakt und blickte sich in den Gärten um. Was sie sah, war ihr nicht unbedingt sympathisch.

»Du hast recht. Hier ist es wirklich ganz anders als bei uns«, murmelte sie und dachte noch: zum Glück. Die Gärten in dieser Anlage waren irgendwie alle gleich. Die kleinen Häuschen sahen einander unheimlich ähnlich, die Gärten schienen gleich groß, die Hecken gleich hoch, und alles war so ordentlich, als wäre die Anlage gar nicht echt, sondern aus Legosteinen erbaut. Wobei die natürlich nicht brennen würden wie Zunder. Einzig Unterschiede in der Gartendeko gaben einen Hinweis darauf, dass hier verschiedene Charaktere werkelten.

»Ja, es ist eine mustergültige Anlage«, bestätigte Manne. »Wie würde der Bezirksvorstand sonst dastehen? Hier wird besonders genau hingeschaut, das kann ich dir sagen. Wir müssen nach links.« Er kniff die Augen zusammen und sah in den Himmel. »Sehe ich da was Rotes?«

Tatsächlich. Ein roter, flackernder Schein zog sich über eine dunkle Baumreihe, die einen Teilbereich der Anlage von einem anderen trennte. Auch glaubte Caro, dass es wärmer wurde. Also, noch wärmer, als es ohnehin schon war.

Ein paar Schritte weiter konnten sie es sehen: Eine der Hütten brannte lichterloh. Sie gingen eilig voran.

Hinter der nächsten Ecke quoll die Anlage, die in weiten Teilen so ruhig gewirkt hatte, schier über vor Geschäftigkeit und Menschen. In den angrenzenden Grundstücken und auf dem Weg standen sich die Leute die Füße platt, machten große Augen und verschränkten die Arme. Wasserschläuche aus verschiedenen Nachbargärten und ein großer Schlauch, der an einen Hydranten angeschlossen war, führten auf das Grundstück. Die Rufe wurden lauter. Nun war die Hitze, die von der brennenden Hütte ausging, auch nicht mehr zu ignorieren, und Caro fühlte, wie ihr frischer Schweiß ausbrach. Sie zog ihr Handy hervor und machte ein paar Fotos.

Zwischen den Schaulustigen stand der ernste Schmittchen und blickte in die Flammen. Manne winkte ihm zu, und der Vorstand kam zu ihnen herüber.

»Gut, dass ihr da seid. Ihr wart ja doch schneller, als ich dachte.«

»Ja«, antwortete Manne und zeigte mit dem Daumen auf Caro. »Meine Kollegin hat die Sache beschleunigt.«

Schmittchen warf Caro ein zerstreutes Lächeln zu.

Aus dem Augenwinkel beobachtete sie, wie mehrere Gartenfreunde in Crocs und Badelatschen, die zum Teil komplett im Matsch versanken, mit Feuerlöschern und Gartenschläuchen gegen die Flammen kämpften, angeführt von einem großen, älteren Mann, der den dicken Löschschlauch bediente und gleichzeitig kommandierte. Die Aktion wirkte furchtbar unorganisiert und riskant auf sie.

»Habt ihr die Feuerwehr gar nicht gerufen?«, fragte Caro.

Schmittchen legte die Stirn in Falten. Dann seufzte er. »Nein. Deshalb habe ich euch ja angerufen. Die anderen wollten nicht, und unser Gartenfreund Thomas war früher bei der freiwilligen Feuerwehr. Er macht das hervorragend und hat den Brand schnell in den Griff bekommen. Offen gestanden ist es mir auch lieber, wenn niemand von außen sich der Sache annimmt.«

»Wie meinst du das?«, fragte Manne, der in seinen Hosentaschen herumwühlte. Caro ahnte, dass er nach etwas Zuckrigem suchte, das er sich in den Mund schieben konnte. Sie kramte eine angebrochene Packung Traubenzucker aus der Handtasche und hielt sie ihm wortlos hin. Wenn Petra jemals herausfand, womit Caro ihren Mann so fütterte, würde sie mächtig Ärger bekommen, das wusste sie.

Doch mit Manne zu arbeiten bedeutete auch, seinen Blutzuckerspiegel konstant hoch zu halten. Wenn er unterzuckert war, wurde er unbrauchbar.

Manne schob sich ein Stück Traubenzucker in den Mund, und Schmittchen deutete auf das Grundstück.

»Der Garten gehört unserem Vorstandsmitglied Maik Reuter«, erklärte er. »Maik ist …«

Schmittchen schien nach den richtigen Worten zu suchen, doch Manne kam ihm zuvor. »Ein Arschloch«, sagte er schlicht, und Schmittchen nickte mit einem sparsamen Lächeln.

»Irgendwie beruhigend, dass du das auch so siehst, Manfred. Ja, er hat vielen auf der Anlage das Leben nicht gerade leicht gemacht.«

»Ich kenne ihn nicht«, sagte Caro. »Was ist er so für ein Typ?«

Schmittchen seufzte. »Maik ist ein klassischer Wichtigtuer. Ein kleines Licht, Maurergeselle. Als er die Möglichkeit hatte, als Mitglied des Vorstands Autorität zu erhalten und die dann auch auszuüben, hat er sich gleich darauf gestürzt.«

»Das heißt, er schikaniert hier die Leute?«, fragte Caro, und Schmittchen verzog das Gesicht.

»Einige würden es definitiv so ausdrücken. Er hat große Töne gespuckt, aber immer andere für sich arbeiten lassen. Immer so getan, als sei er der große Gärtner, obwohl jeder weiß, dass sich seine Frau um den Garten kümmert und er nur in den späten Abendstunden illegal seinen Müll in einer Tonne hinter der Laube verbrennt und ansonsten Sprüche klopft. Er beraumt immer aufwendige Arbeitseinsätze an, die er dann lediglich überwacht, was bedeutet, dass er mit einem Bier in der Hand bei Theo in der Kneipe sitzt und sich rapportieren lässt. Ständig droht er Leuten mit Rausschmiss, die ihm nicht passen. Und er lässt jeden wissen, dass er im Vorstand ist.«

»Klingt nach einem richtigen Herzchen«, sagte Caro.

»Ja, wir lieben ihn alle sehr.« Schmittchens Mundwinkel zuckten leicht, und Caro war überrascht. Mit Humor hatte sie nicht unbedingt gerechnet.

»Warum ist er denn überhaupt Mitglied des Vorstands, wenn er so ein unerträglicher Zeitgenosse ist? Wieso habt ihr ihn nicht einfach rausgeschmissen?«

»Vorstandsarbeit ist ein undankbares, zeitraubendes und aufwendiges Ehrenamt«, schaltete sich Manne ein. »Und immer weniger Leute erklären sich dazu bereit.«

Das stimmte natürlich. Caro selbst konnte sich zum Beispiel beim besten Willen nicht vorstellen, wie sie ein solches Amt noch in ihr Leben quetschen sollte.

Schmittchen nickte. »Wir wären ihn ja auch gern losgeworden. Aber es fand sich niemand, der bereit war, den Posten zu übernehmen. Deshalb waren wir ja auch so froh, als er seine Parzelle gekündigt hat und sich die Sache so quasi von selbst erledigen würde.«

»Ach?« Mannes Brauen schossen fragend in die Höhe. »Hat er das?«

»Ja.« Schmittchen drehte den Kopf und beobachtete eine Weile, wie die letzten Flammen unter sehr viel Wasser und weißem Schaum verschwanden. Die Luft stank nach Rauch, verbranntem Holz und Chemikalien. Und noch ein paar mehr Dingen, die Caro nicht zuordnen konnte.

»Aber dann hat er uns heute Abend bei der Vorstandssitzung eröffnet, dass er die Parzelle zwar gekündigt hat, sein Amt aber behalten will. Und seitdem brennt die Hütte.« Der Bezirksvorstand rückte seine Brille zurecht. »Im wahrsten Sinne des Wortes.«

»Verstehe. Du glaubst, jemand aus der Anlage hat die Hütte angezündet, um ihn doch noch zu vergraulen, und möchtest das intern klären«, sagte Manne.

Schmittchen verzog das Gesicht. »Offen gestanden glaube ich sogar, dass Maik es selbst war. Er hat bisher alle Bewerber abgelehnt, die sich das Grundstück angeschaut haben. Hat die Warteliste des Bezirks durch und niemanden akzeptiert.« Er senkte die Stimme. »Es wäre doch der perfekte Zeitpunkt. Er eröffnet uns auf der Sitzung, dass er bleiben möchte, um den Verdacht von sich wegzulenken, und zündet das Ding dann am heißesten Abend des Jahres an, an dem erstens fast alle in der Anlage sind und zweitens auch fast alle grillen. Die Bäume und Wiesen sind ausgetrocknet, die Funken fliegen. Ehrlich gesagt habe ich mir den ganzen Abend schon Sorgen gemacht, dass irgendwas Feuer fangen könnte.« Er zuckte mit den Schultern. »Die Versicherung wird keine großen Fragen stellen und die sechzigtausend auszahlen.«

Manne riss die Augen auf. »Bitte?«

Schmittchen nickte grimmig. »In den Kleinanzeigen steht sie für fünfundvierzig drin. Und ein Anruf bei der Feuersozietät hat gereicht, um herauszufinden, dass er die Hütte noch höher versichert hat. Dabei war sie ziemlich runtergekommen von innen.«

Manne pfiff durch die Zähne. »Die haben doch alle Kommodenlack gesoffen«, raunte er.

»Das heißt, du glaubst, Maik möchte lieber die Versicherungssumme einstreichen und hat deshalb die Laube angezündet?«, fragte Caro halb ungläubig, halb fasziniert.

»Es würde mich jedenfalls nicht wundern«, sagte Schmittchen.

»Was sagt Maik selbst denn dazu?«, fragte Manne, der sich nun suchend umblickte, als hoffe er, Maik irgendwo im Gewusel zu erblicken. Was bei seiner Sehschwäche sowieso unmöglich war.

»Der geht nicht ans Telefon. Und er geht sonst immer ans Telefon.« Schmittchen schnaubte. »Deshalb glaub ich ja auch, er hat die Finger im Spiel. Ist wahrscheinlich gerade schön weit von der Anlage weg in irgendeiner Kneipe und unterhält sich lautstark über das Spiel. Und fällt dann morgen aus allen Wolken.«

Manne nickte. »Er wäre nicht der erste Idiot, der so was versucht, und wird wohl nicht der letzte sein. Aber Schmittchen, was willst du jetzt von uns?«

»Ich möchte einen unabhängigen Blick auf die Sache. Dass ihr herausfindet, wer die Hütte angezündet hat. Ganz gleich, wer es war. Wir sind so voreingenommen, dass wir sowieso glauben, Maik hätte es selbst getan. Betrachtet es bitte als ganz normalen Auftrag und ermittelt so, wie ihr es bei jedem anderen tun würdet. Der Verein zahlt selbstverständlich auch das normale Honorar.«

»Wir haben wirklich sehr viel zu tun.« Manne kniff die Augen zusammen und schaute zweifelnd zu dem schwelenden Gerippe der Gartenlaube hinüber.

»Schmittchen, ich habe nur wenig Ahnung von Bränden. Da sind Spezialisten gefragt. Für so was muss man sich lange ausbilden lassen.«

»Ich will ja auch nicht, dass du mir sagst, wo der Brand gelegt und was als Beschleuniger benutzt wurde. Ich will, dass ihr mit den Leuten und vor allem mit Maik sprecht. Findet heraus, was heute Nacht hier gelaufen ist. Damit die Sache nicht größer gemacht wird, als sie sowieso schon ist.«

Als Manne weiterhin kritisch dreinblickte, rang sich Schmittchen noch zu einem »Bitte« durch, und Manne seufzte erneut.

»Na gut«, sagte er. »Wir können uns den Schlamassel ja mal anschauen.«

Mit diesen Worten stapfte Manne los und grüßte sich nickend durch die umstehenden Schaulustigen, die teils freundlich zurückgrüßten. Caro beeilte sich, ihm zu folgen. Sie grüßte ebenfalls links und rechts und versuchte, dabei möglichst souverän zu wirken und unauffällig noch ein paar Fotos von der Laube zu machen. Plötzlich fühlte sie sich gar nicht mehr wie die draufgängerische Detektivin, die sie noch vor einer Dreiviertelstunde gewesen war, sondern wie ein Schulmädchen. Den Effekt, den skeptisch dreinblickende Schrebergärtner auf sie hatten, konnte sie auch nach einem halben Jahr in deren Mitte nicht abschütteln. Nach Mannes Standpauke über das Unkraut in ihrem Garten kein Wunder. Fast fühlte sie sich, als stünde *Pflanzenkiller* quer über ihre Stirn geschrieben.

Sie betraten den Garten, und unter ihren Füßen schmatzte und quietschte es, so vollgesogen war der Rasen vom Löschwasser, das hier und da in Pfützen stand oder in Rinnsalen Dreck und Ruß vom Haus in Richtung Weg transportierte.

Die Leute, die teilweise schon Bier in den Händen hatten, machten ihnen schweigend Platz, als wären sie keine Detektive, sondern Richter auf dem Weg zu einer Urteilsverkündung. Bei der Laube angekommen, die von verschiedenen Notlampen und den Grundstücken ringsum angeleuchtet wurde und noch immer vor sich hin schwelte, blieben sie stehen. Die Ruine strahlte eine bedrohliche Hitze ab. Sie wirkte beinahe wie etwas, das nach einem langen Kampf besiegt worden war. Wasser tropfte überall herunter, es dampfte und zischte. Wie ein Ungeheuer, dachte Caro. Der Drache in einem Märchen.

»Was für eine Sauerei«, murmelte Manne, und Caro konnte ihm nur beipflichten. Alles war dreckig und kaputt. Viel sehen konnte man allerdings nicht, außer dass die Hütte vollkommen hinüber war.

Caro kramte in ihrer Handtasche und förderte ihre schwere Stabtaschenlampe zutage. Zwar war es nicht so gut für ihre Schultern, das Ding ständig mit sich herumzuschleppen, aber da es sowohl Werkzeug als auch Schlagstock in einem war, nahm sie die Schlepperei gern auf sich. Und in Momenten wie diesen war es unbezahlbar. Caro trat einen Schritt auf die Laube zu.

»Geh da bloß nicht zu nah ran!«, rief der Mann mit dem Löschschlauch.

Sie drehte sich um und warf ihm einen fragenden Blick zu. »Es brennt doch nicht mehr«, gab sie zurück.

»Das nicht. Aber die Hütte kann einstürzen. Und manchmal entzündet sich irgendwo noch ein Funke. Außerdem wissen wir nicht, ob Maik nicht vielleicht Benzin oder 'ne Gaskartusche da drin hat, die noch hochgehen könnte!«

Caro schluckte. Das waren tatsächlich keine sonderlich angenehmen Aussichten. Doch ihre Neugier war größer als die Angst, auch wenn sie wieder ein paar Schritte von dem Objekt zurücktrat.

Sie knipste die Lampe an und leuchtete in die schwelende Ruine hinein. Mit wachsendem Unbehagen betrachtete Caro die Zerstörung. Das Feuer hatte die meisten Möbelstücke zu unförmigen Klumpen verbrannt, doch manches – wie die kleine Einbauküche – war noch zu erkennen. Die Schränke standen offen. Kabel hingen lose herum, und Aschefetzen schwebten durch die Luft wie Federn.

»Und?«, hörte sie Manne hinter sich fragen.

»Nichts Besonderes«, sagte sie und ging zur Rückseite des Gebäudes. Hier lagen die Fenster so hoch, dass sie nur mit Mühe in die Laube hineinspähen konnte; und auch nur wenn sie sich auf die Zehenspitzen stellte.

Caro blickte sich um. Auf dem Nachbargrundstück stand ein kleiner Aufstellpool, aus dem eine Leiter ragte.

»Kann ich mir die mal ausleihen?«, fragte sie den Nachbarn, der mit grimmigem Blick über seine halb verkohlte Hecke lugte.

Er nickte und verschwand aus ihrem Blickfeld. Kurz darauf wurde die Leiter auch schon über die Hecke gehoben.

»Vorsicht, die ist heiß«, warnte der Mann. Und tatsächlich war die Leiter so heiß, dass Caro sie vor Schreck erst einmal fallen ließ. Der Nachbar warf ihr wortlos ein Paar Gartenhandschuhe über die Hecke. Na, der war ja ein Herzchen.

Caro streifte die Handschuhe über und schleppte die Leiter mit entschlossener Miene zurück in Richtung Ruine. Sie wusste selbst nicht, warum sie so einen Aufwand betrieb, aber etwas machte sie nervös. Es lag quasi in der Luft.

Sie kletterte auf die Leiter und ließ ihren Lichtstrahl durch die geborstene Fensterscheibe ins Innere wandern.

Außer Verwüstung war in dem großen, offenen Raum, der wohl als Wohnzimmer gedient hatte, nichts zu erkennen. Auch im hinteren Teil der Küche entdeckte Caro nichts Ungewöhnliches. Sie wollte es schon dabei belassen, da das letzte kleine Fenster an der engsten Stelle lag und sie dem Haus gefährlich nahe kommen würde, andererseits mochte sie keine halben Sachen. Hatte sie etwa den Aufwand betrieben, um dann ins letzte Fenster gar nicht reinzuschauen? Nein.

Caro hievte die Leiter also noch ein Stück weiter Richtung Hecke und kletterte ein drittes Mal hinauf.

Nach einem Blick in den kleinen Raum, der wohl mal ein Schlafzimmer gewesen war, wäre sie beinahe wieder runtergefallen. Mit ihrer freien Hand hielt sich Caro so krampfhaft an der Leiter fest, dass ihre Finger schmerzten, während die Welt um sie herum anfing, sich viel zu schnell zu drehen.

Sie blinzelte und zwang sich, noch einmal genauer hinzusehen, ließ den Strahl der Taschenlampe über das wandern, was dort in der Laube auf einem pechschwarz verkohlten Bett lag.

»Manne!« Sie wollte eigentlich rufen, doch was aus ihrer Kehle drang, war mehr Krächzen als alles andere. Als ihr Kollege nicht sofort kam, rief sie noch einmal, diesmal lauter. Es klang so panisch, wie sie sich fühlte. »Manne! Komm her!«

Endlich bog er um die Ecke. Caro hörte ihn nur, ihr Blick war noch immer auf das kleine Fenster gerichtet.

»Caro, verflucht, du sollst doch nicht so nah rangehen. Was, wenn da wirklich noch irgendwas drin ist.«

Sie schluckte. »Manne, da *ist* noch was drin. Oder … oder vielmehr jemand.«

Manne riss die Augen auf. »Was?«

Caro atmete einmal tief durch. »Da drin liegt jemand.«

»Bist du sicher?« Ihr Kollege starrte sie entgeistert an.

Sie nickte. »Ja. Auf dem Bett.«

»Scheiße.«

Manne war schon wieder auf dem Weg zu Schmittchen, während Caro noch mit weichen Knien die Leiter hinabstieg. Ihr Magen fühlte sich an, als wären die Gummiwürmer zum Leben erwacht. Die warmen, klebrigen …

Noch einmal atmete sie tief durch und versuchte, sich zu sammeln. Dann wurde ihr plötzlich klar, dass es kein Grillgeruch war, der ihr dabei in die Nase stieg, und sie erbrach sich in die Hecke.

KAPITEL 4

Manne presste die Kiefer schmerzhaft fest aufeinander, so angespannt war er, als er zu Schmittchen zurückstapfte. Konnte Caro wirklich eine Leiche in der Hütte gesehen haben? Es fiel ihm schwer, das zu glauben, immerhin war es dunkel, und in der Laube herrschte ein Chaos aus Trümmern, Wasser und Dreck. Das konnte alles sein. Alte Decken oder eine Schaufensterpuppe oder …

Auf der anderen Seite kotzte sie sich gerade die Seele aus dem Leib, wie er unschwer hören konnte, und ihre Augen waren weit besser als seine eigenen.

Schmittchen stand noch immer auf dem Weg, nun ins Gespräch mit diversen Gartenfreunden vertieft. »Eins nach dem anderen«, hörte Manne ihn sagen. »Wir können doch das Kind nicht mit dem Bade ausschütten. Warten wir doch erst mal ab, was Manne und Caroline herausfinden.«

»Schmittchen«, rief Manne, der keine Lust hatte, die Neuigkeit mit der Leiche vor aller Augen und Ohren herauszuposaunen.

Der Bezirksvorstand blickte in seine Richtung. Seit das Feuer nicht mehr brannte, wirkte er deutlich weniger angespannt. Nun, das würde sich gleich ändern. Scheiße.

»Komm mal bitte.«

Schmittchen trat auf ihn zu. »Was ist denn los?« Offenbar hatte er die Besorgnis auf Mannes Gesicht erkannt, denn nun wirkte er selbst auch wieder vollkommen ernst.

»Ich fürchte«, raunte Manne so leise, dass nur Schmittchen ihn hören konnte, »dass du aufhören kannst, Maik anzurufen.«

Schmittchen runzelte die Stirn. »Wieso das denn? Ich muss ihm doch sagen, was hier los ist. Es ist immer noch sein Garten.«

»Schmittchen, du verstehst nicht.« Manne atmete einmal tief

durch. Er hatte die Erfahrung gemacht, dass es nichts brachte, unangenehme Nachrichten hinauszuzögern. Und dennoch fiel es ihm schwer. Jedes Mal aufs Neue.

»Caro hat da drin eine Leiche entdeckt.«

Schmittchen starrte ihn an, als wollte er geradewegs durch Mannes Kopf hindurch in die verbrannte Hütte gucken, dann schwankte er leicht und hielt sich an Mannes Schulter fest.

»Eine …« Er schluckte. Sein Blick wanderte in den hinteren Bereich des Gartens, wo sich Caro gerade zitternd aufrichtete.

»Ist sie sich da sicher?«, fragte Schmittchen.

»Sieht sie aus, als wäre sie nicht sicher?«

Schmittchen sagte nichts, sondern starrte ins Leere, während Caro mit leicht wackeligen Schritten auf sie zukam. Dabei kramte sie in ihrer riesigen Handtasche und steckte sich kurz darauf einen Kaugummi in den Mund. Eines musste man ihr wirklich lassen: Sie hatte immer alles dabei.

»Geht's wieder?«, fragte Manne freundlich, und Caro nickte. Er hatte großes Mitgefühl mit ihr. Manne wusste, wie schrecklich es war, einen Toten zu finden. Und eine Brandleiche war noch einmal heftiger. Ein Anblick, den man nie wieder vergaß. Grausam und surreal.

»Ja, es war nur ein ziemlicher Schock. Und der Geruch …« Sie verzog das Gesicht, und Schmittchen hielt sich wieder an seiner Schulter fest.

»Er liegt im kleinen Zimmer da hinten auf dem Bett.« Caro zeigte auf ein schmales Fenster. »Die Leiche sieht irgendwie merkwürdig aus.«

»Wie meinst du das?«, erkundigte sich Manne.

»Die Arme und Beine stehen in die Luft«, erklärte Caro.

Manne schloss die Augen. Damit hatte sie auch den letzten Zweifel ausgeräumt, dass da drin wirklich ein toter Mensch lag. Er nickte seufzend.

»Was du da gesehen hast, ist die sogenannte Fechter- oder Boxerstellung. Durch die Hitze des Brandes ziehen sich die Muskeln zusammen, Arme und Beine richten sich auf.« Manne wandte sich an Schmittchen. »Es ist definitiv ein Mensch. Ich fürchte, um externe Einmischung kommen wir jetzt nicht mehr herum. Möchtest du die Polizei rufen?«

Schmittchen fuhr sich mit der flachen Hand über den fast kahlen Kopf und blickte seufzend zu dem Grüppchen auf dem Weg hinüber. Es herrschte beinahe so was wie Volksfeststimmung. Ohne die Gespräche zu hören, wusste Manne, dass sie gerade Theorien zusammensponnen und Gerüchte austauschten. Die Gartenfreunde genossen das Gefühl einer eigenhändig abgewandten Katastrophe sichtlich.

»Ich mach das«, sagte Schmittchen abwesend und entfernte sich ein Stück von ihnen.

Caro und Manne sahen einander an.

»Hast du noch ein Kaugummi?«, fragte Manne, der das Bedürfnis hatte, seinen mahlenden Kiefern etwas zu tun geben zu müssen, damit seine Zähne keinen Schaden nahmen.

Caro reichte ihm eines und schaute skeptisch. »Die sind aber zuckerfrei«, sagte sie mit einem hintergründigen Lächeln, und Manne knuffte sie gegen die Schulter. Sie war echt hart im Nehmen.

»Und was machen wir jetzt?«, fragte Caro.

»Wir bleiben hier und warten auf unseren geschätzten Kollegen Lohmeyer, fürchte ich«, entgegnete Manne.

»Meinst du wirklich, dass ausgerechnet er kommt?«

Manne verzog das Gesicht. »Wenn er Dienst hat, sicher. Soweit ich weiß, sind die LKAler immer nach Bezirken aufgeteilt. Und wir sind nun mal – schon wieder – in Pankow.« Leider, fügte er noch im Stillen hinzu. Auch er hatte kein Bedürfnis, Kriminalhauptkommissar Jan Lohmeyer wieder zu begegnen. Immerhin hatte er Manne noch vor einem halben Jahr sehr hartnäckig des Mordes an seinem Jugendfreund Kalle verdächtigt und lange nicht lockergelassen. Dieser Kerl war ein klassischer Karrierist und Wadenbeißer. Während seiner aktiven Zeit als Polizist waren ihm so Typen immer mal wieder untergekommen. Dass Lohmeyer Caro und ihm selbst im Endeffekt das Leben gerettet hatte, machte die Sache nicht besser. Im Gegenteil.

»Sollten wir uns dann nicht lieber aus dem Staub machen?«, fragte Caro mit hochgezogenen Brauen. »Der flippt doch aus, wenn er uns sieht.«

Manne legte den Kopf schief. »Du hast die Leiche gefunden. Wir können hier nicht weg. Außerdem hat Schmittchen uns offiziell beauftragt, wir haben also ein Recht, uns hier fürs Erste aufzuhalten. Und drittens werde ich Schmittchen sicher nicht mit dem LKA und dieser Situation allein lassen. Zumal sie viel schlimmer ist, als er selbst befürchtet hat, als er mich anrief.«

Er musterte seine Kollegin, die sich die Arme um die Schultern geschlungen hatte. »Soll ich dir eine Jacke organisieren?«, fragte er besorgt, und Caro lächelte.

»Die Kälte kommt eher von innen, aber danke. Mein Kreislauf hat nach dem Anblick da drinnen den Dienst quittiert und ist nach Thailand ausgewandert, fürchte ich.«

Manne rang sich ein Lächeln ab. Er war froh, dass nicht er die Leiche gefunden hatte, auch wenn das ein schäbiger Gedanke war. »Ich weiß, dass es nicht leicht ist, so was zu sehen.«

»Schon gut. Ich schaff das«, sagte sie lächelnd. »Es gehört schließlich dazu.«

Ja, dachte Manne. Es gehört dazu. Genau wie die Albträume hinterher. Aus jahrelanger Erfahrung bei der Kripo wusste er das. Und er wusste, dass Ablenkung und Arbeit die zwei zuverlässigsten Wunderwaffen gegen den Schrecken waren. Nicht Freizeit, nicht Familie. Gerade nicht Familie. Auch wenn die Angehörigen von Kriminalern das nur selten verstanden. Nach so einem Ereignis konnte man nie ganz zur Ruhe kommen, erst recht nicht im Kreise seiner Lieben. Weil der Tote in den Albträumen immer wieder das Gesicht wandelte. Seine Toten sahen seit Jahren aus wie Petra und Jonas. Als sein Sohn noch klein gewesen war, war es am schlimmsten gewesen. Er hatte ihn von Dachbalken baumeln und auf Bahnschienen liegen sehen. Gebrochen und kaputt. Manne hoffte, dass Caro die nächsten Nächte nicht von einer brennenden Greta träumen würde.

»Du hast nicht zufällig Flatterband in deiner großen Tasche?«, fragte Manne.

Caro schüttelte den Kopf. »Warum?«

»Weil ich das Gefühl habe, wir sollten das Grundstück absperren. Komm mit.«

Sie erreichten das Gartentor gerade rechtzeitig. Die ersten Laubenpieper machten bereits Anstalten, das Grundstück zu betreten, und Schmittchen schien nicht zu wissen, was er tun sollte.

»Entschuldigt, Leute, das geht nicht«, rief Manne. »Das ist ein Tatort!«

Streng genommen konnte man zu diesem Zeitpunkt zwar noch gar nicht sagen, ob es sich bei der Hütte um den Tat- oder nur den Leichenfundort handelte, doch in manchen Situationen war Manne für Vereinfachung. Tatort, das war ein Wort, das alle kannten. Was nicht unbedingt hieß, dass sie es respektierten.

Thomas, der ehemalige Feuerwehrmann, baute sich breitbeinig vor Manne auf und verschränkte die Arme. »Ich habe diesen Tatort gelöscht. Da werde ich ja jetzt wohl einen Blick darauf werfen dürfen.«

Manne lächelte. »Ja, und das hast du wirklich großartig gemacht. Dank dir wurde verhindert, dass sich das Feuer ausbreitet und die Anlage auffrisst. Dein Verein ist dir zu großem Dank verpflichtet.«

»Da siehste«, gab Thomas grinsend zurück und machte Anstalten, sich an Manne vorbei aufs Grundstück zu schieben, doch der hielt die Stellung.

»Aber das bedeutet trotzdem nicht, dass ich dich durchlassen kann.«

»Was soll denn das?«, hörte er eine Frau von hinten rufen. »Wir haben uns hier alle den Arsch aufgerissen, und jetzt dürfen wir uns nicht mal mit eigenen Augen davon überzeugen, dass stimmt, was ihr sagt?«

»Genau!«, schrie ein anderer. »Kann ja jeder behaupten, dass er 'ne Leiche gefunden hat.«

»Und was«, fragte Manne gereizt, »sollten wir davon haben, so was zu behaupten?« Langsam verlor er die Geduld und bekam Kopfschmerzen.

»Ihr habt überhaupt nichts gemacht, wollt euch jetzt aber aufblasen. Damit ihr gut dasteht.«

Manne schnaubte. »Ich will vor niemandem gut dastehen. Was sollte mir das denn bringen, verflucht? Es ist mir schleierhaft, warum ihr euch einen Anblick reinziehen wollt, auf den meine Kollegin mit Kusshand verzichtet hätte, und vielleicht solltet ihr mal darüber nachdenken, was das über euch aussagt. Kapiert ihr nicht, dass ihr da jetzt nicht durchtrampeln dürft wie eine Horde Rindviecher? Ihr könntet wichtige Spuren vernichten und der Polizei die Arbeit noch schwerer machen, als sie sowieso schon ist. Bis die Mordkommission eintrifft, bleibe ich hier stehen und passe auf, dass niemand von euch das Grundstück betritt.«

»Mordkommission?«, echote ein junger Mann, der rußverschmiert am Rand der Szenerie stand und nun doch unbehaglich dreinschaute. »Wieso denn gleich die Mordkommission?«

Nun hörte er Caro neben sich schnauben. Sie zeigte mit dem Finger hinter sich und brüllte beinahe: »Weil da drin eine verkohlte Leiche liegt. Ein Mensch, verflucht. Habt ihr denn überhaupt keinen Respekt? Oder Anstand?«

Thomas schaute verlegen zu Boden, doch er rührte sich keinen Zentimeter.

»Die beiden haben recht«, mischte sich nun auch endlich Schmittchen ein. »Ihr könnt das Grundstück nicht mehr betreten. Und das hat nichts damit zu tun, dass ihr heute Nacht hier alles gegeben habt.«

»Eine Leiche ist keine Belohnung für harte Arbeit. Und eigentlich wisst ihr das auch«, fügte Manne nickend hinzu.

Endlich trat Thomas einen Schritt zurück. Dann noch einen. »Das wollte ich damit ja auch gar nicht sagen. Belohnung. Da habt ihr aber ein schönes Bild von mir. Ich kann es nur nicht glauben«, murmelte er wie zu sich selbst. »Das Ganze.«

»Es ist auch schwer zu begreifen«, sagte Manne freundlich.

»Wie kommt es eigentlich, dass du dich hier einmischst, Nowak?«, fragte die kleine Frau wieder von hinten. »Du gehörst doch in die Harmonie, oder nicht?«

»Herr Nowak und Frau von Ribbek wurden von mir beauftragt, sich mit dem Fall zu befassen«, sagte Schmittchen in seiner gewohnt steifen Art. »Da wusste ich natürlich noch nicht, dass wir es hier nicht nur mit einer brennenden Laube zu tun haben, aber …« Er kratzte sich am Kopf und nahm die Brille ab. »Ich bin froh, dass sie hier sind. Herr Nowak hat viele Jahre Erfahrung als Kriminalkommissar, und Frau von Ribbek …«

»Frau von Ribbek hat überhaupt keine Erfahrung«, ertönte eine bekannte Stimme hinter der Ansammlung von Gartenfreunden, und Manne musste für ein paar Sekunden die Augen schließen. Ein Timing wie im Film.

Kommissar Lohmeyer stapfte in frisch gebügelter, weißer Leinenhose durch die Schneise, die ihm die Umstehenden nur widerwillig bildeten. Gott, er hatte wirklich gehofft, diesen Gockel nie wieder durch sein Blickfeld stolzieren zu sehen. Wieso hatte man zu so später Stunde eigentlich Zugriff auf derartige Kleidungsstücke? Und wieso war er überhaupt so verdammt schnell hier?

»Und darüber hinaus haben beide hier nichts zu suchen.«

Er funkelte sie an. Ein Blick auf seine Kollegin genügte Manne, um zu erkennen, dass ihre Wiedersehensfreude seine eigene noch um einiges unterbot.

»Ihnen auch einen guten Morgen«, sagte Manne und lächelte sparsam. »So sieht man sich wieder.«

»Danke fürs Stellunghalten, wir übernehmen jetzt«, sagte Lohmeyer knapp und machte dabei eine Handbewegung, als wolle er eine lästige Fliege verscheuchen. Und so weit von der Wahrheit entfernt war das sicherlich gar nicht.

Manne atmete einmal tief durch und sah sich um. »Können wir mal kurz unter sechs Augen sprechen, bitte?«

Lohmeyer schenkte ihm einen langen Blick. Dann nickte er. »Kommen Sie.«

Manne und Caro folgten dem Kommissar zu der Fahrzeugkolonne der Ermittler, die am Rande des Hauptwegs geparkt stand und wo LKA-Beamte gerade schlaftrunken ihr Equipment zusammensuchten oder sich an Thermoskannen mit Kaffee festhielten.

Er richtete das Wort an seine Kollegin, die ihn auch schon das letzte Mal begleitet hatte. »Sperrt das Grundstück ab und dann lasst Brahim in Ruhe arbeiten. Verstanden?«

Die Frau nickte. »Klar, Jan.«

»Hast du in der Rechtsmedizin schon jemanden erreicht?«

»Ja, aber wir haben besprochen, dass erst jemand kommt, wenn die Hütte freigegeben ist. Es reicht, wenn wir uns hier die Beine in den Bauch stehen.«

Lohmeyer nickte, ohne zu lächeln oder sich zu bedanken. Manne hoffte im Stillen, dass dieser Jemand aus der Rechtsmedizin Svenja Thießen-Kaiser war, die Schwiegertochter seines alten Freundes von der Sitte.

Sie erreichten einen schwarzen VW Passat, an dessen Kofferraum sich ein junger Mann zu schaffen machte. Als er hochsah, erkannte Manne ihn gleich. Sie hatten einander bei einer seiner diversen Befragungen zum Mord an Kalle Wischnewski kurz kennengelernt. Der einzige Beamte, der ihm sympathisch gewesen war.

»Herr Nowak«, rief der junge Kommissar auch gleich. »Was machen Sie denn hier?«

Bevor Manne antworten konnte, sagte Lohmeyer: »Er steckt seine Nase in Angelegenheiten, die ihn nichts mehr angehen. Gewöhn dich also nicht an seinen Anblick, Carsten. Und beeil dich ein bisschen, ich brauche kurz das Auto.«

Carsten zwinkerte Manne und Caro kurz zu, nahm einen Koffer heraus und knallte dann die Kofferraumklappe zu. »Machen Sie sich nichts draus«, raunte er Manne noch ins Ohr. »Der kann nicht anders.«

Manne lächelte. »Ist mir schon aufgefallen.«

Lohmeyer setzte sich hinter das Steuer. Manne bot Caro mit einer kleinen Handbewegung den Beifahrersitz an, doch die schüttelte den Kopf. Also setzte sich Manne neben den Kriminalhauptkommissar, während Caro auf dem Rücksitz Platz nahm.

»Also, schießen Sie los«, forderte Lohmeyer, und allein sein Tonfall vermittelte Manne, dass es ihn überhaupt nicht interessierte, was er zu sagen hatte.

»Hören Sie«, sagte er bemüht freundlich. »Wenn Sie sagen, dass wir unsere Nasen in Angelegenheiten stecken, die uns nichts angehen, dann liegen Sie falsch. Wir sind mittlerweile eine zertifizierte, eingetragene Detektei und wurden privat beauftragt, in diesem Fall zu ermitteln. Wir haben ein Recht, hier zu sein, und unserem Klienten gegenüber sogar eine Verpflichtung, ob Ihnen das jetzt gefällt oder nicht.«

Lohmeyer schnaubte und verschränkte die Arme, sagte aber nichts.

»Ich habe nicht vergessen, was Sie im Frühjahr für uns getan haben«, fuhr Manne in, wie er hoffte, versöhnlichem Tonfall fort. »Wenn Sie uns nicht gerettet hätten, wären wir jetzt beide tot.«

»Was ich gerade zutiefst bereue, das können Sie mir glauben«, knurrte Lohmeyer. Er lächelte nicht. Bei anderen Leuten hätte Manne diese Bemerkung für einen Witz gehalten und abgetan, aber so, wie Lohmeyer es sagte, klang nichts daran komisch.

Jetzt wurde Manne wütend. Es war nicht der richtige Zeitpunkt, aber er war hundemüde und hungrig und so voll Adrenalin und Unruhe, dass er es einfach nicht mehr schaffte, diplomatisch zu bleiben. »Sehen Sie!«, sagte er aufgebracht. »Genau das ist das Problem mit Ihnen. Sie sind ein aufgeblasenes, selbstgerechtes Arschloch.«

Er hörte, wie Caro hinter ihm nach Luft schnappte, doch was er gesagt hatte, konnte er jetzt auch nicht mehr rückgängig machen.

»Keine Ahnung, warum Sie diesen Job machen, aber sicherlich nicht, weil Sie Menschen im Allgemeinen besonders zugetan sind. Wahrscheinlich füttert der Umgang mit gefährlichen Straftätern Ihren Zynismus und bestätigt Ihre düstere Weltsicht. Aber andere Leute, darunter auch Caroline von Ribbek und ich, tun das aus Idealismus.«

Lohmeyer war puterrot im Gesicht geworden. »Ich könnte Sie wegen Beamtenbeleidigung drankriegen«, zischte er.

Manne lachte knapp und zeigte nach hinten. »Und hoffen, dass Frau von Ribbek Ihre Angaben bestätigt, nachdem Sie ihr eben Inkompetenz unterstellt haben? Viel Glück.«

Lohmeyer presste die Lippen aufeinander, sagte aber nichts. Manne fühlte eine grimmige Befriedigung bei dem Anblick. Man musste auch die kleinen Feste feiern.

Er versuchte, sich zu beruhigen. Eigentlich wollte er keinen Stress mit dem LKA. Im Gegenteil. Um einen versöhnlichen Ton bemüht, fuhr er fort: »Lohmeyer, Sie wissen genauso gut wie ich, dass ein Brandtatort die reinste Katastrophe für eine Ermittlung im Todesfall ist. Die Gartenfreunde haben da alles reingekippt, was sie finden konnten. Normales Wasser. Teichwasser. Poolwasser. Vielleicht sogar Bier. Sie haben diverse Feuerlöscher benutzt. Die Leiche ist verkohlt. Ich fress 'n Besen, wenn Sie überhaupt verwertbare Spuren finden, da drin.«

Lohmeyer schnaubte.

»Sie sind auf die Kooperation der Leute in dieser Anlage angewiesen. Und vielleicht erinnern Sie sich noch an das Maß der Mitarbeit bei uns im Verein?«

Lohmeyer brummte. Zu mehr konnte er sich noch immer nicht herablassen.

»Sehen Sie, ich kenne die Anlage und einige der Leute hier. Und ich kenne den Mann, der das Grundstück gepachtet hat.«

Lohmeyer riss den Kopf herum, doch Manne lächelte nur müde. »Denken Sie gar nicht daran. Bis kurz vor Mitternacht waren wir noch mit einer Observation in Prenzlauer Berg zugange. Dafür gibt es auch Zeugen.«

»Wenn es Zeugen gab, spricht das für eine sehr gelungene Observation«, sagte Lohmeyer giftig, aber Manne lächelte.

»War es auch. Wir konnten den Auftrag abschließen.«

»Dank der Entschlossenheit einer sehr inkompetenten Person«, schimpfte Caro von hinten, und Manne fiel das erste Mal seit Langem auf, dass er sie wirklich sehr mochte.

»Also, Herr Lohmeyer. Noch mal in aller Klarheit und zum Mitschreiben: Wir werden ermitteln, und wir haben auch das Recht dazu. Sie können uns nicht davon abhalten. So ein Fall hat es in sich. Sie können über Ihren Schatten springen und mit uns zusammenarbeiten. Wir teilen einander mit, was wir in Erfahrung bringen. Das Privileg einer eventuellen Verhaftung inklusive Pressekonferenz, Bonuspunkten und Handschlag vom Polizeipräsidenten gehört im Anschluss ganz allein Ihnen. Es ist ein Angebot.«

Lohmeyer schnaubte. »Wie stünde ich denn da, wenn ich mir von zwei Privatdetektiven helfen lassen würde, als könnte ich meinen Job nicht allein erledigen? Nein. Ganz sicher nicht.«

Manne legte seine Hand auf den Türgriff. »Na dann. Bleibt mir nur noch, Ihnen viel Glück für die kommenden Ermittlungen zu wünschen.«

Er öffnete die Tür. Caro und Lohmeyer stiegen ebenfalls aus. Lohmeyer richtete seine piekfeine Hose und stapfte in Richtung Grundstück. Im Gehen drehte er sich noch einmal um.

»Wer hat die Leiche gefunden?«

»Ich«, sagte Caro und lächelte süßlich. »Wieso?«

Lohmeyer sah sie an, und kurz meinte Manne, so etwas wie Unsicherheit in seinem Blick flattern zu sehen. Doch dieser Moment verflog schnell. »Sie beide müssen sich zu meiner Verfügung halten. Ich bin noch nicht mit Ihnen fertig.«

Weder Manne noch Caro ließen sich zu einer Erwiderung herab. Über den Baumwipfeln wurde es schon wieder heller, und Manne freute sich auf nichts mehr als ein Bett.

»Wo genau liegt die Leiche?«, fragte Lohmeyer.

Caro verschränkte die Arme. »Ich bin leider intellektuell nicht in der Lage, Ihnen das zu sagen. Finden Sie es selbst heraus!«

KAPITEL 5

Die Sonne strahlte mit voller Kraft, was man von ihnen nicht behaupten konnte. Sie saßen bei Schmittchen auf der Terrasse am Tisch und gähnten vor sich hin. Es war ein weiterer herrlicher Samstagmorgen im Spätsommer, und die Hitze des Tages kündigte sich jetzt bereits an. Nachdem in den frühen Morgenstunden klar geworden war, dass der Ingenieur das Gebäude für die Rechtsmedizin nicht freigeben konnte, bevor es nicht ordentlich abgestützt wurde, hatten sie das Feld geräumt, um sich ein bisschen auszuruhen.

Der Vorstandsvorsitzende hatte ihnen seine Couch und das Bett überlassen, während er selbst in einem Sessel im Wintergarten ein paar Stunden geschlafen hatte. Caro hatte ihn mehr als einmal gebeten, mit ihr zu tauschen. Da sie die Jüngste war, fühlte es sich falsch an, in dem gemütlichen Bett zu schlafen, doch davon hatte Schmittchen nichts wissen wollen.

Zum Glück war inzwischen Petra mit einem Haufen frischer Brötchen in der Kolonie eingetroffen, sodass sie sich mit Kaffee und Berichten aus der vergangenen Nacht gegenseitig wach halten konnten. Mannes Frau war mittlerweile so abgeklärt, dass sie wenig schockte, aber als Caro erzählte, wie sie den Toten gefunden hatte, wich Petra doch kurz die Farbe aus dem Gesicht. »Und sie haben die Leiche noch nicht geborgen?«, fragte sie voller Entsetzen.

Manne schüttelte den Kopf. »Viel zu gefährlich. Die Rechtsmedizin kann da nicht einfach rein. Stell dir vor, das Ding bricht endgültig zusammen.«

»Das heißt, der Tote liegt da noch?«

»Der Tote liegt da noch. Und eines kann ich dir sagen: Erst Feuer und dann Wasser machen eine Leiche nicht besser.«

»Darum geht es nicht, Manne.« Petra verzog das Gesicht. »Ich finde die Vorstellung eben gruselig.«

Manne griff lächelnd nach Petras Hand. »Schatz, wir haben im Frühling mehrere Tage Zaun an Zaun mit einer Leiche verbracht.«

»Das ist was anderes«, gab Petra zurück. »Wir wussten nichts davon, dass Kalle da liegt.«

Caro nickte. »Ich weiß genau, was du meinst. Die Vorstellung, dass ein paar Grundstücke weiter dieser …« Sie schluckte. Auch ihr Magen hatte noch nicht vergessen, was sie letzte Nacht gesehen hatte. »… dieser Mensch liegt, hat mich schlecht einschlafen lassen.« Sie seufzte und nahm noch einen Schluck Kaffee. »Wenigstens hatte ich keine Albträume.«

»Da hast du mir was voraus«, brummelte Manne, und Petra drückte seine Hand.

»Und was passiert jetzt als Nächstes?«, fragte Schmittchen, der die ganze Zeit bereits still und in sich gekehrt wirkte. Caro wusste zwar, dass dieser Mann ohnehin ein eher stilles Wasser war, vermutete aber, dass ihm einfach zu viel im Kopf herumging. Was sie ihm nicht verdenken konnte.

»Es kommen Spezialisten, die das Gebäude absichern. Vielleicht sind sie auch schon dabei«, sagte Manne. »Das geht eigentlich ziemlich schnell bei so einer kleinen Hütte. Ein paar Stützen, ein paar Bretter und fertig. Der Vorgang wird von einem Ingenieur überwacht, und dann kann die Laube freigegeben werden. Die Rechtsmedizin schaut sich die Leiche am Tatort an und nimmt sie dann mit. Danach kommt die Kriminaltechnik mit den Brandexperten. Ein solcher Tatort ist eine Heidenarbeit.« Manne nahm einen Schluck Kaffee und schüttelte den Kopf. »Sie werden überhaupt nicht glücklich sein.«

»Warum nicht?«, fragte Caro, die ihr Notizbuch hervorgekramt und den Kugelschreiber gezückt hatte. Die polizeilichen Abläufe hatte sie noch nicht verinnerlicht, interessierte sich aber

brennend dafür. Speziell die Spurensicherung hatte es ihr ange-
tan. Es war eindeutig ein Wermutstropfen ihrer Arbeit, dass sie
kaum Zugang zu forensischen Vorgängen und Ergebnissen er-
hielten. Ob es Weiterbildungsmöglichkeiten für Laien auf diesem
Gebiet gab?

»Nun«, sagte Manne und schob sich ein Stück Marmeladen-
brötchen in den Mund. »Die große Frage hier wird ja wohl sein, ob
es Brandstiftung war oder nicht. Zwar werden die Spuren des Feu-
ers Aufschluss darüber geben können, und auch Zeugenaussagen
sind wichtig, allerdings geht nichts über forensische Beweise.
Brandbeschleuniger sind aber flüchtige Stoffe. Je länger sie der
Luft ausgesetzt sind, desto unwahrscheinlicher wird, dass man sie
noch nachweisen kann. Und das macht einen ohnehin schwierigen Tatort noch kniffliger. Sie werden keine Fingerabdrücke finden, auch wenn sie sicher danach suchen werden, keine Haare
oder Fasern des Täters, falls es sich um ein Gewaltverbrechen und
keinen Unfall handeln sollte.«

»Schmittchen, du hast doch gesagt, die Laube gehört einem
Vorstandsmitglied, richtig?«, fragte Petra.

Schmittchen nickte. »Maik Reuter.«

»Und ihr vermutet, dass der Tote dieser Maik ist?«

Schmittchen zuckte die Schultern. »Ich habe schon mit seiner
Frau Nicole telefoniert. Vorhin. Er ist die ganze Nacht nicht nach
Hause gekommen, und sie kann ihn nicht erreichen. Entweder er
ist tot, oder hat sich aus dem Staub gemacht.«

»In beiden Fällen ist er eng mit der Tat verknüpft«, bemerkte
Manne.

»Und die arme Frau muss jetzt noch warten, bis die Leiche in
der Rechtsmedizin ist?« Petra atmete einmal tief durch. »Das ist ja
fürchterlich.«

»Selbst dann wird es noch dauern«, sagte Manne. »Die Leiche
kann man ja nicht per in Augenscheinnahme identifizieren. Da

muss ein DNA- oder Gebissabgleich her, das dauert. So lange wird sie mit der Angst leben müssen.«

Caro fröstelte. »Fürchterlich«, flüsterte sie.

Schmittchen nickte dumpf. »Ja. Sie haben einen kleinen Sohn. Lennard. Der ist jetzt fünf oder sechs.«

»Mein Gott«, murmelte Petra, und auch Caro wurde der Hals eng. Greta war gerade sechs geworden. Sie wollte sich nicht einmal ansatzweise vorstellen, wie es wäre, wenn Eike nie wieder nach Hause kommen würde.

»Sie haben gebaut, das Haus ist vor ein paar Wochen fertig geworden. Weshalb Maik die Parzelle auch gekündigt hat.«

»Hast du Fotos von ihm?«

Schmittchen runzelte die Stirn. Dann nickte er. »Müsste ich eigentlich«, sagte er und verschwand in der Hütte, wo er im hinteren Wohnbereich ein Regal durchsuchte. Schon nach kurzer Zeit kam er wieder zu ihnen heraus.

»Letztes Jahr hatten wir ein großes Sommerfest, da haben wir auch ein Gruppenfoto vom Vorstand gemacht«, erklärte er, während er in einem Fotoalbum blätterte. »Wo hab ich denn … Ah! Hier.«

Schmittchen legte das Album aufgeklappt zwischen Manne und Caro auf den Tisch. Das Foto zeigte eine Gruppe aus zehn Männern und Frauen, die in die Kamera lächelten. Schmittchens Finger deutete auf einen hochgewachsenen Mann, der eindeutig der jüngste in der Gruppe war.

»Das ist er.«

Caro pfiff leise durch die Zähne. Sie wusste nicht, was sie erwartet hatte, aber dieser grinsende Typ hier auf dem Foto war für sie nicht mit der verkohlten Leiche übereinzubringen, die sie in der vergangenen Nacht gesehen hatte. Und auch nicht mit dem Eindruck, den Schmittchen von Maik Reuter vermittelt hatte.

Der Mann auf dem Bild sah auf eine spitzbübische Weise charmant aus. Er hatte einen dunklen Teint, breite Schultern und ein einnehmendes Lachen. Gut, Maik Reuter war auch ein wenig pummelig und trug ein T-Shirt, auf dem der Spruch *Er zahlt* prangte und ein dicker Pfeil auf den Nebenmann zeigte. Caro hasste diese Art von T-Shirts und hatte so ihre Probleme mit den meisten Typen, die sie trugen. Dennoch war Maik Reuter ein Mann, der Frauen durchaus gefallen konnte. Er sah nicht aus wie ein Mensch, der andere schikanierte. Ein bisschen großspurig vielleicht, aber gutmütig.

»Wirkt wie ein freundliches Kerlchen, was?«, fragte Manne amüsiert, als könne er ihre Gedanken lesen. »Aber lass dich nicht blenden. Er ist wirklich ein unerträglicher Zeitgenosse.«

Schmittchen nickte. »Am Anfang findet man ihn noch charmant. Aber das ändert sich schnell, wenn man merkt, dass er anscheinend nur auf Erden wandelt, um seine Mitmenschen auszunutzen.«

»Ein ätzender Typ«, fügte Manne hinzu. »Ich kann dir nicht verdenken, dass du ihn im Verdacht hattest, seine eigene Hütte angezündet zu haben, Schmittchen. Das hätte ich ihm auch zugetraut.«

»Ja.« Schmittchen vergrub sein Gesicht in den Händen. »O Gott, ich hoffe einfach, dass er es nicht ist. Sondern irgendjemand anderes. Ein selbstsüchtiger Gedanke, was?«

Caro runzelte die Stirn. »Warum das?«

»Damit niemand so gestorben ist, den ich kannte. Und über den ich schlecht gedacht habe. Über den die ganze Anlage schlecht gedacht hat. Und nicht nur gedacht. Geredet! Was das bedeuten würde! Mir wird übel, wenn ich nur daran denke.«

»Das ist nicht selbstsüchtig, das ist menschlich«, sagte Caro und hatte mit einem Mal sehr viel Mitgefühl für den Mann, an dessen Tisch sie saß.

»Wenn hier jemand weiß, wie sich das anfühlt, dann bin ich es«, sagte Manne, dessen Verhältnis zu seinem ehemals besten Freund

Kalle vor dessen Tod auch nicht mehr das beste gewesen war. Er tätschelte Schmittchen den Arm. »Die Wahrscheinlichkeit, dass es Maik ist, ist allerdings recht hoch, das muss dir klar sein. Es nützt überhaupt nichts, sich in die Tasche zu lügen.«

Schmittchen nickte.

»Du musst dich so oder so auf harte Zeiten einstellen. Aber du bist nicht allein. Du hast uns.« Er warf Caro einen Blick zu, die hastig den Rest ihrer dritten Schrippe in den Mund schob. »Bist du fertig? Dann würde ich mir die ganze Sache gern mal im Hellen anschauen. Und rausfinden, wie weit sie sind.«

»Ja klar, ich bin so weit!« Caro wandte sich an Schmittchen. »Könntest du uns bitte alles zusammenstellen, was du über Maik weißt? Adresse, Arbeitgeber, Freund und Feind? Alles, was dir einfällt, könnte wichtig sein.«

Schmittchen nickte. »Gern. Dann hab ich wenigstens was zu tun.«

Während sie die Anlage überquerten, wurde Caro sich der Tatsache peinlich bewusst, dass sie noch in der durchgeschwitzten Kleidung vom Vortag steckte. Die Mischung aus Schweiß, ihrem Parfüm, hastig überall versprühtem Deodorant und Brandgeruch von der vergangenen Nacht war ein wahres Geruchserlebnis. Ihre Haare stanken wie nach einem Lagerfeuer, und unweigerlich dachte sie wieder an die Leiche. Doch der Brandgeruch klebte ihr nicht nur am Körper. Er wurde stärker und stärker, je näher sie dem Grundstück kamen.

Sie bogen ab, und Caro sah sie schon von Weitem: Eine kleine, dunkelhaarige, etwas untersetzte Frau, die mit verschränkten Armen mitten auf dem Weg stand und auf das verbrannte Etwas starrte, das einmal eine Gartenlaube gewesen war. Tränen rannen ihre Wangen hinab, und Caro hatte den Eindruck, dass sie zitterte. Sie stieß Manne in die Seite, der nur Augen für die Arbeiten an der Laube hatte, und er hielt inne.

»Meinst du, das ist seine Frau?«, fragte sie im Flüsterton.

Manne kniff die Augen zusammen, dann nickte er. »Das ist sie. Wir sind einander schon begegnet.«

Er ging voran, und Caro folgte ihm, einen harten Knoten im Magen. Was um alles in der Welt sollten sie dieser Frau sagen?

»Frau Reuter?«, fragte Manne vorsichtig und berührte die Frau am Ellbogen, die sofort zusammenzuckte.

»Sie erinnern sich vielleicht. Manfred Nowak von der Kolonie Harmonie e. V.«

»Wie?«, fragte Frau Reuter. Sie wirkte, als hätte Manne sie aus dem Tiefschlaf gerüttelt. Dann lächelte sie leicht. »Oh. Natürlich. Entschuldigung. Ich bin nur …« Sie fasste sich an den Kopf und zog sich die Strickjacke enger um die Schultern. Ihr Temperaturempfinden musste mächtig gestört sein, es war jetzt schon viel zu warm für irgendeine Jacke. Ihre Lippen waren farblos, die Hände zitterten leicht. Doch selbst in diesem Zustand konnte man sehen, dass sie eine sehr hübsche Frau war. Mit einem runden, feinen Gesicht und großen, auffallend blauen Augen.

»Natürlich«, sagte Manne. »Das wäre jeder.« Er schaute sich besorgt um, und Caro fragte sich, warum die Frau hier so allein herumstand. Warum sich niemand um sie kümmerte.

Manne schien ähnlich zu denken, denn er fragte: »Haben die Kollegen vom LKA Sie hergebeten?«

Nicole Reuter schüttelte den Kopf und deutete auf die Parzelle nebenan. »Nein.« Sie schluckte. Dann lächelte sie erneut unsicher. »Mein Mann ist heute Nacht nicht nach Hause gekommen. Und Schmittchen hat am Telefon gesagt, dass eine Leiche in unserer Hütte gefunden wurde …« Sie schluckte. »Ich habe Lennard zu meiner Mutter gebracht und bin hergefahren.« Sie zuckte die Schultern. »Keine Ahnung, wie lange ich schon hier stehe.«

Ihr Kopf nickte in Richtung des Grundstücks. »Ich habe es noch nicht über mich gebracht, näher ranzugehen. Es ist so …«

Nicole Reuter starrte auf einen Punkt irgendwo in der angesengten Hecke.

»Vielleicht ist das da drin ja auch gar nicht Ihr Mann«, hörte Caro sich selbst sagen. Manne schoss ihr einen warnenden Blick zu, und sie wusste selbst, dass sie das nicht hätte sagen sollen, doch die Frau rührte sie zutiefst, wie sie so dastand. Müde, frierend und verängstigt. Caro war es in der vergangenen Nacht genauso gegangen. Sie wollte unbedingt etwas Tröstliches zu ihr sagen.

Nicole Reuter drehte den Kopf und schaute an Caro vorbei ins Leere. »Das glauben Sie doch selbst nicht«, sagte sie und klang streng, beinahe hart. Caro schämte sich, obwohl sie nicht genau sagen konnte, wofür. Sie schluckte, antwortete aber nicht. Was sollte man darauf auch erwidern?

»Frau Reuter«, sagte Manne nun in geschäftsmäßigem Ton, »Schmittchen hat uns damit beauftragt, herauszufinden, was gestern Nacht genau geschehen ist.«

Zum ersten Mal sah die kleine Frau Manne und Caro direkt an. »Wie meinen Sie das?«, fragte sie, nicht unfreundlich, aber ein wenig irritiert.

»Nun«, sagte Manne. »Genau so, wie ich es sage. Meine Kollegin Caro von Ribbek und ich führen eine private Detektei. Ich habe lange Jahre bei der Kriminalpolizei gearbeitet, und Frau von Ribbek ist Expertin für soziale Medien und Internetermittlung. Gemeinsam können wir schon einige Erfolge verbuchen. Schmittchen hat uns verständigt, und wir sind gekommen.« Manne holte tief Luft und musterte die Frau eindringlich. »Wir wussten natürlich nicht, dass eine Leiche in der Hütte liegt. Aber wir haben den Auftrag zu ermitteln. Und das werden wir auch tun.«

»Sie waren bei der Kripo?«

Manne nickte. »Ja. Über dreißig Jahre lang.«

Über ihrer Nase bildete sich eine tiefe, skeptische Falte. »Und Sie wollen kein Geld von mir?«

Manne schüttelte den Kopf. »Der Verein zahlt. Da alles hier auf dem Grund der Kleingartenanlage geschehen ist, fühlt Schmittchen sich besonders verantwortlich.«

Frau Reuter lächelte leicht. »Das ist gut«, sagte sie. »Ich habe nicht die besten Erfahrungen mit der Polizei gemacht.« Sie trat von einem Fuß auf den anderen, als wäre ihr etwas unangenehm.

»Heißt das, dass Sie nichts gegen unsere Arbeit haben?«, fragte Manne.

Frau Reuter wirkte überrascht. »Wieso sollte ich? Auch ich möchte wissen, was hier passiert ist.« Sie fröstelte. »Vor allem, wenn …«

»Ich verstehe.« Manne nickte ernst. »Wäre es in Ordnung, wenn wir heute Nachmittag bei Ihnen vorbeikämen? Sollten Sie nicht mehr hier sein?«

Frau Reuter nickte. »Natürlich. Ich … Wie lange dauert es, bis die Leiche identifiziert ist?«

»Vielleicht bis morgen«, antwortete Manne. »Mindestens aber bis heute Abend. Die Ermittler werden Sie um etwas bitten, dem die DNA ihres Mannes anhaftet. Die Zahnbürste zum Beispiel oder ein Kamm. Vielleicht muss Ihr Sohn eine Blutprobe abgeben. Dann muss die Vergleichsprobe noch genommen werden. Der Abgleich dauert acht Stunden, wenn ein Forensiker durchmacht. Sonst über Nacht.«

Frau Reuter nickte und lächelte wieder ihr leicht zittriges Lächeln. »Galgenfrist«, sagte sie und erschrak dann offenbar über ihre eigene Wortwahl, denn sie hielt sich die Hand vor den Mund.

Doch Manne lächelte ihr nur traurig zu.

»Also kommen Sie und leisten mir Gesellschaft beim Warten«, sagte sie nur. Und dann, wie zu sich selbst: »Ich fahre jetzt nach Hause.«

»Wollen Sie nicht erst noch mit den Ermittlern sprechen?«, fragte Manne und zeigte mit leicht verwirrter Miene in Richtung ihres Gartens.

Doch Frau Reuter schüttelte den Kopf. »Ich will das nicht sehen. Und Maiks Zahnbürste habe ich auch nicht bei mir.« Mit diesen Worten machte sie sich auf in Richtung Parkplatz.

»Die arme Frau«, murmelte Caro.

»Ja. So was wünscht man wirklich niemandem«, bestätigte Manne. »Aber jetzt komm.«

Sie betraten den Garten, in dem es zuging wie in einem Bienenstock. Wie von Manne bereits vorhergesehen, war die Hütte mit ein paar dicken Brettern und Metallstützen gesichert worden, und nun schwärmten die in weiße Schutzanzüge gekleideten Beamten von der Kriminaltechnik durch die Laube und über das Grundstück. Von Lohmeyer war weit und breit nichts zu sehen; er ließ die Beinarbeit offenbar andere Leute verrichten. Das war ihr nur recht. Wahrscheinlich lag er noch im Bett.

Ein wenig abseits der Hütte stand eine Bahre auf der Terrasse, über die ein weißes Tuch gebreitet worden war. Die Rechtsmedizinerin Svenja Thießen-Kaiser stand daneben und lächelte ihnen entgegen.

Manne und Caro traten zu ihr, wobei Caro versuchte, nicht auf das weiße Tuch zu schauen, das an vier Stellen merkwürdig in die Höhe ragte. Sie wusste genau, was darunterlag.

»Ihr schon wieder«, begrüßte Svenja sie fröhlich.

»Du schon wieder«, gab Manne zurück und grinste, auch Caro lächelte.

»Wartest du auf den Transport?«

Svenja nickte. »Ja, der Fall ist ein bisschen komplizierter. Durch die Fechterhaltung passt der Körper nicht in einen unserer Särge. Und ich möchte nicht, dass er durch die Gegend rollt oder sich irgendwo neue Druckstellen bilden. Der Leichnam ist schon zerstört genug. Also müssen wir kreativ werden.

»Gibt es da keine …«, Caro suchte nach den richtigen Worten, »Vorrichtungen?«

Svenja lächelte. »Das wäre natürlich praktisch. Aber jeder ungewöhnliche Fall ist anders. Alles, was nicht in einen normalen Sarg passt oder normal transportiert werden kann, ist problematisch. Hier ist die Leiche nicht nur verbrannt, sondern auch noch nass geworden und vom Löschschaum beschädigt. Die Körperhaltung erschwert den Transport zusätzlich. Wir brauchen ein großes Behältnis mit glatter Oberfläche.«

»Eine Badewanne?«, rutschte es Caro heraus, noch bevor sie es verhindern konnte, und Manne schnaubte. Doch Svenja lächelte nur und sagte: »Ja, gar keine so schlechte Idee. Die kann man im Transporter nur so schwer sichern, weil sie unten rund ist.« Ihr Blick fiel auf die bedeckte Leiche. »Wahrscheinlich werden wir den Sarg einfach offen lassen und den Körper zusätzlich sichern. Aber zerbrecht euch nicht unsere Köpfe. Warum seid ihr hier?«

»Schmittchen hat uns beauftragt, in dem Fall zu ermitteln. Auf Kosten des Vereins.« Manne lächelte. »Wir sind also ganz offiziell unterwegs.«

»Ah«, sagte Svenja und blickte sich um. »Etwa so offiziell, dass Lohmeyer eure Anwesenheit duldet?«

»Siehst du ihn hier irgendwo?«, fragte Manne zurück, und Svenja grinste nur noch breiter.

»Seid ihr jetzt offiziell gelistet?«

»Ja, sind wir«, sagte Caro stolz und kramte eine der Visitenkarten aus ihrer Handtasche, die sie Svenja reichte.

»Nowak und Partner«, las diese nickend. »Schickes Logo.«

»Danke!« Caro strahlte bis über beide Ohren. Sie hatte das Logo für ihre Detektei selbst entworfen und war sehr stolz darauf. Aber ein Lob von Svenja hob die Sache noch auf ein ganz anderes Niveau. Es fühlte sich an wie ein Ritterschlag.

»Svenja, was brauchst du von uns, damit wir deine Ergebnisse offiziell einsehen dürfen?«

»Na, die Erlaubnis des Staatsanwalts«, sagte die Rechtsmedizinerin prompt. »Und ich wette, das weißt du. Wenn ich von ihm grünes Licht habe, kann ich euch die Ergebnisse übermitteln. Oder ihr kommt mich besuchen, und wir trinken einen Kaffee, wie letztes Mal. Aber da kann ich eben nur eingeschränkt plaudern.«

»Ich verwette meinen Hintern darauf, dass Lohmeyer versuchen wird zu verhindern, dass wir Einsicht bekommen«, sagte Manne.

Svenja nickte wissend.

»Ich verstehe sein Problem nicht«, sagte Caro.

Manne seufzte. »Privatdetektive haben unter Polizisten in Deutschland keinen guten Ruf. Sie stehen nur knapp über Kleinkriminellen.«

»Aber er weiß doch, dass du vom Fach bist«, hielt Caro dagegen. »Wenn er ein Problem mit mir hat, geschenkt. Der Typ mag seine Kollegen sicherlich auch nicht. Aber du weißt ganz offensichtlich, was du tust, das muss doch der Maßstab sein.«

Sie sah, wie Mannes Mundwinkel zuckten. »Das ist ja das Problem«, sagte er. »Stell dir einfach mal vor, wir lösen noch einen Fall, bevor er es tut.«

»Meinst du, er zieht dann kurz den Stock aus seinem Arsch, um auszurasten?«

Svenja prustete los. »Oh, herrlich! Was für eine Vorstellung. Also bitte: Gebt euch Mühe, ja?«

Caro lachte. »Allein, um dich zu amüsieren.« Sie tippte sich an eine imaginäre Hutkrempe.

»Ich finde, das steht mir zu«, gab Svenja zurück.

»Hast du bei der ersten Leichenschau denn schon etwas feststellen können?«, raunte Manne nun und erntete dafür von Svenja einen amüsierten, leicht tadelnden Blick.

»Er hat keine Löcher, wo keine hingehören«, sagte sie dann freundlich. »Zumindest nicht auf den ersten Blick. Und die Leiche

54

hat nicht lange gebrannt, dafür aber vollständig, von Kopf bis Fuß. Die Kleidung, falls er welche getragen hat, ist weg. Von Größe und Statur würde ich auf eine männliche Person schließen. Auch vom Körperbau. Der Bereich unterhalb der Haut dürfte so weit intakt sein, dass ich eine normale Obduktion vornehmen kann.«

Manne nickte. »Wird wohl dauern, oder?«

»Ja, das wird länger dauern. Ich muss das Blut untersuchen lassen, mir die Lunge genau anschauen, und falls er nicht am Brand oder dessen Folgen gestorben ist, alles andere ebenfalls. Wenn wir keine Verletzungen haben, die direkt sichtbar sind, müssen wir noch systematischer vorgehen als sonst. Von der Identifizierung ganz zu schweigen.« Sie runzelte die Stirn. »Aber das macht das Labor, denke ich. Man wird ja erst mal einen Abgleich mit DNA des Mannes machen, dem die Hütte gehört. Vor morgen Abend ist von mir jedenfalls nichts zu erwarten.« Svenja seufzte. »Der Staatsanwalt priorisiert die Sache bestimmt. Wieder kein Wochenende für mich.«

»Eine der Nebenwirkungen unseres Jobs«, sagte Manne schulterzuckend.

Caro stieg unbehaglich von einem Bein auf das andere. Die Arbeitszeiten waren auch für sie nach wie vor ein wunder Punkt. Greta war gerade in die Schule gekommen, an die auch ein Hort angeschlossen war. Sie war tagsüber gut versorgt und ging auch gern hin, aber das machte die Wochenenden als Familienzeit noch kostbarer. Ein Problem, für das es keine Lösung gab.

Sie ließ ihren Blick noch einmal in Richtung Laube schweifen und sah der Kriminaltechnik bei der Arbeit zu. Es war interessant zu beobachten, wie die Männer und Frauen in den weißen Ganzkörperanzügen vorgingen. Vorsichtig, bedacht und sehr kleinteilig, während sie in den Anzügen sicherlich schwitzten wie verrückt. Da fiel ihr ein Detail auf, das sie von der Spurensicherung in ihrem eigenen Garten nicht kannte. Die Mitarbeiter steckten die Beweismittel nicht in kleine Tüten, sondern …

»Eimer?«, fragte sie Manne verwirrt, und dieser nickte.

»Bei einem Brand ist alles komplizierter, auch die Spurensicherung. Brandbeschleuniger können mit Kunststoffen reagieren, deshalb kommen Tüten nicht infrage. Saubere Schraubgläser oder eben unbenutzte Lackeimer sind dafür besser geeignet. Luftdicht und nicht so leicht zu beschädigen.«

Er kratzte sich am Kopf. »Aber nach einer ganzen Nacht wird sowieso kaum noch was von dem Zeug übrig sein.«

»Gehst du denn davon aus, dass es Brandstiftung war?«, fragte Caro, und Manne schnaubte.

»Wie wahrscheinlich ist alles andere?« Er kniff die Augen zusammen. »Konntest du erkennen, welche Farbe die Flammen hatten, Caro?«

»Wofür ist das denn wichtig?«

»Wenn Brandbeschleuniger im Spiel ist, sehen Flammen und Rauch anders aus.«

Caro runzelte die Stirn. »Hättest du mir das nicht heute Nacht sagen können? Dann hätte ich eher drauf geachtet.«

»Entschuldige, ich habe nicht daran gedacht.«

»Vielleicht finden wir es trotzdem heraus«, bemerkte Caro und zog ihr Handy aus der Tasche. »Ich habe ein paar Fotos gemacht.«

Sie tippte auf ein Bild, das die brennende Hütte zeigte, und reichte es Manne. Auch Svenja beugte sich mit interessiertem Blick darüber.

»Bläuliche Flammen und weißer Rauch«, sagte Manne und wirkte fast schon vergnügt. »Das sieht mir doch schon sehr nach Brandstiftung aus. Gut mitgedacht, Kollegin.«

Caro spürte, dass sie ein wenig rot wurde, und steckte das Telefon zurück in ihre Tasche. »Ich habe fotografiert, was ich konnte. Wenn der liebe Herr Lohmeyer nicht so stur wäre, hätte ich ihm die Bilder gern zur Verfügung gestellt.«

Manne wippte auf seinen Zehenspitzen auf und ab. »Richtig.

Dann müsste er sich jetzt nicht auf Augenzeugen verlassen, die heute Nacht schon mehr als ein Feierabendbier in der Blutbahn hatten.«

In dem Moment tauchte ein ihnen wohlbekannter Kopf über der Heckenkante auf. Ob der Typ spürte, wenn man über ihn redete? Ein bisschen unheimlich war es schon, dass er immer auftauchte, als hätten sie ihn gerufen.

»Nowak, von Ribbek«, rief er ihnen zu. »Das Betreten des Grundstücks ist Unbefugten verboten. Das schließt Sie mit ein. Runter vom Rasen!«

Caro schaute auf das matschig-braune Gemisch zu ihren Füßen, das alles Mögliche war, nur sicher kein Rasen.

»Wir sind keinesfalls unbefugt. Wir haben den Auftrag des Bezirksvorsitzenden und den Segen der Parzellenpächterin«, gab Manne seelenruhig zurück.

»Aber weder meinen noch den der Staatsanwaltschaft. Und das ist alles, was …« Lohmeyer hielt inne. »Moment. Welche Parzellenpächterin?«

»Na, Frau Reuter«, sagte Manne, und Caro freute sich im Stillen sehr darüber, dass die Gesichtsfarbe des Kommissars gerade von Purpur zu Magenta wechselte.

»Frau Reuter war hier?«

»Vor etwa einer halben Stunde«, bestätigte Manne ruhig.

»Und sie hat mit *Ihnen* gesprochen?« Auf Lohmeyers Stirn begann eine Ader bedrohlich zu pochen. Wäre er eine Filmfigur, fände Caro ihn regelrecht unterhaltsam.

Manne blieb ganz ruhig, was Caro nur bewundern konnte. »Sie vergessen vielleicht, dass ich hier im Bezirk auch Vorstand eines Vereins bin. Wir haben Bezirksfeste und andere gemeinsame Veranstaltungen. Frau Reuter und ich sind uns schon begegnet. Sie können nicht erwarten, dass ich sie nicht anspreche, wenn wir aufeinandertreffen. Gerade nicht nach allem, was letzte Nacht passiert ist.«

Nun sah Lohmeyer aus, als hätte er auf eine ganz besonders saure Zitrone gebissen. Doch erstaunlicherweise sagte er nichts mehr dazu, sondern fragte nur: »Und wo ist Frau Reuter jetzt?«

Er schaute sich suchend auf dem Grundstück um, als erwarte er, sie im hinteren Teil des Gartens die verkohlten Sträucher zurückschneiden zu sehen.

»Sie ist nach Hause gefahren«, antwortete Manne.

»Sie haben sie fahren lassen?«, polterte Lohmeyer.

Caro beobachtete aus dem Augenwinkel, wie Svenja mit hochrotem Kopf die Terrasse in Richtung des Häuschens verließ. Wahrscheinlich, um nicht vor dem Kommissar in lautes Gelächter auszubrechen.

»Sie wollte nicht bleiben«, antwortete Manne ungerührt.

»Hätten Sie Frau Reuter nicht hierbehalten können? Es war doch klar, dass ich mit ihr sprechen möchte.«

Caro zog die Brauen hoch. »Wir arbeiten doch nicht zusammen. Schon vergessen?«

»Und jetzt entschuldigen Sie uns«, sagte Manne. »Wir werden Ihrer Anweisung Folge leisten und das Grundstück verlassen. Einen schönen Samstag noch, Herr Hauptkommissar.«

KAPITEL 6

»Reiß alles raus, was nicht nach Gemüse aussieht.«
Caro schaute auf ihr riesiges, überwuchertes Tiefbeet und schnaubte. »Geht es ein bisschen genauer?«

»Nein.« Manne grinste und rammte die Klinge seiner Handhacke in den Boden. Es tat ihm gut, nach der langen Nacht und dem anstrengenden Vormittag etwas im Garten zu erledigen. Ein bisschen Sonne und frische Luft. Erde unter den Fingern. Das half eigentlich immer, um Ordnung in den Kopf zu bekommen. Es hieß ja nicht umsonst *sich erden,* oder?

»Am besten ist, wenn du die Wurzel mit erwischst«, erklärte er nun und hebelte eine der garstigen Hirsewurzeln heraus. »Und sieh zu, dass die Gräser nicht zu viele Samen verlieren. Sonst machst du das Problem nicht besser, sondern schlimmer. Und nur weil etwas braun ist, heißt es noch lange nicht, dass es nicht mehr treibt. Giersch sieht oft vollkommen harmlos aus, kann sich aber unterirdisch überall verbreiten.«

»Klingt ganz einfach.« Caro riss an einem Büschel Gras. »Das Ding sitzt fest wie ein Zahn.«

»Man wächst da rein«, sagte Manne fröhlich, und Caro hielt mitten in der Bewegung inne.

»Sag mal, willst du mich eigentlich verarschen?«, fragte sie. Manne kicherte.

Sie waren für den Nachmittag zurück in ihre Anlage gefahren und hatten sich darauf geeinigt, bis zum frühen Abend zu warten, bevor sie wieder in Aktion traten. Sie wollten etwas Zeit verstreichen lassen und erst nach Lohmeyer bei Frau Reuter in Wandlitz auftauchen. Und Gartenfreunde waren nach einem sonnigen Tag und einem oder zwei Schulti gesprächiger als zur Mittagszeit.

Eine Weile werkelten sie still vor sich hin. Nebenan auf Mannes Parzelle tobte Greta in Jonas' altem Planschbecken, und Eike versuchte auf der Terrasse, an irgendeiner Online-Konferenz teilzunehmen. Ein wenig fühlte es sich so an, als wären sie eine Familie.

»Du bist also sicher, dass es Brandstiftung war?« Caro warf ein Grasbüschel samt Wurzeln sehr schwungvoll in einen schwarzen Eimer.

»Ziemlich sicher. Obwohl man natürlich nicht ausschließen kann, dass Maik brennbare Flüssigkeiten in der Laube gelagert hat und mit einer Zigarette in der Hand eingeschlafen ist.«

»Er hat geraucht?«

Manne nickte. Zumindest hatte er Maik Reuter schon rauchen sehen.

Doch dann war er sich nicht mehr sicher. »In letzter Zeit habe ich ihn nur noch mit so einem Dampfer gesehen.«

»Die Dinger sind schrecklich«, sagte Caro. »Ich habe gelesen, dass sie explodieren können.«

»Hm«, machte Manne. »Gut, da sollten wir uns unbedingt schlaumachen. Vielleicht weiß seine Frau ja, welchen Verdampfer er benutzt hat, sodass wir den Hersteller kontaktieren können.«

Caro richtetet sich mit einem großen Büschel Unkraut in der Hand auf und runzelte die Stirn. »Komisch, oder? Dass er gestern ganz allein in der Laube war. Warum war seine Familie an so einem schönen Sommerabend nicht dabei? Es war immerhin Freitag. Und warum hat er sich das Spiel nicht mit jemandem angeschaut? Die Anlage war voll.«

»Hm«, machte Manne erneut. »Wir sollten die Nachbarn fragen, ob das häufiger vorgekommen ist. Manche Paare sind ja auch ganz froh, hin und wieder räumlich getrennt zu sein.« Er dachte einen Moment nach. »Oder sie arbeitet im Schichtdienst.«

»Dann hätte sie ihren Sohn nicht erst heute zu ihrer Mutter gebracht, sondern schon gestern Abend.« Caro warf auch dieses Büschel in den Eimer. »Wie gut kennst du Frau Reuter?«

Manne überlegte. »Nicht gut. Wir sind uns wirklich nur ein paar Mal begegnet.«

»Und welchen Eindruck hattest du da von ihr?«, fragte Caro.

»Na ja.« Er versuchte, sich die wenigen Begegnungen zwischen ihm und Maiks Frau ins Gedächtnis zu rufen. Tatsächlich musste er gestehen, dass er nie wirklich auf sie geachtet hatte. Maik hatte immer die gesamte Aufmerksamkeit für sich beansprucht.

»Sie war immer so still, wie er laut war«, sagte er schließlich. »Hat eher in seinem Schatten gestanden und ist nicht besonders in Erscheinung getreten. Aber, Caro, wir wissen ja noch gar nicht, ob Maik wirklich der Tote ist.«

»Wenn er mittlerweile wieder aufgetaucht wäre, hätte Schmittchen doch schon angerufen«, hielt sie dagegen.

»Es könnte auch jemand sein, den Maik selbst umgebracht hat.«

»Ja, aber auch dann sollten wir so viel wie möglich über ihn herausfinden, oder nicht? Hast du nicht gesagt, das Motiv führt zum Täter?«

Manne schmunzelte. Manchmal war es ganz schön, sich wie ein Mentor zu fühlen. »Gut aufgepasst«, sagte er.

Caro wischte sich den Schweiß von der Stirn und stöhnte. »Gott, es ist viel zu heiß für so was. Sicher, dass Schmittchen sich noch nicht gemeldet hat?«

Manne schüttelte nachsichtig den Kopf. Es war sicherlich das fünfte Mal, dass sie fragte, seit sie mit dem Unkrautjäten angefangen hatten. Sie hatten mit dem Vorsitzenden des Bezirksvorstands vereinbart, dass er sich melden würde, sobald Lohmeyer wieder im Rosenthal auftauchte. In dem Moment wollten Caro und er sich auf den Weg machen. Zum wiederholten Mal zog er sein Handy hervor.

»Nein. Aber wahrscheinlich hast du recht, es ist viel zu heiß, um Unkraut zu rupfen. Lass uns in den Schatten gehen und was trinken. Wenn wir uns das Hirn verbrennen, ist es zu nichts mehr nütze.«

Mit einem dankbaren Lächeln richtete Caro sich auf. Dann fiel ihr Blick noch mal auf das Beet, das sie gerade mal zu einem Fünftel oder noch weniger von Unkraut befreit hatten. Zu zweit. In einer Stunde.

»Manchmal frage ich mich, wie ich das alles schaffen soll«, murmelte Caro.

Manne klopfte ihr freundlich auf die Schulter. »Wer fragt sich das nicht?«

Sie gesellten sich zu Eike, der mittlerweile mit einem Glas Limo im Schatten saß und die langen Beine von sich gestreckt hatte. »Ist deine Konferenz zu Ende?«, fragte Caro, nahm ihrem Mann das Getränk aus der Hand und setzte sich an den Tisch.

Eike lächelte gutmütig und stand auf. »Ja, für heute.«

»Wieso arbeitest du denn überhaupt an einem Samstag?«, wollte Manne wissen.

»Ihr Detektive seid nicht die Einzigen mit ungewöhnlichen Arbeitszeiten. Möchtest du auch was trinken?«

»Wasser wäre gut«, sagte Manne und nickte lächelnd. Nicht zum ersten Mal fühlte er sich Eike gegenüber seltsam schuldig dafür, dass er mit Caro gemeinsam die Detektei betrieb. Er wusste natürlich, dass Eikes Leben vorher sehr viel gemütlicher gewesen war. Auf der anderen Seite war es Caros Idee gewesen, nicht seine. Und niemand hatte in einer Familie ein Anrecht auf das gemütlichere Leben. Caro war ein Naturtalent. Sie hatte eindeutig das Ermittler-Gen. Gegen so etwas kam man nicht an.

Eike trat zurück auf die Terrasse und stellte Manne ein großes Glas Wasser vor die Nase. Dann setzte er sich neben seine Frau und drückte ihr einen Kuss auf die erdverschmierte Hand.

»Ihr habt also einen neuen Mordfall?«, fragte er interessiert und schaute von Manne zu Caro.

Vielleicht, dachte Manne, bildete er sich das alles auch nur ein, und Eike störte sich gar nicht daran, nun mehr Aufgaben übernehmen zu müssen.

Caro nickte, doch Manne sagte: »Na, ob wir es mit einem Mord zu tun haben, muss sich erst noch herausstellen. Wir haben aber auf jeden Fall schon wieder eine Leiche.«

»Eine Leiche in einem Schrebergarten.« Eike zog die Brauen hoch. »Ich wusste gar nicht, dass es so lebensgefährlich ist, einen Schrebergarten zu haben. Davon hast du bei unserem Einstandsgespräch überhaupt nichts gesagt.«

Caro lachte. »Keine Sorge. Ich pass auf dich auf.«

Über Eikes Gesicht huschte ein gequälter Ausdruck, doch der ging so schnell, wie er gekommen war.

»Könnte sich der Körper auch selbst entzündet haben?«, fragte Caro im Plauderton und nahm noch einen Schluck Limo.

»Bitte?« Manne war sichtlich verwirrt. »Selbst entzündet? Wie meinst du das denn?«

»Na, so was gibt es doch!« Caro runzelte die Stirn. »Ich hab dazu mal was gelesen, da bin ich ganz sicher.«

»Darüber, dass Menschen sich selbst entzünden?«, fragte Manne ungläubig. »Oder meinst du: sich selbst anzünden?«

»Nein, selbst *ent*zünden. Einfach in Flammen aufgehen.«

Manne lachte. »Du nimmst mich auf den Arm, oder?«

Caro schüttelte den Kopf. »Nein. Ich weiß, dass es ein paar solcher Fälle gab.«

»Ich glaub, ich kann das aufklären.« Eike lächelte nachsichtig. »Ich weiß, was du meinst, Liebling. Aber spontane menschliche Selbstentzündung ist ein Mythos.«

Er wandte sich an Manne.

»Tatsächlich gibt es historisch gesehen ein paar Fälle, in denen menschliche Körper komplett verbrannt sind, ohne dass die Umgebung stark in Mitleidenschaft gezogen wurde. Als wären sie einfach in einer Stichflamme aufgegangen. Das hat natürlich für wilde Theorien gesorgt, und früher dachten manche Mediziner wirklich, der menschliche Körper könnte sich selbst entzünden, wenn er nur eine große Menge Alkohol im Blut hätte. Aber wir wissen mittlerweile, dass das unmöglich ist.«

»Wie könnt ihr euch da so sicher sein?«, fragte Caro.

»Na ja, der menschliche Körper besteht zum größten Teil aus Wasser. Bis auf ein paar Fürze im Darm und ein paar Haare ist von uns doch nichts brennbar. Wie sollten wir uns da selbst entzünden können?«

Caro schaute ein wenig ertappt aus der Wäsche. »Ist ja gut. Es war nur eine Frage. Dann können wir das schon mal ausschließen.«

»Das würde ich auch sagen. Zumal ich mir ja recht sicher bin, dass Brandbeschleuniger im Spiel war«, sagte Manne, der froh war, dass Eike Caro diese Flause ausgetrieben hatte.

Sie sah ihn an. »Benzin?«

»Ist am wahrscheinlichsten. So schnell, wie die ganze Hütte gebrannt hat. Und Benzin hat wirklich fast jeder auf der Parzelle.« Er runzelte die Stirn. »Gestern Abend war die Anlage proppenvoll. Alle Nachbarn waren da. Ich möchte wirklich gern wissen, wie jemand unbemerkt auf das Grundstück und wieder runter gekommen sein soll.«

»Vielleicht hat ja jemand was bemerkt«, sagte Caro.

»Zumindest hat Schmittchen noch nichts gehört«, gab Manne zu bedenken.

»Oder es war jemand, der gar nicht aufgefallen ist, ein Nachbar oder sonst jemand aus dem Rosenthal«, sagte Caro. »Ist das nicht sowieso recht wahrscheinlich? Immerhin hat Reuter die Kleingärtner genervt und teilweise schikaniert.«

»Wenn er überhaupt der Tote ist«, wiederholte Manne. »Was wir noch gar nicht wissen.«

»Wovon wir aber schon ausgehen«, gab Caro zurück.

»Zu vorschnell darf man in unserem Job aber nicht sein. Das verengt den Blick.«

»Ach ja«, seufzte Eike hörbar und streckte sich genüsslich aus. Es war mehr als deutlich, dass er keine Lust hatte, seiner Frau und ihrem Kollegen beim Streiten zuzuhören. Manne lächelte ertappt und ließ das Thema fallen.

Vom Nachbargrundstück hörten sie das fröhliche Juchzen von Greta und Petras Lachen. Es war ein Segen, dass die beiden einander hatten. Für alle.

»Nur weil niemand aufgefallen ist, heißt das ja trotzdem nicht, dass es jemand aus dem Verein war«, dachte Manne nun laut. »Ein Freitagabend im Sommer. In den Ferien. Wir alle bekommen in dieser Zeit ständig Besuch. Da achtet doch niemand auf Fremde, die über die Anlage gehen.«

»Auch nicht, wenn sie einen Benzinkanister dabeihaben?«, fragte Caro.

»So einen Kanister kann man auch in einer Sporttasche verstecken. Das ist kein Problem.«

»Vielleicht hat sich der Mann ja auch umgebracht«, sagte Eike. »An einem lauen Sommerabend ungestört in der eigenen Laube …?«

Manne dachte nach. Möglich war das natürlich, wenn auch eine merkwürdige Art, aus dem Leben zu scheiden. Außerdem schien ihm Maik nicht der Typ für Suizid zu sein. Aber wer war das schon?

»Es wäre auf jeden Fall eine Möglichkeit, die wir in Betracht ziehen sollten«, sagte er.

In seiner Hosentasche brummte es. Er zog das Handy hervor. »Schmittchen«, informierte er Caro. »Zeit, zu fahren.«

KAPITEL 7

Caro wusste nicht, was sie erwartet hatte, aber *das* ganz sicher nicht.

»Bist du sicher, dass wir die richtige Adresse haben?«, fragte sie Manne, der ebenfalls stirnrunzelnd das große Eingangstor und die lange Auffahrt betrachtete.

»Es ist zumindest die Adresse, die mir Schmittchen genannt hat.« Er deutete auf das große R im schmiedeeisernen Tor. »R wie Reuter. Das passt wiederum.«

»Eher R wie raushängen lassen. Hat Schmittchen nicht gesagt, der Typ ist Maurer?«

»Schon. Aber es gibt unzählige Erklärungen für …«, Manne machte eine unbestimmte Geste in Richtung des riesigen Hauses, das sich mit seiner opulent verzierten hellrosa Fassade und den Säulen links und rechts der Eingangstür doch stark von den modernen Häusern der Nachbarschaft unterschied, »… nun, das da. Ein absurder Kredit. Reiche Eltern. Ein Lottogewinn.« Manne parkte den Wagen am Straßenrand vor dem Eingangstor.

»Von einem Lottogewinn hätte die ganze Anlage gewusst. Maik klingt nicht wie jemand, der mit so was hinterm Berg halten würde. Und stinkreiche Eltern haben eigentlich keine Schrebergärten.« Caro überlegte. »Ein absurder Kredit würde allerdings erklären, warum er versucht hat, die Laube für so viel Geld zu verkaufen.«

Manne nickte. »Stimmt. Allerdings sind vierzig-, fünfzigtausend bei so was auch nur ein Tropfen auf den heißen Stein.«

Vor allem in dieser Lage, dachte Caro. Das Haus stand direkt am wunderschönen Liepnitzsee. Sie stiegen aus und klingelten. Die kleine Pforte, die links neben dem Eingangstor lag, sprang sofort mit einem Surren auf.

»Ich werde nie verstehen, warum sich Menschen derart verschanzen, um dann doch jeden reinzulassen, der klingelt«, murmelte Manne. »Das ergibt doch keinen Sinn.«

Caro grinste. »Wir könnten Sicherheitsberatung anbieten. Als zweites Standbein.«

Sie gingen die gepflasterte Auffahrt hinauf, die von einem gepflegten Rasen gesäumt wurde. »Warum wollte er noch im Verein bleiben, wenn er so viel Platz für einen Garten zu Hause hat?«, wunderte sie sich laut. »Ich meine: Hier ist natürlich noch eine Menge zu tun, aber das Grundstück ist riesig.«

»Maik hat sich gerne wichtiggemacht«, murmelte Manne, der allerdings ähnlich verwirrt aussah, wie Caro sich fühlte. Keine vierundzwanzig Stunden mit einem neuen Fall und schon wieder passte überhaupt nichts zusammen. Aber vielleicht musste das so sein. Wenn in einem Leben nichts zusammenpasste, entstanden Schlupflöcher, durch die das Böse eindringen konnte. Solange alles logisch ineinandergriff und das Lebensnetz stark genug war, geschahen keine Morde. Jedenfalls hoffte Caro das.

Nicole Reuter stand in der Eingangstür und blickte ihnen müde entgegen. »Hallo«, sagte sie und öffnete die Haustür weit. »Kommen Sie rein.«

Sie folgten der Frau durch einen mit Granit gefliesten Flur, von dem eine breite Treppe ins Obergeschoss abging, in ein riesiges und vollkommen überdekoriertes Wohnzimmer. Nach Caros Dafürhalten war alles in diesem Raum, in diesem Haus, absolut scheußlich. Teuer, aber geschmacklos. Sie selbst würde so ein Zeug nicht einmal als Geschenk akzeptieren, geschweige denn dafür bezahlen.

Die Einrichtung sah aus, als hätte jemand versucht, ein Vorort-Versailles zu kreieren. Und alles war so neu, dass man fast noch die Farbe riechen konnte. Ihre Schuhe quietschten auf dem Fußboden, und sie hatte Angst, etwas anzufassen. Nichts in dem opulent eingerichteten Wohnzimmer deutete drauf hin, dass in diesem Haus auch ein Kind lebte. Keine Schrammen in den Fußleisten, keine speckigen Streifen an den Wänden. Und die Sitzecke erst! Sie konnte nur für sich sprechen, aber der Tag, an dem sie sich trauen würde, ein riesiges cremefarbenes Sofa zu bestellen, lag noch in weiter Ferne. Vielleicht, wenn Greta in die Pubertät kam. Aber selbst dann war die Gefahr recht groß, dass sie Pizzakäse oder billigen süßen Rotwein darauf verteilte, wenn ihre Eltern nicht da waren. Und musste es nicht auch ein Stück weit so sein?

»Ist Ihr Sohn noch bei seiner Großmutter?«, fragte Manne, der dasselbe zu denken schien, und Frau Reuter nickte.

»Ja. Ich möchte ihn erst wieder herholen, wenn ... wenn alles klar ist. Hier mit mir hätte er ja doch keine unbeschwerte Minute mehr. Lennard merkt schnell, wenn etwas nicht in Ordnung ist. Dann hört er nicht mehr auf zu fragen.«

Sie starrte auf ihre Füße. Diese Frau war das Einzige, was in diesem Raum fehl am Platz und überhaupt nicht mehr neu wirkte. Beinahe, als hätte man eine Haushaltshilfe bei der Arbeit gestört und nicht die Herrin des Hauses angetroffen.

Maiks Frau sah mit ihren Bluejeans und dem schwarzen Shirt vollkommen normal aus. Sogar ein wenig verlebt. Das Blumentattoo auf ihrer rechten Hand war leicht verblichen, und ihre Haut hatte schon ein bisschen zu viel UV-Licht abbekommen. Auf Caro wirkte sie wie jemand, der eine Zeit seines Lebens im Mittelmeerraum verbracht hatte. Und wie das einzig Authentische in diesem Haus.

»Gott, wie lang kann ein Tag sein?«, murmelte sie nun, und Manne lächelte mitfühlend.

»Meiner Erfahrung nach Jahre. Aber auch diese Tage gehen vorbei.«

Frau Reuter straffte den Rücken und sagte: »Gut. Dann fragen Sie mich was. Dafür sind Sie doch hier, oder?«

Caro zog ihr Notizbuch hervor, das fast schon voll war. »Sind Sie es nicht leid zu reden? Die Polizei war doch sicher schon da.«

»Ja. Ich war keine Viertelstunde zu Hause, als sie ankamen. Aber sie waren nur hier, um ein paar Fragen zum Garten zu stellen und Maiks Zahnbürste abzuholen. Sie waren unfreundlich und schnell wieder draußen.«

Manne nickte. »Sie wollen wahrscheinlich abwarten, was der DNA-Abgleich ergibt, um gezielter nachhaken zu können.«

Nicole Reuter schluckte. »Was soll der schon groß ergeben? Maik ist seit gestern Abend nicht mehr hier aufgetaucht. Er geht nicht an sein Telefon. So ist er normalerweise nicht.«

»Aber die Polizei muss ganz sicher sein, bevor sie Ihnen gezielte Fragen stellen kann.«

Nicole Reuter verschränkte die Arme. »Das verstehe ich nicht.«

Manne lächelte nachsichtig. »Wenn herauskommt, dass der Tote in der Laube nicht Ihr Mann ist, dann wird aus Ihrem Mann ein potenzieller Täter.«

Frau Reuter riss die Augen auf. »Gott, daran habe ich ja noch gar nicht gedacht.«

»Daran müssen Sie auch erst denken, wenn es so weit ist. Fürs Erste heißt es leider wirklich abwarten. Ich wollte Ihnen nur die Perspektive der Kriminalpolizei erklären. Die Kollegen sind auf Effizienz ausgerichtet, da bleibt wenig Raum für was anderes. Vor allem in Fällen, wo Zeit von besonderer Bedeutung ist.«

Frau Reuter ließ diese Informationen eine Weile sacken. Dann fragte sie plötzlich: »Wie spät ist es eigentlich?«

»Es ist kurz vor sieben«, antwortete Caro.

»Dann ist es in Ordnung, ein Glas Wein zu trinken. Finden Sie nicht?«

»Absolut«, bestätigte Manne.

Sie ging in die offene Küche, holte aus einem Kühlschrank, in den Mannes Auto locker reingepasst hätte, eine angebrochene Flasche Weißwein sowie kaltes Wasser und stellte beides zusammen mit Gläsern auf ein Tablett.

Als sie versuchte, alles hochzuheben, fielen zwei Gläser um, rutschten über den Rand des Tabletts und zerbrachen auf dem Boden. Sie stieß einen kleinen Schrei aus.

»Ich mach das!«, rief Caro hastig, ging in die Küche und brachte erst Frau Reuter, dann die Getränke zur Sitzgruppe, bevor sie sich daranmachte, die Scherben zumindest grob aufzusammeln. Dabei wunderte sie sich, dass Nicole ganz allein hier in dem großen Haus war. Wieso stand ihr in dieser schweren Situation niemand bei? Hatte sie keine Freunde oder andere Familienmitglieder?

»Das ist ein schönes Haus«, log sie, als sie sich hinsetzte. »Wie lange wohnen Sie schon hier?«

»Zwei Monate«, antwortete Frau Reuter. »Und bitte, nennen Sie mich Nicole. Niemand sagt ›Frau Reuter‹ zu mir.«

»Caro und Manne«, nickte Manne. »Wir Gartenfreunde duzen uns.«

»Wo habt ihr vorher gewohnt?«, wollte Caro wissen, und Nicole schnaubte leicht.

»Bei meinen Eltern in der Einliegerwohnung. Wir wollten uns die Miete sparen. Aber dieses Bauprojekt hat dreimal so lange gedauert wie ursprünglich geplant, und meine Mutter war jetzt ganz froh, dass wir endlich ausgezogen sind. Es war schon ziemlich eng.«

»Die Raten sind bestimmt heftig«, sagte Caro, und Nicole zuckte die Schultern.

»Es geht.«

Sie nahm einen Schluck Wein, und Caro warf Manne einen Blick zu. Der machte nur eine hilflose Geste.

»Hast du niemanden, der dich jetzt unterstützen kann?«, fragte Caro vorsichtig.

»Familie oder Freunde?«

Nicole hob den Blick. »Ich hab nur meine Mama. Und die passt auf Lennard auf.«

»Das muss hart sein«, sagte Caro mitfühlend und fragte sich gleichzeitig, warum jemand, der hier aufgewachsen war, keine Freunde hatte.

Nicole lächelte leicht. »Ist es doch eh, oder nicht? Aber für mich ist es besser so. Ich leide lieber im Stillen.«

»Kann ich gut verstehen«, sagte Caro.

»Ach ja?« Nicole hob leicht spöttisch die Brauen und musterte sie von oben bis unten. Caro ahnte, was sie sah. Einen Menschen, der es noch nie wirklich schwer gehabt hatte. Doch so ganz stimmte das nicht.

Caro atmete tief durch, dann sagte sie: »Ja. Meine beste Freundin hat sich das Leben genommen, kurz vor dem Abitur. Danach wollte ich niemanden sehen, über Wochen nicht. Weder meine Eltern noch andere Freundinnen oder Klassenkameraden. Das Abitur habe ich versäumt und musste es nachschreiben. Zum Glück hatte die Schule Verständnis. Ich habe mich verkrochen. Deshalb kann ich das Bedürfnis gut nachvollziehen.«

Sie schaute Nicole Reuter an, die mit angezogenen Beinen auf der Couch saß und an ihrem Wein nippte, die Augen schwammen in Tränen. Hätte sie das vielleicht nicht sagen sollen? War das zu viel gewesen? Caro wollte Manne nicht ansehen, um sich tadelnde Blicke zu ersparen.

Eine lange Zeit war es still im Wohnzimmer. Nur Nicoles Schniefen und ihre kleinen Schlucke aus dem Weinglas waren zu hören. Caro hatte das Gefühl, die Zeit liefe rückwärts.

»Ich will allein sein, aber eigentlich nicht in diesem Haus«, sagte Nicole schließlich und fröstelte. »Es ist zu groß. Meine Gedanken sind so laut hier drin.«

Erleichtert nahm Caro den Faden auf.

»Warum hast du es denn so bauen lassen, wenn es dir zu groß ist?«

»Es war nicht mein Projekt. Maik hat viel mit Kumpels in Eigenregie gemacht und die Materialien über die Firma billiger bekommen. Es war sein Traum. Nicht meiner.«

»Aber du musst doch auch hier wohnen. Warum hast du nicht öfter Nein gesagt?« Insgeheim fürchtete Caro, dass Nicole eine Frau war, wie es noch immer viel zu viele gab. Eine, die selten Nein sagte, die nie aufstampfte, sich nicht beschwerte.

»Wer würde schon Nein zu einem Eigenheim in Wandlitz sagen?«, sagte sie dann auch. »Bei den Baumaterialien mussten wir nehmen, was da war. So hat er es jedenfalls immer wieder gesagt.«

Caro bezweifelte, dass ausgerechnet Mosaikfliesen, hellrote Pflastersteine, Granit und Naturstein »gerade da« gewesen waren. Immerhin war der pompöse Stil recht einheitlich durchgezogen worden, was ein Indiz dafür war, dass Maik nicht irgendwas genommen hatte. Doch sie sprach es nicht aus.

»Warum reden wir überhaupt über das Haus?«, wollte Nicole wissen. »Geht es hier nicht um Maik?«

»Schmittchen hat uns erzählt, dass Maik versucht hat, eure Laube zu verkaufen. Für fünfundvierzigtausend Euro«, hakte Manne ein.

Nicole schloss für einen Moment die Augen. Aber sie nickte. »Er hat gesagt, die Nachfrage ist so hoch, dass man so viel verlangen kann.«

»Und sie war noch höher versichert«, ergänzte Caro.

Nicole blickte auf. »Ach? War sie das?«

»Wusstest du nichts davon?«

Sie schüttelte den Kopf. »Maik hat die Parzelle von seinem Vater übernommen, als er starb. Ich dachte, die Versicherung ebenfalls. Aber das war sein Ding. Ich hab mich da nie eingemischt. Und ich stehe auch nicht im Pachtvertrag.«

Worin hatte sie sich überhaupt eingemischt?, fragte sich Caro. Doch auch das sprach sie nicht aus. Stattdessen sagte sie freundlich: »Nachdem wir euer Haus gesehen haben, dachten wir, dass die hohen Kosten ein Grund gewesen sein könnten, dass Maik Geld brauchte.«

Nun schnaubte Nicole ungehalten, und ihre Stirn legte sich in verärgerte Falten. »Wir hatten nie Geldsorgen. Uns ging es immer gut. Zweimal im Jahr Urlaub mit Lennard, einmal am Hochzeitstag ohne. Zwei Autos, einen vollen Kühlschrank. Immer genug für uns und mehr.« Sie schüttelte den Kopf. »Nein. Wenn ihr denkt, Maik hätte Geldprobleme ... *wir* hätten Geldprobleme ... dann muss ich euch enttäuschen.«

Man konnte sehen, dass sie beleidigt war.

»Wir wünschen doch niemandem Geldprobleme«, sagte Manne in beschwichtigendem Tonfall. »Es wäre nur eine Erklärung gewesen.«

»Ich verstehe schon. Ihr braucht nicht zu glauben, die Nachbarschaft würde uns nicht spüren lassen, dass wir nicht dazugehören.« Nach einem Schluck Wein fuhr Nicole fort: »Natürlich gibt es noch mehr Nachteile. Maik arbeitet immer unheimlich viel. Ist kaum zu Hause.« Sie seufzte. »Aber das ist der Preis, schätze ich. Ich beschwere mich nicht. Ich habe mehr, als ich mir jemals hätte erhoffen dürfen. Und das alles dank ihm.«

»Was machst du denn beruflich?«, fragte Caro, und Nicoles Blick flackerte.

»Ich bin Schmuckdesignerin. Ohrringe, Ringe, Anhänger. So was eben. Im Obergeschoss habe ich meine Werkstatt.«

»Oh, schön. Das heißt, du bist gelernte Goldschmiedin?«

Nicole starrte in ihr Weinglas. »Nein. Ich habe mir alles selbst beigebracht. Das ist gar nicht so schwer. Man braucht nur eine ruhige Hand und ein bisschen Vorstellungskraft. Und man muss natürlich Ahnung haben von Mode, Schmuck und Trends.«

»Das wäre nichts für mich«, sagte Caro und lachte. »Bei der ruhigen Hand hört es schon auf. Verkaufst du online?«

Nicole nickte. »Ja. Es läuft ganz gut. Allerdings natürlich nicht gut genug für all das hier. Ich müsste sehr, sehr viele Ohrringe pro Monat verkaufen, um dieses Haus bezahlen zu können. Dann könnte ich gar nicht mehr schlafen.« Sie seufzte. »Falls ich das überhaupt irgendwann wieder kann.«

Maiks Frau wirkte verlegen, also verfolgte Caro das Thema nicht weiter. Sie hatte auch so schon eine ganz gute Ahnung von dem bekommen, was Nicole Reuter tat. Kleine Shops wie ihren gab es zu Tausenden im Internet. Frauen wie sie rackerten sich ab, nötigten Freunde und Bekannte, für sie Modell zu stehen, und überfluteten Social Media mit ihren Bildern. Sie hatte sich schon immer gefragt, ob sich all das finanziell überhaupt lohnen konnte. Ob es reichte, um eine günstige Wohnung für Mutter und Sohn zu finanzieren, falls es so was in Berlin überhaupt noch gab. Sie hoffte es.

»Was ist mit Maiks Familie? Eltern, Geschwister?«, fragte Manne jetzt, und Nicole machte ein betretenes Gesicht.

»Seine Eltern sind ja tot. Von seinem Vater hat er die Laube geerbt, die Mutter habe ich gar nicht mehr kennengelernt. Die ist früh gestorben.«

Manne schaute ertappt drein. »Ja, richtig. Das sagtest du. Entschuldige. Hatte er denn Geschwister?«

»Einen Halbbruder. Der ist Zahnarzt in Niederschönhausen. Wolfgang Reuter.«

Caro notierte sich die Daten eilig und fragte: »Haben die beiden Kontakt zueinander?«

Nicole schüttelte den Kopf. »Nein, nicht wirklich. Das Verhältnis zwischen Wolfgangs Mutter und Maiks Vater war nicht das beste. Er hat sie verlassen, 'ne Jüngere geheiratet und noch mal ein Kind bekommen, versteht ihr? Wolfgang ist schon fast sechzig. Bei den wenigen Malen, die Maik und er sich getroffen haben, hat es immer gekracht. Zwei völlig verschiedene Charaktere. Wir haben uns nur bei großen Anlässen gesehen. Beim Achtzigsten des Vaters und seiner Beerdigung. Er praktiziert noch!«

»Hast du denn Kontakt zu ihm?«

Nicole wurde rot. »Ich war mal bei ihm für ein Implantat«, nuschelte sie. »Ich habe Angst vorm Zahnarzt und dachte, er ist immerhin Familie.«

Caro und Manne tauschten einen kurzen Blick. Es war klar, dass sie diesem Zahnarzt demnächst einen Besuch abstatten würden.

»Maik ist Maurer, richtig?«, fragte Manne nun.

»Ja. Er hat mit einem Freund zusammen eine eigene Firma«, sagte Nicole und setzte sich gerader hin, als wollte sie zeigen, dass sie stolz auf ihren Mann war. »Die Auftragsbücher sind voll.«

»Kann ich mir vorstellen. Handwerker sind ja immer gut gebucht. Wo ist ihr Betrieb?«

»Sie haben keinen«, antwortete Nicole, und Caro hielt in ihren Notizen inne. Jetzt war sie verwirrt.

»Aber du hast doch gesagt, sie haben eine Firma.«

»Ja, aber keinen Betrieb. Sie lassen das Material immer direkt zum Kunden kommen. So sparen sie sich Lager und all das. Für ihr Werkzeug haben sie eine kleine Wohnung mit Büroräumen gemietet. In der Tiroler Straße in Pankow.«

Manne und Caro tauschten erneut einen kurzen Blick. Sie konnte sehen, dass ihr Kollege diese Information genauso verwirrend fand wie sie selbst.

»Tiroler Straße«, sagte Manne. »Kannst du uns auch die Hausnummer nennen?«

Nicole runzelte die Stirn. »Vierzehn, glaub ich.«

»Können wir mit seinem Kompagnon sprechen? Hast du eine Nummer oder weißt, wo wir ihn finden?«

Sie schüttelte den Kopf. »Ich habe immer gesagt, dass ich ganz sicher nicht ihre Sekretärin werde, deshalb habe ich keine Ahnung, welche Aufträge gerade aktuell sind. Wenn Maik abends von der Arbeit erzählt hat, habe ich ehrlich gesagt auf Durchzug gestellt. Seit Jahren redet er von irgendwelchen Bauarbeiten, Spezialputz, mallorquinischen Natursteinmauern, irgend so ein Zeug. Und über Kunden regt er sich eh nur auf. Ich nicke und denk mir meinen Teil, aber richtig zugehört habe ich schon lange nicht mehr.«

»Das kenne ich«, stieß Caro mit einem Seufzer aus. »Mein Mann ist Sportmediziner. Mich interessieren die verschiedenen Muskelrisse, die er sich täglich anschaut, auch nicht im Geringsten.«

Nicole lächelte. »Also. Keine Ahnung, was sie momentan gerade treiben. Aber Thorstens Nummer hab ich. Moment.«

Sie angelte ihr Telefon, ein großes, neues iPhone, von einem Beistelltisch, wischte ein wenig darauf herum und hielt Caro schließlich das Display hin, sodass sie sich die Nummer notieren konnte. Dort stand auch noch mal die Adresse. Tiroler Straße 14 in 13187 Berlin.

»Thorsten«, sagte sie. »Und wie weiter?«

»Wiese«, antwortete Nicole. »Netter Kerl. Zuverlässig. Die beiden hatten nie Probleme miteinander«, sagte sie. »Aber ich kenne ihn kaum.«

»Wo haben die beiden sich denn kennengelernt?«, wollte Caro wissen.

»Sie waren vorher zusammen im selben Betrieb angestellt. Bei Walter Weber in Karow. Da haben sie sich angefreundet. Maik war richtig verrückt nach ihm.«

»Und Kontakt zwischen den Familien besteht gar nicht?«

»Thorsten hat keine Familie«, sagte Nicole. »Nur die Arbeit.« Sie lächelte leicht. »Er ist ein Schürzenjäger. Jedenfalls hab ich das so rausgehört.«

»Aber an dich hat er sich niemals rangemacht?«

Nicole lachte bitter auf. »Wer will sich denn an mich ranmachen? Lennards Baby-Kilos hab ich immer noch. Nach sechs Jahren.«

»Ach Quatsch«, sagte Caro. »Du siehst toll aus.« Das war zwar nicht ganz ehrlich, aber sie mochte es nicht, wenn Frauen ihr Äußeres durch den Dreck zogen. Reichte schon, wenn andere das taten.

»Hatte Maik sonst irgendwelche Probleme?«, fragte Manne nun.

Nicole zog die Brauen hoch. »Was denn für Probleme?«

»Erwachsene Menschen haben viele Probleme«, sagte Caro freundlich. »Oder Depressionen, Sorgen, Konflikte. Könnte er sich das Leben genommen haben?«

Nun lachte Nicole das erste Mal wirklich. »Du hast meinen Mann nie getroffen. Sonst würdest du so was nicht fragen. Er hat das Leben ausgequetscht wie eine Orange. Lennard, das Haus hier, das war sein ganzer Stolz. Du hättest ihn sehen sollen, als wir hier eingezogen sind. Einen glücklicheren Menschen hab ich nie gekannt.« Sie machte eine Geste, die wohl das ganze Haus umfassen sollte. »Schau dich doch um. Sieht das hier aus wie das Werk eines Mannes, der nicht mehr leben möchte?«

Caro musste zugeben, dass Nicole da einen Punkt hatte. Wenn wirklich ihr Mann und nicht sie selbst dieses Haus eingerichtet hatte, dann sprach das gegen die Theorie des Selbstmords. Das ganze Haus buhlte um Aufmerksamkeit und schien zu sagen: Hallo, da bin ich! Wo gibt's was zu trinken? Ein Stein gewordenes Ausrufezeichen.

»Da hast du recht, das wirkt sehr abwegig. Gab es vielleicht anderen Ärger? Streit? Immerhin war er im Vorstand der Kleingartenanlage. Da gibt es immer mal wieder Reibereien.« Manne lächelte. »Das weiß ich aus eigener, leidvoller Erfahrung.«

Nicole machte eine wegwerfende Handbewegung. »Ach. Da war nichts, was sich nicht mit einem Bier wieder hätte gutmachen lassen.« Sie überlegte eine Weile, dann sagte sie: »Maik ist ein Großmaul. Aber er ist kein schlechter Mensch.«

Caro sah, dass sich ihre Augen mit Tränen füllten, deshalb fragte sie schnell: »Wo hast du deinen Mann denn kennengelernt?«

»Im Internet«, kam Nicoles Antwort prompt, dann lachte sie etwas unsicher. »Wer lernt sich heutzutage nicht im Internet kennen?«

»Die meisten meiner Freunde haben ihren Partner auch aus dem Netz«, sagte Caro nickend. »Vor allem in Berlin scheint es sonst fast unmöglich, jemanden kennenzulernen.«

»Oder den Richtigen«, ergänzte Nicole.

»Und Maik ist der Richtige?«, fragte Caro freundlich.

Nicole zuckte die Schultern. »Bevor ich das herausfinden konnte, war Lennard schon auf dem Weg. Und wir haben geheiratet und das Grundstück gekauft.« Sie machte eine Pause und sagte dann: »Ich habe es jedenfalls nie bereut. Mein Leben war die letzten sechs Jahre ziemlich gut. Wir haben zwar bei meinen Eltern gewohnt, aber es hat uns nie an was gefehlt. Maik ist auch nie grob geworden oder gemein. Es hat gut funktioniert.«

Caro glaubte ihr. Auch wenn sie es traurig fand, dass die Definition eines guten Lebens in den Augen vieler Frauen nur war, dass sie finanziell keine Sorgen hatten und nicht geschlagen wurden. In diesen wenigen Sätzen schwang viel mit, auch Nicoles Vergangenheit. Sie konnte Manne ansehen, dass er gerade ähnliche Gedanken hatte.

»Du, sag mal, eine ganz andere Frage.« Caro war noch etwas eingefallen. »Kannst du uns sagen, welches Fabrikat Maiks Verdampfer hatte?«

Nicole runzelte die Stirn. »Wa…? Äh … Warum das denn?«

»Mit diesen Geräten hat es schon Unfälle gegeben«, erklärte

Manne. »Kleinere Explosionen. Wir wollen nur überprüfen, ob das eine Möglichkeit sein könnte.«

Bei seinen Worten kehrte ein wenig Farbe in Nicoles Gesicht zurück.

»Gott, ich hasse diese Dinger! Sie stinken, und überall im Haus stehen die kleinen Flaschen rum, und wenn die umkippen, klebt es … Ich war manchmal kurz davor, ihn zu überreden, wieder auf Zigaretten umzusteigen. Und jetzt sagt ihr mir, dass sie auch noch gefährlich sind?«

»Die meisten sind sicher«, sagte Manne. »Und gesünder als Zigaretten sind sie bestimmt auch. Wir möchten uns nur vergewissern.«

»Dahinten hat er all sein Zeug drin.« Sie deutete auf einen hohen, schmalen schwarzen Schrank, der zwischen Terrassentür und großem Fenster stand. »Bedient euch ruhig. Ich brauch es sicher nicht.«

Caro stand auf und öffnete die Schranktür. Sofort schlug ihr ein widerlich süßer Geruch entgegen. Vanille und Früchte und Moschus. Bah. Drei Verdampfer standen auf dem zweiten Einlegeboden, und Caro nahm sie nacheinander heraus und fotografierte sie. Es waren verschiedene Modelle desselben Herstellers. Sie waren hässlich, sahen aber nicht gefährlich aus.

»Hattet ihr brennbare Flüssigkeiten in eurer Laube?«, fragte Manne. »Benzin oder so was?«

Caro setzte sich wieder und nahm einen Schluck Wasser. Sie hatte das Gefühl, der Geruch dieser Liquids würde ihr noch im Rachenraum festhängen.

»Nein. Als Lenny ein Baby war, haben wir das alles aussortiert. Ich war verrückt vor Sorge, dass er was davon trinken würde. Der Rasenmäher ist elektrisch, die Grillanzünder lagern draußen unter der Grillabdeckung.«

»Hm«, machte Manne. »Dann scheidet die Theorie wohl aus.«

In diesem Moment klingelte es an der Tür, und Nicole stand auf. Sie verließ das riesige Wohnzimmer auf etwas wackligen Beinen, wobei sie die Tür hinter sich schloss. Kurz darauf hörten sie Gemurmel und ein lautes Stöhnen.

»Meinst du, das ist Lohmeyer?«, flüsterte Caro, und Manne nickte stirnrunzelnd.

»Es klingt ganz danach. Ich wünschte, wir wären nicht so lang geblieben.«

Die Tür ging auf, und tatsächlich betrat Kommissar Lohmeyer den Raum gemeinsam mit einer Kollegin in Uniform und einer Frau in Zivil, die bestimmt eine Seelsorgerin war. Nicole war bleich im Gesicht und stolperte leicht, als sie das Sofa ansteuerte.

Kommissar Lohmeyer blieb wie angewurzelt im Türrahmen stehen und fixierte Caro und Manne mit feindseligen Blicken. »Sie beide sind wie Moskitos. Egal, wo ich hinkomme: Sie sind schon da und nerven«, sagte er kühl. »Und ich muss Sie jetzt auch bitten zu gehen. Wir müssen mit Frau Reuter sprechen.«

Nicole hob den Blick und sagte: »Er ist es. Er ist es.«

Caro lief ein Schauer über den Rücken. Sie wollte diese Frau jetzt nicht mit den Beamten allein lassen. Wollte ihr beistehen, ihre Hand halten und aufpassen, dass sie nicht auseinanderfiel. Doch das stand ihr nicht zu. Und sie wusste es.

»Es tut mir so leid«, sagte sie, und auch Manne nuschelte eine Beileidsbekundung.

Nicole nickte nur, den Blick fest auf ihre Schuhe gerichtet.

Manne zog eine ihrer Visitenkarten aus der Hosentasche und legte sie vor Nicole Reuter auf den Glastisch. »Falls du was brauchst«, murmelte er. Dann verließen sie den Raum.

KAPITEL 8

"Uff", sagte Caro, als sie neben ihm im Auto Platz nahm. Manne nickte. Zwar hatte Nicole Reuter nicht getobt, geschrien oder bitterlich geweint, doch ihre fast greifbare Taubheit hatte die vergangenen Minuten unerträglich gemacht.

»Sie sieht sehr harten Zeiten entgegen«, sagte Manne, während er den Motor startete. »Aber es ist nicht unsere Aufgabe, sie davor zu bewahren.« Er runzelte die Stirn und zeigte aufs Handschuhfach. »Haben wir da noch was zu essen drin? Mir ist ein bisschen schwindelig.«

Caro beugte sich vor und fing an zu wühlen, während Manne langsam die Einfahrt hinabrollte. Wie immer fand er es schwierig, einen Ort der Trauer zu verlassen. Er wünschte sich eine Schleuse vor solchen Situationen, irgendetwas, das als Übergang fungieren konnte. Hier draußen schien die Sonne, und die Nachbarschaft genoss den Spätsommer. Blumen blühten, und alle schienen entspannt und glücklich zu sein, keine Sorgen auf der Welt. Hinter den Mauern des Hauses jedoch brach gerade ein Leben zusammen. Es war diese Gleichzeitigkeit, die er schon immer schwer ertragen hatte. Morgens eine verstümmelte Leiche sehen und dann mit seiner Frau telefonieren, das Wochenende planen, scherzen. Einen Geburtstag feiern, während irgendwo in der Stadt jemandem gerade das Leben genommen wird. Er wusste, es war kleingeistig, so zu empfinden. Schließlich geschah so etwas auf der ganzen Welt. Während die einen friedlich schliefen, wurden die anderen ausgebombt. Im selben Augenblick. Immer.

Wahrscheinlich wurde einem Polizisten, Arzt oder Soldaten nur öfter bewusst, dass das Leben grausam sein konnte. Weil sie damit arbeiteten. Und natürlich auch ihr Geld damit verdienten.

»Bifi oder Kekse?«, fragte Caro und riss ihn aus seinen düsteren Gedanken. Vielleicht brauchte er einfach nur Zucker.

»Kekse«, murrte Manne und hielt die Hand auf. Es war ein Jammer, dass man im Sommer keine Schokolade im Handschuhfach lagern konnte.

Caro legte ihm zwei Haferkekse in die geöffnete Handfläche. Sie sahen zu gesund aus, um ihn jetzt richtig glücklich zu machen, doch er schob sie sich trotzdem in den Mund. Die Kekse schmeckten staubig und schienen im Mund immer mehr zu werden.

»Wo fahren wir jetzt hin? In die Rechtsmedizin?«

Manne schüttelte den Kopf. »Ich denke nicht, dass Svenja uns heute schon irgendwas sagen kann, das wir noch nicht wissen. Wir fahren in die Kleingartenanlage und lassen die Bombe platzen; Familienangehörige werden immer zuerst informiert, das heißt, wir überbringen die Nachricht an Schmittchen und die anderen. Montag sprechen wir dann mit dem Staatsanwalt.«

Caro nickte und steckte sich selbst einen Keks in den Mund. »Meinst du, Schmittchen hat was zu essen? Ich sterbe vor Hunger.«

Manne grinste und hielt ihr sein Handy hin. »Schreib ihm doch, dass wir ihn in der Vereinskneipe treffen wollen. Die Küche dort ist nicht schlecht. Und die Gerüchteküche ist vorzüglich.«

Caro lächelte. Sie suchte den Chatverlauf mit dem Vorsitzenden, tippte eine kurze Nachricht und legte dann Mannes Handy weg.

»Eigenartig, oder?«, sagte sie, streifte sich die Schuhe von den Füßen und stellte sie auf die Konsole. Caro hatte die Angewohnheit, sich überall zu benehmen, als wäre sie zu Hause. Das konnte Vertrauen schaffen, aber auch ganz schön nerven. Jetzt gerade störte es ihn allerdings nicht.

»Was genau meinst du?«

»In der Anlage waren sich alle einig, dass Maik ein Arschloch war. Aber so klang er jetzt gar nicht. Außerdem meinte Schmittchen, Maik sei ein kleines Licht. So hat er sich doch ausgedrückt oder?«

Manne nickte.

»Aber kleine Lichter bauen keine Paläste. Hässlich oder nicht, das Ding muss schweineteuer gewesen sein. Das passt alles nicht zusammen.«

»Ja, das hat mich auch überrascht«, gab Manne zu. »Allerdings sind Handwerker in Berlin wirklich sehr gefragt. Wenn du dann noch für die eigene Tasche und vielleicht auch mal was an der Steuer vorbei machst, kannst du ziemlich gut verdienen.«

»Das stimmt natürlich«, gab Caro zu. »Wenn ich überlege, wie lange wir gebraucht haben, um einen Schreiner für Gretas Hochbett zu finden. Monate! Und das Ding hat über tausend Euro gekostet.«

»Davon kann man bestimmt schon wieder zwei dieser scheußlichen Säulen kaufen«, sagte Manne kichernd. »Das allein ist also noch nicht so ungewöhnlich. Wenn er dann noch viel selbst gemacht hat, erklärt sich das schon. Trotzdem dürfte das Grundstück auch einiges gekostet haben.«

»Hm.« Caro angelte sich noch einen Keks und ihr Handy. Manne wusste, dass sie gerade Maiks Namen in die Suchmaschine eingab.

»Google kennt den Betrieb jedenfalls nicht.«

»Das muss nichts heißen«, gab Manne zurück.

»Merkwürdig ist es aber schon. Vor allem: Wenn du dich selbstständig machst und keinen richtigen Firmensitz hast, bist du doch aufs Netz angewiesen. Wie sollen die Leute sonst von dir erfahren?«

»Empfehlungen?«, mutmaßte Manne. »Aber du hast recht. Wir sollten auf jeden Fall den Kompagnon suchen und mit ihm sprechen. Es ist komisch, dass Nicole so wenig über den Betrieb sagen konnte.«

»Wir sollten auch zum ehemaligen Arbeitgeber fahren«, sagte Caro. »Der kann uns bestimmt was erzählen.«

»Vielleicht. Aber wir sollten da anfangen, wo die Laube abgebrannt ist. Denn egal, welche Geschichte hinter Maiks Tod steckt: Sie hat etwas mit dem Garten zu tun.« Manne machte eine kurze Pause, dann fügte er hinzu: »Wenn man wissen will, wie etwas angefangen hat, muss man am Ende beginnen.«

Caro, die gerade dabei war, etwas in ihr Notizbuch zu schreiben, hielt kurz inne und sagte: »Wenn das mit der Detektei doch nicht klappt, könntest du es noch mit einer Karriere als Phrasendrescher versuchen.«

Wie Manne erwartet und geplant hatte, war das Vereinsheim in Rosenthal bis auf den letzten Platz besetzt, doch für den Vorsitzenden hatte man einen Tisch im Schatten einer Birke frei gemacht. Schmittchen beugte sich mit einem kleinen Bier in der Hand über einen Stapel Unterlagen, die Manne nur allzu vertraut vorkamen.

»Wieso siehst du dir denn ausgerechnet jetzt Protokolle von Gartenbegehungen durch?«, fragte Manne, während er sich einen Stuhl heranzog. »Man könnte meinen, du hättest Wichtigeres zu tun.«

Schmittchen lächelte dünn. »Könnte man meinen, aber ich wollte was überprüfen.« Er tippte auf die Papiere. »Das sind die Protokolle, die Maik angefertigt hat. Wir teilen uns immer auf, sonst schaffen wir es nicht.«

Manne nickte. Jetzt hatte Schmittchen seine Aufmerksamkeit.

»Und?«, fragte Caro, die sich eines der Blätter geschnappt hatte und interessiert überflog. Mit einem unangenehmen Gefühl in der Magengegend dachte Manne daran, wie das Protokoll zu Caros Garten im Juni ausgesehen hatte. Er schob den Gedanken beiseite.

»Maik benotet immer sehr streng, das wissen wir alle. Hält bei jeder Begehung ellenlange Vorträge und schafft nicht halb so viele wie der Rest von uns. Ein Gartenfreund hat ihn mal hochkant rausgeworfen, es wäre beinahe zu einer Handgreiflichkeit gekommen.«

Manne und Caro tauschten einen Blick, doch Schmittchen winkte ab. »Parzelle fünfzehn. Der Pächter war damals schon über achtzig und ist vor zwei Jahren gestorben.«

»Oh«, sagte Manne, und Caro strich etwas, das sie sich gerade notiert hatte, hastig wieder durch.

»Seit dem Vorfall haben wir über Wackelkandidaten immer noch mal in großer Runde gesprochen. Es war nämlich oft gar nicht so übel, wie er behauptet hat. Maik vergibt einfach gern schlechte Noten. Aber das ist gar nicht das Interessante.«

»Sondern?«, fragte Manne.

»Dass es ein paar Gärten hier gibt, die er viel zu gut bewertet hat. Dabei weiß ich, dass sie aussehen wie Kraut und Rüben.«

Manne lächelte. »Schöne Analogie.«

Schmittchen runzelte die Stirn. Ihm war der Witz offenbar entgangen.

»Meinst du, er könnte Geld dafür genommen haben, dass er die Gärten gut bewertet?«, fragte Caro, und auch Manne dachte in diese Richtung.

Schmittchen zuckte die Schultern. »Zutrauen würde ich es ihm. Es gibt fast nichts, was er ohne Gegenleistung gemacht hat.«

»Das würde zumindest erklären, warum er im Vorstand bleiben wollte, obwohl er den Garten gekündigt hat«, ergänzte Caro. »Damit seine Einnahmequelle nicht versiegt.«

»Da ist was dran. Es wäre zumindest ein denkbares Motiv«, murmelte Manne.

Schmittchen schenkte ihm einen Blick, als sähe er ihn zum ersten Mal. Der Bezirksvorstand nahm seine Brille ab und rieb sich die müden Augen. »Also ist er es wirklich? Der Tote?«, fragte er nur, und Manne nickte.

»Ja. Er ist es.«

Schmittchen atmete lang und pfeifend aus. »O Gott«, murmelte er nach einer Weile, und Manne konnte sich denken, welch ein Mix aus Gefühlen, Administration und Überforderung da gerade über Schmittchen hereinbrach.

Er legte ihm eine Hand auf die Schulter. Dann sagte er: »Wir bestellen uns jetzt was zu essen. Und dann sagst du uns alles, was du über Maik Reuter und seine Beziehungen zu den Gartenfreunden in dieser Anlage weißt.«

Schmittchen leerte sein Glas und sagte: »Das kann aber eine ganze Weile dauern.«

»Macht nichts«, sagte Manne, und Caro nickte eifrig. »Wir haben Zeit.«

KAPITEL 9

»Noch 'ne Runde?«, fragte der rotgesichtige Mann von Parzelle 6 – oder war es 66? –, und Caro schüttelte den Kopf. Sie hatte so lange durchgehalten, wie sie konnte, doch jetzt musste sie wirklich kapitulieren. Ihr Zustand hatte ihr ohnehin bereits Streit mit Eike und eine weitere Nacht in Schmittchens Laube eingebracht.

Sie wusste nicht, wie lange sie schon hier saßen, mit den Gartenfreunden, die sich um sie herumgeschart hatten wie die Motten um das Licht. Ihr Handy war kurz nach dem Telefonat mit Eike ausgegangen, sie hatte nicht einmal eine Ahnung, wie spät es war. Der Wirt des Gasthauses hatte sich mittlerweile auch zu ihnen gesellt, und Caro bezweifelte, dass er überhaupt noch einen Überblick darüber hatte, wie viel Bier und Wein in den letzten Stunden über den Tresen gegangen war. Vor ihm lagen Bierdeckel mit wild darauf verteilten Zählstrichen, die nach Caros Dafürhalten komplett chaotisch wirkten. Aber was wusste sie schon?

Wenigstens hatte er Knabbereien mitgebracht und sie vorher bereits mit einem sehr reichhaltigen Essen versorgt. Trotzdem war Caros Grenze jetzt erreicht.

Manne war nicht viel besser dran, aber er wirkte zufrieden. Sein Plan war aufgegangen. Die Nachricht von Maiks Tod hatte alle elektrisiert, das Bier fließen lassen und die Zungen gelockert. Sie hatten vieles erfahren, was sie am nächsten Morgen mit hoffentlich wieder halbwegs klarem Kopf würden ordnen müssen.

Caro versuchte, sich auf ihre Notizen zu konzentrieren, doch das war gar nicht mehr so einfach. Die Buchstaben begannen zu verschwimmen.

Eine schwere Hand landete mit Nachdruck auf ihrer Schulter,

und sie zuckte zusammen. »Na komm schon, nur noch ein Absacker!«, grölte der Mann.

Verzweifelt blickte sie zu Manne, der nur amüsiert die Schultern zuckte. »Na gut, dann eine Weißweinschorle«, sagte sie resigniert, und der Mann gluckste.

»Glaubst du auch an Homo… Hömo…«

»Homöopathie?«, half ein anderer aus, und Parzelle 6 nickte.

»Was hat denn Homöopathie mit meiner Weißweinschorle zu tun?«

»Na, du weißt schon.« Er beugte sich tiefer zu ihr, sodass sie seinen Schweiß und seinen Bieratem riechen konnte. Caro musste sich zusammennehmen, um nicht zurückzuweichen.

»Extreme Verdünnung.«

Parzelle 6 klatschte ihr noch mal auf die Schulter und verschwand dann im Gastraum. Der Wirt blieb sitzen. Offenbar war man zur Selbstbedienung übergegangen.

Caros Blick wanderte zu Schmittchen, und sie verkniff sich ein Lächeln. Er war doch tatsächlich mit verschränkten Armen auf seinem Stuhl eingeschlafen. Die vergangene Nacht steckte ihm wohl zu tief in den Knochen. Oder er hatte sich in den Schlaf geflüchtet, als es zu laut, zu bierselig und zu spekulativ geworden war.

»Hat Schmittchen hier tatsächlich noch Papierkram bearbeitet?«, fragte der Wirt nun, der ihrem Blick gefolgt war.

Manne legte den Kopf schief. »Ja und nein. Er ist Maiks Bewertungsbögen der letzten Jahre durchgegangen, um zu schauen, ob ihm irgendwas daran auffällt.«

»Und?«

»Schmittchen meinte, Maik habe die meisten Parzellen sehr schlecht und einige wenige ungewöhnlich gut bewertet. Immer dieselben. Wir haben uns gefragt, ob er … nun …«

Manne schaute sich unbehaglich um. Caro ahnte, was das Problem war. Manne wusste nicht genau, ob jemand hier am Tisch saß, dessen Parzelle von Maik gut benotet worden war.

»Ob er sich hat bestechen lassen?«, fragte der Wirt geradeheraus, und Manne nickte, ein wenig betreten.

»Es war eine Theorie.«

»Na ja. Wundern würde es mich nicht bei dem Typen. War so einer, der immer hat anschreiben oder sich einladen lassen. Vom Stamme Nimm.« Er räusperte sich und schob schnell hinterher: »Aber man soll ja nicht schlecht über Tote reden.«

Caro musste kichern. »Das fällt dir 'n bisschen spät ein, würde ich sagen.«

Der Wirt lachte und zog den Stapel Papiere zu sich heran. »Lass mal sehen.«

»Ist das nicht vertraulich?«, fragte Caro, doch niemand beachtete sie.

»Schreib mal mit, Mädchen!«, kommandierte der Wirt, und Caro zückte noch einmal ihren Kugelschreiber.

»Parzelle 12, Parzelle 23, Parzelle 27, Parzelle 32 und Parzelle 40«, diktierte er, und Caro schrieb, so gut sie konnte, mit.

»Glaub, das war's«, sagte der Wirt und legte die Zettel wieder hin.

Sie alle beugten sich über die Zahlen, als gäbe es einen Code zu dechiffrieren. Wäre das der Fall, so wäre ihr Zustand nicht der beste hierfür.

»Hm«, machte eine Frau, die sich den ganzen Abend über eher zurückgehalten hatte und noch recht nüchtern wirkte. »Also wirklich wohlhabend ist keine von denen.« Sie zog die Stirn kraus. »Jetzt wird mir auch klar, warum die nie ein schlechtes Wort über Maik verloren haben.«

»Verena hat recht«, sagte der Wirt. »In den Arsch gekrochen sind sie ihm. Jedenfalls Iris von der zwölf und Marianne von der vierzig.« Jetzt grinste er über beide Ohren. »Wenn du von Gegenleistung sprichst, Manne, meinst du dann zwangsläufig Geld?«

»Glaubst du wirklich?« Die Gesichtsfarbe eines Gartenfreundes, der den ganzen Abend rege mitdiskutiert hatte – hieß er Lars? Oder Nils? – wechselte von Rosig zu Purpur. »Theo, ich kann mir nicht vorstellen …«

Caro verstand nur Bahnhof.

Manne runzelte die Stirn. »Nein, natürlich meine ich nicht zwangsläufig Geld. Das kann alles Mögliche sein. Woran denkt ihr?«

Theo, der Wirt, zog die Brauen hoch und tippte mit seinem Zeigefinger auf die Zahlen in Caros Block.

»Man soll ja nicht schlecht über Lebende sprechen«, sagte er. »Und ich will hier auch keinem was unterstellen. Aber diese Parzellen gehören allesamt alleinstehenden Frauen.«

Sie wechselten einen kurzen Blick, und Caro umkringelte die Parzellennummern.

Na, das war doch mal wirklich interessant.

»Eine hömöpathische Weißweinschorle«, tönte es da hinter ihrem Rücken, und ein Glas wurde so schwungvoll vor Caro abgestellt, dass die Hälfte des Inhalts herausschwappte. Sie konnte gerade noch das Notizbuch vor Überschwemmung retten. Immerhin musste sie so weniger trinken.

»Na dann«, sagte Parzelle 6 und hob sein Glas.

»Auf Maik Reuter, das Arschloch. Möge er in Frieden ruhen.«

KAPITEL 10

»Caro? Ich habe dich gerufen. Hast du mich nicht gehört?«, fragte Eike, der plötzlich vor ihr auftauchte. Caro zuckte so heftig zusammen, dass sie ihr Handy fallen ließ. Es rutschte über die Terrasse und landete direkt vor Eikes Füßen.

Der Blick ihres Mannes fiel auf einen jungen Kerl Mitte zwanzig mit nacktem Oberkörper, der gerade von ihrem Display hinaus in die Welt grinste.

»Was um alles in der Welt treibst du?«

Eike klemmte sich die Weinflasche, die er trug, unter den Arm und hob das Telefon auf. Mit gerunzelter Stirn betrachtete er das Foto des Mannes.

»Eine Dating-App? Willst du mich etwa verlassen?«

Caro lachte. »Natürlich nicht.«

»Warum bist du dann auf dieser App?«

»Aus beruflichen Gründen.«

»Das würde ich auch sagen.«

Eike warf dem jungen, wirklich gut aussehenden Latino einen letzten Blick zu, dann gab er ihr das Handy zurück.

Seufzend nahm sie es entgegen und zog fragend die Stirn kraus. Sie wusste, dass Eike nicht sauer war. Das war eins der wunderbaren Dinge an ihm. Er war nicht vorschnell, sondern ehrlich interessiert und vielleicht ein bisschen verwirrt. Und er wurde selten sauer, sondern war so ausgeglichen, dass es sie manchmal beinahe wütend machte.

Eike goss ihr einen Schluck Weißwein ein und hielt ihr das Glas hin. Bei dem Geruch verkrampfte sich jeder Muskel in Caros Körper. Ihr Magen hatte den vorherigen Abend noch nicht vergessen.

»Sicher, dass das hilft?«

»Aus medizinischer Sicht ist es eine schlechte Idee«, sagte Eike. »Aber es wird helfen. Deine Gefäße weiten sich, und deine Stimmung wird besser. Du musst nur aufpassen, es nicht wieder zu übertreiben. Das ist die Kunst.«

Caro nickte und nahm einen Schluck. Die Geschmacksknospen auf ihrer Zunge zogen sich zusammen, als wollten sie sich vor Schreck verschließen. Sie verzerrte das Gesicht.

»Magst du mir das erklären?«, fragte Eike und zeigte auf Caros Handy, das sie auf Stand-by geschaltet und auf den Tisch gelegt hatte.

»Es ist ein Bauchgefühl«, setzte sie nach kurzem Zögern an. Sie wusste selbst nicht so genau, warum sie sich auf den Dating-Plattformen herumtrieb, aber die vergangenen Stunden hatten ihr etwas über Maik Reuter verraten, das keine der befragten Frauen hatte in Worte fassen können.

»Der Tote hat bei Gartenbegehungen immer sehr schlecht benotet«, sagte sie. Eike lehnte sich zurück. Er schlug die langen Beine übereinander, und Caro fand es wie immer erstaunlich, dass ihr Mann insgesamt so lang war. Seine Beine allein nahmen schon beeindruckend viel Platz in Anspruch. Und wenn er sich, so wie jetzt, zurücklehnte, war sein Kopf ganz schön weit weg von den Füßen.

»Das passt doch. Manne meinte, der Typ sei ein Arschloch gewesen.«

»Ja, aber ganz so einfach ist es nicht. Seine Frau hat ihn verteidigt.«

»Was bleibt ihr auch anderes übrig?«, hielt Eike dagegen. »Immerhin hat sie ihn geheiratet, und jetzt ist er tot.«

»Schon, aber ihre Zuneigung und ihr Schock waren echt. Das war nicht gespielt.«

»Meinst du wirklich, bei einer fremden Person kannst du das so gut beurteilen?«

»Nein, nicht zweifelsfrei. Trotzdem bekommt man in Extremsituationen einen guten Eindruck von jemandem. Aber sie war trotzdem die erste Person, die gut von ihm gesprochen hat.«

»Verstehe.« Eike nickte. »Wisst ihr schon, woran er gestorben ist?«

Caro schüttelte den Kopf. »Nein. Wir hoffen, morgen etwas herauszufinden. Manne meint, es wäre nicht die beste Idee, den zuständigen Staatsanwalt an einem Wochenende zu stören.«

»Da hat er wahrscheinlich recht.«

»Aber wir müssen nach allem, was wir wissen, davon ausgehen, dass ihn jemand getötet hat.«

Eike seufzte theatralisch, lächelte dann aber. »Ich hatte ehrlich gesagt gehofft, Karl Wischnewski würde dein erster und letzter Toter bleiben, aber offensichtlich vergebens.«

Caro zuckte die Schultern und fühlte sich ein wenig verlegen. Und schuldig. Weil sie ihren Mann wieder in Sorgen stürzte, das wusste sie. Das letzte Mal, dass Manne und sie einen Mord aufgeklärt hatten, waren sie dem Täter beinahe selbst zum Opfer gefallen, und Caro war dabei schwer verletzt worden. Sie wusste, dass Eike gerade genau daran dachte.

»Ich pass auf mich auf, Eike, versprochen!«, versicherte sie deshalb, und Eike lächelte.

»Solange ich mir keine Sorgen machen muss, dass du mir wegläufst …«

»Musst du nicht!«

»Und was hat jetzt dieser heiße Latino mit den Gartenbegehungen des Toten zu tun?«

»Na ja«, sagte Caro langsam. »Es gab ein paar Gärten, die er ausnehmend gut bewertet hat. Immer wieder. Und glaub mir, die sahen nicht besser aus als unser Garten.«

Eike verzog schuldbewusst das Gesicht und blickte zu ihrem schneckenzerfressenen Hochbeet hinüber. Die schleimüberzogenen Kohlrabi-Gerippe waren ein trauriger Anblick. Vom Rest ganz zu schweigen. Caro wusste, dass ihm das Ergebnis ihrer eigenen Begehung genauso peinlich war wie ihr. Sie waren mit sehr, sehr viel Enthusiasmus an das Projekt Garten herangegangen und hatten mit viel Arbeit und wenig Ahnung am Ende noch weniger erreicht. Was besonders unangenehm war, weil die Gartenfreunde der Harmonie ihnen den Start so leicht gemacht hatten. Nachdem Caro bei dem Zusammentreffen mit Kalle Wischnewskis Mörder verletzt worden war, hatten sich die Gartenfreunde ihrer Anlage mit Manne zusammengetan und den Garten für sie fit gemacht. Sie hatten Hochbeete gebaut und mit Gemüse und Salaten bepflanzt. Davon war jetzt, ein knappes halbes Jahr später, nichts mehr übrig. Die Pflanzen waren entweder von Schnecken zerfressen oder von Unkraut erstickt worden.

»Bestechung?«, fragte Eike und äußerte damit den ersten Verdacht, den auch Manne und Caro gehegt hatten.

»Vielleicht«, sagte Caro und zupfte an ihrer Unterlippe. »Die Gärten, um die es geht, gehören allerdings allesamt geschiedenen Frauen.«

Eikes Augenbrauen wanderten in Richtung Haaransatz. »Ach?«, sagte er, und sie lächelte. Ihr Mann, der so besonnene und ruhige Arzt, liebte Gerüchte und kleine Skandale. Er war begeisterter Leser jeder Art von Wartezimmerlektüre, und wenn eine Titelstory besonders spannend war, schloss sich der Herr Doktor damit auch schon mal auf der Toilette ein. Solche Geschichten waren genau sein Ding.

»Ach.« Caro grinste. »Wir haben heute alle besucht, und sie haben uns ein ganz anderes Bild von Maik Reuter gezeichnet als die übrigen Kleingärtner der Anlage, die mit ihm zu tun hatten. Ein ganz Netter sei er gewesen. Hilfsbereit und verständnisvoll. Grob missverstanden. Vielleicht ein bisschen laut, aber das Herz am rechten Fleck. Hätte bei kleineren Arbeiten geholfen, unter der

Hand repariert und immer ein offenes Ohr gehabt. Eine war sogar richtig verheult, als wir bei ihr ankamen.«

»Du meinst, er hatte ein Verhältnis mit all diesen Frauen?«

Caro legte den Kopf schief. »Manne und ich haben darüber spekuliert. Allerdings können wir uns nicht vorstellen, dass das nicht aufgefallen wäre. Ich meine: In diesen Anlagen fällt alles auf.«

Eike grinste. »Man denke bloß daran, was los war, als ich im Sommer mal eine Woche allein mit Greta hier war. Alle dachten, du hättest mich verlassen.«

Caro rollte mit den Augen. In der Tat hatte Eike weniger Grund zur Eifersucht als sie. Caro hatte durchaus schon bemerkt, wie einige Frauen auf der Anlage zu ihrem Mann schielten. Einer, der sich um seine Tochter kümmerte, Marmelade einkochte und blendend gelaunt bei den Arbeitseinsätzen half. Ein gut verdienender Arzt noch dazu! Sie wusste, wie interessant ihr Mann für andere Frauen war. Und als sie sich vor der IHK-Prüfung eine Woche Ruhe ausbedungen hatte und Eike mit Greta in den Garten gezogen war, tauchte schon nach zwei Tagen die erste Gartenfreundin mit Likörchen und Kuchen am Gartenzaun auf und fing an, Fragen zu stellen.

»Ich hätte freie Wahl gehabt!«, sagte Eike mit einem Grinsen, und Caro bereute, dieses Thema überhaupt angeschnitten zu haben. Es verstärkte ihre Kopfschmerzen.

»Ich weiß. Aber darüber möchte ich jetzt nicht sprechen.«

»Ich wollte dir ja auch nur recht geben und bestätigen, dass solche Affären sicher nicht unbemerkt bleiben würden.«

Caro nickte. »Abgesehen von dem organisatorischen Aufwand. Es waren immerhin fünf Parzellen.«

Ihr Mann pfiff durch die Zähne.

»Und seine Frau Nicole war viel öfter im Garten als er selbst. Sie hat das Grundstück gepflegt, nicht er, auch das haben uns alle bestätigt. Wie hätte er denn Affären mit anderen Kleingärtnerinnen unterhalten sollen, während seine eigene Frau sich in der Anlage aufhält? Drei der Frauen haben auch Kinder im Grundschulalter, die mit Lennard an den Wochenenden durch die Gärten flitzen. Das wäre sicher rausgekommen.«

»Vielleicht haben sie sich woanders vergnügt, und er hat behauptet, er geht arbeiten oder trifft Freunde«, schlug Eike vor.

»Aber Eike, fünf Frauen gleichzeitig! Plus seine eigene.«

»Gut, das ist unwahrscheinlich.«

»Manche davon haben ihren Garten in direkter Nachbarschaft voneinander. Man kennt sich, man schwatzt. Maik hätte doch niemals hoffen können, dass das nicht auffliegt.«

»Vielleicht war es auch einfach nur Sex«, schlug Eike vor. »Sex gegen gute Bewertung. Ein klassisches Tauschgeschäft.«

»Möglich«, sagte Caro und rieb sich die pochenden Schläfen. »Allerdings wäre das dann bezüglich des Mordes eine kalte Spur. Die Frauen sind geschieden, und die guten Bewertungen laufen seit Jahren, als wäre das Ganze eingespielt. Wenn es auch nur um Sex und nicht um Gefühle ging, hat hier jeder und jede bekommen, was ausgemacht war, und gut. Das würde uns nicht weiterhelfen.«

»Stimmt«, gab Eike zu. »Und warum glaubt ihr nicht an Bestechung?«

»Ganz einfach: Diese Frauen haben nicht viel Geld. Alle schlagen sich seit ihrer Scheidung gerade so durch.«

»Hm. Und es ist ein zu großer Zufall, als dass es reine Freundlichkeit sein könnte, die Maik Reuter dazu veranlasst hat, ihre Gärten gut zu benoten? Vielleicht, weil die Damen schwere Zeiten durchgemacht haben?«

»Er klingt nicht nach jemandem, der etwas ohne Hintergedanken tat. Außerdem hat er die Gärten nicht nur ein Mal gut bewertet, sondern mehrmals.«

»Aber welchen Hintergedanken hätte er denn jenseits von Sex oder Geld noch haben können?«

»Ich weiß es doch auch nicht!« Caro war bewusst, wie merkwürdig das für Eike klingen musste. Alles. Sie nahm noch einen Schluck Wein.

»Aha«, sagte Eike nur süffisant, was sie irgendwie sauer machte. »Ich verstehe aber immer noch nicht, was das mit dem Halbnackten in deinem Telefon zu tun haben soll. Oder mit Dating-Apps.«

Caro legte den Kopf an die Lehne des Stuhls und blickte in den strahlend blauen Himmel.

»Eike, du bist keine Frau.«

»Schön, dass dir das nach zehn gemeinsamen Jahren endlich auffällt«, erwiderte Eike amüsiert, und Caro versetzte ihm einen Tritt.

»Es ist mir schon das eine oder andere Mal ins Auge gesprungen«, versicherte sie. »Doch darauf will ich nicht hinaus.« Sie seufzte. »Die Sache ist: Ich kenne solche Typen. Jede Frau kennt sie. Die etwas zu lauten Hinterherpfeifer, die noch nicht gemerkt haben, dass die Neunziger vorbei sind, und Catcalling für salonfähig halten. Die sich auf Malle volllaufen lassen und dann fremden Frauen an den Hintern fassen, während ihre Freunde Fotos machen. Typen, die nett und freundlich sind und deine Drinks bezahlen, aber niemals ohne Hintergedanken.«

»Schürzenjäger«, sagte Eike, und Caro lachte.

»Dieser Begriff ist so veraltet, aber ja. Schürzenjäger.« Sie zeigte auf ihr Handy. »Seine Frau sagte, sie hätte ihn online kennengelernt. Ich dachte einfach, vielleicht war er immer noch aktiv.«

Eike grinste. »Weil ihm die fünf Kleingärtnerinnen und die eigene Frau nicht reichen?«

»Einfach weil ich glaube, der Typ lebte ein Stück weit von weiblicher Bestätigung. Und er wollte sich so viele Möglichkeiten offenhalten, wie es ging. Er liebte Einfluss und Aufmerksamkeit. Und Frauen schienen schon sein Thema zu sein.«

»Treiben sich denn auf dieser App auch verheiratete Menschen herum?«

Caro runzelte die Stirn. »Warum nicht?«

»Dafür gibt es doch andere Plattformen, oder?«

Nun war es an Caro, ihren Mann skeptisch zu mustern. »Woher weißt du das?«

»Peters Frau hat es ihm eröffnet, als sie ihn verlassen hat. Dass sie schon Jahre wechselnde Partner über eine Partnerbörse für Verheiratete hatte.«

»Das wäre natürlich ein starkes Motiv. Wenn ein Ehemann, wie Peter, herausgefunden hätte, dass seine Frau was mit dem Kleingärtner hat.«

»Oder Reuters Frau.«

Caro runzelte die Stirn. »Eifersucht.«

»Das älteste Motiv der Welt«, bestätigte Eike mit einem Kopfnicken.

Caro war verdattert und nahm ihr Handy wieder zur Hand. »Weißt du noch, wie die Plattform hieß?«

Eike lachte schallend. »Ehrlich gesagt: Ich habe nicht nachgefragt. Hätte ich sollen?«

Caro schüttelte den Kopf und grinste.

Sie tippte *Seitensprung Webseite* in das Suchfeld ein. Was darauf folgte, machte sie sprachlos. Es kam nicht nur ein Suchergebnis, das genau passte, sondern Dutzende. Und solche, die Seiten für Seitensprünge bewerteten. Stiftung Warentest fürs Fremdgehen quasi.

»Scheint ein Markt zu sein«, sagte sie trocken.

»Und ein Fass ohne Boden«, ergänzte Eike. »Immerhin kannst du nicht erwarten, die Leute dort unter ihrem richtigen Namen zu finden. Und du weißt nicht, ob Maik Reuter, falls er wirklich noch andere Frauen gedatet hat, nicht einfach seinen Ehering abgenommen und behauptet hat, Single zu sein.«

Da war natürlich was dran. An allem. Wo sollte sie da anfangen zu suchen?

»Und erst recht nicht, wenn ich nur ein Bauchgefühl und sonst gar nichts habe«, seufzte Caro und legte das Handy beiseite.

Ihr Mann schenkte ihr einen langen Blick. »Deine Menschenkenntnis ist sehr gut. Das weißt du. Ich würde den Gedanken nicht einfach so beiseiteschieben. Zwar bin ich kein Detektiv, aber ich kenne dich.«

Caro stand auf, umrundete den Tisch und umarmte ihn. Jedes Mal, wenn sie das tat, fiel ihr auf, dass es zu selten war. Sie küsste ihn auf die Wange und sagte: »Ja, das tust du. Und ich bin froh, dass …«

»Stör ich?«, rief eine Stimme durch den Garten, und sie zuckten beide zusammen. Manne stand am Törchen und winkte ihnen. Caro seufzte. Manchmal hatte sie das Gefühl, ein Leben in Halbsätzen zu führen.

»Nein«, log sie quer durch den Garten. »Komm ruhig rein.«

Manne öffnete das Törchen und ging gemächlich auf die Terrasse zu.

»Ich dachte, du wolltest noch mal in die Vereinskneipe in Rosenthal.«

Manne verzog das Gesicht. »Da war ich auch und hab ein paar Gespräche geführt. Aber sonntags ist der Laden so voll, dass man sein eigenes Wort nicht versteht, und Theo braucht wirklich jeden Tisch für zahlungskräftige Gäste.«

»Vor allem, wo er gestern eine Stange Geld verloren hat«, sagte Caro. »Ich glaube, die letzten Runden sind zechfrei aus dem Hahn geflossen.«

Manne grinste. »Könnte was dran sein.«

Eike deutete auf einen der Stühle. »Setz dich doch.«

»Nein, nein, ich will nicht stören.« Manne wandte sich an Caro. »Ich wollte dir nur Bescheid sagen, dass wir nachher zum Kaffee eingeladen sind.« Er warf ihr einen vielsagenden Blick zu. »Bei der Gräfin.«

»Der Gräfin?«, echote Caro, und Manne zwinkerte ihr zu.

»Ganz genau. Sie ist ein Mitglied des Vorstands und hat offenbar ein paar Dinge über Maik Reuter zu sagen. Deshalb hat sie uns in ihren Garten eingeladen.«

»Und sie ist eine echte Gräfin?«

Manne kratzte sich am Kopf. »Gute Frage. Ich glaube nicht. Aber wir sollten uns was Ordentliches anziehen. Sicher ist sicher.«

KAPITEL 11

Es war der wohl prächtigste Garten, den er je gesehen hatte. Alles blühte in Weiß, Blau und zartem Rosa. Kletterrosen und Hortensien füllten die Luft mit süßen Düften, und es brummte wie in einem Bienenstock.

Manne hatte keine Erklärung dafür, wie es jemandem gelingen konnte, eine solche Pracht zu erzeugen. Petra und er waren auch passable Gärtner und hatten sich in den vergangenen Jahren eine wirklich schöne Parzelle gestaltet, aber das, was er hier sah, erinnerte eher an einen englischen Schlossgarten.

Auch das laut Satzung vorgeschriebene Gemüse schien prächtig zu gedeihen. In den Beeten standen gesunde Tomaten und riesige Bohnenranken, der Apfelbaum hing voll, und fette Kürbisse leuchteten in der Sonne tief orange. Ein Garten, der so gepflegt und ertragreich war, war fast schon eine Unverschämtheit. Fand er jedenfalls.

»Hallo?«, rief Manne über das Törchen, weil er keine Klingel fand. Sein Blick fiel auf das Messingschild am Briefkasten. »Frau Graf?« Aus dem Augenwinkel sah er, wie Caro schmunzelte.

»Ich komme, ich komme«, ertönte eine Stimme aus dem hinteren Bereich des Gartens, und auf dem Gartenweg zwischen den Staudenbeeten erschien eine große, schlanke Frau mit einem breiten Strohhut auf den weißen Haaren. Trotz ihres offensichtlich hohen Alters hielt sie sich sehr gerade, und ihre Schritte waren schnell und sicher. Es erschloss sich Manne sofort, woher ihr Spitzname kam.

»Herr Nowak? Frau von Ribbek?«

Manne nickte, und die Gräfin schloss das Törchen auf.

»Schön, dass Sie da sind. Kommen Sie rein.«

Sie gingen über einen Weg, der aus Schieferplatten gelegt worden war und sich elegant in Richtung einer Teakholz-Terrasse schlängelte. Manne warf Caro einen kurzen Blick zu, deren Augen übergingen angesichts der Pracht und Ordnung in diesem Garten.

»Meine Güte, es ist wunderschön bei Ihnen«, sagte seine Kollegin nun auch, und Manne hörte die Ehrfurcht in ihrer Stimme. Er ahnte, dass sie gerade beide an Caros kümmerliche Kohlköpfe und die abgefressenen Salatbeete dachten.

»Ach, das ist gar nichts«, sagte die Gräfin und winkte mit der rechten Hand ab, die in einem lila Gartenhandschuh steckte.

Na ja. Gar nichts sah wirklich anders aus.

»Wenn man einen Garten einmal gut im Griff hat, wächst ja alles von allein.«

Caro riss die Augen auf, und Manne grinste. Seine Kollegin sah kurz aus, als wollte sie ihn schlagen.

Die Gräfin deutete auf ein paar Teakholzstühle, die mit geblümten Polstern bestückt waren. »Setzen Sie sich. Kaffee?«

Manne zog an seinem Hemdkragen und lächelte. »Lieber ein kaltes Glas Wasser, wenn Sie haben.«

Die Gräfin hob ihre feinen Brauen. »Ich habe auch Vanilleeis. Wie wäre es mit Eiskaffee?«

»Das klingt wundervoll!« Manne mochte diese Frau jetzt schon sehr. Er wusste nicht, wann er das letzte Mal Eiskaffee getrunken hatte. Es musste ewig her sein.

Sie verschwand in einer Laube, die im Schwedenstil gehalten und dunkelblau gestrichen war.

»Was soll das? Was ist das für ein Ort?«, flüsterte Caro und fuchtelte anklagend in Richtung der Staudenbeete. »Wieso hat diese Frau kein Unkraut? Niemand hat kein Unkraut! Es ist anderen Menschen gegenüber unanständig, kein Unkraut zu haben.«

Manne kicherte. »Wenn du erst mal dranbleibst, kommt gar nicht so viel nach.«

Caro schnaubte. »Quatsch. Wahrscheinlich ist der Löwenzahn bloß eingeschüchtert von all diesen Angeberblumen.«

»Eine sehr viel logischere Erklärung«, sagte Manne trocken und sah sich um. »Es ist aber schon sehr schön hier, oder?«

»Das ist die Untertreibung des Jahrhunderts«, gab Caro genervt zurück. »Ist dieser Ort eigentlich real?«

In diesem Moment trat die Gräfin aus der Laube, in der Hand ein Tablett, auf dem drei Gläser voll mit Kaffee, Vanilleeis und Sahnehauben wackelten. Waren das Schokostreusel auf der Sahne? Welcher Mensch hatte Schokostreusel in seiner Laube?

»Oder diese Frau?«, flüsterte Caro, deren Blick sich genau wie sein eigener erwartungsfroh an die großen Gläser geheftet hatte.

»Vielen Dank, dass Sie gekommen sind«, sagte die Gräfin jetzt, stellte ihnen Eiskaffee vor die Nasen und setzte sich. Dann zog sie eine lange, dünne Zigarette hervor und fragte: »Stört es Sie?«

Manne und Caro schüttelten simultan die Köpfe.

»Ich rauche nicht mehr viel, finde aber, dass das hohe Alter ein paar Vorteile hat.« Sie lächelte verschmitzt. »Reuelosigkeit angesichts kleinerer Sünden, zum Beispiel.«

Caro lächelte zurück, und Manne nahm einen Schluck Eiskaffee.

»Manche Sünden machen das Leben erst richtig lebenswert. Eiskaffee zum Beispiel.«

Er spürte förmlich, wie der Zucker in seine Blutbahn gespült wurde, zusammen mit dem Koffein. Die beste Kombination der Welt – neben Bratwurst und Bier.

»Wir danken Ihnen für die Einladung«, sagte Manne, nachdem er sich mühevoll von seinem geringelten Strohhalm losgerissen hatte. »Aber wir sind nicht nur hier, um Ihre Gastfreundschaft zu strapazieren. Sie wollten uns etwas über den Toten erzählen.«

Die Gräfin nickte und nippte ihrerseits am Eiskaffee. »Sehen Sie, ich war mit Norbert Reuter eng befreundet. Seinem Vater.«

Manne nickte.

»Wir gehörten zu den Gründungsmitgliedern der Kolonie damals, Mitte der Siebziger.« Sie schmunzelte und sah Caro direkt ins ungläubige Gesicht. »Ich bin seit fast fünfzig Jahren im Vorstand. Genau wie Norbert es war. Und auch seine erste Frau Heide war sehr aktiv im Verein. Wir standen uns schnell nah. Die ganzen Familien.« Sie zuckte die Schultern und lächelte. »Gab ja auch sonst nüscht zu tun an den Wochenenden. Wir waren immer hier. Haben alles zusammen aufgebaut.« Sie sah sich um. »Kann man sich heute gar nicht mehr vorstellen, dass das damals nur ödes Brachland war.«

»Maiks Frau Nicole hat uns erzählt, dass sich das Paar nicht im Guten getrennt hat«, sagte Manne. »Norbert und Heide, meine ich.«

Die Gräfin atmete eine Rauchwolke aus und sah nachdenklich drein. »Welches Paar trennt sich schon im Guten?«, fragte sie dann. »Ehen zerbrechen, Menschen streiten oder leben sich auseinander. Das war doch schon immer so. Aber ich habe nie verstanden, was ihn bewogen hat. Heide war eine wunderbare Frau, ehrlich, gut aussehend, intelligent. Dieser Mann hatte alles, was man sich wünschen kann. Ehrlich gesagt glaube ich, Maik ist aus einer Affäre entstanden. Und weil Norbert ein Mann war, der für seine Fehler geradestand und niemals ein Kind im Stich gelassen hätte, hat er sich von Heide getrennt und stattdessen Annemarie geheiratet. Wolfgang war zu dem Zeitpunkt schon erwachsen und stand auf eigenen Beinen. Zu unserer Zeit hat man noch jung Kinder bekommen. Wahrscheinlich hat Norbert gedacht, er könnte da nicht mehr viel kaputt machen. Und natürlich verlieren Ehen über die Jahre einen Teil ihres Reizes. Das ist ganz normal.«

»Ich verstehe. Sie können uns nichts Näheres über die Trennung sagen?«

Die Gräfin zuckte bedauernd mit den Schultern. »Heide ist von einem Tag auf den anderen von der Anlage und aus unseren Leben verschwunden. Hätten wir damals schon Smartphones gehabt so wie heute, hätte ich ihr vermutlich einfach geschrieben. Es wäre leicht gewesen, in Kontakt zu bleiben. Aber so ist die Verbindung abgerissen. Wir haben noch mal telefoniert, aber sie ist in die Nähe ihrer Eltern Richtung Cottbus gezogen, und wir haben nun schon seit Jahren nichts mehr voneinander gehört. Und Norbert war kein Mann, der über Gefühle und Probleme sprach. Heide ging, und die neue Frau kam. Er hat sie einmal in der ganzen Anlage rumgezeigt wie einen Wanderpokal, und das war's dann.«

»Hatten Sie dann auch ein gutes Verhältnis zu Annemarie?«, fragte Caro.

Die Gräfin schüttelte den Kopf. »Sie wollte nichts mit uns zu tun haben. Hatte uns im Verdacht, sie vorzuverurteilen.« Die Gräfin lachte bitter und hob mit ihrem langen Löffel ein großes Stück Vanilleeis aus dem Glas, das sie genüsslich in den Mund schob.

»Dabei war eine Vorverurteilung gar nicht notwendig. Sie nur kurz kennenzulernen reichte, um sich ein ausreichendes Bild von dieser Person zu machen und sie ganz vortrefflich nachzuverurteilen.« Sie rümpfte die Nase. »Stolz und arrogant. Laut und ein bisschen dümmlich. Eine Vision aus Leopardenprint und Lidschatten. Mit der lieblichen Stimme einer Kreissäge. Es war unübersehbar, warum Norbert sich fortan noch öfter hier in der Anlage aufhielt als zuvor. Er blieb jedes Jahr, bis das Wasser abgedreht wurde. Meist auch über Nacht.«

Sie seufzte. »Hätte sich besser mal um seinen jüngeren Sohn gekümmert, statt hier Trübsal zu blasen. Doch der stand die meiste Zeit unter dem vollen Einfluss seiner Mutter. Wir haben ihn hier kaum zu Gesicht bekommen. Und wenn, dann hat er Ärger gemacht. Wolfgang hingegen kam noch oft und hat seinem Vater geholfen. Vor allem später, als es schlimmer wurde mit Norberts Arthritis.«

»Der Zahnarzt?«, warf Caro erstaunt ein, und die Gräfin nickte.

»Ja, Norbert war sehr stolz auf ihn. Und Wolfgang hat seinen grünen Daumen geerbt, das kann ich Ihnen sagen. Ein Naturtalent.« Sie zeigte hinter sich in den Garten. »Er hat einige der Pflanzen selbst kultiviert und mir geschenkt. Ist ein guter Junge.«

Manne musste sich ein Lachen verkneifen. »Junge« war wohl kaum die richtige Bezeichnung für einen Mann kurz vor dem Rentenalter, doch das kam wahrscheinlich wie so oft im Leben auf die Perspektive an.

»Und jetzt kommen wir zu dem, was ich Ihnen erzählen wollte. Wir waren alle felsenfest davon überzeugt, dass Norbert seinem Sohn Wolfgang den Garten vererben würde, und ziemlich geschockt, als dann plötzlich Maik mit dem Schlüssel vor uns stand und verkündete, er werde neben der Parzelle auch den Platz seines Vaters im Vorstand einnehmen.«

»Sie kannten ihn nur als Unruhestifter«, sagte Manne stirnrunzelnd. »Wieso haben Sie ihn überhaupt aufgenommen?«

Die Gräfin lächelte traurig. »Er war nun mal Norberts Sohn und inzwischen selbst erwachsen. Hatte ein Kind bekommen. Ich persönlich fühlte mich ihm durch den gemeinsamen Verlust zum ersten Mal verbunden. Ich hatte Mitleid. Wir dachten, wir geben ihm eine Chance. Und wenn er den Garten geerbt hatte, dann mussten wir sowieso mit ihm auskommen.«

»Frau Graf«, sagte Manne und versuchte, sich so vorsichtig wie möglich auszudrücken. »Warum erzählen Sie uns davon? Halten Sie es für möglich, dass Maik den Letzten Willen seines Vaters ignoriert hat?«

»Nun, ich habe Ihnen sicherlich keinen so vorzüglichen Eiskaffee gemacht, nur weil Sie ein netter Mensch sind, auch wenn das offensichtlich ist.«

Manne beugte lächelnd den Kopf. Wie gut, dass Frau Graf vom Alter her seine Mutter sein könnte, sonst bestünde ernsthafte Gefahr, dass er sich Hals über Kopf in sie verguckte.

»Vielleicht«, fuhr Frau Graf fort, »vielleicht ist er seinem Vater am Schluss auch einfach nur so auf den Zeiger gegangen, dass er seine Meinung geändert hat. Und natürlich ist Lennard noch ein kleines Kind, während Wolfgangs Töchter schon längst aus dem Haus sind. Wahrscheinlich hat Maik an das Herz seines Vaters appelliert. Den Großvater in ihm. Ich weiß es nicht. Was ich aber sagen kann, ist, dass Norbert eigentlich nie vorhatte, Maik den Garten zu überschreiben.«

»Aber Wolfgang hat sich dazu nie beim Vorstand gemeldet?«

Sie schüttelte den Kopf.

»Also ist es letztlich nur ein Verdacht«, stellte Manne fest, und Frau Graf sah ihn leicht amüsiert über den Rand ihres hohen Glases an.

»Ich erzähle Ihnen hier eine Geschichte. Für Verdacht oder begründeten Verdacht, wie es im Polizeijargon so schön heißt, bin ich nicht zuständig.«

Manne nickte. »Entschuldigung, ich wollte nicht unhöflich sein.«

Frau Graf winkte ab. »Ganz und gar nicht. Ich bin viel zu alt, um aus Mücken noch Elefanten zu machen.«

Sie schlug sich gegen den nackten Oberschenkel und verzog angeekelt das Gesicht, als sie den toten Übeltäter von der Handfläche schnipste. »Auch wenn man bei den Stichen dieses Jahr glatt meinen könnte, es seien Elefanten.«

»Wie läuft das eigentlich genau mit dem Vererben von Parzellen?«, fragte Caro mit gerunzelter Stirn. »Ich dachte, Schrebergärten gehören der Stadt. Wie kann man sie dann vererben?«

»Sehr gut aufgepasst, meine Liebe!«, sagte Frau Graf lächelnd. »Pachtrecht kann nicht vererbt werden, es erlischt mit dem Tode. Was allerdings vererbt wird, sind alle Sachen, die sich auf der Parzelle zum Todeszeitpunkt des Pächters befinden. Von den Pflanzen über jeden einzelnen Spaten bis zum letzten Blumentopf. Da-

her hat es sich bewährt, die Parzelle innerhalb einer Familie weiterzugeben, wenn denn Interesse besteht. Vor allem bei den
Gründungs- und Vorstandsfamilien haben wir es immer so gehalten, und unsere Satzung lässt uns entsprechenden Spielraum.
Wenn Familienmitglieder eine Parzelle übernehmen möchten,
dann haben sie Vorrang vor der Warteliste.«

Manne nickte. »Ist bei uns ganz genauso.«

Die Gräfin lächelte. »Wir wollen ja keinen Ärger und sind froh,
wenn so ein schöner Ort einfach weitergereicht werden kann.«

Manne lehnte sich zurück. Er wusste nicht, was er von der Geschichte, wie es Frau Graf nannte, halten sollte. Würde jemand wegen eines Gartens töten? Jahre, nachdem er ihn verloren hatte?
Oder war es einfach ein Hinweis, auf die Beziehung zwischen den
Geschwistern zu schauen? Genauer vielleicht, als man es ohnehin
tun würde? Zahnärzte waren für die meisten Menschen Respektspersonen, und auch wenn sie anderen häufig Schmerzen zufügten,
genossen sie innerhalb der Gesellschaft doch eine gewisse Stellung. Weshalb sie vielleicht eher durch das Raster der Polizisten
fielen und nicht so kritisch beäugt wurden. Auch wenn Manne das
nicht glaubte. Kommissar Lohmeyer beäugte alles und jeden kritisch.

»Was ist Wolfgang Reuter für ein Mensch?«, fragte er nun, und
Frau Graf musterte ihn eine Weile.

»Er ist verlässlich, freundlich, gebildet, gut erzogen und feinsinnig. Wie sein Vater war.« Sie lächelte. »Das jedenfalls ist mein Bild
von ihm. Sie müssen sich natürlich Ihr eigenes machen, das ist
selbstverständlich. Ich gebe Ihnen seine Nummer, dann können
Sie sich verabreden.«

Die Gräfin kramte ein hochmodernes Smartphone aus ihrer
Hosentasche, setzte eine Lesebrille auf und suchte die Privatnummer von Wolfgang Reuter heraus. Manne tippte sie in sein Handy,
und Caro notierte sie zusätzlich auf Papier.

»Haben Sie vielen Dank für den Kaffee und die Informationen«, sagte Manne. »Hat Kommissar Lohmeyer schon mit Ihnen gesprochen?«

»Nur kurz«, sagte die Gräfin und machte eine wegwerfende Handbewegung. »Er schien es eilig zu haben und hat den gesamten Vorstand zu sich zitiert. Wir haben einhellig ausgesagt, dass wir nicht wissen, wer die Hütte angezündet hat, und darüber hinaus ein grobes Bild von Maiks Persönlichkeit gezeichnet. Dann hat er uns gebeten, sich an ihn zu wenden, sollten wir nähere Informationen über den Brand oder den Abend davor haben.«

»Sie haben also niemandem vom LKA diese … Geschichte erzählt?«, fragte Caro und klang dabei so ungläubig erfreut, wie Manne sich gerade fühlte.

»Was ich Ihnen gerade erzählt habe, hat nichts, aber auch gar nichts mit der Brandnacht oder dem Vorabend zu tun.«

»Das heißt, Ihnen ist in der Nacht von Freitag auf Samstag auch nichts Besonderes aufgefallen? Oder am Freitagabend?«

»Die Nacht habe ich gar nicht hier verbracht«, erklärte die Gräfin. »Wenn man ein gewisses Alter erreicht hat, dann ist einem der Komfort des eigenen Bettes heilig. Ich bin nach Hause gefahren, bevor das Spiel anfing. Mir ist Torjubel ein Graus.« Sie beugte sich vor und saugte geräuschvoll den letzten Rest ihres Eiskaffees durch den Strohhalm. Das unverschämt laute Kindheitsgeräusch wirkte wie ein Tusch hinter ihrem letzten Satz. »Ich begleite Sie noch raus«, sagte sie dann und erhob sich.

»Bleiben Sie sitzen!«, sagte Manne, doch sie schüttelte den Kopf.

»Ich bestehe darauf. Ich fürchte wirklich, dass mein Körper vergesslich wird, wenn ich ihn nicht regelmäßig daran erinnere, wie man sich bewegt.«

Sie ging vor und hielt ihnen das Gartentor auf.

»Vielen Dank für Ihre Einladung, Frau Graf«, sagte Caro und streckte der Gräfin die Hand hin.

»Es war eine große Freude, Sie kennenzulernen.«

»Es war auch schön, Sie hier zu haben«, sagte Frau Graf lächelnd. »Kommen Sie mal vorbei, wenn Sie Ableger oder Pflanzensamen brauchen.« Sie schüttelte auch Manne die Hand. »So. Und jetzt gehen Sie am besten zu Peter Steiner. Ich habe zu lange gequatscht, er wird schon auf Sie warten. Also bitte: Peter Steiner. Parzelle 71.« Sie streckte die Hand aus und wies auf den Hauptweg. »Bis ganz oben und dann rechts.«

Manne war so verdattert, dass er sie eine Weile anstarrte. Bis Caro ihm ihren Ellbogen leicht in die Rippen stieß und er sagte: »Gut, dann … ja. Also.«

»Vielen, vielen Dank«, sagte Caro und zerrte Manne mit sich. »Sie haben uns wirklich sehr geholfen.«

Caro kicherte, während sie den leicht ansteigenden Hauptweg entlanggingen und hier und da gegrüßt oder mindestens neugierig beäugt wurden. Es war der Sonntag nach dem Brand, die Sonne schien, und jeder, der auch nur im Entferntesten mit dieser Anlage zu tun hatte, war mittlerweile eingetroffen. Es herrschte Volksfeststimmung, und wie damals, als Kalle in ihrer Anlage gefunden wurde, fühlte Manne ein leichtes Unbehagen. Hier war immer noch ein Mensch gestorben. Gewaltsam, aller Wahrscheinlichkeit nach. Die Asche seiner Hütte lag auf den Blumen, Bäumen und Gemüsepflanzen der Anlage, wenn auch nur hauchzart. Die Leute hatten sie heute früh sicherlich von Tischen und Stühlen wischen müssen. Und dennoch fiel ihnen nichts Besseres ein, als das Bier kalt zu stellen und 'ne Runde Chips zu schmeißen.

»Warum kicherst du so?«, fragte er Caro dann auch ein wenig schroff.

Sie schenkte ihm einen fragenden Blick. »Was ist denn mit dir los? Hab ich was verpasst? Bei der Gräfin warst du doch gerade noch ganz handzahm.«

»Ich weiß auch nicht«, murrte Manne. »Es behagt mir einfach nicht, dass alle hier sind, um sich das Spektakel reinzuziehen.«

»Jonas gegenüber hast du die Kleingärtner im Frühjahr noch verteidigt. Dass sie sonst kaum Aufregung im Leben hätten und deshalb nun mal neugierig seien«, hielt Caro dagegen.

»Stimmt schon.«

»Was ist dann hier anders?«

Manne seufzte. »Gar nichts. Mir ist nur gerade die Frage durch den Kopf geschossen, ob die Menschheit eigentlich noch ganz richtig tickt.«

»Tut sie nicht«, sagte Caro freudig. »Aber ich glaube, das hat sie auch nie.«

Manne gab ein Grunzen von sich, sagte aber nichts mehr dazu. »Und?«, fragte er stattdessen.

»Was, und?«

»Na, warum hast du so gekichert?«

»Ich weiß nicht. Die Gräfin wirkt auf mich wie eine Romanfigur. Skurril und ein bisschen zu … zu alles, eben.«

Manne verstand, was sie meinte.

»Und jetzt schickt sie uns auch noch weiter. Als könnte sie über unsere Zeit verfügen. Das finde ich einfach ziemlich erfrischend.«

»Es wird einen Grund haben, warum man sie ›die Gräfin‹ nennt«, sagte Manne und malte Gänsefüßchen in die Luft.

»Ja, und der Respekt vor dem Alter tut natürlich sein Übriges. Ist dir aufgefallen, dass wir sie die ganze Zeit gesiezt haben? Und sie uns?«

»Ja, und?«

»Duzen sich Gartenfreunde nicht? Hast du gestern noch zu Nicole gesagt.«

»Stimmt. Aber bei ihr wäre es mir im Traum nicht eingefallen«, gab Manne zu.

»Mir auch nicht.«

Caro schwieg eine Weile, dann blieb sie stehen und beugte sich zu Manne. »Meinst du, sie könnte es gewesen sein? Die Gräfin?«

Manne starrte sie einen Moment lang an, dann lachte er schallend los. »Wie kommst du denn darauf?«, fragte er, als er sich wieder im Griff hatte. Er musste flüstern, weil sein Gelächter noch mehr Aufmerksamkeit der Gartenfreunde auf sich gezogen hatte.

»Ich weiß nicht«, sagte Caro etwas verlegen. »Sie wirkte nur sehr bedacht auf mich. Als würde sie jedes Wort auf die Goldwaage legen. Und sie … ist anders.«

Manne schnaubte. »Sie war nur vorsichtig. Immerhin hat sie uns Informationen gegeben, die auch jemanden betreffen, den sie offensichtlich sehr mag. Da legt man jedes Wort auf die Goldwaage, das ist nur verständlich. Und Andersartigkeit ist nun wirklich kein Grund, jemanden des Mordes zu verdächtigen.«

»Natürlich nicht«, sagte Caro ruhig. »Das tue ich ja auch nicht.« Sie grinste. »Ich frage dich nur, ob es eine gute Geschichte wäre.«

»Es wäre eine gute Geschichte«, gab Manne zu. »Allerdings wäre es nur ein gutes Märchen. Maik war ein großer, massiger Kerl, und die Gräfin ist über achtzig.«

Sie gingen weiter in Richtung der Parzelle von Peter Steiner, und Manne musste sich eingestehen, dass er neugierig war. Er wurde nicht gern durch die Gegend gescheucht wie ein Schuljunge, doch dieser Frau war er bereit, alles zu verzeihen.

Das Gefühl wohliger Neugier verstärkte sich, als er schon von Weitem die gedeckte Tafel auf der Terrasse von Parzelle 71 entdeckte.

Bis auf die offensichtliche Gastfreundschaft unterschied sich der Garten von Peter Steiner allerdings massiv von dem der Gräfin. Die gesamte rechte Hälfte war eine einzige Baustelle; Teile der Hütte waren abgerissen worden, und Schutt lag auf dem großen Gemüsebeet herum. Fünf Männer standen in einer Traube vor dem demolierten Bereich, begutachteten das Chaos und sprachen leise miteinander.

»Was ist denn hier passiert?«, fragte Caro. »Bauen die eine neue Laube?«

»Eher das Gegenteil, würde ich sagen.« Manne kniff die Augen zusammen. Es sah nicht aus, als hätte die Original-Laube Schaden genommen, sondern vielmehr ein nachträglich vorgenommener Anbau. Seine eigene Erfahrung als Vorstand hatte ihm ein geschultes Auge beschert. Er konnte erkennen, was original war und was nicht.

»Ich schätze, wir werden es gleich erfahren«, sagte er und zog an der großen Messingklingel neben dem Türchen.

Ein großer, breitschultriger Mann mit wachsamem Blick näherte sich ihm. »Manne Nowak?«

Manne nickte. »Und meine Kollegin Caro von Ribbek.«

Herr Steiner stellte sich an das Gartentor, öffnete es aber nicht, sondern sah Caro und Manne nacheinander forschend an.

»Du bist auch Gartenvorstand?«, fragte er, und Manne nickte. »Und du ... ihr ... arbeitet in Schmittchens Auftrag?«

Mannes Blick zuckte zu der Gruppe Männer, von denen nun keiner mehr den Ort der Zerstörung ansah. Sie alle glotzten mehr oder weniger subtil zu ihnen herüber. Er ahnte, woher der Wind wehte, und sagte daher: »Keine Sorge. Mich interessiert wirklich nicht, was hier in der Anlage läuft. Wenn ihr uns etwas im Vertrauen sagen wollt, dann bleibt es im Vertrauen. Ich werde niemanden anschwärzen und meine Kollegin genauso wenig.«

Das schien genau das zu sein, was Peter Steiner hören wollte. Seine Schultern sackten entspannt nach unten.

»Ich hab gerade eine Abmahnung wegen zu viel Unkraut in meinem Garten bekommen«, ergänzte Caro mit so heiligem Ernst, dass Manne fast angefangen hätte zu lachen. Worum es hier ging, war deutlich schwerwiegender als ein Garten voller Unkraut. »Von meinem Vorstand«, setzte Caro noch nach und schenkte Manne einen giftigen Blick. Jetzt war ihm nicht mehr nach Lachen zumute. Doch Steiners Gesicht wurde nun von einem Lächeln überzogen.

Seine Brauen hoben sich, und er zeigte auf Manne. »Du hast sie ernsthaft abgemahnt?«

»Na ja, nicht ich persönlich, aber …«

Steiner pfiff durch die Zähne und wandte sich an Caro. »Und du arbeitest trotzdem noch mit ihm zusammen?«

»Ich habe ihn schon dafür büßen lassen«, sagte Caro grinsend. »Das kannst du mir glauben.«

»Na da bin ich ja beruhigt«, sagte er. »Kommt rein. Ich hoffe, ihr habt Hunger mitgebracht.« Er öffnete das Törchen für sie und winkte die anderen heran.

Nachdem sie sich alle gesetzt hatten und von Peter Steiner mit selbst gebackenem Apfel-Blechkuchen versorgt worden waren, fragte Caro mit vollem Mund: »Was ist denn da drüben passiert?« Sie deutete auf das Durcheinander.

»Deshalb wollte ich ja mit euch reden. Wir alle, meine ich. Maik Reuter ist passiert«, knurrte Peter, und die anderen nickten.

Er nahm einen Schluck Kaffee und seufzte.

»Wie meinst du das? Hat er deine Laube zerstört?«

»Streng genommen ja. Aber von vorne.« Er kratzte sich seufzend am Kopf. Dann erklärte er: »Wir alle hier haben Maik Reuter damit beauftragt, kleine bauliche Änderungen an unseren Lauben vorzunehmen. Ein paar Wände zu versetzen, bisschen Platz zu schaffen.«

»Ich versteh schon«, sagte Manne, dem die Methoden vertraut waren. »Er war ja Maurer.«

»Nicht nur das. Maik war immer daran interessiert, was unter der Hand zu verdienen. Und er hat uns versprochen, die Umbauten von Vorstandsseite abzusegnen. Meinte, das sei schon okay. Solange er persönlich die Arbeiten übernähme, würde schon niemand Stress machen. Wir haben nicht weiter nachgefragt.«

Peters Finger wanderte durch die Reihen. »Ali hat sich hinter der Hütte einen kleinen Schuppen errichten lassen, Sören hat eine Außenküche, Markus ein gemauertes Hochbeet, Jens auch einen Schuppen und ich …«, seine Hand wanderte in Richtung Abrissstelle, »ich einen schmalen Anbau für meine Werkstatt.«

»Aber der Vorstand hatte das in Wahrheit gar nicht abgesegnet, sodass ihr jetzt alles wieder abreißen müsst?«, vermutete Manne, doch Peter schüttelte zu seiner Überraschung den Kopf.

»Schmittchen hat kein Wort gesagt, weshalb ich immer dachte, es müsste schon in Ordnung sein. Versteckt hab ich den Schuppen ja nicht gerade.«

»Aber warum reißt du ihn denn dann wieder ab?«, fragte Manne einigermaßen verwirrt.

»Weil er klatschnass ist«, antwortete Peter.

»Mein Werkzeugschuppen schimmelt, Sörens Außenküche ist abgesackt«, ergänzte Ali. »Maik hat gepfuscht und uns auch noch extra Geld dafür abgeknöpft, weil er die Bauvorhaben ›durch den Vorstand bringen‹ wollte, wie er sich ausdrückte.« Der Mann stieß seine Kuchengabel so heftig in ein Stück Streusel, dass sie auf dem Teller abrutschte und ein lautes Quietschen verursachte. Manne verzog das Gesicht.

»Wir hatten keinen Grund, ihm nicht zu glauben«, ergänzte einer der anderen Männer. Jens?

»Er ist doch Maurer, hat 'ne eigene Firma. Oder hatte 'ne eigene Firma. Und er war im Vorstand. Für uns die ideale Lösung.«

»Und der Polizei habt ihr das nicht erzählt«, sagte Caro. Es war keine Frage.

»Nein, haben wir nicht. Wir wollen uns nicht verdächtig machen und … na ja.« Ali kratzte sich verlegen am Kopf. »Na ja.«

»Ihr habt das unter der Hand geregelt«, half Manne nach, und die Männer nickten betreten.

»Aber wir haben alle gezahlt. Und wir haben ihn nicht umgebracht!«, sagte Jens. »Keiner von uns!«

»Auch wenn mir zwischendurch danach war«, knurrte Peter. »Erst dachte ich noch, das könnte man so regeln. Dass er es in Ordnung bringt und gut. Aber dann hat er gedroht, uns beim Vorstand anzuschwärzen. Und ist wirklich unangenehm geworden.«

»Ich wusste überhaupt nicht, wie mir geschieht«, sagte Ali und schob den rechten Zeigefinger in seinen ordentlich gebügelten Hemdkragen. »Er war ein Großmaul, schon klar. Aber das, was er mir dann an den Kopf geworfen hat …« Ali schüttelte sich. »So was hätte ich nie von ihm erwartet.«

»Was uns wundert«, sagte Jens. »Und weshalb wir das trotzdem erzählen: Wenn es bei uns so gelaufen ist, dann ist es bei anderen vielleicht auch so gewesen. Nicht im Schrebergarten, sondern im großen Stil. Maik hatte schließlich eine Firma, und er hatte immer Geld. Zwar hat er keinem von uns jemals einen ausgegeben, aber er hat immer 'ne dicke Karre gefahren. Und sein Haus soll riesig sein.«

»Ist es«, bestätigte Caro. »Potthässlich. Aber riesig.«

»Genau wie Maik«, bemerkte Ali und schaute sich danach ertappt um. »Hab ich das gerade wirklich gesagt?«

Alle am Tisch lachten.

»Was ist«, nahm Peter den Faden wieder auf, »wenn er bei einem Hausbau richtig gepfuscht hat? Wenn jemand echtes Geld verloren hat, nicht nur, wie wir, eine teure Lektion gelernt hat?«

Manne dachte nach. Geld war schon immer ein starkes Motiv gewesen. Und die Hütte des Mannes zu verbrennen, quasi symbolisch, würde natürlich auch dazu passen.«

»Stimmt, das wäre ein Grund, jemanden umzubringen«, sagte er langsam. Er wollte nicht zu viel seiner Gedanken preisgeben.

»Hat Maik immer allein hier gearbeitet?«, wollte Caro jetzt wissen.

Die Männer nickten.

»Ja, er hat die Materialien in seinem Firmenbus rangekarrt, aber alles allein ausgeführt. Das Geld war ja auch für seine Tasche«, sagte Jens und zuckte die Schultern.

»Ist das nicht fürchterlich viel Arbeit?« Caro sah zu dem Haufen Schutt und runzelte die Stirn.

»Bestimmt«, antwortete Peter. »Wenn man es ordentlich macht.« Sein Mund verzog sich zu einem säuerlichen Lächeln.

»Verstehe«, sagte sie und notierte sich etwas.

»Wisst ihr, ob sich noch jemand hier in der Anlage etwas von ihm hat bauen lassen?«

Peter zuckte die Schultern. »Ausschließen können wir es nicht. Wir wissen nur voneinander, weil wir Maik weitergeschickt haben, sozusagen. Er hat die Arbeiten immer im November oder Februar gemacht, damit es keiner mitbekommt. Deshalb könnte es schon sein.«

»Wir wollten jetzt keinen Aushang am Schwarzen Brett machen, um Leidensgenossen zu suchen«, sagte Ali, und Manne lächelte.

»Ich verstehe schon.«

Caro blickte in die Runde, die Stirn leicht gerunzelt. »Sagt mal, habt ihr alle ein Alibi für Freitagabend? Falls die Polizei doch irgendwie Wind von der Sache bekommt?« Sie legte ihre rechte Hand auf die Brust. »Von uns erfahren sie nichts. Aber man hat schon Pferde vor der Apotheke kotzen sehen.«

»Wir haben natürlich darüber gesprochen und haben dasselbe Alibi wie die meisten anderen in dieser Anlage auch. Wir waren hier.« Er zeigte auf Ali und Jens. »Wir haben zusammen mit unseren Familien das Spiel Hertha gegen Union geschaut und saßen noch zusammen, als der Brand losging. Das ist wasserdicht.«

»Wir auch, mit unseren Nachbarn«, sagte Sören, und Markus nickte. »Wir hatten Besuch von den Schwiegereltern.«

»Gut.« Manne war erleichtert. Auch wenn er die Männer nicht kannte, so waren sie ihm doch sympathisch. Und er war froh, nicht gegen sie ermitteln zu müssen.

»Und habt ihr irgendwas Besonderes bemerkt am Freitag?«, fragte Manne eher pro forma. »Waren vielleicht Leute hier, die ihr nicht kennt, oder ist jemand mit einer auffallend großen Tasche oder einem Kanister in Richtung von Maiks Laube gegangen?«

Alle schüttelten die Köpfe.

»Hier sind alle möglichen Leute durchgerannt. Viele hatten für das Spiel Gäste eingeladen. Es war richtig viel los am Freitag. Aber jemand Bestimmtes ist mir nicht aufgefallen.«

»War es sehr laut?«, fragte Caro, und die ganze Gruppe nickte.

»Theo hatte eine große Leinwand organisiert. Alle, die ihre Parzelle in der Nähe der Kneipe haben, konnten ihr eigenes Wort nicht mehr verstehen.«

Caro machte sich eine Notiz, und Manne überlegte. Zwar musste man ein wenig laufen, um von Maiks Parzelle zur Vereinskneipe zu kommen, aber Luftlinie waren es vielleicht hundert Meter.

»Das heißt, hätte es bei Maik auf der Parzelle einen Streit gegeben, dann hätte es während des Spiels niemand mitbekommen?«

Jens nickte. »Wüsste nicht, wie. Außer vielleicht in der Halbzeitpause.«

»Bezüglich der LKA-Ermittlungen seid ihr also sicher«, stellte Manne fest. »Alles andere wären Kleinigkeiten, und wenn doch was durchsickert, werde ich bei Schmittchen gern ein gutes Wort für euch einlegen.«

Peter atmete erleichtert auf und legte Manne noch ein Stück Kuchen auf den Teller.

»Oder auch zwei gute Worte«, sagte er zufrieden und stach die Gabel durch die knusprige Streuselschicht.

KAPITEL 12

»Also eins steht fest«, sagte Caro. »Langweilig wird uns die nächsten Tage nicht werden.«

»Hm.« Sie schlenderten durch die Gartenanlage und schauten sich um, auf der Suche nach weiteren Bauten, die aussahen, als wären sie erst kürzlich errichtet worden.

»Wir haben schon mehrere Anhaltspunkte«, fuhr Caro fort. »Es könnte etwas mit den Frauen zu tun haben, deren Gärten er zu positiv bewertet hat. Mit den Bauten, die er verpfuscht hat. Mit seinem Bruder. Oder der Firma.«

»Oder seiner Frau«, ergänzte Manne und erntete dafür von Caro einen tadelnden Blick.

»Ich kann mir nicht vorstellen, dass Nicole etwas mit der Sache zu tun hat«, sagte Caro dann. »Sie wirkte ernsthaft erschüttert.«

»Wir dürfen da nicht zu leichtgläubig sein«, antwortete Manne. Er selbst hatte in seinem Berufsleben, vor allem zu Beginn, zu häufig zu schnell vertraut. »Es gibt mehr gute Schauspieler da draußen, als man denken würde. Und unter Druck laufen manche von ihnen zur Höchstform auf.«

»Verschon mich mit deiner Erfahrungsweisheit«, gab Caro zurück.

»Ich habe sie nun mal. Warum soll ich sie nicht mit dir teilen?«

»Weil du genauso wenig glaubst, dass Nicole es war, wie ich.«

»Ach ja?« Manne verstand nicht, warum Caro so gereizt klang. Er wusste nur, dass er mit jedem Wort von ihr ebenfalls genervter wurde. »Was ich glaube oder nicht glaube, ist nicht relevant. Fakten sind relevant. Und Fakt ist, dass die meisten Verbrechen im familiären Nahfeld stattfinden.«

»Du klingst wie ein Lehrbuch.«

»Es ist aber so!« Er blieb stehen und wischte sich den Schweiß von der Stirn. »Rein statistisch sind Ehepartner die gefährlichsten Menschen der Welt füreinander. Ob es dir gefällt oder nicht. Außerdem kann ich mir nicht vorstellen, dass Nicole so kommentarlos hingenommen hat, was ihr Mann alles getrieben hat. Es scheint doch immer offensichtlicher, dass er das Geld für ihr großes Haus nicht ganz legal erwirtschaftet hat. Außerdem ist die Laube versichert, und die Summe fällt Nicole jetzt automatisch zu. Sie ist einfach eine sehr naheliegende Täterin, und deshalb sollten wir nicht den Fehler machen, sie so früh von unserer Liste zu streichen.«

Caro stemmte eine Hand in die Hüfte und sah ihn an. »Natürlich nicht, aber denk doch mal nach. Sie hat keinen Beruf gelernt und hat einen kleinen Sohn. Ohne ihren Mann steht sie vor einem Haufen Probleme. Sie wird das Haus nicht halten können und muss wieder umziehen. Und es war offensichtlich, dass sie von den Finanzen der Familie keine Ahnung hat. Welche Frau bringt in so einer Situation denn ihren Mann um?«

»Hm«, machte Manne. »Vielleicht eine, die herausfindet, dass ihr Mann krumme Geschäfte macht oder sie betrügt?«

»Nicole wirkte zwar naiv auf mich, aber nicht dumm. In dem Fall hätte sie ihn wohl eher erpresst. Sich scheiden lassen und einen schönen Deal ausgehandelt, der ihre und Lennards Existenz absichert. Wieso den Mann umbringen? Brutal war er ja offenbar nicht.«

»Da ist natürlich was dran. Aber Kränkungen sollte man nicht unterschätzen. Die Wut des Gekränkten ebenfalls nicht. Allerdings ist eine Affekttat hier ziemlich unwahrscheinlich. Die Umstände waren, durch das Spiel bedingt, unglaublich günstig. Es war laut und voll, man konnte in der Menge untertauchen, ohne gehört oder beachtet zu werden. Und Brandbeschleuniger musste man ja auch zur Hand haben. Trotzdem möchte ich Nicole nicht ausschließen. Es kann noch sehr, sehr viele Gründe geben, die wir jetzt nur noch nicht sehen.«

»Hast du nicht erst im März am eigenen Leibe erfahren, wie es ist, wenn sich ein Ermittler auf den wahrscheinlichsten Täter einschießt? Kannst du dich schon nicht mehr erinnern, wie es war, vorgeladen zu werden aufgrund eines blöden Streits und räumlicher Nähe?«

Manne trat unbehaglich von einem Fuß auf den anderen. Sein Tonfall jedoch war hart und verärgert, als er sagte: »Doch, kann ich. Sehr gut sogar. Aber, Caro, wenn wir aus diesem Grund nahe Verwandte immer von der Liste streichen, dann werden wir keine Morde mehr aufklären.«

Caro runzelte die Stirn. »Nicole ist jetzt keine Elfe, aber ihr Mann wog bestimmt trotzdem fünfzig Kilo mehr als sie. Gleiches Argument wie bei der Gräfin. Wie hätte sie ihn umbringen können? Rein technisch?«

»Wir kennen die Todesursache ja noch gar nicht. Vielleicht war es Gift oder ein Schlafmittel«, hielt Manne dagegen.

»Das würde die Gräfin dann aber auch nicht ausschließen«, bemerkte Caro.

»Da ist natürlich was dran.« Manne nickte.

Sie schlenderten weiter in Richtung von Schmittchens Parzelle. Auf der Anlage schien es, zumindest auf den ersten Blick, keinen Pfusch mehr zu geben.

»Ist dir aufgefallen, dass es insgesamt zehn sind?«, fragte Caro jetzt, und Manne runzelte die Stirn. »Was sind insgesamt zehn? Was meinst du?«

»Na ja. Leute, die in dieser Anlage irgendwas mit Maik zu tun hatten, das nicht ganz koscher war. Fünf Frauen und fünf Männer.«

»Und was soll das nun bedeuten? Glaubst du an die Macht der Zahlen?«

»Nein. Es ist mir nur gerade aufgefallen. Ist doch merkwürdig, oder?«

»Ich würde sagen, es ist nicht merkwürdig, sondern purer Zufall«, hielt Manne dagegen. Manchmal war es wirklich anstrengend mit Caro. Mittlerweile konnte er meistens damit umgehen, dass zwischen ihrem Hirn und der Zunge kein Filter eingebaut war, aber in diesem Moment nervte es.

»Auf jeden Fall bin ich sehr gespannt auf das Ergebnis von Svenjas Untersuchung. Die Obduktion macht uns sicher schlauer.«

»Wenn wir überhaupt erfahren, was dabei herauskommt oder herausgekommen ist«, hielt Manne dagegen, und Unbehagen machte sich in ihm breit.

Morgen musste er zum Staatsanwalt gehen und ihn darum bitten, den Obduktionsbericht für sie freizugeben. Es war ihm jetzt schon unangenehm. Er fühlte sich wie ein Bittsteller.

»Irgendwie werden wir es schon herausfinden«, sagte Caro und lächelte zuversichtlich.

In dem Moment ging Manne auf, was ihn eigentlich an ihr so nervte. Es war gar nicht die Tatsache, dass sie alles aussprach, was ihr durch den Kopf ging. Sondern vielmehr, dass ihr das Leben insgesamt so leicht von der Hand zu gehen schien.

Sie bogen um die nächste Ecke, und Manne wollte gerade auf den Hauptweg treten, als Caro ihn zurückhielt.

»Was ist denn?«, fragte er, und sie deutete auf den Eingang zu der Parzelle schräg gegenüber. Dort stand Kommissar Lohmeyer mit einer Kollegin an einem weiß gestrichenen Gartentor. Die Gartenfreundin, die er augenscheinlich gerade befragte, hatte das Gesicht missmutig verzogen und die Arme verschränkt. Sie öffnete ihnen nicht. Manne konnte nicht hören, was sie sagte, sah aber, dass ihre Antworten sehr kurz ausfielen.

Er grinste Caro an, und die grinste zufrieden zurück.

»Sieht so aus, als würde sich der Kommissar an den Garten-

freunden die Zähne ausbeißen. Gut«, meinte Caro mit Genugtu-
ung.

Manne stieß sie in die Seite. »Das ist kein Wettrennen. Wir wollen alle dasselbe. Die Wahrheit herausfinden.«

»Das stimmt vielleicht. Aber ich will, dass wir die Ersten sind.
Einfach nur, damit ihm seine Unhöflichkeit um die Ohren fliegt.«

KAPITEL 13

Auf Schmittchens Parzelle war ganz schön was los. Eigentlich hätten sie damit rechnen müssen, doch Caro war trotzdem überrascht. Der Bezirksvorstand wirkte nicht wie ein Mensch, der gern Gäste hatte.

Allerdings saßen die meisten Besucher mit ernster Miene am Gartentisch, die Unterhaltung wurde leise und mit viel Stirnrunzeln geführt. Zwar stand auch hier Kaffee auf dem Tisch, aber gesellig wirkte das Ganze nicht.

»Tut uns leid, wenn wir stören«, sagte Manne dann auch, als sie auf die Terrasse traten.

»Ihr stört doch nicht«, sagte Schmittchen. »Wir versuchen nur, uns einen Überblick über den Schaden zu verschaffen, der durch den Laubenbrand und alles Weitere entstanden ist.«

Er wies auf das Paar zu seiner Linken. »Das hier sind Rolf und Erika. Die Nachbarn von Maik und Nicole.«

Manne und Caro grüßten nickend, und Caro erkannte in Rolf den Mann, der ihr in der Brandnacht die Poolleiter gereicht hatte.

»Danke noch mal für die Leiter«, sagte sie mit einem Lächeln, und der Mann nickte wie ein Mafiaboss, der gerade einen Mordbefehl erteilt hatte. Wirklich charmant.

»Es ist gut, dass ihr hier seid. Wir müssen sowieso mit euch reden.«

»Wir gehen dann mal wieder«, sagte ein anderer Mann und stand auf, eine Frau und zwei junge Kerle folgten seinem Beispiel.

»Ja gut. Wir sehen uns später«, sagte Schmittchen und schaute ihnen nach.

»Wer war das?«, fragte Manne. »Die habe ich hier noch nie gesehen.«

»Kennst du auch gar nicht«, antwortete Schmittchen. »Das ist mein Bruder mit seiner Frau und den beiden Söhnen. Sie sind aus Flensburg gekommen, als ich erzählt habe, was passiert ist.«

»Das ist aber wirklich nett von ihnen«, sagte Caro und wunderte sich im gleichen Moment über die Dimensionen, die der Brand für Schmittchen offensichtlich hatte.

»Sie wissen, was mir die Anlage bedeutet«, sagte er mit einem feinen Lächeln. »Außerdem …« Schmittchen warf Rolf und Erika einen flüchtigen Blick zu, dann seufzte er. »Na ja. Sie wollen mir eben den Rücken stärken. Setzt euch erst mal.«

Das war nicht die ganze Wahrheit, so viel war klar. Caro setzte sich Schmittchen gegenüber auf einen der Stühle, und Manne nahm neben ihr Platz. Rolf und Erika blickten sie schweigend an. Caro dachte bei dem Anblick der beiden älteren, etwas untersetzten und eher mürrisch wirkenden Leute an zwei dicke Tauben auf einem Ast.

»Ihr seid die Nachbarn von Maik und Nicole?«, fragte sie überflüssigerweise und ärgerte sich sofort über sich selbst. Wirklich eleganter Gesprächseinstieg. Nicht.

»Wie gesagt«, antwortete der Mann mit einem Nicken.

»Wie war er so als Nachbar?«

Die Frau, Erika, räusperte sich nur und rutschte auf ihrem Stuhl hin und her. Auch ihr Mann schwieg, bis er sich mit einem Seufzer dann doch erbarmte, das Wort zu ergreifen. »Wir hatten ein gutes Verhältnis zu seinem Vater Norbert. Da gab es nie Probleme. Ein netter, anständiger Mann. Da könnt ihr jeden hier fragen. Immer alles harmonisch.«

Erika nickte nachdrücklich. »Mit Maik war das aber was anderes«, platzte es aus ihr heraus. »Der war einfach …« Sie schüttelte sich. »Aber er war ja zum Glück selten da. Nicole und Lennard sind reizend.«

»Der Junge ist ein bisschen laut«, brummte Rolf.

»Er ist ein Kind«, bemerkte Erika, und Rolf nickte sein Mafia-bossnicken.

»Das heißt, Nicole und Lennard waren meistens allein da?«, fragte Manne, und die beiden nickten erneut.

»Ja, tagsüber schon. Abends war Maik oft hier und hat genervt.«

»Genervt?«, fragte Caro.

»Ja. Genervt. Er hat viel telefoniert und das in einer Lautstär-ke …« Erika schüttelte den Kopf. »Wir haben nie verstanden, wa-rum er ausgerechnet zum Telefonieren in den Garten kommt.«

»Ja, so was kann man doch wirklich daheim machen«, ergänzte Rolf. »Es war lästig.«

»Wir spielen gerne draußen Karten im Sommer. Und es ist schwer, sich zu entspannen, wenn drüben die ganze Zeit irgend-welche Geschäftsgespräche geführt werden.«

»Geschäftsgespräche?«, wiederholte Caro überrascht. Sie hatte die Angaben des Paares im Kopf gerade unter *Weitere Anzeichen für eine Affäre* abgespeichert.

»So klang es jedenfalls«, sagte Erika.

»Wir haben natürlich nicht gelauscht«, ergänzte Rolf mit einer Hast, die Caro fast schon amüsierte.

»Natürlich nicht«, sagte Manne. »Wir wissen bereits, dass Maik kein leiser Mensch war.«

»Meistens war er auf der anderen Seite des Grundstücks, aber er war trotzdem noch laut genug, um uns auf den Geist zu gehen.«

»Wie lange ging das schon so?«

»Es hat erst diesen Sommer angefangen.«

»Das kann ich bestätigen«, warf Schmittchen ein. »Rolf und Erika waren bei mir, um mich zu bitten, Maik ins Gewissen zu reden«, sagte er.

»Und? Hat es was genützt?«, fragte Caro.

Schmittchen winkte müde ab. »Was glaubst du denn?«

»Natürlich haben wir ihn vorher selbst gebeten, woanders zu

telefonieren. Aber er hat uns immer nur weggeschickt.« Die Erinnerungen an diese Gespräche trieben Rolf die Zornesröte ins Gesicht. Langsam liefen die beiden warm.

»Meinte, unser Pool verstoße gegen die Vorschriften, und wenn wir ihn nicht in Ruhe ließen, müssten wir ihn zuschütten«, schob Erika hinterher.

»Habt ihr mitbekommen, worüber er gesprochen hat?«, fragte Caro.

Erika rutschte wieder auf ihrem Stuhl herum. »Wir belauschen keine anderen Leute«, wiederholte sie, und Caro nickte genauso ernst wie Manne. »Aber es schienen sehr vertrauliche Gespräche zu sein. Und es ging um irgendwelche Kredite. Das hab ich mitbekommen, als ich doch mal rüber bin zu ihm. Maik hatte auf dem Tisch vor sich eine Menge Unterlagen ausgebreitet und machte sich Notizen. Ich nahm an, dass es um seine Firma ging.«

»Ja, danach klingt es.«

»Auch wenn es komisch ist«, sagte Erika nun. »Weil er diese Gespräche ja eigentlich immer abends geführt hat. Spät. Manchmal nach elf.« Sie zuckte die Schultern. »Sonst hätte es uns ja gar nicht gestört.«

»Vielleicht hat er mit seinem Partner telefoniert. Er teilte sich die Firma mit jemandem.«

»Trotzdem verstehe ich nicht, warum er das hier erledigen musste.«

»Ja, das ist merkwürdig«, stimmte Caro zu.

»Freitagabend und die Nacht über wart ihr hier, oder?«, sagte Manne, und das Paar nickte. »Ist euch irgendwas Ungewöhnliches aufgefallen?«

»Ungewöhnlich nicht unbedingt«, sagte Erika. »Wir haben uns nur gewundert, dass keiner von der Familie im Garten war. So ein Wetter ließen die sich selten entgehen. Und dass Maik zwar bei der

Vorstandssitzung war, dann aber nicht mit den anderen bei Theo das Spiel geschaut hat, sah ihm überhaupt nicht ähnlich.«

»Stimmt. Es wäre genau sein Ding gewesen. Vor allem nach seiner Verkündung bei der Sitzung, dass er den Vorstand doch nicht verlässt«, sagte Schmittchen. »Wir waren froh, dass er nicht da war. Aber komisch war das schon.«

»Wart ihr auch bei Theo?«, fragte Manne die beiden.

Sie nickten. »Ja, natürlich. Wir verpassen doch kein Union-Spiel.«

So langsam wurden die beiden Caro doch sympathisch.

»Könnt ihr uns etwas über die Beziehung zwischen Nicole und Maik sagen?«, fragte Manne nun. »Man bekommt mit der Zeit ja doch so einiges mit, ob man will oder nicht.«

»Also früher war die ganze Familie noch öfter gemeinsam hier, da schien alles in Ordnung zu sein«, sagte Erika.

Rolf nickte. »Ja, und auch sonst. Der Kleine hat seinen Vater vergöttert, und das Ehepaar ist anständig miteinander umgegangen. Es gab kein Geschrei oder so.«

»Aber besonders verliebt wirkten die beiden jetzt auch nicht gerade«, hielt Erika dagegen.

»Sie waren jetzt auch schon eine Zeit lang verheiratet«, gab Rolf zu bedenken. »Mit Kind und Hausbau und eigener Firma bleibt für so was oft kein Platz mehr. Das ist zumindest nicht ungewöhnlich.«

»Hattet ihr, abgesehen von der Lärmbelästigung, sonst noch Probleme mit Maik?«, wollte Manne wissen.

»Ach, es gab schon Sticheleien. Maik hat immer raushängen lassen, dass er im Vorstand ist, sich selbst aber an keine Regeln gehalten. Aber nichts, was zu großen Streitigkeiten geführt hätte. Wir stehen ja gut mit Schmittchen, der Typ konnte uns gestohlen bleiben. Allerdings haben wir uns schon auf neue Nachbarn gefreut. Und darauf, Maik Reuter von hinten zu sehen.«

»Das haben wir alle«, sagte Schmittchen.

»Dass es jetzt so gekommen ist, tut uns natürlich sehr leid«, ergänzte Erika. »Vor allem für den Kleinen. Es ist schlimm, seinen Vater so zu verlieren.«

Die ganze Runde nickte betreten.

»Unser Garten hat auch ganz schön Schaden genommen«, sagte Rolf. »Wer auch immer die Hütte angezündet hat, wird sich auch vor uns verantworten müssen.«

Caro dachte im Stillen, dass dieser Punkt wahrscheinlich der allerletzte auf einer langen Liste von Dingen war, für die sich der Mörder würde verantworten müssen, doch sie nickte.

»Deshalb unterstützen wir eure Arbeit im vollen Umfang und haben Schmittchen angeboten, uns an eurem Honorar zu beteiligen. Aber er wollte nicht.«

»Die Kosten trägt der Verein«, sagte Schmittchen ernst. »Ihr beide habt doch schon genug Ärger so, wie es jetzt ist.«

»Du sprichst ein wahres Wort gelassen aus, Schmittchen«, sagte Erika und erhob sich etwas schwerfällig.

»Komm, Röllchen«, sagte sie zu ihrem Mann, und Caro war froh, dass es ihr gerade noch gelang, nicht laut loszulachen. »Die drei wollen sich jetzt noch in Ruhe unterhalten. Wir gehen zurück zu uns.«

Rolf stand ebenfalls auf und nickte in die Runde.

»Wir werden noch in zehn Jahren Asche aus irgendwelchen Ecken putzen. Das ersetzt einem auch keiner.«

Die beiden winkten noch kurz, dann verließen sie Schmittchens Garten.

»Das war aber ein praktischer Zufall«, sagte Caro mit einem Lächeln. »Wir wollten sowieso mit den beiden sprechen.«

»Was ist mit den anderen Nachbarn?«, wollte Manne wissen. »Die von der linken Seite?«

Schmittchen winkte ab. »Die sind auf Sardinien. Werden schön

gucken, wenn sie wiederkommen. Deren Pflanzen hat es auch erwischt. Und das teure Bewässerungssystem musste für die Lösch-
arbeiten dran glauben.« Er rieb sich den Nacken. »Aber wir werden schon Lösungen finden.«

»Und genau deshalb bist du hier der Vorstand«, sagte Manne
freundlich, und Caro konnte das erste Mal sehen, dass Manne dem
hageren, großen und humorlosen Mann, der ihnen gegenübersaß,
wirklich ernsthaft zugetan war. »Ich wäre an deiner Stelle schon
längst ausgerastet.«

Schmittchen verzog das Gesicht. »Frag mal meinen Bruder. Der
meint, ich solle den Job unbedingt an den Nagel hängen. Sie machen sich Sorgen um meine Gesundheit.« Er lächelte dünn. »Früher war ich auch Vorstandsvorsitzender, allerdings bei Osram. Ich
habe mich über alles und jeden so aufgeregt, dass ich zwei Herzinfarkte erlitten habe. Gisbert denkt, dass es jetzt zu einem dritten
kommen könnte.«

»Und?«, fragte Manne. »Könnte es?«

Schmittchen setzte einen gequälten Gesichtsausdruck auf. »Ich
weiß es auch nicht. Eigentlich rege ich mich überhaupt nicht auf.
Ich hab Angst.«

»Angst ist noch schlimmer«, sagte Caro und fühlte auf einmal
sehr mit dem Mann. »Wut hat wenigstens noch Power. Angst
lähmt.«

Schmittchen lächelte in ihre Richtung, und zum ersten Mal hatte Caro das Gefühl, dass es ein echtes Lächeln war.

»Aber ob Angst auch Herzinfarkte auslösen kann, weißt du
nicht?«

»Ich werde meinen Mann fragen. Wovor hast du denn Angst?
Eigentlich ist das alles doch hauptsächlich Arbeit für dich, oder?«

Es war eindeutig, dass Caro mit ihrer Frage des Pudels Kern
getroffen hatte. Schmittchen wurde blasser, als sie nach einem solchen Sommer überhaupt für möglich gehalten hatte.

»Ich hab Angst, dass mir dasselbe passiert wie Manne im Frühjahr.« Sein Blick wanderte zu dem ehemaligen Polizisten. »Du hast wenigstens Ahnung und konntest dich wehren. Am Ende ging es gut, aber …«

»Warum sollte Lohmeyer dich verdächtigen?«, fragte Manne prompt. »Schmittchen, gibt es irgendwas, das du uns noch nicht erzählt hast? Denn Lohmeyer, so wenig ich ihn mag, hatte damals zumindest gute Gründe, mich zu verdächtigen. Immerhin reden wir hier vom LKA. Nicht von irgendeiner Gurkentruppe.«

Es war offensichtlich, dass Schmittchen mit sich rang.

»Ich hab was ganz Blödes gemacht«, sagte er irgendwann leise.

Caro warf einen Blick zu Manne rüber, dessen Gesicht sehr angespannt wirkte. Er machte sich Sorgen. Und auch Caros Magen verknotete sich. Was kam denn jetzt?

»Wir sind ganz Ohr«, sagte Manne ruhig, was ein wenig streng klang, aber, wie Caro sehr wohl wusste, der Anspannung geschuldet war.

»Es ist mir peinlich«, sagte Schmittchen und schaute so betreten, dass Caro ihn am liebsten umarmt hätte. Was sie bleiben ließ, ahnte sie doch, dass das viel zu viel des Guten wäre.

»Muss es wirklich nicht«, sagte Manne. »Wir alle tun Dinge, auf die wir nicht stolz sind. Das macht uns nicht zu schlechten Menschen, sondern zu echten.«

Oh. Den musste sich Caro dringend merken. Für Mannes Phrasendrescherkarriere. Auch wenn dieser Spruch so schön war, dass er fast fürs Poesiealbum taugte. Wenn sie allein wären, hätte sie ihn jetzt gefragt, ob da die berühmte Weisheit des Alters aus ihm sprach, doch jetzt ging das natürlich nicht. Momente, in denen Menschen kurz davor waren, etwas für sie Unangenehmes zu erzählen, waren wie Spatzen. Bei der kleinsten Störung verschwanden sie für immer.

»Nach der Vorstandssitzung am Freitag war ich im Schockzustand. Ich konnte nicht glauben, dass Maik tatsächlich nicht verschwinden würde.«

»Das muss ziemlich übel gewesen sein.«

»Was die Untertreibung des Jahrhunderts ist. Ich konnte ihn einfach nicht ertragen, diesen Typen, der die Gartenarbeit von seiner Frau erledigen lässt und seinen Job im Vorstand missbraucht, um ehrliche Kleingärtner zu schikanieren. Er hat uns nicht einmal wirklich Arbeit abgenommen, sondern immer nur gemacht, was ihm in den Kram passte. Der Tag seiner Kündigung war einer der schönsten meines Lebens, das kann ich euch sagen.«

»Kann ich mir vorstellen«, sagte Manne nickend.

»Wir sind dann alle zu Theo in die Kneipe, um uns das Spiel anzuschauen«, fuhr Schmittchen fort. »Eigentlich mag ich das nicht so gern. Ich interessiere mich auch gar nicht für Fußball.«

Das wunderte Caro jetzt überhaupt nicht.

»Aber ich wollte nicht allein sein und hatte Lust auf ein Bier. Die Stimmung war aufgeladen, der ganze Vorstand war in heller Aufruhr. Weil Maik aus vollkommen unerklärlichen Gründen nicht da war, verbreitete sich die Nachricht, dass er bleiben würde, in Windeseile unter allen Anwesenden, und kurz darauf entstanden die heftigsten Diskussionen.«

Er seufzte und rieb sich die Stirn. »Es kam so einiges hoch, kann ich euch sagen. Viele erzählten noch einmal, was er sich geleistet hatte, und mit jedem Bier, mit jeder durchlebten Erinnerung an den Kerl, wurde ich wütender.«

Schmittchen faltete die Hände. »Dieser Verein, die Anlage hier, hat mich gerettet. Nach meinem zweiten Infarkt war ich körperlich und seelisch ein Wrack. Die Idee, einen Garten zu pachten, kam ganz plötzlich, und bald darauf hatte ich auch schon Gelegenheit, den Garten von Bekannten zu übernehmen. Es wurde meine Lebensaufgabe, diesen Garten hier und den Verein zu hegen und zu pflegen. Ich habe ja keine eigene Familie: Der Verein wurde mein Zuhause.«

»Das kann ich gut nachvollziehen«, sagte Manne.

Caro fand es interessant zu beobachten, wie verständnisvoll und zurückhaltend ihr Kollege in solchen Situationen sein konnte. Er hörte hauptsächlich zu und gab aufmunternde Worte von sich, die dem Gegenüber Sicherheit geben sollten. Mehr tat er nicht. Und doch war Caro sich sicher, dass es genau das war, was Schmittchen gerade brauchte.

»Irgendwann konnte ich nicht mehr an mich halten. Ich dachte mir, wer bin ich eigentlich, dass ich mir von so einem Typen den ganzen Verein kaputt machen lasse. Von einem aufgeblasenen Möchtegern, der nichts kann, außer blöd zu grinsen und noch blöder daherzureden. Ich wollte ihm sagen, dass ich ihn nicht mehr in meinem Vorstand haben wollte, ganz egal, was er darüber dachte. Dass ich ihn rauswerfe und er sich einen anderen Ort zum Wichtigtun suchen soll.«

»Was hast du gemacht?«, fragte Caro, die mit jedem Wort gebannter zuhörte.

»Ich bin natürlich erst mal zu seiner Parzelle. Hab geklingelt. Als keiner aufgemacht hat, bin ich über das Gartentürchen geklettert und habe an der Tür geklopft. Laut. Hab nach ihm gerufen.«

Mannes Brauen wanderten in die Höhe. »Du musst schon ziemlich betrunken gewesen sein«, sagte er, und Schmittchen verzog das Gesicht.

»War ich auch. Normalerweise habe ich mich gut im Griff, wie du weißt.«

»Sehr gut sogar«, bestätigte Manne. Caro dachte im Stillen, dass Schmittchen besser daran getan hätte, seine Wut zwischendurch mal rauszulassen, damit sie nicht die Möglichkeit hatte, sich derart anzustauen. Aber das sagte sie natürlich nicht.

»Als niemand aufmachte, habe ich ihn angerufen. Zehn oder zwanzig Mal. Und ich habe auf seine Mailbox gesprochen. Es … es war nicht nett, was ich gesagt habe.«

Manne nickte nur.

»Wisst ihr, ob sein Handy gefunden wurde?«, fragte Schmittchen mit flehendem Unterton, und Manne schüttelte den Kopf.

»Die Polizei verweigert eine Zusammenarbeit, deshalb wissen wir nichts dergleichen. Aber ich würde vermuten, dass es mit Maik zusammen verbrannt ist. Aber, Schmittchen: Solche Nachrichten sind nicht auf dem Handy gespeichert, sondern beim Anbieter. Du musst davon ausgehen, dass Lohmeyer sie früher oder später hören wird.«

Schmittchen umklammerte die Tischkante, und Caro sah, dass seine Knöchel weiß hervortraten. Er tat ihr wirklich unheimlich leid.

»Ich trinke nie wieder bei Theo«, murmelte er.

»Das wird dir auch nicht helfen«, sagte Manne, doch er lächelte. »Wird es noch schlimmer, oder war es das?«, fragte er.

»Ich hab vor lauter Wut seinen Zierbrunnen kaputt getreten«, nuschelte Schmittchen verlegen. »Aber das war's.«

Manne atmete tief durch und räusperte sich. »Mann, Schmittchen. Hättest du uns das nicht gleich erzählen können?«

»Das ist nicht so einfach, weißt du?«

»Ich weiß, ich weiß. Es ist wirklich blöd gelaufen.«

»Ich konnte doch nicht ahnen, dass ihn jemand umbringt!«, rief Schmittchen und barg das Gesicht in den Händen. »Das darf alles nicht wahr sein.«

»Okay«, sagte Caro. »Was hast du dann gemacht?«

»Ich bin zurück zu Theo.«

»Wie lange warst du ungefähr weg?«

Schmittchen zuckte die Schultern. »Keine Ahnung. Vielleicht eine Viertelstunde oder so.«

»Das Spiel war um Viertel nach zehn zu Ende«, sagte Manne jetzt. »Bist du direkt danach zu Maik?«

»Sogar etwas früher. Als ich wiederkam, war es gerade vorbei.«

»Und wann habt ihr den Brand bemerkt?«

»Rolf und Erika sind kurz nach dem Spiel gegangen. Gegen elf kam Rolf dann angerannt und hat gerufen, dass es bei Maik auf der Parzelle brennt. Und mir ist das Herz in die Hose gerutscht, das kannst du mir glauben.«

»Das heißt, dass es zu der Zeit, zu der du angerufen hast, noch gar nicht gebrannt haben kann, Schmittchen. Das ist gut.«

»Ist es das?«

»Ja«, sagte Manne bestimmt und sah nun wirklich erleichtert aus. »So ein Brand mit Brandbeschleuniger breitet sich binnen Minuten aus. Wenn Rolf und Erika, als sie von Theo zurückkamen, noch nichts gesehen oder gerochen haben, dann muss der Brand irgendwann zwischen halb elf und Viertel vor elf ausgebrochen sein. Und zu der Zeit warst du schon wieder in der Kneipe. Was ein Haufen Leute bezeugen kann.«

»Das liegt aber alles verdammt eng zusammen«, sagte Schmittchen. Er wirkte alles andere als überzeugt. »Meinst du nicht, dass es darauf überhaupt nicht mehr ankommt, sobald die Leute vom LKA meine Nachrichten gehört haben?«

Manne schüttelte den Kopf. »Ganz im Gegenteil. Wenn die Nachrichten gegen zehn auf der Mailbox eingegangen sind und nicht später, du aber zum Spielende zurück in der Kneipe warst, hast du nichts zu befürchten.«

Caro war sich da nicht so sicher, doch sie schwieg. Immerhin brachte es nichts, Schmittchen noch stärker zu beunruhigen, als er es ohnehin schon war.

»Wenn du das sagst.«

»Das sage ich. Das hier ist was völlig anderes als damals bei Kalle. Kalles Todeszeitpunkt konnte aufgrund des harten Winters nicht eindeutig bestimmt werden. Bei Maik lässt sich das Zeitfenster wunderbar eingrenzen.«

»Aber der Hüttenbrand ist doch nicht dasselbe wie der Mord«, gab Schmittchen zu bedenken. »Ich hätte ihn doch direkt nach der Sitzung umbringen können.«

»Da hast du natürlich recht. Aber erstens hast du doch genug Zeugen, die mit dir von der Sitzung direkt zu Theo gegangen sind, und zweitens wärst du sicher nicht so doof gewesen, einem Mann auf die Mailbox zu schimpfen, den du gerade erst umgebracht hast.« Manne schüttelte den Kopf. »Nein, Schmittchen, tut mir leid. Wenn du in Selbstmitleid versinken möchtest, ist das deine Sache, aber einen Grund dafür hast du nicht wirklich.«

»Du hast eben erzählt, dass vor dem Spiel alte Geschichten wieder ausgekramt wurden«, meldete Caro sich zu Wort, weil sie das Thema jetzt gern beenden würde, um den armen Mann nicht noch länger zu quälen.

Schmittchen nickte.

»Denk nach. War da irgendwas dabei, das noch wichtig für uns sein könnte?«

»Ich möchte wirklich niemanden in Schwierigkeiten bringen«, murmelte Schmittchen.

»Das verstehen wir ja, aber so läuft das nicht. Wir müssen alles wissen«, sagte Manne.

»Das meiste waren Kleinigkeiten. Wortgefechte. Sticheleien, die breitgetreten wurden bis zum Gehtnichtmehr. Aber … na ja. Ein paar von uns haben sich wohl von Maik illegale Schuppen und so was errichten lassen.«

Mannes Schultern entspannten sich etwas.

»Das wissen wir. Sie haben uns selbst davon erzählt.«

»Oh«, sagte Schmittchen und wirkte ebenfalls erleichtert. »Tja. Dann kann ich euch wirklich nichts mehr sagen.«

»Hat sich Wolfgang Reuter jemals bei dir gemeldet und nach

der Parzelle gefragt?«, wollte Caro noch wissen, doch Schmittchen schüttelte den Kopf.

»Wolfgang ist ein vernünftiger Mann. Wahrscheinlich hatte er einfach keine Lust auf einen sinnlosen Kleinkrieg mit seinem kleinen Bruder.«

»Gut möglich. Wir fahren jetzt zu ihm und lassen ihn selbst erzählen.«

Schmittchen stand auf und sagte: »Das trifft sich gut, Moment.«

Er ging hinter seine Hütte und kam kurz darauf mit einem kleinen Tütchen aus Zeitungspapier zurück.

»Hier. Cosmea-Samen. Die wollte ich ihm schon ewig zuschicken. Bestellt einen lieben Gruß von mir.«

Manne nahm das Tütchen entgegen und seufzte. »Das machen wir, Schmittchen.«

KAPITEL 14

„Ich bin gespannt, wie er wohnt", sagte Caro und trommelte mit ihren Fingern auf dem Lenkrad herum. Sie standen in Niederschönhausen im Stau, und ihr Blick fiel schon seit geraumer Zeit immer wieder auf die Schlange vor einem offenbar sehr beliebten Eisladen.

»Wieso interessiert dich so was eigentlich?«, fragte Manne amüsiert. »Ist es nicht völlig schnuppe, wie Leute wohnen?«

»Nein!«, rief Caro vollkommen entrüstet. »Einrichtung sagt so viel über einen Menschen aus.«

»Finde ich nicht«, entgegnete Manne. »Mir ist es immer ziemlich egal, wie Leute wohnen. Viele unserer besten Freunde sind zum Weglaufen scheußlich eingerichtet, da würde ich nachts Albträume bekommen.«

Caro lachte laut auf. »Wie habe ich mir das vorzustellen? Gruselige Accessoires?«

Manne schüttelte leicht irritiert den Kopf. »Muster und Samtbezüge und Trockenblumen.«

»Boah, meine Mutter hatte immer Trockenblumen. Ich glaube, nur deshalb habe ich überhaupt eine Hausstauballergie. Warum ist es hier eigentlich so voll?«, fragte sie und gestikulierte entnervt in Richtung des Autos vor ihnen. »Es ist Sonntag.«

»Ich glaube, Mitte ist dicht wegen des Marathons«, sagte Manne. »Deshalb fahren alle außen rum oder oben rum oder ... weißt schon.«

Caro schnaubte. Staus sollten sonntags grundsätzlich und per Gesetz verboten werden. Sie gehörten zu Wochentagen, genauso wie alle anderen unangenehmen Dinge.

Manne warf ihr einen vielsagenden Blick zu, dann lachte er.

»Da vorne ist eine Parklücke. Nimm sie einfach, wir holen uns ein Eis und laufen dann zu Fuß. Weit ist es nicht mehr.«

Caro grinste. »O ja. Ich habe in meinem ganzen Leben auf dem Weg zum Zahnarzt noch nie Eis gegessen.«

»Wir gehen ja auch nicht zu ihm, damit er in unseren Mund schaut.«

»Lass mir doch meine kleinen Rebellionen«, gab Caro zurück und blinkte, um den Toyota in die winzige Parklücke zu wurscheln.

Sie verließen das Auto und stellten sich in die Schlange, die so lang war wie die vor dem Hipster-Eisladen in Prenzlauer Berg, der vor ein paar Jahren Schlagzeilen gemacht hatte: Die Eigentümer hatten die Kugelpreise angehoben, um den Kundenansturm einzudämmen, denn sonst hätte ihnen der Vermieter gekündigt. Was Caro immer noch eine sehr merkwürdige Argumentation fand. Jedenfalls hoffte sie, dass das Eis in der Lage war, das lange Schlangestehen zu rechtfertigen. Ihre Erwartungen waren hoch. Vielleicht war man allerdings auch nach ein paar Minuten in der Sonne schon so dehydriert, dass es völlig egal war, wie das Eis schmeckte. Hauptsache kalt.

»Was machen wir eigentlich, wenn Wolfgang noch nichts vom Tod seines Bruders weiß?«, sprach sie einen Gedanken laut aus, der sie schon eine Weile beschäftigte. »Ich meine, vielleicht war Lohmeyer noch gar nicht bei ihm.«

»Vielleicht nicht«, sagte Manne und wischte sich den Schweiß von der Stirn. »Aber er klang am Telefon nicht sonderlich überrascht und hat keine Fragen gestellt. Ich schätze, irgendjemand hat es ihm schon erzählt.«

»Mit irgendjemand meinst du die Gräfin?«, fragte Caro.

Manne lächelte. »Ich gehe nicht davon aus, dass sie ihn unvorbereitet gelassen hat. Sie wirkte nicht wie eine Frau, die so was tun würde. Immerhin hält sie große Stücke auf ihn.«

Caro nickte.

»Und wo wir gerade von großen Stücken sprechen.« Manne zeigte grinsend Richtung Theke. »Das Eis sieht gut aus.«

Wo er recht hatte, hatte er recht. Die Auslage war in Sicht gekommen, und Caro lief jetzt schon das Wasser im Mund zusammen. Nach dem ganzen Süßkram, den sie heute schon gegessen hatte, hätte ihr eigentlich beim bloßen Gedanken an Eis schlecht werden müssen, doch es war so heiß, dass sie sich auf die Abkühlung freute.

Sie bestellten sich jeder drei Kugeln, die tatsächlich überquollen vor Schokoladenstücken, ganzen Nüssen und Keksteig, und schlenderten langsam in Richtung der Adresse, die Reuter Manne am Telefon genannt hatte.

Caro machte sich eine mentale Notiz, bei diesem Eisladen öfter vorbeizufahren. Zwar schmolz das köstliche Eis in der Hitze schneller, als sie es essen konnten, doch es war wirklich ein Ereignis. Gerade presste sie ein fettes Stück Käsekuchenteig an ihren Gaumen. Ach, himmlisch.

»Ich hätte auch einen Becher nehmen sollen«, murrte Manne, der beinahe Vollzeit damit beschäftigt war, das Eis davon abzuhalten, auf seine Finger oder sein Hemd zu tropfen.

»Hättest du«, sagte Caro und grinste, während sie sich nun einen Löffel schokoladiger Nussstücke in den Mund stopfte.

»Becher sind aber nicht sonderlich nachhaltig. Deshalb nehme ich sie eigentlich nie«, gab Manne zurück, und Caro hörte auf zu grinsen. Von der Seite hatte sie es noch nie betrachtet.

Sie gingen die fast dörflich anmutenden Straßen von Niederschönhausen entlang, vorbei an der alten Kirche und dem kleinen Kino. Wenn nicht alles vom Verkehr verstopft gewesen wäre, hätte es idyllischer kaum sein können. Es fühlte sich fast wie ein echter Sonntagsspaziergang an, nicht wie der Weg zu einer Befragung. Außer natürlich, dass sie eigentlich lieber Eike und Greta mit dabeigehabt hätte, an einem normalen Sonntag, und nicht unbedingt Manne. Sie musste den beiden diesen Eisladen unbedingt zeigen. Auf einmal schmeckte das Eis gar nicht mehr so köstlich. Sie vermisste ihre Familie.

Hinter einer großen Kreuzung bogen sie in eine schmale Straße ein, und Manne schaute mit gerunzelter Stirn auf seine Notizen.

»Hausnummer 100 d«, sagte er und blickte sich nachdenklich um. »Siehst du die hier irgendwo?«

Auch Caro fing an, sich umzusehen. »99, 100, 101, 102 …«, las sie die Hausnummern der sie umgebenden Häuser vor. »Bist du sicher, dass wir in der richtigen Straße sind?«

Manne antwortete nicht, sondern hielt ihr den Zettel hin. »Du hast das doch aufgeschrieben.«

»Vielleicht hast du dich verhört?«

»Meine Augen funktionieren nicht richtig. Hören kann ich ganz hervorragend«, gab er zurück. Es klang fast beleidigt.

»Aber hier ist ni…« Caros Blick fiel auf einen schmalen Durchgang zwischen den Häusern mit den Nummern 100 und 101. Sie runzelte die Stirn und trat ein paar Schritte darauf zu. Dann pfiff sie durch die Zähne. Eines stand fest: Da ging es nicht in irgendeinen schäbigen Hinterhof.

»Ich glaube, wir müssen hier lang«, sagte sie und wies mit dem Finger auf das, was sich hinter den Fassaden der beiden Gründerzeitaltbauten, die den Durchgang säumten, verbarg.

Manne trat neben sie und spähte ebenfalls zwischen den Häusern hindurch.

»Da hol mich doch der Teufel«, raunte er und setzte sich in Bewegung.

Was sie nun betraten, musste einmal ein riesiger Berliner Innenhof gewesen sein. Ein richtiger Komplex, mit mehreren Hintergebäuden und aus verschiedenen Häusern zugänglich.

Doch nun standen da hochmoderne Einfamilienhäuser, und wo einst wahrscheinlich mal Kinder auf rissigem Beton Ball gespielt hatten, wuchsen kleine Gärten zwischen gepflasterten Wegen. Alles war sehr rechteckig, aber hübsch und idyllisch. Wie ein kleines Tal. Nur dass die Berge, die sie umgaben, Häuser aus Beton und Ziegelsteinen waren.

Es war eine richtige Siedlung, allerdings etwas enger als die Neubausiedlungen auf dem Land und eingerahmt von typischen Berliner Brandmauern.

»Ich will auch so was«, flüsterte Caro, und Manne lachte.

»Ich glaube, mittlerweile sind ganze Häuser in der Innenstadt wirklich unbezahlbar. Aber ja, ich verstehe, was du meinst.« Er kratzte sich am Kopf. »Auch wenn die Häuser hier irgendwie fehl am Platz wirken. Als wären sie nur mal kurz abgestellt worden, zu Vorführungszwecken oder so, und irgendjemand würde sie gleich wieder abholen kommen.«

Caro kicherte und versenkte ihren Eisbecher schuldbewusst in einem Papierkorb. »Jedenfalls können wir festhalten, dass Wolfgang Reuter wohl seinen eigenen kleinen Garten hat. Was es unwahrscheinlich macht, dass er für einen Garten töten würde.«

»Stimmt«, pflichtete Manne ihr bei. »Doch in einer Familie kann es noch Millionen anderer Gründe geben.«

Sie gingen zum Haus mit der Nummer 100 d und klingelten, woraufhin aufgeregtes Hundegebell ertönte. Wenige Augenblicke später öffnete sich die Tür.

Ein gut aussehender, gepflegter Mann mit grauen Haaren und leichtem Dreitagebart stand vor ihnen, und zwischen seinen Beinen zwängte sich ein Dackel nach draußen, wo er sofort begann, fröhlich bellend um Caro und Manne herumzuhüpfen. Caro war im siebten Himmel – sie liebte Dackel! Sofort beugte sie sich zu dem Tier hinunter und fing an, es hinter den Ohren zu kraulen. Es schmiss sich hingerissen auf den Rücken.

»Clemens. Du sollst doch nicht alle Leute belästigen«, tadelte der Mann seinen Hund seufzend.

»Also ich fühle mich überhaupt nicht belästigt«, versicherte Caro begeistert und fragte sich nicht zum ersten Mal, ob sie Eike nicht doch davon überzeugen konnte, einen Hund anzuschaffen.

»Der Hund ist eh ein hoffnungsloser Fall. Er leidet unter selektiver Taubheit – hört nur, was er hören will. Ich versuche es nur immer wieder, weil ich mich dazu verpflichtet fühle.« Reuter schüttelte den Kopf. »Clemens ist die Strafe für meine wohlgeratenen Töchter.« Er musterte Manne und Caro mit einem freundlichen Blick. Den Wohlstand konnte man ihm genauso deutlich ansehen wie seine Verwandtschaft zu dem Toten. Wolfgang Reuters Gesichtszüge waren zwar feiner als die seines Bruders, er hatte akkurat geschnittene Haare und trug eine moderne Brille, aber die Ähnlichkeit war dennoch verblüffend und zumindest für Caro eine Überraschung.

»Sie sind bestimmt die Detektive.«

Manne nickte. »Caroline von Ribbek und Manfred Nowak. Vielen Dank, dass Sie uns an einem Sonntag empfangen. Wir wissen das sehr zu schätzen.«

»Natürlich. So ein Unglück macht Wochentage und Alltagspläne zunichte, auch bei mir. Und ich stand meinem Bruder beim besten Willen nicht nahe. Aber kommen Sie doch erst mal rein.«

Er führte sie durch einen kurzen Flur und einen modernen, lichtdurchfluteten Wohnbereich hinaus in den kleinen Garten, der wunderhübsch angelegt und sehr gepflegt war. Tatsächlich erinnerte er Caro deutlich an den Garten der Gräfin, den sie früher am Tag besucht hatten. Noch mehr Ähnlichkeiten.

»Die Gräfin hat nicht gelogen«, stellte Manne fest. »Sie haben wirklich einen grünen Daumen.«

»Vielen Dank«, sagte Wolfgang Reuter. »Der Garten ist mein Ausgleich. Hier komme ich zur Ruhe.« Er lächelte. »Jedenfalls, wenn die Kita gegenüber nicht gerade die Kinder lüftet.«

Sie setzten sich an den Gartentisch, und Caro fragte sich, an wie vielen verschiedenen Gartentischen sie in den letzten Tagen schon gesessen hatten. Plastiktische, Tische mit Glasplatten, Teakholz-Tische. Dieser hier war allerdings besonders geschmackvoll. Ein paar Getränke standen bereit.

Wolfgang Reuter forderte sie auf, sich zu bedienen. Sein Blick wanderte durch den Garten, er seufzte. »Dass es so enden musste«, murmelte er, dann sah er Manne an. »Ich habe meine Frau zu den Nachbarn geschickt, damit wir ungestört reden können. Hoffentlich ist Ihnen das recht. Sie hat meinen Bruder noch seltener gesehen als ich und könnte Ihnen wirklich nicht weiterhelfen. Aber sie ist von der ganzen Sache sehr mitgenommen, weshalb ich sie nicht noch stärker belasten möchte.«

Manne nickte, aber Caro konnte ihm ansehen, dass er sich ein wenig ärgerte.

»Das ist natürlich Ihre Entscheidung – niemand ist verpflichtet, mit uns zu reden. Bei der Polizei sieht das schon wieder ganz anders aus. Kommissar Lohmeyer wird sicher darauf bestehen.«

Der Zahnarzt verzog das Gesicht. »Ich weiß schon, ich weiß schon.« Er seufzte. »Mein Schwager ist im Landwehrkanal ertrunken. Das ist viele Jahre her, aber solche Dinge vergisst man nicht. Die Sache mit Maik bringt alles wieder hoch, was sie so sorgsam im hintersten Winkel ihrer Seele verstaut hatte. Die Polizei wird alles nur noch schlimmer machen. Aber das soll nicht Ihre Sorge sein. Was wollen Sie denn von mir wissen?«

»Na, zuallererst wüssten wir natürlich gern, wie Sie zu Ihrem Bruder standen, was Sie uns über ihn erzählen können und möchten und was Sie am Freitagabend so getrieben haben«, sagte Caro lächelnd, während sie ihr Notizbuch herauszog. Dabei hatte sie das Gefühl, Wolfgang Reuter schaue auf ihre Zähne, und hoffte inständig, dass ihr keine Nussstücke in irgendwelchen Zwischenräumen steckten.

»Was hat Ihnen Gesine denn erzählt?«

»Sie meinen Frau Graf?«

Der Zahnarzt nickte. »Genau die. Und meine Schwägerin? Sie haben doch bestimmt auch mit ihr schon gesprochen.«

Manne nickte, und Caro sagte: »Nicole hat sich sehr bedeckt gehalten. Hat Sie nur am Rande und auf Nachfrage erwähnt und dass sie nicht viel miteinander zu tun hatten.«

Wolfgang Reuter stieß ein Schnauben aus und verschränkte die Arme. »Natürlich hat sie sich bedeckt gehalten. Sie tut nichts anderes. Und Gesine?«

»Die war das Gegenteil von Zurückhaltung. Hat Sie in höchsten Tönen gelobt«, antwortete Manne wahrheitsgemäß. »Aber über Ihr Verhältnis zu Maik konnte sie nichts berichten. Allerdings hat sie uns erzählt, dass eigentlich Sie den Garten übernehmen sollten.«

Wolfgang Reuter seufzte. »Ja, so hat es sich mein Vater immer gewünscht. Das stimmt. Mein Bruder hat sich früher eigentlich nie für den Garten interessiert und in der Anlage nur Mist gebaut, deshalb konnte sich Papa nicht vorstellen, ihm die Parzelle zu vermachen.« Der Zahnarzt fuhr sich mit den Fingern durchs Haar und sah mit einem Mal zehn Jahre älter aus. »Aber da hatte er die Rechnung ohne Maik gemacht. Ich bin heilfroh, dass unser Vater wenigstens das hier gerade nicht mehr miterleben muss.«

»Was stand denn im Testament?«, wollte Caro wissen, und Wolfgang schüttelte den Kopf.

»Unser Vater hat keins gemacht.«

Caro riss die Augen auf. »Nicht?«

»Nein. Er wusste, dass es Streit geben würde. Und wie ich ihn einschätze, wollte er nicht der Grund dafür sein. Er wollte niemanden bevorzugen oder benachteiligen, und zum Ende seines Lebens hat er sich vor jedem Konflikt gedrückt, egal, wie groß oder klein. Da kam sein weiches Herz komplett zum Vorschein. Er wollte niemandem zur Last fallen, hat sich nie beschwert, alles klaglos bezahlt und immer gehofft, seine Söhne würden zueinanderfinden.

Seine zweite Frau, Annemarie, ist vor ihm gestorben, und meine Mutter ist auch schon lange tot. Es war klar, dass alles, was noch da ist, an uns beide gehen würde. An Maik und mich, so schreibt es das Gesetz vor, und ich bin sicher, meinem Vater war das so nur recht. Viel war es ohnehin nicht. Seine Wohnung haben wir verkauft, als sie zu groß für ihn wurde und er ohne Hilfe nicht mehr zurechtkam. Das Geld ist für seine kleine Wohnung in einem Komplex für Senioren fast komplett draufgegangen.« Wolfgang Reuter nahm einen Schluck Wasser und verzog das Gesicht. »Ich sag Ihnen, teurer als dieses Haus, so eine popelige Wohnung. Und das nur, weil zweimal am Tag jemand nach einem schaut, Essen und Medikamente vorbeibringt. Aber mein Vater hat sich wohlgefühlt, und das war das Wichtigste. Das Apartment war auch nicht weit vom Garten weg, das war natürlich toll. Vom restlichen Geld wurden Trauerfeier und die Einäscherung bezahlt.« Der Zahnarzt zuckte die Schultern. »Und dann fing das Geschacher um die Reste an. Maik hätte mir den Garten niemals überlassen. Ich habe vorgeschlagen, ihn zu verkaufen und das Geld hälftig aufzuteilen, aber davon wollte er nichts wissen. Er wollte ihn selbst bewirtschaften. Das Grab meines Vaters war kaum zugeschüttet, da fing er schon mit dem Garten an, als sei er ihm das Allerliebste auf der Welt. Ich frage mich bis heute, warum. Also habe ich ihn kampflos überlassen, allerdings nur zur Nutzung, bis er den Garten selbst abgibt. Was da Freitag auf Samstag niedergebrannt ist, gehörte offiziell zur Hälfte mir.«

»Moment mal«, sagte Manne und richtete sich auf. »Das heißt, es gehörte gar nicht alles Maik auf dem Grundstück?«

Wolfgang Reuter zuckte die Achseln. »Was er neu gekauft hat, sicherlich, aber das Häuschen und die Einrichtung gehörten uns beiden.«

»Das heißt, ohne Ihre Zustimmung hätte er den Garten gar nicht abgeben können?«, fragte Caro erstaunt.

»Na ja, es ist ein bisschen komplizierter«, sagte Manne nun, und Wolfgang Reuter nickte.

»Das Pachtrecht hat der Verein an meinen Bruder übertragen, also hatte er auch das Recht, die Parzelle zu kündigen. Aber verkaufen hätte er die Hütte nicht können, ohne mir die Hälfte davon abzugeben. Darauf hätte ich auch bestanden, einfach aus Prinzip.« Er verschränkte die Arme. »Freiwillig hätte Maik nicht mit mir geteilt. Und ich wette, er hätte versucht, sich irgendwie um die Zahlung zu drücken. Aber ich habe alles schwarz auf weiß.«

»Wussten Sie, dass Ihr Bruder die Hütte für sechzigtausend Euro versichert hatte?«, fragte Caro, und Reuter starrte sie so fassungslos an, dass sie beinahe laut losgelacht hätte.

»Ist das Ihr Ernst?«

Manne nickte. »Schmittchen hat das herausgefunden.«

»Aber…« Reuter machte eine kurze Pause und schaute dabei in die Wolken. »Aber die Laubenversicherung, die mein Vater abgeschlossen hat, läuft über mich. Ich zahle sie weiter, weil ich keine Lust hatte, darüber auch noch Diskussionen führen zu müssen. Die Versicherungssumme beläuft sich auf fünfzehntausend Euro.«

»Das ist ja sehr interessant«, sagte Manne und nahm seine Brille ab, um sie zu putzen. Das tat er manchmal, wenn er nachdachte. »Dann hat Maik die Laube auf eigene Faust noch mal selbst versichert, für eine höhere Summe.«

Reuter schüttelte halb ungläubig, halb deprimiert den Kopf. »Wahrscheinlich hat sich der Idiot einfach selbst abgefackelt bei dem Versuch, Versicherungsbetrug zu begehen.«

»Ja, an die Möglichkeit hatten wir auch schon gedacht«, sagte Caro und dachte im Stillen daran, wie die Leiche dort gelegen hatte. Gekrümmt auf dem verkohlten Metallgerippe eines Bettes. Schwarz und verformt. Wer würde sich schon auf ein Bett legen, wenn um ihn herum alles in Flammen aufgeht?

»Er hat ein riesiges Haus gebaut. So was kostet«, fügte Manne mit einem bedächtigen Nicken hinzu.

Reuters Augenbrauen wanderten vor lauter Verwunderung noch höher, als physisch möglich erschien.

»Sie bringen mir ja eine Neuigkeit nach der anderen. Ich dachte, er wohnt bei seiner Schwiegermutter.«

»Nicht mehr. Er hat seiner Familie ein großes Haus gebaut. In Wandlitz.«

Wolfgang Reuter starrte Manne an, als hätte dieser ihm gerade eröffnet, dass er nur noch zwei Monate zu leben habe. Ihm stand für ein paar Sekunden sogar der Mund offen. Caro konnte sich nicht vorstellen, dass all die Überraschung gespielt war; der Mann wirkte vollkommen fassungslos.

»Bitte?«, fragte der Zahnarzt nun. »Ist das Ihr Ernst?«

Manne und Caro wechselten einen kurzen Blick.

»Ja, wir haben Ihre Schwägerin gestern erst dort besucht. Es ist ein großes Anwesen«, sagte Manne. »Mit prächtigem Garten. Das Haus hat sicher knapp dreihundert Quadratmeter Wohnfläche, der Garten noch mal sechshundert. Man könnte es fast herrschaftlich nennen.«

»Und wovon hat er das bitte bezahlt?«

»Er hatte eine eigene Firma«, sagte Caro nun. »Die Geschäfte liefen wohl gut.«

Wolfgang Reuter fuhr sich mit der flachen Hand durchs Gesicht. »Ich kann das alles nicht glauben. Das wird ja immer wilder.«

»Sie sind überrascht«, stellte Manne fest.

»Und ob ich das bin. Maik war immer klamm. Wenn ich eines über meinen Bruder sicher weiß, dann das. Was er angefasst hat, ging schief. Er war keiner, der viel Geld verdiente.«

»Die Gräfin hat erzählt, dass sich Ihre Eltern nicht im Guten getrennt haben«, sagte Caro vorsichtig.

Wolfgang Reuter nickte. »So könnte man es ausdrücken. Mein Vater ist einfach gegangen. Von einem Tag auf den anderen, weil er irgendein Mädchen geschwängert hatte. Anfangs war ich wütend auf das Baby, meinen Bruder, weil er schuld war, dass mein Vater meine Mutter verlassen hat. Aber mit dem Blödsinn habe ich natürlich schnell aufgehört, ich war ja damals schon erwachsen. Maik konnte genauso wenig dafür wie ich. Wenn überhaupt jemand die Verantwortung dafür hatte, dann mein Vater. Aber der hat täglich gebüßt. Annemarie war ein Besen.«

»Also haben Sie Ihren Bruder getroffen?«

Wolfgang nickte. »Nicht sofort. Aber als er vier oder fünf war, das erste Mal. Ich konnte allerdings nicht viel mit ihm anfangen. Und mit seiner Mutter erst recht nicht.«

»Ist der Kontakt wieder eingeschlafen?«

»Ja, so kann man das schon sagen. Ein Kleinkind war einfach nicht so interessant für mich. Ich habe mein eigenes Ding gemacht. Hab studiert, bin danach ins Ausland, hab geheiratet und so weiter. Ich habe ihn ein paar Mal gesehen, bei Papas Geburtstagen oder so. Aber auch da hatten wir einander nicht viel zu sagen.« Er zuckte die Schultern und goss sich noch ein Glas Wasser ein. »Zu verschieden.«

Caro angelte nach den Trauben, die in einer Schale auf dem Tisch standen, und war ganz froh, dass sie nicht schon wieder in die Verlegenheit kam, Kuchen oder Süßigkeiten essen zu müssen. Ob ein Zahnarzt so was überhaupt im Haus hatte?

»Aber Sie wussten, dass er kein Geld hatte«, sagte sie und sah ihn an. »Woher?«

»Oh, das ist schnell erklärt«, Reuter lachte bitter. »Wenn er Geld brauchte, kam er immer angekleckert. Erst bei meinem Vater, aber nachdem wir ihn vor fünf Jahren in der Seniorenresidenz untergebracht hatten, auch bei mir. Der reiche Zahnarzt hat doch sicher was übrig für den armen Handwerkerbruder.« Er schnaubte. »Zu

149

Beginn habe ich ihm noch ausgeholfen, obwohl ich wusste, dass ich mein Geld wahrscheinlich nie wiedersehe. Aber dann habe ich meine Schwägerin kennengelernt, und da wurde es mir endgültig zu blöd.«

Caro runzelte die Stirn. Bis zu diesem Moment hatte sie den Zahnarzt eigentlich ganz sympathisch gefunden, doch jetzt war sie sich nicht mehr so sicher.

»Was meinen Sie damit?«, fragte Manne, zwischen dessen Augenbrauen sich auch schon die typische Nowak-Skepsis-Falte gebildet hatte.

»Er hatte sie mir nie vorgestellt, geschweige denn mich zur Hochzeit eingeladen. Den Kleinen, Lennard, hatte er einmal dabei, als er in meiner Praxis aufgetaucht ist, um mich anzupumpen. Damals ging es darum, dass er mit einem Freund eine Firma aufmachen wollte. Vorher hatte ich den Jungen nie getroffen, Maik dachte wohl, dass mir angesichts des Kindes die Kreditkarte lockerer sitzen würde. Kommunalpolitikerlogik. Als solcher hätte er sich gut gemacht, das können Sie mir glauben. Mein Bruder hat sich gerne in den Mittelpunkt gestellt und konnte ziemlich charmant und überzeugend sein. Aber ich fand sein Verhalten zu dem Zeitpunkt wirklich nur noch schäbig. Und dann ruft mich eines Abends plötzlich Nicole an. Weinend. Sie bräuchte dringend meine Hilfe. Ich lud sie zu mir ein, schon mit mulmigem Gefühl im Bauch.«

Caro schluckte. Das mulmige Gefühl, von dem Reuter sprach, machte sich gerade auch bei ihr breit.

»Sie kam mit einem Taxi in meine Praxis. Mitten in der Nacht. Ihre Lippe war geschwollen, der rechte Schneidezahn abgebrochen. Sie hatte ein blaues Auge. War natürlich nur die Treppe runtergefallen.«

»Klar«, schnaubte Caro, deren Nackenhaare sich aufgestellt hatten.

»Ich wurde wütend, als ich sie so sah. Geschunden und aufge-
wühlt. Es passte so gut zu meinem Bruder, seine Frau zu schlagen
und damit das bisschen Macht auszuüben, das er hatte. Überrascht
hat es mich nicht, aber …« Der Zahnarzt schüttelte den Kopf. »Es ist
was anderes, eine junge Frau auf dem Stuhl sitzen zu haben, die bei
jeder Berührung zusammenzuckt. Die besorgt ist und Angst hat.«

»Sie haben sie also behandelt?«, fragte Manne.

»Was denken Sie denn? Schneidezähne haben nicht unbedingt
die Angewohnheit, einfach nachzuwachsen. Sie hat ein erstklassi-
ges Implantat bekommen. Und ich habe nichts dafür berechnet.«
Er schüttelte den Kopf. »Sie blieb noch lange in meiner Praxis. Ich
habe ihr Eis zum Kühlen gegeben und ihr zugehört. Vier Mal
musste Nicole insgesamt zu mir kommen, bis der Zahn richtig
saß. Danach habe ich nie wieder ein Wort mit Maik gesprochen.
Es war der letzte Gefallen, den ich meinem Bruder getan habe.«

»Wie meinen Sie das?«

»Nun, ich hatte das Bedürfnis, ihn zurück in die Steinzeit zu
prügeln, wie man so schön sagt. Ihn einfach aus meinem Leben zu
streichen, war die einzige Form von Höflichkeit, die ich noch für
ihn übrig hatte. Doch ich habe nicht vor, die Sache unter den Tep-
pich zu kehren, jetzt, wo er tot ist. Meine Schwägerin war nicht
bereit, Anzeige zu erstatten, aber ich habe vorsichtshalber Fotos
von ihr gemacht und einen Bericht angefertigt, falls sie es sich
noch anders überlegt. Veilchen verblassen, Lippen schwellen wieder ab. Aber ein ärztlicher Bericht und Fotos von den Verletzungen sprechen eine eindeutige Sprache, auch wenn ich kein Amts-
arzt bin. Ich zeig's Ihnen.«

Reuter stand auf, ging ins Wohnzimmer und kam kurz darauf
mit einem schmalen Ordner zurück an den Tisch.

»Ich werde das der Polizei übergeben, wenn sie hier auftaucht,
aber es kann ja nicht schaden, Sie einen Blick drauf werfen zu lassen. Nicole muss damit rechnen, dass ich die Sache nicht uner-

wähnt lasse. Sie ist nicht mehr in Gefahr, also fühle ich mich dazu auch nicht mehr verpflichtet.«

»Natürlich nicht. Das ist eine wichtige Information«, sagte Caro, auch wenn ihr unbehaglich zumute war. Diese Information rückte Nicole deutlich mehr in den Fokus. Was, wenn das nicht die einzige Gewalt war, die sie vonseiten ihres Mannes zu spüren bekommen hatte? Was, wenn sie irgendwann genug hatte?

Manne zog den Ordner zu sich heran, und Caro lehnte sich zu ihm, um auch einen Blick hineinzuwerfen. Ihr wurde kalt, als sie das zugeschwollene Gesicht sah. Die blutigen Lippen, den abgebrochenen Zahn.

»Häusliche Gewalt«, murmelte Manne. »So sieht sie aus. So und nicht anders.«

»Ich habe ihr angeboten, den Kleinen zu holen und sie erst mal bei uns unterzubringen, aber sie wollte nicht. Erzählte immer nur was davon, dass es ihre Schuld sei und dass sie in Zukunft besser aufpassen würde. Also habe ich getan, was in meiner Macht stand, und ihr irgendwann ein Taxi gerufen. Sie selbst wieder zu ihm zu fahren habe ich nicht über mich gebracht.«

»Ich verstehe es einfach nicht«, platzte es aus Caro heraus. »Wieso bleibt man bei so einem Kerl? Wie kann man sich so was antun?«

»Seien Sie froh, dass Sie es nicht verstehen«, sagte Wolfgang Reuter und schenkte Caro einen langen Blick. Dann fragte er: »Haben Sie meine Schwägerin gefragt, wie sie meinen Bruder kennengelernt hat?«

»Im Internet«, gab Manne zurück, und Reuter lächelte. Es war kein freundliches Lächeln.

»Und wo genau? Hat sie Ihnen das auch erzählt?«

»Das hat sie nicht gesagt.«

»Es war keine Partnervermittlung«, sagte Wolfgang Reuter. »Mein Bruder war ihr Kunde.«

»Prostitution?«, fragte Caro überrascht.

Reuter machte eine abwägende Handbewegung. »Eher so eine Art Callgirl. Wenn ich das richtig verstanden habe, hat sie ihn abends begleitet, wenn er ausgegangen ist. Aber dann hat er sie doch geschwängert. Dieselbe Geschichte wie bei seinen eigenen Eltern, nur mit anderen Vorzeichen. Er hat sie da rausgeholt, in die Bürgerlichkeit. Hat ihr ein normales Leben ermöglicht. Und ein Kind.«

»Nicole war ihm immer loyal und dankbar, da bin ich mir sicher.« Reuter blinzelte in die Sonne. »Mein Bruder war so einiges, aber leider nicht dumm. Er hat seine Frau mit Bedacht ausgewählt. Jemanden, der keine Widerworte gibt und ihn als Alleinherrscher in ihrem Sonnensystem anerkennt. Eine Frau, die gefügig ist und gut im Bett, die hübsch ist, aber nicht auffallend schön. Eine Frau, die gelernt hat, nicht zu viele Fragen zu stellen und einzustecken, wenn der Mann etwas auszuteilen hat. Ich bin mir ziemlich sicher, dass Liebe eher eine untergeordnete Rolle gespielt hat.«

»Verstehe«, sagte Manne, und auch Caro nickte. Leider verstand auch sie zu gut, was der Zahnarzt ihnen zu sagen versuchte.

»Und seitdem haben Sie nie wieder mit Ihrem Bruder gesprochen?«

»Nein. Kein Wort.«

»Er hat sich auch nicht mehr bei Ihnen gemeldet?«

Reuter schüttelte den Kopf. »Hätte er angerufen, dann hätte ich ihn weggedrückt«, sagte er. »Und wenn er vor meiner Tür gestanden hätte, dann hätte ich ihn rausgeworfen.«

»Dann bleibt jetzt nur noch die Frage, was Sie am Freitagabend gemacht haben.«

Der Zahnarzt lächelte freudlos. »Tja. Mit einem Alibi kann ich nicht dienen. Meine Frau war bei Freunden, um sich das Fußballspiel anzusehen. Ich selbst mache mir nichts aus dem Sport, schon gar nicht im Fernsehen. Ich saß im Garten und habe gelesen. Vielleicht hat mich eines der Nachbarskinder durch sein Fenster hier sitzen sehen.«

Er hob die Hand und deutete auf ein Fenster im ersten Stock des Hauses gegenüber. »Vielleicht auch nicht. Ich für meinen Teil kann sagen, dass ich am Freitagabend nicht einmal einen flüchtigen Gedanken an meinen Bruder verschwendet habe.«

Manne nickte. »Da kann man nichts machen. Sagen Sie, können wir den Bericht vielleicht fotografieren?«

Reuter dachte einen Moment lang nach, dann nickte er. »Tun Sie sich keinen Zwang an.«

KAPITEL 15

Es war noch früh am Montagmorgen. Viel zu früh für ihren Geschmack, aber gut. Staatsanwälte standen wohl generell früh auf.

Caro saß in Mannes altem Toyota und trommelte mit den Fingern auf das Lenkrad, während sie das riesige Gebäude gegenüber anstarrte. Das Kriminalgericht Moabit war wirklich etwas Besonderes, wenn auch nicht unbedingt im guten Sinne. Caro fand, es sah aus wie eine Filmkulisse, vielleicht auch, weil es so oft als eine genutzt wurde. Obwohl sie das Haus noch nie betreten hatte, kannte sie das opulente Treppenhaus des Gerichts aus zahlreichen Spielfilmen beinahe Stein für Stein. Die riesigen Treppen, die links und rechts abzweigten und dann in der Mitte wieder zusammenfanden, die große Uhr und nicht zuletzt die vielen Fenster ließen die Eingangshalle des Gerichts fast wie eine Kathedrale wirken. Die Treppen selbst erinnerten Caro allerdings an Knochen. Vielleicht, weil sie aus weißem Stein gefertigt waren und das Maßwerk so kleinteilig war. Jedenfalls war es sowohl eindrucksvoll als auch gruselig. Was sicherlich Absicht war.

Manne hatte darauf bestanden, dass sie im Auto wartete, und egal, wie gut seine Argumente auch gewesen sein mochten, Caro war trotzdem sauer. Als wäre sie ein kleines Kind, bei dem man fürchten musste, dass es sich danebenbenimmt. Wie oft musste sie sich eigentlich noch beweisen, bis Manne sie für voll nahm?

Er hatte natürlich behauptet, mit seiner Meinung von ihr hätte das nichts zu tun, sondern schlicht mit Erfahrung, aber ganz ehrlich, Erfahrung konnte doch auch nicht für immer als Ausrede herhalten, sie auszugrenzen. Sie wusste doch mittlerweile ganz gut, was sie besser für sich behielt und was nicht. Das hatte sie

Manne auch gesagt, der daraufhin mal wieder einfach in Schweigen verfallen war. Der Feigling. Das machte er immer so. Wenn er keine Lust hatte, sich mit ihr zu streiten, dann schwieg er einfach. Dämliche, wirksame Strategie.

Weil sie keinen Parkplatz in diesem gottverdammten Kiez gefunden hatten, hatte sich die Sache dann allerdings von selbst erledigt. Was irgendwie fast noch schlimmer war. So hatten sie die Atmosphäre in dem kleinen Auto für nichts und wieder nichts vergiftet.

Caro stand in der Einfahrt eines Gemüsehändlers und ließ die gehetzten Pendler an sich vorüberziehen. Die Turmstraße verband Moabit und den Wedding mit Charlottenburg, sie war vor allem morgens und am späten Nachmittag hoffnungslos überfüllt. Hier wollte sie nicht wohnen. Lebendigkeit konnte man auch übertreiben. Zumindest als Kiez.

Am Eingang des Gerichts war, wie auf den Straßen, eine Menge los. Anwälte in Anzügen, einige auch schon in Roben, stiegen die Stufen hinauf, mal allein, mal begleitet von Gestalten mit gesenkten Köpfen. Wie musste es sich wohl anfühlen, seinem eigenen Prozess entgegenzulaufen? Zu wissen, dass in diesem Gebäude von einem Fremden über das eigene Schicksal entschieden wurde – oder über die nächsten Lebensjahre?

Caro hatte nicht unbedingt Mitleid; sie wusste schließlich, dass die meisten Leute nicht ohne Grund angeklagt wurden, und sie stand hinter dem Rechtssystem, aber dennoch kam sie nicht umhin, sich einzufühlen. Hier draußen herrschte schon wieder schönster Sonnenschein, die Leute fuhren in kurzen Hosen zur Arbeit, hatten dunkle Brillen auf den gebräunten Nasen, während die Angeklagten ihren rabenhaften Verteidigern in den kühlen, dunklen Prunkbau folgten, um über sich richten zu lassen.

Gott, sie hasste es, zu warten. Dieses Auto heizte schneller auf als eine finnische Sauna. Caro nahm einen Schluck lauwarmes Wasser. Wenn Manne erfolgreich war, ging es direkt zu Svenja in die Rechtsmedizin. Auch kein Ort, an dem sie unbedingt sein wollte. Aber sie brauchten die Informationen, die nur sie geben konnte. Zumindest würden sie helfen. Sie fand es auf eine abstoßend-anziehende Art faszinierend, was in der Rechtsmedizin geschah. Dass dort menschliche Körper auseinandergenommen wurden, um ihnen ihre Geschichte zu entlocken. Tote lügen nicht. Hieß es nicht so?

Sie zog ihr Notizbuch hervor. Es war blöd, einfach hier rumzusitzen und auf den Eingang des Gebäudes zu starren, also versuchte sie sich an einem Organigramm von Zeugen und in ihren Augen verdächtigen Personen.

Beim letzten Mal, nach Kalles Tod, hatten sie viel zu wenige Anhaltspunkte gehabt. Jetzt hatten sie zu viele. Dabei waren gerade einmal zwei Tage vergangen, sie wussten noch nichts über die Todesursache oder den Stand der Ermittlungen. Wenn das Gespräch, das gerade hinter für sie verschlossenen Türen stattfand, schiefging, dann würden sie auch nichts darüber erfahren.

Sie betrachtete das leere Blatt vor sich und begann zu zeichnen.

Als es zwanzig Minuten später an ihr Fenster klopfte, zuckte sie so heftig zusammen, dass ihr Stift abrutschte und sie einen großen, schwarzen Strich quer über ihre Skizze malte. Mist. Caro blickte auf und sah Manne direkt ins breit grinsende Gesicht.

»Entschuldige, das hat etwas länger gedauert. Sie wussten nicht, zu wem sie mich schicken sollten«, sagte er, nachdem er sich mit einem Briefumschlag in der Hand seufzend neben ihr niedergelassen hatte.

»Wieso das denn nicht?«

»Brandsachen sind was anderes als Kapitalverbrechen. Das sind zwei verschiedene Abteilungen. Ich meinte, ich wolle zur Abteilung für Kapitalverbrechen, die Dame am Empfang meinte, das sei nicht meine Entscheidung und dass ich froh sein könne, wenn sich überhaupt jemand für mich Zeit nähme.« Er runzelte die Stirn. »Ein richtiger Zerberus.«

»Vielleicht wäre sie zu mir freundlicher gewesen«, gab Caro zurück und schob die Unterlippe vor. Sie konnte es sich einfach nicht verkneifen.

»Du bist doch nicht immer noch sauer, oder?«

»Und was, wenn?«

»Caro, ich bin nur bis zum Staatsanwalt durchgedrungen, weil ich mich da auskenne und ein paar Namen fallen lassen konnte. Und ich hatte Glück, Staatsanwalt Pechstein hat den Fall vom Bereitschaftsdienst heute früh übernommen und gewährt uns Einsicht.«

»Großartig!«, rief Caro, doch Manne legte den Kopf schief.

»Nur in den Obduktionsbericht«, sagte er. »Über die Ermittlungen des LKA selbst möchte er nicht verfügen.« Manne grinste. »Außerdem hat er gesagt, dass wir uns ›für die Brandstiftung wahrscheinlich weniger interessieren werden‹.« Manne malte mit den Fingern Anführungszeichen in die Luft, und Caro wurde ganz aufgeregt.

»Also war es Brandstiftung?«

»Davon können wir ausgehen. Habe ich ja auch schon stark vermutet, aber der Staatsanwalt hätte es wohl kaum gesagt, wenn es nicht sicher wäre. Im LKA haben die eine sehr bekannte Spezialabteilung für Brandstiftungsdelikte.«

»Angeber.«

Manne kicherte.

»Also fahren wir jetzt zu Svenja?«, fragte sie, und er nickte.

»Ist ja nicht weit. Wenn wir einen gescheiten Parkplatz gefunden hätten, könnten wir sogar laufen.« Er zeigte auf das Notizbuch, das noch auf Caros Schoß lag. »Was hast du getrieben?«

»Ich habe versucht, mir einen Überblick zu verschaffen über

das, was wir schon wissen, und das, was wir schleunigst in Erfahrung bringen sollten.«

»Sehr gut«, lobte Manne. »Das schauen wir uns an, wenn wir die Informationen von Svenja haben. Vielleicht gibt sich dann ja ein klareres Bild.« Er überlegte kurz. »Falls sie überhaupt etwas rausgefunden hat. Es kann natürlich sein, dass die Obduktion nichts ergeben hat und Pechstein deshalb so freigiebig war.«

»Warten wir es ab.« Caro ließ den Motor an.

»So schnell sieht man sich wieder!« Svenja blickte ihnen mit freundlichem Lächeln entgegen, als sie den kühlen Sektionssaal betraten. Die Gänsehaut auf Caros Armen kam aber nicht zwangsläufig von der Kälte, sondern auch von der ganz speziellen Atmosphäre, die in diesem Raum herrschte. Sie kapierte nicht, wie man so arbeiten konnte.

Wie beim letzten Mal konnte sie sich auch diesmal nicht helfen: Der Sektionssaal wirkte wie eine Metzgerei für Menschen. Die Metalltische, die gefliesten Wände, die Waagen und brachialen Instrumente. Allein beim Anblick drehte ihr sich der Magen um, doch sie wollte es sich nicht anmerken lassen. Das hier war wohl der Teil ihrer neuen Arbeit, der ihr am allerwenigsten gefiel. Sie konnte einfach nicht verstehen, dass die fröhliche Svenja sich ausgerechnet diesen Beruf ausgesucht hatte.

Die Ärztin war in voller Montur: blaue Hosen, blaues Oberteil, eine Haube, Mundschutz und Handschuhe. Über dem ganzen Ensemble trug sie zu allem Überfluss noch eine dieser abwaschbaren Schürzen.

»Wie schön, dass du hier bist«, sagte Manne mit einem breiten Grinsen. »Niemand anderem hätte ich dieses Schreiben geben wollen.«

Svenja zog die Handschuhe aus und legte sie neben die Leiche, an der sie gerade arbeitete. Immerhin war es nicht Maik Reuter,

159

den sie gerade auf dem Tisch hatte, sondern eine ältere Frau, die vollkommen unversehrt wirkte. Zu Caros großem Glück war Svenja offenbar noch bei der äußeren Leichenschau.

Sie nahm den Umschlag von Manne entgegen, überflog das Schreiben und lächelte. »Na, dann kann ich ja aus dem Vollen schöpfen«, sagte sie.

»Kannst du«, bestätigte Manne, ebenfalls lächelnd. »Ganz offiziell.«

»Soll ich euch die Leiche holen? Hab sie eben freigegeben, aber vom Bestattungsinstitut war noch niemand hier.«

Manne warf Caro einen kurzen Blick zu, dann sagte er: »Der Bericht würde uns reichen.«

»Ihr müsst es auch nicht sehen, um es zu verstehen. Ich habe mir viel Mühe mit den Zeichnungen gegeben, und ein paar Fotos sind auch dabei.«

»Sehr gut. Und vielleicht hast du ja diesmal noch Zeit für einen Kaffee?«, fragte Manne schmunzelnd. Bei ihrem letzten Besuch in der Rechtsmedizin hatte Svenja ihnen den Kaffee geholt und sich dabei Zeit gelassen, damit sie ihren Obduktionsbericht abhören und sich Notizen machen konnten. Was dazu geführt hatte, dass am Ende gar keine Zeit mehr für ein gemeinsames Kaffeetrinken gewesen war.

»Ich wollte sowieso gerade Pause machen«, gab die Ärztin zurück und strahlte. »Kommt mit!«

Sie folgten Svenja aus dem Sektionssaal durch die engen Flure in eine kleine Kaffeeküche, in der sie für alle Kaffee besorgte. Danach setzten sie sich neben dem Institut auf einer Wiese in die Sonne. Das war Caro doch schon bedeutend lieber. Mit wachsender Verwunderung sah sie dabei zu, wie Svenja sich eine Zigarette anzündete. Auch Mannes Brauen schossen nach oben.

»Ich hätte nicht gedacht, dass du rauchst«, sagte er.

Svenja lachte. »Niemand tut das. Alle sagen immer, ich müsste es doch eigentlich besser wissen. Und natürlich haben sie recht. Ich rauche aber nur zwei am Tag, und außerdem mag ich es, dem Tod ein bisschen ins Gesicht zu lachen. Nach dem Motto: Ich kenne dich. Und ich habe keine Angst vor dir.«

»Das kann ich gut nachvollziehen.« Caro nickte und nahm einen Schluck Kaffee. »Und zwei Zigaretten am Tag sind wahrscheinlich kein Problem.«

»So genau kann man das natürlich nie sagen, aber ich hoffe auch. Trotzdem dürfte ich mehr Dreck in der Lunge haben als unser Toter.«

Caro horchte auf, und Manne verschluckte sich fast an seinem Kaffee. »Na, wenn das jetzt mal keine Überleitung war«, sagte er hustend.

Caro klopfte ihm auf den Rücken. »Was meinst du denn damit?« Irgendwie hatte sie das Gefühl, etwas zu verpassen.

»Sie meint damit, dass Maik schon tot war, als der Brand ausbrach«, keuchte Manne und fing sofort wieder an zu husten.

Caro schenkte Svenja einen fragenden Blick, und die nickte lächelnd.

»Genau das meint sie damit«, sagte sie und nahm einen Schluck Kaffee. »Auch wenn ich dich damit nicht zum Husten bringen wollte, Manne.«

Manne winkte japsend ab.

»Wenn der Brand todesursächlich ist, dann findet man im Körper des Toten immer deutliche Spuren«, erklärte Svenja an Caro gewandt. »Sehr viel Ruß in der Lunge, sehr viel Kohlenmonoxid im Blut. Auch die Luftröhre ist bei so was immer stark beschädigt und verschmutzt. Das alles war hier nicht der Fall. Also war der Mann schon tot, als es anfing zu brennen.«

Caro nickte. »Und konntest du sonst etwas feststellen?«

Die Rechtsmedizinerin bejahte. »So einiges. Aus dem Torso habe ich fünfundvierzig Metallteile gepult.«

161

»Bitte, was?« Caro war wirklich froh, dass ihr der Anblick erspart blieb und sie hier draußen in der Sonne saß.

»Schrot?«, fragte Manne.

»Würde ich sagen. Die Streuung ging hoch bis zum Hals und runter bis zu den Hoden, aber konzentrierte sich in Brusthöhe. Die Menge spricht für einen Schuss aus nächster Nähe.« Sie machte eine kleine Pause und drückte die Zigarette neben ihrem Fuß aus. Dann holte sie eine kleine Dose aus ihrer Hosentasche und legte den Stummel hinein. »Ich muss schon sagen, Schrot haben wir hier in Berlin ausgesprochen selten. Da hat jemand gezielt, um zu töten.«

»Und sind dir die Verletzungen vor der Obduktion aufgefallen?«, fragte Manne.

»Bei oberflächlicher Leichenschau wären sie zumindest nicht unbedingt entdeckt worden«, sagte sie. »Jedenfalls glaube ich das nicht. Die Haut war in dem Bereich extrem zerstört und die Hitze so groß, dass die Schrotkugeln zum Teil mit dem umliegenden Gewebe verschmolzen sind.«

»Woraus bestehen denn so Schrotkugeln?«, fragte Caro.

Manne zuckte die Schultern. »Da müsste man einen Ballistiker fragen.«

»Lässt sich bestimmt leicht rausfinden«, sagte Caro und machte sich eine Notiz. Irgendein Hobbyautor hatte das sicher schon in irgendeinem Forum gefragt.

»Also wurde er erschossen«, folgerte Manne. »Das ist natürlich was ganz anderes. Wir haben es definitiv mit Mord zu tun.«

»Komisch. So einen Schuss müsste doch jemand gehört haben.« Caro ging im Geiste die Gespräche durch, die sie mit den Gartenfreunden aus der Anlage in Rosenthal geführt hatten, und konnte sich nicht an eine einzige Person erinnern, die etwas von einem lauten Knall berichtet hatte.

»Das ist allerdings komisch.« Manne nickte nachdenklich.

»Bevor ihr zwei euch schon wieder in solche Detailfragen stürzt: Ich bin noch nicht fertig«, sagte Svenja und lächelte amüsiert. »Und auch wenn ich euch gern zuhöre, habe ich nicht ewig Zeit.«

»Du hast noch mehr?«, fragte Manne, und Svenja nickte.

»O ja. Einen sehr tiefen, ringförmigen Bluterguss.« Sie machte eine Kunstpause, dann fügte sie hinzu: »Am Hals.«

Caro schnappte nach Luft. »Bitte? Ich dachte …«

Svenja schnitt ihr das Wort ab. »Das sind die Dinge, die ich euch sagen kann. Es gab einen Schuss mit der Schrotflinte, und es gab eine Strangulation. Den Bericht drucke ich euch aus, da steht alles noch mal drin, auch die genaue Position und Form der einzelnen Verletzungen. Was zuerst kam, Schuss oder Strangulation, kann ich euch beim besten Willen nicht sagen. Zeitlich lag es eng beieinander, ich habe keine Zeichen der Verwesung gefunden.«

»Er war ja auch vier Stunden vor dem Brand noch auf einer Mitgliederversammlung des Vorstands«, sagte Manne. »Das passt also.«

»Der toxikologische Befund ist noch nicht zurück, aber ich würde mich wundern, wenn ihn jemand zu allem Überfluss noch vergiftet hätte.« Sie lächelte und stand auf.

»Danke, Svenja.«

»Kommt. Ich mach euch den Ausdruck. Wenn ihr dann noch Fragen habt, könnt ihr mich gerne anmailen, oder wir telefonieren. Aber wenn ich noch länger unterm Fenster der Institutsleitung sitze und quatsche, bekomme ich Ärger.«

KAPITEL 16

Ich habe einen unglaublichen Hunger«, sagte Manne. »Und keine Lust, schon wieder in der Sonne zu sitzen.«

Wie um seinen Standpunkt zu unterstreichen, knurrte sein Magen. Er hatte nicht gefrühstückt, weil er nicht hatte wissen können, ob Svenja die Leiche von Maik Reuter noch auf dem Tisch hatte oder nicht. Und sicher war sicher, das hatte ihn die Erfahrung gelehrt. Brandleichen stellten den Magen einfach noch mal vor eine deutlich größere Herausforderung. Jedenfalls seinen.

»Ich würde auch gern was essen«, sagte Caro und runzelte die Stirn. »Pizza?«

Manne dachte einen Moment nach. Sein Blick wanderte zur Armbanduhr an seinem Handgelenk. Es war zwanzig nach elf. Bis die Pizza vor ihm stand, war es sicher zwölf.

»Warum eigentlich nicht? Was schwebt dir vor?«

Seiner Erfahrung nach war es ratsam, Caro so etwas entscheiden zu lassen. Sie kannte die Gastronomie dieser Stadt deutlich besser als er. »Café am Neuen See«, kam es dann auch wie aus der Pistole geschossen, und Manne nickte zufrieden. Da konnte er mitgehen. Vielleicht gönnte er sich sogar ein kleines Alster im Schatten der alten Bäume. Er war schon ewig nicht mehr dort gewesen und freute sich richtig.

Sie parkten am Rand des Tiergartens, und kurz hinter der Baumkante legte sich frische, kühle Luft wie Balsam auf seine Haut, und er atmete auf. Diesen Effekt kannte er auch von der Anlage. Pflanzen machten die Sommerluft immer ein bisschen erträglicher.

»Ah«, seufzte Caro neben ihm. »Besser.«

In dem großen Biergarten am See war noch nicht viel los um

diese Uhrzeit, und Manne schätzte, dass montagmittags der Andrang auch nicht so groß werden dürfte. Sie fanden eine Bierzeltgarnitur direkt am Wasser unter einer großen Kastanie, und Manne bekam fast schon Lust, die Schuhe auszuziehen und seine Zehen in den Kies zu graben. Aus Gründen, die ihm noch nicht ganz klar waren, fühlte er sich das erste Mal seit Tagen weniger angespannt. Vielleicht lag das einfach daran, dass sie sich nach dem Gespräch mit dem Staatsanwalt auf offiziellem Boden befanden und Manne nicht mehr das Gefühl hatte, am Rande der Illegalität zu ermitteln. Trotz Prüfung bei der IHK und offiziell aussehender Visitenkarte kam er sich noch immer wie ein Schwindler vor, wenn er sich als Detektiv vorstellte.

Caro ging los, um am kreisrunden Pavillon Getränke zu holen und Essen für sie zu bestellen, und Manne blickte übers Wasser, um ein bisschen nachzudenken.

An ein paar Punkten würden sie ohne fremde Hilfe nicht weiterkommen, manches würde das Internet ihnen verraten. Aber ob zum Beispiel in der Hütte Überreste einer Waffe gefunden wurden, würde Lohmeyer ihnen nicht mitteilen. Oder ob das LKA die Art des Brandbeschleunigers bestimmt hatte. Trotzdem war er stolz darauf, dass sie so viel bereits in Erfahrung gebracht hatten.

Wie so oft war einer der Knackpunkte Geld. In Kalles Fall hatten sie erfahren, dass in der Wohnung ungewöhnlich viel Strom verbraucht worden war, was sie letztendlich auf die richtige Spur gesetzt hatte. Und auch jetzt sollten sie dringend herausfinden, woher Maik das Geld für den luxuriösen Hausbau hatte. Allein das große Grundstück vor den Toren Berlins in beliebter Gegend war sicher ein Vermögen wert. Aber wenn sie an die Kontobewegungen wollten, mussten sie Nicole fragen, falls die überhaupt Zugang hatte. Was Manne irgendwie bezweifelte.

Caro kam mit einem Tablett zurück, auf dem sie zwei große Gläser Fassbrause balancierte. »Kein Bier«, sagte sie streng, während sie die Fassbrause vor ihm abstellte. »Wir brauchen unsere Köpfe heute noch. Bei der Hitze kann schon ein kleines Alster fatal sein.«

»Bist du meine Mutter?«, murrte Manne, auch wenn sie eigentlich recht hatte.

»Ohne dich beleidigen zu wollen: Das ist eine biologische Unmöglichkeit«, gab Caro zurück und legte einen kleinen, runden Plastikpieper auf den Tisch. »Kann ein bisschen dauern, sie haben den Ofen gerade erst angeworfen«, informierte sie ihn, und Manne nickte. Dann nahm er einen Schluck Fassbrause.

»Es ist ewig her, dass ich das getrunken habe«, sagte er versonnen, und tatsächlich brachte der Geschmack sowie der Ausblick aufs Wasser unzählige Kindheitserinnerungen zurück. An die Sommerferien, den Kiessee in Schildow, zu dem sie immer mit den Rädern fuhren, und an Marions große Schwester Ingrid, die immer bei den FKKlern gegenüber gelegen hatte. Tage, an denen nichts wichtiger war als die Frage, ob und wann Ingrid ins Wasser gehen würde.

»Puh, heute Abend geh ich schwimmen.« Caro blies sich eine ihrer blonden, verschwitzten Haarsträhnen aus dem Gesicht und warf dem wolkenlosen Himmel einen beinahe schon feindseligen Blick zu. »Und wenn ich es im Weißensee tun muss.«

Manne verzog das Gesicht. »Der ist bei dem Wetter doch eine einzige Kloake.«

»Ich weiß. Aber das Freibad ist so voll, dass man keine zwei Züge weit kommt, und alles andere zu weit weg.« Sie seufzte verträumt. »Wenn ich da an den Liepnitzsee denke …«

»O ja, der ist auch schön. Aber ich war da Jahre nicht mehr.«

»Wieso nicht? Du hattest doch Zeit?«

»Stimmt«, gab Manne zu. »Aber meistens reicht es mir, meine Füße in eine Schüssel kaltes Wasser zu halten. Schwimmen fahren ist immer so ein logistischer Aufwand.« Er nahm noch einen

Schluck Brause, dann lächelte er. »Früher hab ich mich einfach auf dem Fahrrad vom Wind trocknen lassen. Das würde ich heutzutage lieber vermeiden.«

Caro prustete in ihr Glas. »Manne! Vielen Dank für das Kopfkino.«

»Wieso? Ich hab mich doch gut gehalten«, gab er grinsend zurück.

»Kein Kommentar.« Kopfschüttelnd öffnete sie ihre riesige Handtasche und holte den Bericht heraus, den Svenja ihnen gegeben hatte. Dabei blätterte sie zielsicher bis zu dem Bereich, der ihn selbst auch am meisten interessierte. Die körperliche Darstellung eines Menschen, in die Svenja alle Wunden eingetragen hatte, die sie bei ihrer Obduktion vorgefunden hatte.

»Eine wunderbare Vorspeise«, sagte Manne.

»Fast so gut wie die Vorstellung von dir auf einem Fahrrad. Halbnackt und nass«, gab Caro ungerührt zurück.

Manne kicherte. Wäre er in anderer Stimmung gewesen, hätten ihn Caros Worte vielleicht sogar getroffen.

»Himmel, da ist ja einiges los«, murmelte Caro und betrachtete die vergrößerte Darstellung des Torsos mit all den fein säuberlich eingetragenen Punkten. Man konnte deutlich erkennen, was Svenja mit der Verteilung der Kugeln gemeint hatte. Im Brustbereich fand sich die höchste Konzentration, was bedeutete, dass der Schütze dorthin gezielt hatte.

»Ein Ballistiker könnte uns vielleicht sagen, was die Verteilung zu bedeuten hat«, sagte er und zeigte auf das Bild. »Es sieht aus, als wären die Kügelchen ziemlich gleich verteilt.«

»Und was könnte das heißen?«

»Es könnte Aufschluss geben auf Position und Größe des Täters«, erklärte Manne. »So eine Schrotflinte ist komplizierter zu schießen als eine normale Pistole. Viel länger und schwerer. Man muss sie gerade halten. Und gegen die Schulter stützen.«

Caro nickte. »Verstehe.«

»Dann kommt aber noch dazu, dass unerfahrene Schützen gerne verreißen, beim Abdrücken den Lauf nach unten ziehen. Und so weiter. Ich bin kein Fachmann für so was, aber Schussspuren sind aufschlussreich für Leute, die sie lesen können. Die Tiefe, in der die Schrotkugeln im Torso stecken, könnte außerdem noch Aufschluss geben über die Distanz. Aber der Schuss dürfte aus nächster Nähe abgefeuert worden sein, sonst hätte die Munition ja stärker gestreut.«

»Hm«, machte Caro und betrachtete das Bild. »Und die Strangulationsmarken?«

Manne zog das Papier zu sich herüber und betrachtete auch hier Svenjas Eintragungen. »Sind ziemlich gerade«, stellte er fest.

»Himmel, Manne, dass man dir auch immer alles aus der Nase ziehen muss«, schnaubte Caro, und sein Entspannungsgefühl war schon wieder hinüber. Er seufzte.

»Wenn sich jemand erhängt, dann gehen die Hämatome zum Beispiel nach oben, normalerweise seitlich oder hinten am Kopf. Bei einer Strangulation mit einem Gürtel gibt es oft einen dickeren Bluterguss, wo die Schnalle sitzt. Strangulationsblutergüsse, die von Händen oder dem Unterarm verursacht werden, sind chaotischer und insgesamt breiter. Diese hier«, er kniff die Augen zusammen und beugte sich tiefer über das Blatt, »sind ausgesprochen schmal und gerade. Hm.«

»Also wurde Maik nicht erhängt und auch nicht mit einem Gürtel erdrosselt. Aber mit einem Gegenstand? Seil oder so?«

»Wahrscheinlich«, bestätigte Manne. »Und dass sie so gerade sind, bedeutet für mich, dass Maik sich nicht sonderlich gewehrt haben kann. Er war ein kräftiger Mann und hätte nicht einfach so hingenommen, dass ihm jemand eine Schlinge um den Hals legt.«

»Und wenn er gefesselt gewesen wäre?«, fragte Caro. »Die Fesseln wären mit verbrannt.«

»Stimmt, aber dann hätte Svenja auch an den Handgelenken Hämatome finden müssen, jedenfalls nach normaler menschlicher Logik. Er hätte doch zumindest mit aller Kraft versucht, seine Fesseln zu zerreißen, oder?«

Sie nickte. »Also ist es am wahrscheinlichsten, dass der Schuss zuerst kam, oder?«

»Würde ich auch sagen. Und auch wenn die Gabe Schrot ihn in die Knie gezwungen hat, tödlich verwundet hat sie ihn vielleicht nicht. Die Kugeln sind alle nicht tief eingedrungen. Oder es hat zu lange gedauert. Vielleicht hat er auch geschrien. Das musste der Täter auf jeden Fall unterbinden. Immerhin waren sie in einer übervollen Gartenanlage.«

»Er war also verwundet und lag am Boden, aber nicht tot. Dann hat der Täter irgendwas zur Hand genommen und ihn stranguliert.«

»Ja, so könnte es sich abgespielt haben«, bestätigte Manne. »Vielleicht wusste der Täter nicht, wie man die Flinte nachlädt, oder es gab nur einen Schuss.«

»Oder die Täterin«, sage Caro nachdenklich. »Durch die Schusswaffe wird eine Täterin ja wieder zur Möglichkeit.«

»Das ist richtig. Wir sollten auf jeden Fall noch einmal mit Nicole reden. Und ich würde wirklich gern diesen Thorsten erreichen.«

Caro runzelte die Stirn. »Immer noch kein Glück?«

Manne schüttelte den Kopf. Seit zwei Tagen versucht er jetzt schon, Maiks angeblichen Kompagnon über die Nummer zu erreichen, die Nicole ihnen gegeben hatte. Doch ohne Erfolg. Anfangs hatte er noch gedacht, dass es sich vielleicht einfach um eine Geschäftsnummer handelte, bei der am Wochenende einfach niemand zu erreichen war, doch so langsam wurde er stutzig.

»Wir sollten vielleicht mal zu diesem Büro fahren«, sagte Caro. »Und schauen, ob wir ihn erwischen.«

Manne nickte bedächtig. »Wir müssen mit ihm reden, aber ich

würde ungern Zeit verlieren. Wenn er nicht ans Geschäftstelefon geht, ist die Wahrscheinlichkeit, dass er dort ist, eher gering.«

»Dann fahren wir doch erst mal zu seinem ehemaligen Arbeitgeber«, schlug Caro vor. »Der hat vielleicht noch mehr Informationen für uns. Eine Festnetznummer oder den Kontakt von Angehörigen oder sonst was.«

»Das ist eine gute Idee«, sagte Manne.

»Ich habe immer gute Ideen«, gab Caro zurück, und Manne biss sich auf die Zunge. In dem Moment piepste es zwischen ihnen ohrenbetäubend, und sie zuckten beide zusammen.

Caro grinste. »Pizza!«, rief sie und schnappte sich den Beeper.

Mit vollem Bauch machten sie sich kurz darauf auf den Rückweg zum Auto. Caro blätterte in ihren Notizen und tippte gleichzeitig auf ihrem Handy herum.

»Gleich läufst du gegen einen Baum«, sagte Manne.

Caro schnaubte. »Ich will nur noch mal nachsehen, wie der Betrieb heißt.«

»Walter Weber in Karow«, entgegnete Manne wie aus der Pistole geschossen.

Caro blieb verdutzt stehen. »Normalerweise merkst du dir so was doch nicht.«

»Alliterationen kann ich mir gut merken. War schon immer so. Und Karow klingt wie Caro, das war auch nicht schwer.«

Caro schenkte ihm ein sehr ehrliches Lächeln und tippte den Namen der Firma in ihr Handy ein. »Walter Weber, Walter Weber …«, murmelte sie. »Maurer … neee … Weber … Weber Bau. Das müsste es sein.« Caro verzog das Gesicht. »Eine Stunde fünf Minuten?«

Auch Manne seufzte. »Im nächsten Leben ziehe ich in eine kleinere Stadt. Aber wenigstens sind wir dann gleich in der Nähe unserer Anlage. Schlaft ihr heute in der Hütte?«

Caro schüttelte den Kopf. »Nein, Greta muss doch zur Schule.«

»Stimmt. Ich hab mich immer noch nicht daran gewöhnt, dass sie jetzt ein Schulkind ist«, sagte Manne und war tatsächlich ein bisschen wehmütig. Der Sommer war schön gewesen. Petra und die Kleine liebten einander heiß und innig, und die vielen Abende, die sie beisammengesessen hatten, während Greta schon in der Laube schlief, hatten sie alle sehr genossen. Jetzt, wo die Kleine in die Schule ging, würde es nicht mehr so leicht sein, Zeit zu stehlen. Es war total kitschig, aber Manne hatte fast das Gefühl, Caros Tochter war schon auf halbem Weg zum Erwachsensein.

»Frag mich mal«, lachte Caro. »Aber sie liebt die Schule und geht mit viel Begeisterung hin.« Sie legte die Stirn in Falten. »Vielleicht wurde sie im Krankenhaus doch vertauscht.«

»Vielleicht ist sie einfach nur auch Eikes Kind«, gab Manne zurück.

»Stimmt«, Caro grinste. »Eike ist ein Streber. Willst du auch noch ein Eis?« Sie zeigte auf einen Wagen, der am Parkausgang stand und Eis am Stiel verkaufte.

»Was ist denn das jetzt schon wieder für eine merkwürdige Frage?«, gab Manne zurück.

Sie steuerten den Eiswagen an, der auf den zweiten Blick ein bisschen ungewöhnlich aussah. Es gab dort offenbar nicht das übliche Markeneis, sondern handgemachtes Eis am Stiel. Manne schwante nichts Gutes, doch er konnte jetzt keinen Rückzieher mehr machen. Und tatsächlich merkte er schon am strahlenden Lächeln der jungen Frau, die hinter dem Wagen stand, dass sie einen Fehler gemacht hatten. Sie wirkte zu glücklich, sie zu sehen.

»Hallo, wollen Sie vielleicht unsere gesunden Paletas artesanales probieren?«, fragte die Frau, und Manne fluchte innerlich. Die fehlende Schlange vor dem Wagen hätte ihm zu denken geben müssen. Gesundes Eis. Auch das noch. War denen denn überhaupt nichts heilig? Wahrscheinlich hatte die junge Frau sich gerade erst selbstständig gemacht. Der Wagen sah ziemlich neu aus, und vorne links prangte das Instagram-Logo unter dem Namen »Edda von Schleck«.

Verstohlen deutete Manne darauf. »Meinst du, sie ist Social-Media-Managerin?«, raunte er Caro ins Ohr, woraufhin diese ihm ihren Ellbogen in die Rippen rammte.

Treffer versenkt, dachte Manne und rieb sich grinsend die schmerzende Seite.

»Ja, gern«, hörte er Caro sagen, während er sich noch über seinen gelungenen Scherz freute. »Welche Sorten verkaufst du?«

»Ich stelle mein Eis nur aus natürlichen Zutaten und Superfoods her. Ohne Zucker, nur mit Dattelsüße.«

Dattel… was?

Caro nickte interessiert und beugte sich in den Wagen.

»Wir haben Very Berry, das ist mit Erdbeeren, Himbeeren, Gojibeeren und Maca. Dann Popeye, mit Babyspinat, Spirulina, Zitrone und Matcha, falls ihr was zum Wachwerden braucht.«

Die junge Frau lächelte so einnehmend, dass Manne ihr alles abgekauft hätte, auch wenn er nur die Hälfte verstand.

»Dann hab ich noch No Coffee today, ein fruchtiges Mangoeis mit viel Guarana, Mojito mit Gurke, Minze und Chiasamen, Happy Coco aus Kokosmilch, Carob und Baobab und Forever Young, mit Acai und Blaubeeren.«

Mannes Lächeln gefror. Hatte sie überhaupt Deutsch gesprochen?

»Das klingt ja alles wunderbar, ich nehme das Mangoeis. Und du, Manne?«

Er wusste nicht, was er sagen sollte, also stieß er das einzige Wort hervor, das er sich gemerkt hatte: »Mojito!« Die junge Frau ging in ihrem Eiswagen auf Tauchstation.

Sie nahmen das Eis von ihr entgegen und zahlten unfassbare acht Euro für beide zusammen. Als sie außer Hörweite waren, biss

Manne vorsichtig von seinem hellgrünen Eis ab und konnte nur knapp der Versuchung widerstehen, es sofort wieder auszuspucken.

»Gurkenwasser«, sagte er fassungslos. »Ich habe vier Euro für Gurkenwasser gezahlt.«

»Mit Chiasamen«, ergänzte Caro vergnügt, die an ihrem Mangoeis helle Freude zu haben schien.

»Ich hasse dich«, sagte Manne und versenkte sein Gurkenwassereis mitsamt den arschteuren Samen im nächstbesten Papierkorb.

Kurz darauf wünschte er, er hätte es nicht getan. Das Auto war unerträglich heiß; es war fast nicht möglich, das Lenkrad anzufassen, und das Mineralwasser in der Flasche, die seit zwei Tagen im Fußraum des Beifahrersitzes lag, war nur ein paar Grad kühler. Weit und breit war kein Kiosk in Sicht.

»Oh, verdammt, wir hätten noch Getränke holen sollen«, sagte Caro in diesem Moment, als hätte sie seine Gedanken gelesen. »Eine Stunde in dieser Affenhitze. Manne, warum schaffst du dir nicht mal ein Auto mit Klimaanlage an?«

»Weil ich normalerweise nur zum Garten und zurück fahre. Vielleicht mal zum Baumarkt. Oder zum Bäcker. Aber doch nicht quer durch die Stadt.«

»Die Dinge haben sich aber geändert, und unser Familienauto wird meistens gebraucht. Für nächsten Sommer besorgen wir dir was anderes als diesen Schnellkochtopf. Bis dahin …« Sie kramte in ihrer Tasche herum, und Manne wunderte sich nicht zum ersten Mal, dass dieses Ding Caros gesamten Arm schlucken konnte. »Kaugummi«, sagte sie und hielt eine ramponierte Packung Wrigleys hoch.

»Gut.« Manne nahm eines der dünnen Streifchen entgegen. »Dann werde ich diesen Gurkengeschmack wenigstens wieder los.«

Genau eine Stunde später fuhren sie in Karow auf den Hof der Firma Walter Weber. Manne hatte von unterwegs angerufen und dafür gefühlt seine letzten Milliliter Speichel verbraucht. Mittlerweile war er so ausgetrocknet, dass er sich beinahe mumifiziert fühlte. Wieso hatte ihn früher nie gestört, dass sein Auto nicht klimatisiert war? Er hatte diese Kiste immer gemocht, das war allerdings, bevor er nicht mehr gewusst hatte, wo seine Haut endete und der Mikrofaserbezug des Sitzes begann. Wenigstens sah er unter Caros Armen ebenfalls riesige Schweißflecken. Wie beruhigend! Sonst hätte er sich geweigert auszusteigen.

Die Firma war ein klassischer Berliner Hinterhofbetrieb, wie Manne schon viele gesehen hatte. Er fand es immer wieder faszinierend, dass man hinter einer normalen Hausdurchfahrt ein riesiges Gelände mit Firmenwagen, Materiallager, Büro und so weiter finden konnte. Mitten in der Stadt.

Gut. Mitten in Karow. Aber solche Betriebe gab es auch in der Innenstadt, ein paar letzte Mohikaner sogar bis heute noch in Mitte und Prenzlauer Berg. Die meisten großen Hinterhöfe waren allerdings mit schicken Häusern wie dem von Wolfgang Reuter zugepflastert worden.

Sie fragten sich durch bis in eine große, dunkle Halle, in der Gerüstteile übereinandergestapelt standen bis unters Dach und ein grauhaariger Herr gerade auf einen Stapel Betonsäcke gestützt Listen durchsah. Es war wunderbar kühl; Manne konnte verstehen, warum man lieber hier drin arbeitete.

»Herr Weber?«, fragte Caro, und der Mann sah auf. Er hatte ein freundliches, rundes Gesicht und eine Lesebrille auf der Nase. Über einem kurzärmligen Karohemd trug er eine Weste mit Firmenlogo. Die Füße steckten in Stahlkappenschuhen, und die Hände zeugten von einem Leben voll harter Arbeit.

»Ebendieser«, antwortete er und richtete sich auf. »Sie sind die Detektive?«

Manne und Caro nickten gleichzeitig.

»Das passt ja perfekt, ich bin hier sowieso grad fertig. Wollen Sie 'nen Kaffee?«, fragte Weber.

Manne lehnte kopfschüttelnd ab. »Ein Wasser, wenn Sie haben. Mein Auto hat keine Klimaanlage.«

Weber lachte gutmütig. »Na, dann kommense mal mit.«

Er führte sie einmal quer durch die Halle in ein kleines Büro, in dem ein Schreibtisch sowie ein Besprechungstisch mit Stühlen standen. Er bat sie, Platz zu nehmen, und machte sich an einem kleinen Kühlschrank in der Ecke zu schaffen.

»Mit oder ohne?«, fragte er.

»Mit«, sagte Manne, und Caro nickte.

Weber kam mit zwei großen Gläsern Mineralwasser zu ihnen und holte dann noch die Flasche Spreequell, die er in die Mitte des Tisches stellte. Er selbst trank nichts.

»Na, dann schießen Sie mal los. Was führt Sie her? Sie haben sich am Telefon ja sehr bedeckt gehalten.«

»Unsere Themen sind keine, die man am Telefon besprechen kann«, sagte Manne.

Weber nickte. »Versteh ich schon. Hätte Ihnen nur 'ne Fahrt quer durch die Stadt erspart.«

Manne lächelte. »Gehört dazu.«

Caro ergriff das Wort. »Wir sind hier, weil wir Ihnen gerne ein paar Fragen über einen Ihrer ehemaligen Angestellten stellen würden. Maik Reuter.«

Weber atmete hörbar aus. »Na, das musste ja irgendwann kommen. Der Kerl ist wirklich zu nichts, aber auch gar nichts zu gebrauchen.« Er runzelte die Stirn. »Hat ein wütender Kunde Sie beauftragt? Oder seine Frau?«

»Nein.« Manne schüttelte den Kopf. »Wir sind nicht hier, weil er etwas angestellt hat. Nicht primär. Wir sind hier, weil er tot ist. Ermordet.«

Weber starrte Manne an. Es hatte ihm offenbar die Sprache verschlagen. Sein Mund öffnete und schloss sich ein paar Mal, ohne dass Worte herauskamen.

»Ist das Ihr Ernst?«, fragte er schließlich.

»Ich mache mit so was keine Scherze, Herr Weber. Maik Reuter wurde in der Nacht von Freitag auf Samstag von meiner Kollegin«, er zeigte auf Caro, und die winkte ein wenig unbeholfen, »verbrannt in seiner Gartenlaube vorgefunden. Die rechtsmedizinische Untersuchung hat ergeben, dass er eines gewaltsamen Todes starb.«

Webers Blick wanderte von einem zum anderen. Dann griff er in die Hosentasche und zog ein Taschentuch hervor, mit dem er sich durchs Gesicht fuhr. Dabei zitterten seine Finger.

»Und warum sind Sie dann hier und nicht die Polizei?«, fragte er nach einiger Zeit.

»Wir haben keinen Zweifel daran, dass die Polizei Sie ebenfalls noch aufsuchen wird«, erklärte Manne. »Wir arbeiten allerdings im Auftrag und mit dem Segen der Ehefrau und des Vereinsvorstands.«

Weber runzelte die Stirn. Er schien skeptisch zu sein. Viele Leute verbanden nichts Gutes mit Privatdetektiven, und Manne verstand das. Ihm war es bis vor ein paar Monaten nicht viel anders gegangen.

»Das ist gar nicht mal so unüblich, wie Sie jetzt vielleicht denken.«

»Ach nein?« Weber angelte nun doch nach einem Glas, das auf seinem Schreibtisch stand, und goss sich Wasser ein.

»Sehen Sie, die Polizei sucht jetzt vorrangig nach dem Täter. Das ist ihre Aufgabe, was gut so ist. Aber ein Todesfall betrifft viel mehr Menschen mit zum Teil auch unterschiedlichen Interessen. Gerade wenn ein Mensch gewaltsam ums Leben kommt, gerät einiges ins Wanken, und die Polizei kann sich mit den aufkommenden Fragen nicht immer befassen. Sie suchen mit Hochdruck nach dem Mörder. Und wir suchen nach der Wahrheit.«

»Wo liegt denn da der Unterschied?«

Manne dachte kurz nach. Dann sagte er: »Im Idealfall gibt es keinen beziehungsweise führt das eine zum anderen. Allerdings kommen nach einer Tat viele Details erst Jahre später, während der Gerichtsverhandlungen beispielsweise, ans Licht. Das ist für Freunde und Angehörige des Opfers oft schwer zu ertragen. Oder auch für Menschen, denen eine Mitschuld angedichtet wird. Wir versuchen, die Geschichte einer Tat nachzuvollziehen, damit wir den Betroffenen schon früher helfen können. Oftmals finden wir auch Hinweise, die der Polizei entgangen sind, und tragen so zur Aufklärung bei.«

»Ich verstehe. Die Polizei hört einfach auf, sobald sie jemanden zum Einbuchten hat.«

»Damit ist ihre Aufgabe erledigt, ja«, bestätigte Manne.

»Steuergelder sind eben auch begrenzt. Auch wenn man sich schon dreimal täglich fragt, ob sie wirklich von fähigen Politikern oder vielleicht doch von einer Horde Paviane verteilt werden.« Weber lachte über seinen eigenen Witz. »Na jut. Ich hab auch nichts zu verbergen und weiß sowieso nicht, was ich Ihnen über Maik erzählen soll. Der ist ja schon 'ne Weile hier weg. Aber fragen Sie mal.«

»Ich würde gern wissen«, sagte Caro, »warum Sie eben dachten, seine Frau hätte uns engagiert.«

»Na ja«, sagte Weber gedehnt. »Das ist doch meistens der Grund, warum Leute wie ihr tätig werdet. Ehestreitigkeiten. Der eine will wissen, ob der andere fremdgeht und so weiter. Daran dachte ich.«

»Das stimmt natürlich. Und bei Maik Reuter erschien ihnen das plausibel?«

Nun lachte Weber wieder. »Das haben Sie aber schön ausgedrückt, Frau Detektivin. Ja, bei ihm schien mir das plausibel. Oder weniger fein ausgedrückt: Der Typ hat alles angegraben, was nicht bei drei auf den Bäumen war. Keine unserer weiblichen Kolleginnen war vor dem Kerl sicher, aber auch vor Auftraggeberinnen, Architektinnen, Ingenieurinnen hat er nicht haltgemacht. Es war fast, als wäre er darauf programmiert, zu flirten. Da er so ein großer Kerl war, war das vielen Frauen unangenehm. Auch, weil er so geradeheraus war mit seinen Absichten.«

»Können Sie sich an einen speziellen Fall erinnern?«

»Ja, eine unserer Malerinnen hat mich gebeten, ihn auf eine andere Baustelle zu versetzen. Sie arbeitet immer noch bei mir, ist momentan aber unterwegs. Wenn sie gleich zurückkommt, können Sie mit ihr sprechen.«

»Das wäre gut.« Manne nickte lächelnd. Weber ging kurz zu seinem Schreibtisch, nahm den Hörer seines Telefons ab und bat darum, Nora Mertens zu ihm zu schicken, sobald sie im Betrieb eintraf. Dann setzte er sich wieder zu ihnen.

»Hat sich Frau Mertens danach noch einmal über Herrn Reuter beschwert?«, wollte Caro wissen, doch Weber verneinte.

»Meines Wissens war es damit gegessen. Nora ist nicht auf den Mund gefallen und weiß sich zu wehren. Wenn noch was in die Richtung passiert wäre, hätte ich es sicher mitbekommen. Und auch sonst blieb es bei Angebereien. Es war immer wieder ein Thema, aber kein so ungewöhnliches. Schließlich hat er nie nachgehakt oder ist handgreiflich geworden oder so. Frauen anzugraben schien einfach in seiner Natur zu liegen. Eine schlechte Angewohnheit – wie Rauchen. In meiner Karriere hatte ich es schon öfter mit so Typen zu tun.«

Manne nickte. »Verstehe. Und Sie glauben, er könnte seine Ehefrau hintergangen haben?«

Weber kratzte sich am Kopf. »Hören Sie, ich hab den Kerl seit vier Jahren nicht gesehen. Es gibt nichts, was ich Ihnen hier verlässlich sagen könnte. Ich meine nur, dass es keine Überraschung wäre. Aber wenn Sie mir jetzt sagen würden, dass er …«, der Bauunternehmer machte eine ungeduldige Handbewegung, »weiß nicht, gefälschte Waren verkauft hat, Steuer hinterzogen, die Versicherung betrogen, Pfusch am Bau betrieben oder die Queen bestohlen hat, dann würde mich das auch nicht überraschen.«

»Mit anderen Worten, Sie haben ihm nicht getraut?«, fragte Manne, und Weber schnaubte.

»Ich hatte wenig Grund dazu«, gab er zurück. »Reuter war so ein Typ, der sich krankgemeldet hat, wenn er einen zu viel getrunken hatte, der immer als Erster die Kelle fallen ließ und mehr als einmal fünfe hat gerade sein lassen. Kein wirklich guter Maurer, im Gegenteil. Und er hat die anderen immer genervt. Den ganzen Tag hat er darüber gesprochen, wer ihn schlecht behandelt und wer ihn geringgeschätzt hat. Maik war einer, der immer meinte, zu kurz zu kommen und dass die Welt ihm was schuldet.«

»Warum haben Sie ihn überhaupt behalten?«, fragte Caro.

»Wenn man gut genug auf ihn aufgepasst hat, konnte er schuften wie ein Pferd. Immerhin war er ein großer Kerl und zuverlässig genug. Außerdem im Groben wirklich zu gebrauchen. Maik konnte Lkw fahren, einen guten Speis anmischen und wusste immer ganz gut, wer was zu tun hatte. Man durfte ihn nur keine komplizierten oder kleinteiligen Arbeiten erledigen lassen. Nichts, was man sieht. Und auf gar keinen Fall durfte er Verantwortung für ein Projekt haben. Er war ja auch nicht unfreundlich oder hat Streit gesucht, er war nur …«, Weber seufzte. »Er war nicht mein Fall. Und der meiner meisten Bauleiter eben auch nicht. Alle waren froh, ihn von hinten zu sehen. Man konnte sich in seiner Nähe nicht normal bewegen. Er hat gerne Leute bloßgestellt.«

»Er hat sich mit einem anderen Ihrer Mitarbeiter zusammengetan, oder?«, fragte Manne, und Weber nickte grimmig.

»Thorsten Wiese. Meiner Meinung ja das, was man klassisch als schlechten Umgang bezeichnen würde. Vorher ging es eigentlich mit Maik, aber nachdem Thorsten und er sich angefreundet hatten, wurde es mir schnell zu bunt. Sie haben von den Baustellen geklaut wie die Raben und gedacht, keiner bekommt es mit. Das ging sicher auf Wieses Konto. Als ich ihn eingestellt habe, kam er frisch aus der JVA Tegel.«

Manne verschluckte sich fast an seinem Mineralwasser. »Bitte?«, fragte er, und Weber nickte.

»Ja. Hatte fünf Jahre auf dem Buckel wegen gefährlicher Körperverletzung und Betrügereien. Als er die begangen hat, war er noch ein halbes Kind, und Berlin hat damals gut zugezahlt, wenn man die Jungs angestellt hat. Da Wiese seinen Malergesellen in der JVA gemacht und sich im Vollzug nichts hatte zuschulden kommen lassen, dachte ich, ich versuche es mal.«

»Aber es ging nicht gut«, sagte Manne.

Weber schüttelte den Kopf. »Nein. Es ging nicht gut. Wiese kam oft einfach nicht, ohne sich abzumelden. Ständig hing ich am Telefon. Seine Bewährungshelferin musste jedes Mal angerufen werden, die ging ihn dann suchen, dann tauchte er hier wieder auf.« Der Mann schnalzte mit der Zunge. »Ich bin Bauunternehmer. Kein Babysitter. Als auch noch die Fliesen von einer Baustelle in Biesdorf verschwunden sind, hab ich Wiese an die Luft gesetzt. Doch der hatte sich in der Zwischenzeit mit Reuter so eng angefreundet, dass er mit ihm gegangen ist. Die beiden wollten was Eigenes aufziehen.« Er lachte. »Zum Abschied haben sie mir einen Vortrag gehalten, dass sie es weit bringen und ich noch von ihnen hören würde. Ich hab ihnen Glück gewünscht und gehofft, dass ich sie nie wiedersehe.«

»Und, hat sich Ihr Wunsch erfüllt?«

»Ja«, sagte Weber. »Was mich, offen gestanden, überrascht hat.«

»Wieso das?«

Weber runzelte die Stirn. Dann sagte er: »Ich dachte, die beiden würden keinen Erfolg haben. Reuter war nicht dumm, aber er schien mir nie der Buchhaltungsmensch zu sein, Wiese erschien mir viel zu jung, um ein eigenes Unternehmen zu führen, neben seiner kriminellen Energie natürlich. Ich rechnete fest damit, dass Reuter nach ein paar Monaten wieder bei mir auf der Matte stehen würde. Vollkommen abgebrannt.«

»Hätten Sie ihn wieder eingestellt?«, fragte Caro, und Weber machte eine abwägende Handbewegung.

»Wahrscheinlich schon. Es ist wirklich schwer, brauchbare Handwerker in Berlin zu finden, und Reuter hatte seine guten Seiten. Viele Menschen sind dankbar für zweite Chancen, einige meiner besten Mitarbeiter haben so einen Hintergrund. Aber Wiese hätte mir was draufzahlen können, ich hätte ihn nicht zurückgenommen.«

»Tatsächlich sind die beiden offenbar nicht nur über die Runden gekommen, sondern sehr gut über die Runden gekommen. Maik Reuter hat sich ein riesiges Eigenheim in Wandlitz gebaut.«

Walter Weber hob die Brauen. »Das ist eine Überraschung. Nun, schön für sie. Auch wenn ich mich ein bisschen wundere. Eigentlich kennt man sich in der Branche, selbst die Einmannbetriebe kommen mir hin und wieder unter, wenn wir für ein Großprojekt noch Leute dazuholen müssen. Berlin ist zwar 'ne große Stadt, aber unser Gewerk ist ja trotzdem überschaubar. Reuter und Wiese waren allerdings wie vom Erdboden verschluckt.«

»Das ist wirklich ziemlich seltsam«, sagte Caro nachdenklich. »Seine Frau meinte, die Firma der beiden hätte jede Menge zu tun.«

»Könnten Sie sich vorstellen, sich mal umzuhören?«, fragte Manne. »Denn Thorsten Wiese erreichen wir leider nicht. Dabei wäre es wirklich hilfreich, mit ihm zu sprechen.«

»Ich kann meine Kollegen anrufen und fragen, ob und wann sie Reuter oder Wiese mal begegnet sind. Das ist kein Problem«, sagte Wiese. »Wenn es irgendwie hilft.«

Manne lächelte. »Vielleicht. Uns auf jeden Fall.«

»Haben Sie eventuell ein Foto von Thorsten Wiese?«, fragte Caro nun, und Weber runzelte die Stirn. Er überlegte.

»Hm. Vielleicht. Ich rufe in der Buchhaltung an und frage nach.«

In dem Augenblick klopfte es, und eine farbverschmierte Frau in ebenso farbverschmierter Kleidung steckte den Kopf durch die Tür. Erstaunt registrierte Manne, dass es nicht nur Farbe war, die da an der Frau klebte, sondern irgendetwas Glitzerndes.

»Du wolltest mich sprechen, Walter?«, sagte sie und warf Manne und Caro ein leicht abwesendes Nicken zu.

Weber musterte seine Mitarbeiterin mit dem Anflug eines Lächelns. »Was habt ihr denn getrieben?«, fragte er, und die Malerin rollte mit den Augen.

»Der Kunde will Glitzerputz auf der Fassade, erinnerst du dich?« Sie zupfte an ihrer Kleidung herum und schüttelte sich. »Ich hasse das Zeug. Völlig egal, wie gut man sich einpackt, es ist am Ende des Tages trotzdem überall. Welcher Mensch wünscht sich bitte schön 'ne glitzernde Fassade?«

»Es ist eine Kita, Nora. Der Träger findet das sicher charmant, und die Kinder werden es lieben.«

»Als ob die mit so was um Kunden werben müssen«, murrte sie. »Was gibt es denn jetzt?«

Weber deutete mit dem Kopf zu Manne. »Diese Herrschaften haben ein paar Fragen zu Maik Reuter.«

»Maik?« Die Malerin schien genauso überrascht zu sein wie ihr Chef. »Was ist mit ihm?«

»Jemand hat ihm das Licht ausgeblasen.«

»Walter!« Nora Mertens ließ sich schwer auf den Besucherstuhl fallen. »Gott, so was sagt man doch nicht.« Sie atmete einmal tief durch. »Jemand hat ihn ermordet? Sind Sie von der Polizei?«

»Wir ermitteln im Auftrag seiner Frau und eines … Freundes«, sagte Manne ausweichend. Die junge Frau war noch so in Gedanken verstrickt, dass sie ihm eh kaum zuzuhören schien.

»Und wie kann ich da weiterhelfen? Ich hab ihn ewig nicht gesehen.«

»Herr Weber hat uns berichtet, dass es mal einen Vorfall zwischen Ihnen und Reuter gab.«

Nora warf ihrem Chef einen finsteren Blick zu, der nichts anderes als »Schönen Dank auch!« sagen sollte, da war sich Manne sicher. »Was uns interessiert«, schob er deshalb schnell nach, »ist, ob Sie von weiteren solcher Fälle gehört haben oder ob er sich Ihnen einmal in ungebührlicher Weise genähert hat.«

Nora winkte müde ab. Ihr geschocktes, abgekämpftes Gesicht bildete einen heftigen Kontrast zu dem ganzen Glitzer auf ihrer Haut. Sie sah aus wie eine Elfe nach einem schweren Verkehrsunfall.

»Ach. Der hat sich mir gar nicht genähert. Das hätte er sich auch nicht getraut. Maik war ein Schwätzer, aber im Grunde harmlos. Er ist uns nur so auf den Geist gegangen, das ist alles.«

»Da war also nichts mehr?«, hakte Manne nach.

Die Malerin schüttelte den Kopf. »Nein. Ein ordentlicher Schuss vor den Bug hat völlig ausgereicht, um ihn ruhigzustellen.«

»Und Thorsten Wiese?«

Noras Augen verengten sich zu Schlitzen. »Der.« Sie spuckte eher, als dass sie sprach. Ihre Emotionen fielen deutlich heftiger aus als bei Erwähnung von Maik Reuter.

»Was war denn mit ihm?«

Sie zuckte mit den Schultern, und Manne bemerkte, wie sie ein Stück in sich zusammensank. Der Körper sagte manchmal mehr als die Lippen.

Nora Mertens schwieg lange, während ihr Blick ziellos durch den Raum wanderte. Sie schien zu überlegen, was sie jetzt sagen wollte oder konnte. Dann kratzte sie sich am Kopf und seufzte. »Es ist mir ein bisschen peinlich.«

»Nichts, was Sie uns über ihn sagen könnten, muss Ihnen peinlich sein«, versicherte Caro, und Manne nickte.

Ihr Blick zuckte zu ihrem Chef, und Walter Weber räusperte sich. »Ich … ich geh mal gucken, ob Mimi vorne ein Foto von ihm hat«, sagte er und verließ den Raum.

Nora lächelte schief.

»Sie haben ein gutes Verhältnis zueinander«, stellte Manne fest, und Nora nickte.

»Die Firma ist toll. Genauso schwer, wie es in Berlin ist, anständige Handwerker zu finden, ist es, anständige Chefs zu finden. Es klingt so blöd, wie aus dem Fernsehen, aber Weber Bau ist eine Familie. Mein Papa ist früh gestorben und …«, sie zuckte die Schultern, »na ja, Walter ist ein bisschen Vaterersatz, schätze ich. Deshalb bin ich froh, dass er geradeaus ist. Auch wenn er sich jetzt eh seinen Teil denkt.«

»Sie hatten was miteinander?«, fragte Caro, und Nora seufzte.

»Jein.«

Sie machte eine kurze Pause, in der sie Glitzerpartikel von ihren Fingernägeln kratzte. »Er hat mir gefallen«, murmelte sie. »Thorsten sieht gut aus. So richtig gut. Nicht auf diese Mallorca-Party-Art, sondern eher wie ein Musiker. Ein Tagträumer. Genau mein Typ.«

»Wussten Sie, dass er eingesessen hatte?«

Nora nickte. »Natürlich. Ich erinnere mich noch gut. Walter hat uns vorher gefragt, ob wir offen dafür seien, so jemanden im Team zu haben. Alle sagten, sie seien bereit, ihm eine Chance zu geben. Niemand wollte vor Walter wie ein Arschloch dastehen. Aber dann haben sie es ihn doch spüren lassen, Thorsten meine ich. Dass sie nichts mit ihm zu tun haben wollten. Hier in der Firma ging es, aber draußen auf Baustelle hat niemand mit ihm gesprochen, und er durfte nur die Zuarbeiten machen. Sie haben ihn aktiv ausgeschlossen und ihm eben keine Chance gegeben. Das hat mir leidgetan. Also hab ich mich um ihn gekümmert. Am Anfang. Hab ihm alles gezeigt, hab Walter gesagt, dass er mit auf meine Baustellen kommen kann und so weiter.«

»Es hat Sie also nicht beunruhigt, so jemanden um sich zu haben?«

Sie schüttelte den Kopf. »Nein. Er hat ganz offen darüber gesprochen, dass er Scheiße gebaut hatte. Es war eine Bandengeschichte. Armes Elternhaus, eine Neuköllner Kindheit mit vielen Härten. Die Gang ist dann deine Familie. Das konnte ich nachvollziehen. Thorsten war zur Tatzeit siebzehn, dann zwanzig, als er verurteilt wurde.«

»Das heißt, er ist jetzt Ende zwanzig?«

Nora nickte. »Wir haben uns gut verstanden. Er war witzig, charmant, aber zurückhaltend. Intelligent und belesen, was mich überrascht hat. Er konnte über deutlich mehr Themen reden als ich. Das hat mir imponiert. Irgendwann hat er mich dann gefragt, ob ich mit ihm ausgehen möchte. Am Wochenende. Und ich hab zugesagt.«

Sie betrachtete wieder ihre Fingerspitzen und schüttelte sich. Doch es kam nichts mehr. Manne und Caro warteten eine ganze Weile, dann tauschten sie einen kurzen Blick.

Manne nickte Caro zu. Es war besser, wenn sie das allein machte. Da war er sich auf einmal sicher. Also würde er Webers Beispiel folgen. Langsam erhob er sich. »Ich geh mal ein bisschen in die Sonne«, murmelte er.

Er lief durch die Halle mit den Gerüstteilen zurück in den Hof. Dort fand er Walter Weber, der im Schatten eines Vordachs neben einem vollkommen überfüllten Aschenbecher stand und rauchte. Manne stellte sich zu ihm.

Weber drückte ihm ein paar zusammengetackerte Papiere in die Hand.

»Seine Bewerbung. Mimi hatte sie noch im System.«

»Danke«, sagte Manne und schlug die erste Seite auf. Er wusste sofort, was Nora gemeint hatte. Der Typ, der ihm vom Lebenslauf schüchtern entgegenlächelte, sah eher aus, als würde er tiefgründige, traurige Lieder über das Leben singen, und nicht wie ein Schläger.

»Sagen Sie, würden Sie Wiese einen Mord zutrauen?«, fragte Manne jetzt, und Weber schnaubte.

»Ich bin kein besonders komplizierter Typ, Herr Nowak. Zwar glaube ich, dass jeder eine zweite Chance bekommen sollte, wenn er sie verdient. Aber genauso glaube ich, dass Thorsten Wiese sie eben nicht verdient hatte. Wer einmal zuschlägt, kann es auch ein zweites Mal tun. Und ich glaube auch, dass im Prinzip jeder zum Mörder werden kann, wenn der Grund nur gut genug ist.«

Er warf Manne einen kurzen Blick zu. »Meinen Sie, er hat dem Mädchen was getan?«

»Schwer zu sagen«, antwortete Manne und blinzelte in die Sonne. »Ich habe das Gespräch meiner Kollegin überlassen. Aber anständig behandelt hat er sie sicher nicht.«

Weber ballte die rechte Hand zur Faust. »Ich hätte diese Ratte niemals in mein Haus lassen dürfen.«

Manne schüttelte den Kopf. »Im Gegenteil. Sie haben etwas sehr Gutes getan. Ich war viele Jahre Polizist, und wenn ich eines weiß, dann, dass eine gelungene Resozialisierung der beste Schutz vor einem Rückfall in die Kriminalität ist, ganz besonders bei jungen Tätern. Viele Leute scheuen sich, Verurteilte einzustellen, doch wenn Sie wirklich zum Schutz der Gesellschaft beitragen wollen, dann ist das der beste Weg. Und in vielen Fällen gelingt es auch gut. Es ist nur Pech, dass Wiese offenbar keine gute Wahl war.«

Weber grunzte. »Wenn Sie ihn sehen, verpassen Sie ihm eine von mir.«

Manne lachte auf. »Das wäre eher kontraproduktiv. Wir wollen ja erst mal nur mit ihm reden. Auch wenn ich nach Ihrer Beschreibung da immer weniger Lust drauf habe.«

Die Tür zur Halle quietschte, und Caro kam blinzelnd auf den Hof hinaus. Suchend sah sie sich um.

»Haben Sie Schnaps?«, rief Caro ohne Einleitung, als sie sie im Schatten entdeckte. Sie ging auf sie zu.

Der Bauunternehmer schaute verdutzt drein, bejahte aber. »Ich hab immer 'n bisschen was da fürs Richtfest.«

»Gut. Geben Sie Ihrer Nora einen Doppelten und schicken Sie sie nach Hause.« Caro erhob den Zeigefinger. »Aber stellen Sie keine Fragen! Sonst bekommen Sie es mit mir zu tun.«

Weber musterte Caro, als sähe er sie zum ersten Mal. »Sie haben nicht zufällig ein Handwerk gelernt?«

Caro grinste und schüttelte den Kopf. »Leider nicht.«

»Zu schade. Sie würden hier gut reinpassen.«

»Wenn ich Lust habe, noch einmal was ganz anderes zu machen, melde ich mich sofort bei Ihnen. Das hier scheint ein guter Ort zu sein«, sagte Caro, und Manne konnte sich durchaus vorstellen, dass Caro Herrn Weber eines Tages wirklich anrufen würde.

KAPITEL 17

»Du fährst«, sagte Caro und ließ sich in den Beifahrersitz fallen.
»Wieso?«, fragte Manne.

Bevor er einstieg, schob er den Fahrersitz nach hinten, sodass er überhaupt hinters Lenkrad passte. Weil Caro so klein war, zog sie ihn immer bis zum Anschlag nach vorne.

»Ich muss das Gespräch erst mal verdauen«, gab sie zurück.

»So schlimm?«, fragte Manne, und Caro seufzte. Was sollte sie denn darauf antworten?

»Das Schlimme ist, dass die meisten Frauen kein großes Ding aus so was machen. Kaum jemand geht zur Polizei, aus Angst, aus Scham. Das ist doch quasi eine Einladung für solche Typen.«

»K.-o.-Tropfen?«, fragte Manne knapp, und Caro nickte. Sie dachte daran, wie viele Frauen mit ähnlichen Geschichten sie kannte. Dachte an Greta – und wischte diese Gedanken dann ärgerlich zur Seite. Das brachte doch eh nichts.

»Was hat er getan?«

Caro massierte sich die Schläfen. Sie fühlte sich schlecht dabei, Manne zu berichten, was sie gerade gehört hatte. Als würde sie eine Freundin verraten, die ihr etwas im Vertrauen erzählt hatte. Aber Manne nicht einzuweihen, war natürlich keine Option.

»Das ist ja das Problem. Nora weiß es nicht. Sie ist nackt bei ihm zu Hause aufgewacht. Eine schäbige, aber ziemlich große Wohnung, wie sie erzählte. Er hat sie ohne viele Worte vor die Tür gesetzt. Erst draußen hat sie gemerkt, dass ihr Portemonnaie komplett leer war und ihre Kreditkarte fehlte. Offenbar war er damit schon unterwegs gewesen, während sie noch bewusstlos in seiner Wohnung gelegen hatte. Er hatte das Limit ausgereizt. Auf ihrem Konto fehlten 2000 Euro.«

»Scheiße«, sagte Manne, und Caro lachte, weil es mit so viel Nachdruck und wie aus der Pistole geschossen gekommen war.

»Kann man so sagen.«

»Und sie ist nicht zur Polizei gegangen?«

Caro schüttelte den Kopf. »Nein, diese Demütigung wollte sie sich ersparen, und ich kann es ihr nicht wirklich verdenken. Wir alle wissen, dass viel zu oft in solchen Fällen den Opfern die Schuld in die Schuhe geschoben wird. Immerhin zeigt der Chatverlauf der beiden eindeutig, dass sie verabredet waren. Sie waren gemeinsam feiern, an einem Samstag.«

»Ja, aber was ist mit dem Geld? Hat sie das einfach abgeschrieben?«

»Wiese hat wohl eiskalt behauptet, die beiden hätten in der Nacht alles gemeinsam auf den Kopf gehauen. Sie könne sich nur nicht mehr erinnern, weil sie so betrunken gewesen war. Das Schlimme ist: Sie weiß bis heute nicht, ob es stimmt. Und sie hat sich so geschämt. Was sie aber weiß, ist, dass Wiese sie in der Firma nach dieser Nacht mit dem Hintern nicht mehr angeschaut hat. Er hatte schlicht kein Interesse mehr an ihr, und sie ist sich sicher, dass er einfach keinen Nutzen mehr darin gesehen hat, sich mit ihr abzugeben.«

Manne schüttelte den Kopf. »Was für ein Arsch.«

Caro nickte. »Ja. Danach hat er sich Maik an die Fersen geheftet. Und wenige Monate später sind beide ja dann auch gegangen.«

»Die Sache stinkt auf jeden Fall zum Himmel.«

»Und zurück«, nickte Caro.

Manne kratzte sich nachdenklich am Kinn. »Nach allem, was wir so gehört haben, müssen wir uns diesen Wiese unbedingt genauer anschauen. Gerade weil die beiden eine gemeinsame Firma hatten, die offenbar gut Geld abgeworfen hat.«

»Tja«, sagte Caro und lächelte. »Dann kannst du ja froh sein, dass Nora sich seine Adresse eingeprägt hat.« Sie zog ihr Notizbuch aus der Tasche. »Hochstädter Straße 4«, las sie vor. »Hinterhaus, Erdgeschoss.«

»Das ist im Wedding.« Manne seufzte. »Schön, dass wir da im Prinzip gerade herkommen.«

»Als Detektiv lernt man die eigene Stadt definitiv noch einmal neu kennen«, sagte Caro und grinste.

»Sollen wir fahren?«

Manne runzelte die Stirn. Er wirkte besorgt. »Ich weiß nicht, Caro.«

»Was weißt du nicht?«

»Der Typ klingt nicht ungefährlich. Wer kann schon vorhersehen, was er alles in seiner Wohnung haben wird? Das letzte Mal, dass wir einfach in eine Wohnung rein sind, hat es uns fast das Leben gekostet. Wir sind wieder nicht bewaffnet.«

»Das stimmt natürlich. Es wäre besser, wir könnten ihn an der Firmenadresse abfangen.«

»Wo war das noch mal?«

»Tiroler Straße 14 in Pankow«, antwortete Caro, und Manne nickte.

»Das klingt schon besser. Fahren wir erst mal dahin. Jetzt ist eigentlich genau die Zeit, zu der sich Handwerker auf den Heimweg machen. Vielleicht haben wir ja Glück, und Wiese hat noch etwas in der Tiroler Straße zu erledigen, bevor er nach Hause fährt. Dann können wir immer noch in die Hochstädter fahren.«

»Du hast recht«, stimmte Caro ihm zu. »Es ist ja auch gar nicht klar, ob er überhaupt noch da wohnt. Nora hat das Apartment als schäbig und spärlich möbliert beschrieben. Kein Ort, an dem jemand wohnen würde, der Geld hat.«

»Andererseits ist es wirklich schwer, in dieser Stadt eine Wohnung zu finden. Für verurteilte Straftäter gilt das insbesondere.«

Manne fuhr vom Hof des Bauunternehmers, und Caro machte

es sich mit ihren Notizen auf dem Beifahrersitz bei leicht heruntergekurbeltem Fenster gemütlich.

»Wir müssen herausfinden, ob Maik eine Schrotflinte hatte. Gibt es ein zentrales Waffenregister oder so was?«, fragte sie.

Manne winkte ab. »Schrotflinten werden oft in Familien weitergereicht. So was, das schon der Vater im Gartenhaus hatte, um Füchse zu vertreiben. Hatte meiner auch. Wenn Maik nicht im Schützenverein war, glaube ich nicht, dass wir was finden. Und da wir nicht vom LKA sind, würde man unsere Anfrage beim Waffenregister vielleicht Ostern im nächsten Jahr beantworten oder so.«

Caro zog ihr Telefon aus der Tasche und wählte eine Nummer. »Ich frag einfach Nicole«, sagte sie dann und hielt sich das Telefon ans Ohr. Doch Maiks Frau hob nicht ab.

Sie bogen von der Mühlenstraße aus in das Tiroler Viertel und standen kurz darauf vor dem Haus Tiroler Straße 14.

Caro war einigermaßen verwirrt. Es handelte sich um ein reines Wohnhaus in einer reinen Wohngegend. Lauter Häuser aus den Fünfzigerjahren, große Balkone, gemähte Rasenflächen, ein Discounter, Parkplätze. Das war's. Nichts deutete darauf hin, dass eine Firma hier Geschäftsräume hatte.

Sie stiegen aus und gingen auf die Haustür zu, um auf die Klingelschilder zu sehen. Es war ein buntes Sammelsurium aus handgeschriebenen und ausgedruckten Klingelschildern, teilweise dutzendfach überklebt, wie in Berlin üblich. Doch was sie suchten, fanden sie nicht.

»Kein Wiese, kein Reuter«, stellte Manne fest.

»Und keine Baufirma«, ergänzte Caro seufzend.

»Überrascht mich jetzt nicht. Wahrscheinlich hat Maik seiner Frau einfach einen Bären aufgebunden.«

»Aber irgendwoher muss das ganze Geld für das Haus doch gekommen sein …«, murmelte Caro, deren Augen noch einmal über die Klingelschilder wanderten. »Und Nicoles Schmuck ist ja nur ein Zubrot. Er musste die Familie ernähren und den Garten finanzieren, dann noch zwei Autos. Du hast Nicole gehört, Urlaub war trotz Bauprojekt auch noch drin.«

Sie drückte auf die unterste Klingel mit dem Namen *Fritz* darauf, und wenig später ertönte ein »Hallo?« aus der Gegensprechanlage.

»Detektei Nowak und Partner«, sagte sie, und Mannes Brauen schossen in die Höhe. »Dürfen wir kurz reinkommen? Wir haben eine Frage.«

Die Tür summte, Caro drückte sie auf.

Das Erdgeschoss lag im Hochparterre; sie erklommen einen kleinen Treppenabsatz und sahen sich kurz darauf einem älteren Mann gegenüber, der sie neugierig, aber auch leicht kritisch musterte.

»Detektei haben Sie gesagt?«

Manne und Caro nickten. »Ja, aber keine Sorge, es geht nicht um Sie«, sagte Manne freundlich, woraufhin die Schultern des Mannes sich entspannten.

»Worum geht es denn dann?«, wollte Herr Fritz wissen, jetzt schon mit deutlich größerer Neugier.

Manne zog die Bewerbungspapiere von Thorsten Wiese hervor und schlug sie auf. »Wir sind auf der Suche nach diesem Mann. Er soll angeblich hier im Haus eine Wohnung gemietet haben, von der aus er ein Gewerbe betreibt. Haben Sie ihn schon mal gesehen?«

»Ein Gewerbe?«, wiederholte der Mann perplex. »Was denn für ein Gewerbe?«

»Ein Bauunternehmen. Aber hier soll sich nur ein Büro befinden.«

Herr Fritz runzelte die Stirn. »Wir haben hier kein Gewerbe. Weder vertikal noch horizontal. Zeigen Sie mal her.«

Manne reichte das Blatt mit dem Foto von Thorsten Wiese rüber. Der Mann nestelte eine Brille aus seiner Gesäßtasche und setzte sie sich auf die Nasenspitze. Dann betrachtete er das Foto ausgiebig, schüttelte aber irgendwann den Kopf. »Vielleicht war so jemand mal hier. Aber hier wohnen tut er nicht. Oder arbeiten oder was.«

Manne nickte und steckte das Foto wieder ein, während Caro auf ihrem Handy herumtippte.

»Und was ist mit dem hier?« Sie hielt Herrn Fritz das Foto vom Sommerfest der Anlage in Rosenthal unter die Nase. Caro hatte es bei Schmittchen abfotografiert, für den Fall der Fälle. Nun hatte sie Maiks Gesicht herangezoomt.

»Ja, den kenn ich«, sagte Herr Fritz und lächelte. »Das ist Mirko.«

Manne und Caro tauschten einen kurzen Blick. Bingo, dachte Caro.

»Mirko ist Ihr Nachbar?«, fragte Manne.

Fritz nickte. »Ja, ein netter Kerl, aber ich sehe ihn nicht oft. Ist 'n Pendler, arbeitet unter der Woche in Frankfurt/Oder. Er ist nur am Wochenende hier.«

»Und wissen Sie, was er arbeitet?«

Fritz verzog das Gesicht. »Irgendwas mit Immobilien. Ist ein ganz schicker, der Mirko. Immer die besten Autos, immer die teuersten Anzüge. Aber eigentlich ein ganz Handfester. Ich mag ihn, auch wenn er manchmal 'ne zu große Klappe hat.«

»Haben Sie viel mit ihm zu tun?«, fragte Caro, und Fritz legte den Kopf schief.

»Ich bin Frührentner und hab viel Zeit. Deshalb pflege ich draußen die Beete und mach mich rund ums Haus 'n bisschen nützlich. Ich kenne alle Nachbarn, unterhalte mich gern. Mirko unterhält sich auch gern, also unterhalten wir uns eben öfter. Aber mehr ist da nicht.« Er runzelte die Stirn. »Warum wollen Sie das eigentlich alles so genau wissen?«

»Weil er erstens nicht Mirko hieß, sondern Maik, und zweitens ziemlich tot ist«, stieß Caro hervor, weil sie sich fest vorgenommen hatte, nicht immer Manne den Vortritt bei den unangenehmen Aufgaben zu lassen.

Herr Fritz stand eine Weile wie versteinert da und starrte Caro an. Dann bekam er einen Hustenanfall, der so heftig war, dass sie begann, sich Sorgen um ihn zu machen. Hätte sie vielleicht doch nicht mit der Tür ins Haus fallen sollen? Gab es überhaupt eine gute Art, vom Tod eines Menschen zu berichten?

»Tut mir leid, ich wollte Sie nicht schockieren«, sagte sie schließlich und fluchte innerlich. Verkackt, verkackt, verkackt.

Doch Fritz, der sich wieder gefangen hatte, winkte ab. »Kurz und schmerzhaft ist mir so wat am liebsten. Aber sind Sie sicher, dass wir vom selben Mann sprechen?«, fragte er schließlich.

»Wenn Sie sicher sind, Ihren Nachbarn auf dem Foto erkannt zu haben«, sagte Caro, »dann ja.«

Fritz sah eine Weile auf seine Fußspitzen, und Caro hätte einiges gegeben, um zu wissen, was in dem Mann gerade vorging. Sie selbst hatte noch nie zwischen Tür und Angel und vollkommen unvorbereitet vom Tod eines Menschen erfahren, worüber sie wirklich, wirklich froh war.

»Dann kommen Sie besser mal rein«, sagte Fritz schließlich und öffnete seine Wohnungstür.

Wenige Minuten später stiegen sie mit einem Wohnungsschlüssel in der Hand die Stufen zum vierten Stock hoch. Caros Herz klopfte wie wild, obwohl sie diesmal ja so gut wie sicher sein konnten, dass sie niemand bei ihrer Durchsuchung stören würde.

»Ich kann es immer noch nicht fassen, dass du ihn einfach nach den Schlüsseln gefragt hast«, sagte Manne, und Caro schüttelte den Kopf.

»Ich kann nicht fassen, dass du nicht gefragt hast. Das lag doch auf der Hand. Viele Nachbarn haben Schlüssel beieinander hinterlegt, falls mal was ist. Und wenn Maik meist am Wochenende hier war, Herr Fritz dafür aber eigentlich immer, ergibt das doch Sinn.«

»Ich kann darüber hinaus nicht fassen, dass er uns die Schlüssel gegeben hat«, ergänzte Manne, was Caro zum Lachen brachte.

»Ich auch nicht. Kein besonders zuverlässiger Hüter der Schlüssel. Aber uns spielt es in die Hände.«

»Wenn wir Nicole erreichen würden, hätte ich weniger Probleme damit.«

»Sie hat bestimmt nichts dagegen«, versicherte Caro und war im Stillen froh, dass Nicole Reuter noch immer nicht an ihr Handy ging. »Wir handeln ja mit ihrem Segen. Außerdem möchte ich eigentlich nicht diejenige sein, die ihr erzählt, dass Maik unter einem anderen Namen eine Wohnung gemietet hat und sich als Immobilienfuzzi ausgab.«

Manne brummte, beschwerte sich aber nicht weiter.

Sie erreichten den dritten Stock und zogen sich Handschuhe über. Caro setzte auch noch eine dünne Mütze auf und achtete darauf, dass keine Haare herausschauten. Sicher war sicher. Dann schloss sie die Wohnung auf, auf deren Klingelschild der Name *Retter* stand. Eigentlich hätte es ihr schon unten auffallen müssen, die Abänderung des Nachnamens war doch sehr gering. Und um von Maik zu Mirko zu kommen, war auch nicht viel Kreativität vonnöten.

Sie drückte die Tür auf, und wenig später stand sie mit Manne leicht verwirrt in einem klassischen Ferienapartment. Jedenfalls war die kleine Wohnung so aufgeräumt und unpersönlich wie eines. Und genauso preiswert eingerichtet. Penibel sauber und ordentlich erstreckte sich der mit Laminat ausgelegte Flur vor ihnen; an der billigen Garderobe hing kein einziges Kleidungsstück, es standen keine Schuhe herum und der Schirm, der in der Ecke an der Wand lehnte, trug das Logo irgendeiner Firma. Der Spiegel war geputzt, und die beiden Fotos in den Rahmen, die Aufnahmen aus Berlin-Mitte zeigten, hingen leicht schief, vermutlich, weil die Rahmen aus preiswerter Pappe bestanden.

»Okay«, sagte Caro gedehnt. »Das hatte ich nicht erwartet.«

»Was hattest du denn erwartet?«, fragte Manne, der sich mit abwesender Miene umsah.

»Etwas mit mehr Aussagekraft. Nicht die Reproduktion jeder Ferienwohnung, die ich jemals online gebucht habe.« Caro seufzte. »Okay. Du rechts, ich links.«

Rechts vom Flur gingen die Küche und das Badezimmer ab, links das Schlafzimmer und das Wohnzimmer.

»Wenn alles so aussieht wie dieser Flur, sind wir in fünf Minuten durch«, brummelte Manne und verschwand im Bad.

Caro ging zuerst ins Schlafzimmer. Hier waren immerhin zarte Zeichen menschlichen Lebens zu erkennen. Im Schrank hingen mehrere teure Anzüge, darunter standen blank geputzte Schuhe in Reih und Glied auf einer Resopalablage. Es gab Krawatten, Hüte und sogar mehrere Sonnenbrillen, alles sauber und ordentlich einsortiert. Dann noch eine Auswahl Chino-Hosen und Freizeithemden, Strickpullover in Pastelltönen sowie eine teure Sporttasche. Damenkleidung fand sie nicht, dafür im zweiten Teil des Schrankes eine große Menge hochwertiger Bettwäsche und Handtücher. Auf dem Nachttisch lag irgendein skandinavischer Krimi, ein zwei Jahre altes Kinoticket diente als Lesezeichen.

Sie beugte sich runter und schnupperte. Das Bett war frisch bezogen, das ganze Schlafzimmer roch gut und frisch. Caro schlug die Decken zurück und betrachtete die Kopfkissen, konnte aber keine Haare finden. Ob hier zuletzt eine oder zwei Personen geschlafen hatten, war unmöglich zu sagen.

Sie kniete sich vor das Bett und schaute darunter. Tatsächlich entdeckte sie ganz hinten an der Wand eine dunkle Duffel Bag, die sie zu sich heranzog und vorsichtig öffnete.

Im Inneren befand sich ein Set gebrauchter Arbeitskleidung –

ein Geruch wie auf der Baustelle schlug ihr entgegen. Die Hose stand fast vor Staub und Zement, die Schuhe waren abgetragen und ebenfalls voller Baustellenschmutz. Es war das erste Zeichen dafür, dass hier tatsächlich ein Handwerker gewohnt oder sich zumindest aufgehalten hatte.

Caro kontrollierte die Konfektionsgröße auf dem T-Shirt-Etikett und verglich diese anschließend mit den Hemden und Anzügen im Schrank. Dasselbe machte sie mit den Schuhen. Die Größen passten zusammen, was ein Hinweis darauf war, dass die Klamotten ein und derselben Person gehört hatten. Es war zwar kein Beweis, aber immerhin.

Sonst war im Schlafzimmer allerdings nichts zu holen, weshalb sie weiter ins Wohnzimmer ging. Auf dem Flur traf sie auf Manne.

»Und?«

»'ne angebrochene Zahnpasta, eine benutzte und ein paar eingeschweißte Zahnbürsten. Zwei Packungen Kondome, beide noch geschlossen. Deo und Putzzeug und sonst nichts. Ach doch: ein ganzer Haufen so Badezusatz. In abgepackten Tütchen.«

»Die für eine Badewanne reichen?«, fragte Caro, und Manne nickte. »Was für eine Umweltsünde, dagegen sind meine Eisportionen im Becher ja gar nichts. Ich habe sehr viele teure Klamotten, einen Kriminalroman, ein altes Kinoticket und eine Tasche mit Baustellenklamotten gefunden. Die Größen passen zusammen. Könnte derselben Person gehört haben. Allerdings sieht bis auf die Bauklamotten nichts nach Maik Reuter aus. Aber schau sie dir mal an, du kanntest ihn ja ein bisschen«, sagte Caro, weil sie das Gefühl hatte, diese merkwürdige Zusammenstellung von Kleidung könnte wichtig werden, auch wenn sie noch nicht wusste, wofür.

Die Wohnzimmereinrichtung war ebenfalls in einem Laden für günstige Möbel von der Stange zusammengestellt worden. Alles wirkte, als sei es ungefähr zum gleichen Zeitpunkt und vor noch nicht allzu langer Zeit gekauft worden. Es gab ein graues Ecksofa mit Schlaffunktion und einen Couchtisch aus Glas, einen großen Fernseher in einem TV-Möbel, in dem sonst noch eine Stereoanlage und ein paar wahllos gekaufte Dekoartikel vor sich hin staubten, sowie eine Vitrine mit Gläsern.

Es waren allesamt Wein- oder Sektgläser.

»Hey, Manne!«, rief sie. »Siehst du in der Küche irgendwelche Biergläser?«

Sie hörte die Schranktüren klappern. »Nein«, kam die Antwort.

»Flaschenöffner? Frühstücksbrettchen mit albernen Sprüchen?«

»Fehlanzeige.«

Sie ging zu ihm in die Küche. Manne lehnte sich mit verschränkten Armen gegen das Fensterbrett, und Caro stellte sich in den Türrahmen.

»Das ist doch merkwürdig!«, sagte sie. »Wenn ich nicht wüsste, dass Maik hier gewohnt hat, zumindest am Wochenende, würde ich denken, dass … ich weiß nicht.«

Manne nickte. »Dass das hier eine Ferienwohnung ist oder tatsächlich nur zum Schlafen von jemandem benutzt wird, der den ganzen Tag zu tun hat. Aber selbst dann hätte sich hier mehr Persönliches angesammelt.«

»Wenn sie die Wohnung an Touristen vermietet hätten, dann hätte das nicht so viel Geld gebracht. Jedenfalls nicht bei nur einer Wohnung.« Caro zog eine Schublade auf. Sie war leer.

»Und nicht in dieser Lage. Viel zu erleben gibt es hier schließlich nicht«, fügte sie hinzu.

Aus einer Laune heraus öffnete sie den Kühlschrank. Darin standen eine Flasche Wein, eine Flasche Sekt, eine Schale mit mittlerweile angefaulten Erdbeeren sowie ein Glas Oliven.

»Sonst noch was Essbares?«, fragte sie.

Manne schüttelte den Kopf. »Nada. Wenn ich es nicht besser wüsste, würde ich fast denken, Maik war ein Spion.«

»Wie meinst du das?«

»Na ja. Spione in geheimer Mission haben oft Wohnungen, in denen alles gelagert wird, das zu ihrer anderen Identität gehört. Auch verdeckte Ermittler zum Beispiel. Die Wohnung ist dann so was wie eine Schleuse zwischen den beiden Realitäten. Dazu würde auch passen, dass die Firma nicht zu existieren scheint.«

»Aber er hat ja als Maurer gearbeitet, und alle, die ihn kannten, beschreiben ihn als nicht sehr subtil«, hielt Caro dagegen, was Manne zum Lachen brachte.

»Schön ausgedrückt«, sagte er, und Caro tippte an eine imaginäre Hutkrempe. »Maik Reuter war so subtil wie eine Abrissbirne.«

»Aber klar ist, dass er ein Doppelleben geführt hat«, fuhr sie fort. »Herr Fritz hat ihn eindeutig identifiziert, diese Adresse diente als seine Firmenadresse, und die Anzüge und Klamotten, die ich gefunden habe, passen zu seiner Statur und haben alle dieselbe Größe. Wir können also schon davon ausgehen, dass Maik Reuter diese Wohnung genutzt hat.«

»Da stimme ich dir absolut zu. Und es muss auch er und nicht Thorsten Wiese gewesen sein, weil sich hier eben nur Kleidung in größeren Größen befindet, und Thorsten Wiese ein eher schlanker Typ ist. Gut. Fassen wir mal zusammen, was wir haben …« Manne zählte auf: »Einen Mann, der vorgibt, jemand anderes zu sein. Nämlich ein Immobilienmakler, der unter der Woche woanders arbeitet. Wir haben eine spärlich eingerichtete Wohnung, die weder Büro noch Lager ist, sondern einem anderen Zweck dient, den wir nicht kennen. Wir haben kaum Essen, kaum persönliche Gegenstände. Aber doch Hinweise darauf, dass hier jemand zumindest Zeit verbracht hat.«

»Wir haben ausschließlich Wein- und Sektgläser, dabei war Reuter der klassische Biertrinker. Oder, Manne?«

»Ich hab ihn nie mit was anderem gesehen. Nicht mal mit 'ner Limo.«

»Es gibt keine Hinweise darauf, dass er hier mit jemand anderem zusammengelebt hat«, ergänzte Caro. »Aber eine große Menge an Handtüchern und Bettwäsche, Sekt, Wein, Erdbeeren und Oliven. Alles in allem schon Hinweise auf ein Liebesnest.«

Manne verzog das Gesicht. »Ich möchte mir das nicht vorstellen«, sagte er.

Caro grinste. »Tust du aber gerade. Außerdem sind wir, glaube ich, noch nicht ganz auf der richtigen Spur. Für eine Affäre hätte er doch nicht diesen Aufriss betreiben müssen. Geheime Wohnung? Von mir aus. Aber die Anzüge und Accessoires im Schrank waren echt teuer. Die müssen für was gut gewesen sein. Die Idee mit der Schleuse finde ich nicht schlecht. Er hat sich als jemand ausgegeben, der er nicht war. Sich reicher und weltgewandter gemacht. Warum?«

Manne nickte. »Wenn wir uns den ganzen Kerl anschauen, dann stellen wir fest, dass er immer wieder versucht hat, sich größer zu machen, als er war. Im Vorstand des Vereins, vor seinen Nachbarn in Wandlitz, vor Herrn Fritz. Gleichzeitig hatte er immer Geldprobleme. Das alles hier ist zwar nichts Besonderes, von der Kleidung mal abgesehen, kostet aber doch Geld. Es muss daher einem bestimmten Zweck gedient haben.«

»Nämlich, Geld zu verdienen«, ergänzte Caro. »Das ist der Schlüssel zu allem anderen.«

»Ja, das denke ich auch. Maik war kein kreativer Mann, das zeigt seine zweite Identität deutlich. Aus Maik Reuter wurde Mirko Retter, etwas, das man sich gut merken kann und im Ernstfall vielleicht sogar mal als Versprecher durchgehen würde. Und er hat diese Wohnung sogar seiner Frau gegenüber als Geschäftsadresse ausgegeben. Wenn er hier wirklich ständig Liebschaften getroffen hätte, dann hätte er Nicole doch wohl kaum einfach die Adresse gegeben. Immerhin hätte sie hier zuallererst gesucht, wenn er mal nicht aufgetaucht wäre.«

»Als er Freitagnacht nicht heimkam, ist sie allerdings nicht hier gewesen«, gab Caro zu bedenken. »Jedenfalls hat sie nichts darüber gesagt.«

»Sie hat ja auch nicht damit gerechnet, dass er hier sein könnte. Immerhin war er vorher in der Anlage, und es war Freitagabend.«

»Gut, das ist ein Punkt.« Sie nickte. »Wenn wir jetzt davon ausgehen, dass er nicht die allerhellste Kerze auf der Torte war«, nahm Caro den Faden wieder auf, »dann hatte diese Wohnung etwas mit Geschäften zu tun. Nur eben nicht mit dem Bau. Sondern mit etwas anderem. Er könnte Escort oder so was gewesen sein. Immerhin war Maik ein Frauentyp.«

»Warum auch immer«, murmelte Manne.

»Fällt dir sonst noch was ein?«

»Nicht wirklich. Aber ich bin mir trotzdem sicher, dass es das nicht ist.«

»Wir sollten dennoch ein zweites Mal jede Schublade und jedes Dekokästchen ganz genau anschauen, ob wir einen Hinweis darauf finden, was hier gelaufen sein könnte.«

»Okay«, sagte Manne. »Eine halbe Stunde. Länger halte ich es in diesem Kabuff nicht mehr aus. Außerdem möchte ich nicht mehr vor Ort sein, wenn Lohmeyer und Konsorten hier eintrudeln.«

Sie durchsuchten alles ein zweites Mal und fanden nichts von Interesse, allerdings gab es eine Schublade mit auffallend vielen Bewirtungsbelegen teurer Restaurants. Caro sah sie sich genau an. Borchardt. Cookies and Cream. Tim Raue. Nobelhart und Schmutzig. Alle großen Namen der Stadt und jedes Mal war ordentlich getafelt worden. Weder Caro noch Manne hätten gedacht, dass jemand wie Maik Reuter solche Restaurants besuchte.

»Es wirkt so, als wären sie jedes Mal zu dritt gewesen«, bemerkte Caro, die sich die einzelnen Rechnungen ganz genau ansah.

»Sechs große Bier, drei Weißwein. Drei Martini. Drei Mal Nachtisch.« Sie nahm die nächste Rechnung. »Vier große Bier und zwei Gläser Rotwein. Zweimal Entrecote und einmal Wachtel. Und hier. Borchardt. Dreimal das berühmte Wiener Schnitzel.« Sie runzelte die Stirn. »Sechsundzwanzig Euro für ein Schnitzel mit Kartoffelsalat.«

»Soll aber sehr gut sein«, bemerkte Manne, der ebenfalls die Rechnungen studierte. »Trotzdem ist mir Petras Kartoffelsalat lieber.«

»Warst du denn schon mal im Borchardt?«

»Ne. Hab doch keinen Grund. Meine Frau macht den besten Kartoffelsalat und Punkt. Um das zu wissen, muss ich nicht alle Salate probieren.«

Caro legte ein paar der Rechnungen nebeneinander. »Kommt es dir auch so vor, als hätten immer zwei Männer und eine Frau gegessen?«

Manne nickte. »Wirkt so, ja.«

»Nicole war es definitiv nicht. Sie sagte ja, sie hätte kaum was mit Wiese zu tun gehabt. Und ich wette, Thorsten Wiese war immer das andere Bier.«

»Schön formuliert.« Manne lächelte. »Vielleicht hatte Wiese ja mittlerweile doch eine Partnerin.«

»Aber warum wusste Nicole nichts davon, wenn es so war?« Caro schüttelte den Kopf. »Nein. Diese Rechnungen gehören zu Maiks Doppelleben. Genau wie diese Wohnung und die Anzüge. Das alles hängt zusammen.«

»Nur wie?«

»Das ist die Frage.«

»Wir müssen mit Thorsten Wiese sprechen«, sagte Manne. »Da führt kein Weg dran vorbei.«

»Dafür müssen wir ihn aber erst mal finden«, erwiderte Caro.

In Mannes Hosentasche vibrierte es, und er warf stirnrunzelnd einen Blick auf das Display.

»Irgendeine Handynummer«, murmelte er. Dann ging er ran. »Nowak und Partner?«

Caros Magen hüpfte bei diesen Worten ein Stück. Wie immer, wenn sie es selbst sagte oder es jemand anderen sagen hörte. Sie hatte sich immer noch nicht ganz daran gewöhnt, jetzt Detektivin zu sein. Es zu hören oder auszusprechen, ohne sich wie eine Hochstaplerin zu fühlen. Dabei hatte sie mittlerweile ja sogar die Prüfung abgelegt.

»Ja«, hörte sie Manne sagen. »Ja, ich erinnere mich. Ja … Nein, das ist kein Problem.«

Er lachte.

»Sind Sie noch in Pankow? … Das trifft sich gut. Kommen Sie doch in das Vereinsheim Bornholm 2. Wissen Sie, wo das ist? … Gut. Wir warten dort auf Sie. Gut. Gut. Bis gleich!«

Er legte auf, und Caro schaute ihn erwartungsvoll an.

»Das war Carsten Blume.«

»Schöner Name«, erwiderte sie. »Aber wer ist das?«

»Der nette Mitarbeiter aus Lohmeyers Team. Vom LKA.«

Jetzt erinnerte Caro sich. »Der dich gegrüßt hat, Samstag?«

»Genau der«, bestätigte Manne. Er sah aus, als käme Weihnachten in diesem Jahr früher.

»Und warum grinst du so blöd? Was will er?«

»Mit uns reden. Meinst du, wir sind hier durch?«

»Ja, ich glaube schon. Lass mich nur noch die Rechnungen hier fotografieren«, sagte sie und fing an, ein paar der Belege abzulichten. »Aber warum will er mit uns reden?«

»Meiner Meinung nach kann das nur eines bedeuten«, sagte Manne fröhlich. »Sie stecken fest.«

KAPITEL 18

Die Kleingartenanlage Bornholm, die ganz in der Nähe der Wohnung in der Tiroler Straße lag, war schon immer eine von Mannes liebsten Anlagen gewesen. Er konnte selbst nicht so genau sagen, warum. Vielleicht, weil sie so alt war, mitten in der Stadt lag und so selbstverständlich Teil der Nachbarschaft war, wie es sonst selten der Fall war. Die Anwohner der umliegenden Miethäuser nutzten tagtäglich die Kieswege, um von A nach B zu kommen. Es war immer was los. Die Gärten waren dabei so unterschiedlich wie ihre Besitzer. Es gab einfach alles – von winzigen Hütten bis hin zu Einfamilienhäusern. Und zwei Kneipen. Die Bauernstuben und Bornholm 2. Letztere war ihr Ziel.

Manne war dort lieber als drüben in Bornholm 1, wo die Bauernstuben lagen, weil alles ein bisschen improvisierter wirkte. Eigentlich handelte es sich bei der Vereinskneipe nur um eine große Wiese mit den unterschiedlichsten Sitzgelegenheiten und um eine Hütte mit Barbereich und einem riesigen Tanzsaal, der noch genauso aussah wie zu Wendezeiten. Wenn man ihn durchquerte, um auf die Toilette zu gehen, fühlte man, wie sich das dünne Holz unter den Füßen bei jedem Schritt bog und der billige PVC-Belag Wellen schlug.

Er mochte das sehr. Als hätte jemand einen Teil seiner Jugend in ein Marmeladenglas gepackt und fest verschlossen. Es roch sogar nach früher.

»Hier ist es wirklich nett«, sagte Caro mit einem Seufzer, als sie sich auf der Bank der letzten freien Sitzgruppe niederließ. An einem solchen Abend war natürlich jeder Platz besetzt.

»Schön, dass es dir gefällt. Blume dürfte auch gleich da sein. Das

LKA hat sich wieder in meiner alten Polizeidirektion in der Damerowstraße einquartiert.«

Caro runzelte die Stirn. »Könnten wir da nicht einfach deinen Freund Martin wieder anzapfen?«, fragte sie, doch Manne schüttelte bedauernd den Kopf. Es war wirklich ein Jammer. Sein Freund und ehemaliger Kollege Martin hatte ihnen bei ihrem Fall mit Kalle sehr geholfen, indem er sie über die Ermittlungen auf dem Laufenden gehalten hatte. Doch der war momentan außer Gefecht gesetzt.

»Martin liegt mit Gipsbein zu Hause. Hat im Urlaub auf Sardinien die Idee gehabt, Kite-Surfen zu lernen. Es war nicht seine beste.«

Caro kicherte, und auch Manne musste beim Gedanken an seinen alten Freund und Ex-Kollegen grinsen. Es war so typisch Martin. Die Vorstellung, wie der riesige Kerl versucht hatte, auf einem Surfbrett das Gleichgewicht zu halten, während sich eine orange Schwimmweste nur mühsam über seinem Bauch schloss, versuchte er allerdings zu verdrängen.

Sie bestellten ein Bier und ein Alster.

»Schau, jetzt bekommst du doch noch dein Biergarten-Bier«, sagte Caro fröhlich und nahm einen Schluck. »Irgendwie habe ich das Gefühl, wir sitzen nur noch in Biergärten rum. Detektivarbeit fühlt sich die meiste Zeit gar nicht wie Arbeit an.«

»Die Gespräche sind eben Teil unserer Ermittlungen, Kopfarbeit muss auch irgendwo passieren, und Bier lockert die Zungen«, gab er zurück. »Außerdem war der Biergarten am Neuen See deine Idee.«

Caro sah in Richtung Tiroler Straße. »Was, glaubst du, hat Mirko Retter in der Wohnung getrieben? Wofür war sie gut?«

Manne schüttelte den Kopf. »Das kann wirklich alles Mögliche gewesen sein. Von einer harmlosen Sache, dass er zum Beispiel einen zweiten Job hatte, um alles finanziell zu stemmen, bis hin zu irgendwas Dubiosem ist alles drin.«

»Vielleicht hat er sich ja wirklich ein Beispiel an seiner Frau genommen und ist Escort geworden«, überlegte Caro laut, doch Manne schüttelte den Kopf.

»Das hast du vorhin schon angedeutet, aber du hast ihn nicht erlebt. Er hätte es nie geschafft, hinter einer Frau zurückzutreten. Und als Begleitung musst du doch genau das, oder? Dich komplett zurücknehmen, damit dein Kunde, oder in dem Fall die Kundin, eine gute Zeit hat.«

Caro nickte. »So funktioniert das, glaub ich.« Sie verzog das Gesicht. »Ich habe im Studium einmal als Hostess gearbeitet. Einmal und nie wieder, sag ich dir.«

»So schlimm?«

Sie schnaubte. »Du kannst dir gar nicht vorstellen, wie oft man gefragt wird, was es kostet, wenn man ›was extra‹ will. Als wäre es ganz normal und üblich, dass die Frau, die einem Prospekte über Mikrochips und ein paar Pfefferminzbonbons in die Hand drückt, auch Interesse am Mikrochip in der Hose hat.«

Manne prustete in sein Bier und erntete einen strengen Blick von Caro.

»Das ist nicht witzig.«

Er wurde sofort wieder ernst. »Nein, das ist es nicht. Aber du hast es witzig formuliert. Ah. Da kommt er.«

Der große Mann schob sich mit leicht ertapptem Gesichtsausdruck durch das Gartentürchen, das den Eingang zum Kneipenareal markierte, und blickte sich um. Manne hob die Hand und winkte.

»Danke, dass Sie gekommen sind«, sagte Carsten Blume lächelnd und setzte sich zu ihnen. »Und danke auch für die Ortswahl. Hier wird mein Chef sicherlich nicht zufällig vorbeikommen.«

Manne nickte. Das war tatsächlich einer der Gründe für seine Entscheidung gewesen.

»Dachten wir uns, dass Lohmeyer kein Biergartentyp ist. Sie sind also ohne seinen Segen hier?«, fragte Caro.

Blume verzog das Gesicht. »Er würde mich wahrscheinlich in der Luft zerreißen, wenn er davon wüsste. Aber ich kann Ihnen vertrauen, oder?«

»Wir haben wirklich überhaupt keinen Grund, Ihrem Chef einen Gefallen zu tun«, versicherte Caro.

Manne nickte. »Wir haben ihm angeboten zusammenzuarbeiten. Doch er hat uns abblitzen lassen.« Er zuckte die Schultern. »Da sind wir doch nicht blöd.«

Carsten Blume lächelte. »Das beruhigt mich. Und für blöd halte ich Sie beide ganz und gar nicht. Ich habe Sie auch deshalb um dieses Treffen gebeten, weil ich die Sache anders sehe als Lohmeyer.« Die Bedienung kam, und Blume bestellte sich ein Glas Rotwein. »Es war nicht richtig von ihm, eine Zusammenarbeit abzulehnen. Wir wollen doch alle dasselbe: den Fall so schnell wie möglich klären. Immerhin wissen wir nicht, ob der Täter oder die Täterin noch zu weiteren Taten in der Lage ist. Es ist ein Mörder auf freiem Fuß, dem muss man alles andere unterordnen.«

Manne nickte. »Stolz hat in unserem Beruf nichts zu suchen.« Er merkte, was er da gerade gesagt hatte, und korrigierte sich: »In *Ihrem* Beruf, meine ich natürlich.«

Doch der Kommissar winkte ab. »Einmal Bulle, immer Bulle. Hat mein Vater schon gesagt. Sie waren ein guter Kriminaler. Ich hab mir Ihre Akte angesehen. Hammerquote.« Seine Ohren liefen rot an, und Manne fiel auf, dass auch ihm noch ein bisschen wärmer wurde. Und dass Blume noch ziemlich jung war. Vielleicht sogar erst Ende zwanzig.

»Das war im Frühjahr nötig. Sie wissen schon.«

»Ich verstehe.« Er nickte, auch wenn er sich nicht gern an die Zeit erinnerte, in der das LKA gegen ihn ermittelt hatte. »Aber was

Sie verstehen müssen, ist, dass wir Ihnen keine Informationen ohne Gegeninformationen geben können.«

Blume klopfte auf den Tisch. »Das ist mir schon klar. Ich habe nicht die Absicht, hier einfach abzusahnen. Sie haben doch bestimmt besonderes Interesse an forensischen Infos, oder?«

Natürlich hatten sie das, aber Manne wollte sich nicht so einfach ködern lassen, deshalb zuckte er lässig die Achseln. »Einiges wissen wir schon. Dass es Brandstiftung war, zum Beispiel.«

Blumes Gesichtszüge entglitten ihm einen Moment. »Woher?«

»Wir waren vor Ort, als es noch brannte.« Caro lehnte sich lässig zurück. »Die Flammen waren bläulich, der Rauch auffallend weiß. Das deutet auf den Einsatz von Brandbeschleunigern hin.«

Manne hätte beinahe laut losgelacht. Caro stupste ihn unterm Tisch mit dem Fuß an und zwinkerte. Sie lernte schnell.

»Genauso ist es«, nahm Manne den Faden wieder auf. »Und wir wissen doch alle, dass es bei einem Brandtatort forensisch nicht viel zu holen gibt. Keine Fasern. Keine Fingerabdrücke. Keine genetischen Spuren. Viel können Sie uns da wohl kaum anbieten. Also mache ich Ihnen einen Vorschlag: Wir spielen ein Spiel. Es heißt ›Do ut des‹, den Ausdruck kennen Sie vielleicht noch aus der Ausbildung?«

»Bei Jura bin ich immer ein bisschen …«, Blume verzog das Gesicht, »ausgestiegen.«

»Absolut verständlich. Dann helfe ich Ihnen auf die Sprünge. Es heißt auf Deutsch: ›Ich gebe, damit du gibst.‹ Wir geben uns gegenseitig und abwechselnd Informationen. Aber keine, die vollkommen offensichtlich oder wertlos sind, und Sie fangen mit forensischen Details an, falls es welche gibt. Und kommen Sie mir nicht mit der rechtsmedizinischen Untersuchung. Die haben wir nämlich.«

»Die haben Sie auch?«

»Wir hatten die Erlaubnis vom Staatsanwalt«, bestätigte Manne ruhig. Er hatte Mitleid mit dem Kerl, der nun doch sehr nervös wirkte. »Hören Sie, Sie können auch noch zurückziehen. Dann ist hier nicht mehr passiert, als dass wir ein nettes Gespräch bei einem Feierabendgetränk hatten. Sie sind noch jung und riskieren ganz schön was, wenn Sie Ihrem Chef ans Bein pinkeln.«

»Schöner Chef, der mir aufträgt, den Hauptverdächtigen in den nächsten achtundvierzig Stunden aufzutreiben, obwohl wir keinerlei Anhaltspunkte haben. Lohmeyer hat zu mir gesagt: ›Ich verlange den Typen auf einem Silbertablett, Blume. Und zwar Mittwochabend.‹ Und dann ist er nach Hause gefahren.«

Manne nickte. Dieses Verhalten kannte er von Vorgesetzten nur allzu gut. Vor allem, wenn ein Fall ins Stocken geriet und die Verantwortlichen nervös wurden, gaben sie den Druck gern an ihr Team weiter. Manche schrien herum, andere zogen sich hinter ihre Schreibtische zurück und ließen ihre Leute die ganze Arbeit erledigen. Es war schäbig und feige, aber effektiv. Vor allem junge Beamte machten in solchen Fällen eine Nachtschicht nach der anderen, um zu erreichen, was von ihnen verlangt wurde. Das war eine der Nebenwirkungen von starren Hierarchien.

Er seufzte. »Irgendwo habe ich mal gelesen, dass der Mensch nur so gerne Fahrrad fährt, weil er gerne nach oben buckelt und nach unten tritt.«

Blume lächelte schief. »Schöner Spruch.«

»Aber denken Sie daran: Wenn Sie Wiese nicht finden, dann kann Lohmeyer Sie trotzdem nicht einfach rauswerfen. Aber wenn er Ihnen die Anweisung gegeben hat, nicht mit uns zu sprechen, sieht die Sache vielleicht schon ganz anders aus.«

»Sie wissen, dass Wiese unser Hauptverdächtiger ist?« Nun wirkte Blume regelrecht verzweifelt.

»Das war natürlich nur eine Vermutung. Wir suchen ihn auch ziemlich dringend. Wenn das alles ist, was Sie haben, sollten Sie wirklich nicht Ihren Hals riskieren.«

Blume schaute eine Weile in sein Weinglas, dann schüttelte er den Kopf. »Nein, da ist noch mehr. Und explizit verboten, mit Ihnen zu sprechen, hat mir niemand. Außerdem zeigen Sie mir ja jetzt ganz deutlich, dass es sich lohnen könnte. Lohmeyer ist auch klar, dass Sie nicht blöd sind. Das haben Sie im Frühjahr ja schon bewiesen. Er hat sogar überlegt, Sie beide zur Befragung ins Präsidium zu zitieren.«

Caro prustete. »Klar, das wäre ja auch was völlig anderes gewesen, als mit uns zusammenzuarbeiten. Was für ein …«

»Aber damit hätte er auch zugegeben, dass er sich was von Ihren Ermittlungen verspricht.«

»Und er hätte nicht damit rechnen können, dass wir mit ihm reden«, ergänzte Manne. »In welcher Welt lebt der Typ eigentlich?«

Blume hob die Brauen. »Machen Sie ihn nicht schlechter, als er ist. Seine Aufklärungsquote ist beachtlich. Seit er vor drei Jahren einen Drogenring in Neukölln ausgehoben und Drogen in Millionenhöhe beschlagnahmt hat, ist er quasi unantastbar.«

»Ach, deshalb ist er so schnell so hochgestiegen. Ich hatte mich schon gewundert«, brummte Manne, der nicht das erste Mal hörte, dass so was passierte. »Wenn er vom Drogendezernat kommt, dann erklärt das einiges.«

»Was denn?«, fragte Caro.

»Wer sich mit Drogenkriminalität befasst, der ist es gewohnt, dass die Strukturen simpel, die Verbrechen aber oft sehr brutal sind«, erklärte Manne. »Banden funktionieren streng hierarchisch. Die Wege der Drogen sind vom System her immer ähnlich aufgebaut. Wenn man lange genug an der richtigen Schnur zieht, fängt man früher oder später einen der großen Fische oder hebt gewaltige Lager aus. Große Mengen werden immer weiter verteilt, dabei immer verkleinert. Oben steht ein Boss, unten kleine Dealer, die im Zweifel den Kopf hinhalten. Wer einen Fehler macht, zahlt zum

Teil mit dem Leben. Drogenfahndung ist ein wichtiger Teil der Polizeiarbeit, aber man muss anders denken, wenn man es mit Mordfällen zu tun hat, die nichts mit Organisierter Kriminalität zu tun haben, und ich glaube, genau da liegt das Problem. Morde sind sehr oft komplett unorganisiert. Unlogisch. Chaotisch.«

Manne nahm einen Schluck Bier und wunderte sich über sich selbst. Er verstand Lohmeyer jetzt tatsächlich ein bisschen besser. Dabei wollte er das überhaupt nicht.

Blume nickte. »Lohmeyer ist hartes Durchgreifen gewohnt.«

»Und Logik«, ergänzte Manne. »Mordfälle, die meistens auf Beziehungen beruhen, sind aber ein bisschen komplexer. Zwar auch logisch, das schon. Aber nicht immer ist die Antwort, die sich auf den ersten Blick aufdrängt, die richtige.«

»Aber das ist gar nicht unser Thema, oder?«, hakte Caro ein. »Was haben Sie noch für uns?«

Blume überlegte. »Reuter wurde erschossen, aber wir haben am Tatort nichts entdeckt, was auf eine verbrannte Schrotflinte hindeutet. Zumindest eine Ansammlung geschmolzenen Metalls hätte zu finden sein müssen.«

Caro machte sich eine Notiz, und Manne nickte. Das war interessant. »Dann muss jemand mit einer solchen Waffe durch die Anlage spaziert sein. Ohne gesehen zu werden.«

»Jetzt Sie«, sagte Blume lächelnd und nahm einen Schluck Wein.

Manne überlegte, was er preisgeben sollte.

»Wiese hat eine Mitarbeiterin von Walter Weber wahrscheinlich beim Feiern mit K.-o.-Tropfen betäubt und ihr Konto leer geräumt. Ihr Name ist Nora Mertens.«

Blume hob die Brauen. »Wir haben mit ihr gesprochen, als wir vorhin bei Weber waren. Sie war sehr kurz angebunden.«

»Tja«, sagte Caro nur und lächelte. »Da hatten wir mehr Glück: Von ihr habe ich seine Privatadresse im Wedding.«

Der junge Kommissar schaute überrascht drein. »Da ist er aber nicht gemeldet.«

Caro grinste. »Wollen wir Adressen tauschen?«

»Unbedingt.« Blume zog einen Notizblock aus seiner Hosentasche. »Gemeldet ist er im Prenzlauer Berg, in der Kopenhagener Straße 20. Vorderhaus, dritter Stock.«

»Und gewohnt hat er, zumindest vor drei Jahren noch, in der Hochstädter Straße 4«, sagte Caro.

»Habt ihr die Kopenhagener gecheckt?«

»Natürlich.« Blume nickte. »Aber da lebt nur seine Mutter. Uns war klar, dass er woanders wohnen muss, aber die Mutter hat von ihrem Recht Gebrauch gemacht, die Aussage zu verweigern. Hat nur gemurmelt, dass er bestimmt bei einer seiner vielen Freundinnen ist und dass er seit dem Knast nicht mehr in seinem Bett geschlafen habe.«

»Das ist interessant. Nora beschrieb ihn auch als Frauentyp«, sagte Caro nachdenklich.

»Er sieht ja gut aus«, sagte Blume.

»Der könnte so gut aussehen, wie er will«, brummelte Caro. »Mit einem verurteilten Gewaltverbrecher würde ich nicht unbedingt ausgehen wollen.«

»Habt ihr die Hochstädter Straße schon überprüft?«, fragte Blume.

Manne schüttelte den Kopf. »Die wollten wir morgen mal ansteuern. Für uns ist es ja was anderes. Ohne seine Zustimmung kommen wir nicht in die Wohnung. Und Observation ist ziemliche Zeitverschwendung. An sein Telefon geht er ja seit Tagen nicht.«

Blume nickte. »Das ist auch der Grund, warum wir ihn so stark im Fokus haben. Er ist wie vom Erdboden verschluckt.«

»Haben Sie sonst noch was gegen ihn in der Hand? Außer, dass er nicht auffindbar ist?«, fragte Manne.

Der Kommissar legte den Kopf schief.

»Reuters gesamtes Geld wurde ihm von Wiese überwiesen. Immer mit dem Betreff *Monatsabrechnung* und dann der entsprechende Monat.«

»Das ist nicht ungewöhnlich«, sagte Manne. »Die beiden hatten eine gemeinsame Firma. Dann machte Wiese eben die Buchhaltung. Da Reuter offenbar nicht gut mit Geld umgehen konnte, war das vielleicht gar keine so schlechte Idee.«

»Das stimmt schon. Aber es waren immer glatte Beträge. Und fast immer handelte es sich um zwanzigtausend Euro.«

Manne riss die Augen auf. »Das ist viel. Und merkwürdig.«

»Oder? Welche Firma nimmt denn jeden Monat den gleichen, sehr hohen, glatten Betrag ein?«

»Habt ihr schon beim Finanzamt angefragt, wie das versteuert wurde?«

»Natürlich, aber das dauert. Genau wie die Anfrage bei der Bank von Wiese. Die müssen da erst fünf Mal überlegen, wer zuständig ist.«

»Früher hat das rund 'ne Woche gedauert.«

»Ist auch immer noch so.«

Die beiden Männer sahen einander an.

»Habt ihr die Wohnung in der Tiroler Straße schon durchsucht?«, fragte Manne.

Carsten Blume nickte langsam. »Sagen wir einfach: Wir waren schon drin. Wir haben den Mietvertrag in den Unterlagen gefunden, die wir aus Reuters Haus mitgenommen hatten.« Er lachte leise. »Mirko Retter. Also ehrlich. Im Vertrag stand auch die genaue Lage der Wohnung. Und ein Ersatzschlüssel war ebenfalls mit abgeheftet, es war also keine große Sache. Die Spusi durchzuschicken erschien uns nicht nötig. Da ist doch nichts. Genauso gut könnte man ein Hotelzimmer durchsuchen.«

»Habt ihr denn eine Theorie?«

»Tausend und keine«, sagte Blume und verzog das Gesicht. »Es muss irgendwas mit dem Geld zu tun haben. Was uns wieder zurück zu Wiese bringt.«

»Wir haben uns die Restaurantbelege mal genauer angeschaut.«

»Restaurantbelege? Wo waren die denn?«, fragte Blume sichtlich zerknirscht.

»Der Couchtisch hat eine schmale Schublade auf der Unterseite.«

»Die muss den Kollegen entgangen sein«, murmelte Blume.

»Offenbar. Ich schicke Ihnen die Fotos.« Caro strahlte.

»Das wäre nett.«

Eine Weile herrschte Schweigen am Tisch, dann sagte Manne: »Wie lange dauert es momentan bei euch, bis ein Durchsuchungsbeschluss vorliegt?«

»Sie meinen für die Hochstädter Straße?«

Manne nickte.

Blume verzog das Gesicht. »Das wird ein bisschen dauern. Immerhin muss ich mir erst mal eine gute Geschichte ausdenken, wie ich an die Information gekommen bin.«

»Ich habe einen Vorschlag«, sagte Manne.

»Der wäre?«

»Meine Frau ruft morgen Nachmittag bei der Polizei an und setzt die Information als anonymen Tipp ab.«

»Und was wollen Sie für diesen Gefallen?«

»Im Gegenzug gehen wir drei in die Wohnung. Zusammen und ohne Beschluss. Morgen früh.«

»Und wie wollen wir das anstellen?«

Manne grinste. »Einer meiner Gartenfreunde hat einen Schlüsseldienst. Der kriegt das hin.«

Blume überlegte noch einen Moment, dann nickte er. »Abgemacht. Wir treffen uns um acht Uhr vor dem Haus.«

Sie stießen miteinander an.

»Ihnen ist schon klar, dass das ziemlich komisch ist, oder?«, fragte Caro nach einem Schluck Alster.

»Was denn?«, fragte der Kommissar.

»Na: Blume sucht Wiese.«

Carsten Blume starrte Caro einen Augenblick lang fassungslos an. Dann fing er an zu lachen.

KAPITEL 19

Manne konnte nicht genau sagen, warum, aber er war beschwingt, als er wieder in der Harmonie ankam. Das Gespräch mit Carsten Blume hatte ihm gutgetan, er hatte nicht mehr das Gefühl, gegen die Polizei zu arbeiten. Eine Sache, die ihm von Anfang an widerstrebt hatte.

Er hatte Caro zu Hause rausgeworfen und versprochen, sie am nächsten Morgen pünktlich abzuholen. Dann hatte er Eckhard, den Schlüsseldienst-Inhaber und Kassenwart der Harmonie, angerufen und für den nächsten Morgen in die Hochstädter Straße bestellt.

Dieser Fall nahm allmählich Gestalt an. Er konnte es förmlich fühlen. Es gab ihn immer. Diesen Punkt, an dem ein Rätsel in Richtung Lösung kippte. Auch wenn man sie noch nicht sehen konnte.

Die ganzen letzten Tage waren sie mehr oder weniger blind durch Berlin gestolpert, waren den Spuren gefolgt wie Hänsel und Gretel den Brotkrumen. Ohne zu wissen, ob sie zu irgendetwas führen würden. Natürlich hatten sie immer noch keine Ahnung, was genau hier vor sich gegangen war. Aber zum ersten Mal seit dem Brand am Freitag war er ziemlich sicher, dass sie dabei waren, es herauszufinden. Und dieser Gedanke machte ihn froh.

Was ihn dann aber so richtig froh machte, war, auf seiner Terrasse einen Haarschopf zu erblicken, den er lange vermisst hatte.

»Was macht ihr denn hier?«, rief er aus, kaum dass er die Hand auf die Klinke seines Gartentürchens gelegt hatte.

Jonas und seine Freundin Mala drehten sich gleichzeitig lächelnd zu ihm um, und Jonas rief: »Überraschung!«

»Na, die ist euch aber gelungen. Seit wann rufst du nicht mehr an? Immerhin habt ihr doch alle Smartphones heutzutage.« Er durchmaß den Garten mit langen Schritten und schloss erst seinen Sohn, dann Mala fest in die Arme.

Wie immer, wenn Jonas zu Besuch war, stellte Manne fest, wie sehr er ihn im Alltag vermisste. Natürlich war sein Sohn schon lange aus dem Haus, weshalb Manne es gewohnt war, ihn zu vermissen. Und der Schmerz war mit der Zeit leiser geworden. Wie ein Summen im Hintergrund. Aber trotzdem immer da. Mit Jonas fühlte er sich komplett. Ohne ihn nicht.

»Wir dachten, so wäre es schöner! Mama haben wir ja dann auch vorgefunden.«

Manne trat zu Petra, die mit einem breiten Lächeln auf dem Gesicht in einer Sonnenliege neben einem großen Glas Orangensaft lag, eine Ausgabe des »Gartenfreunds« auf den Beinen.

»Wo soll ich auch sonst sein?«, fragte sie lachend. »Immerhin habe ich noch Sommerferien.« Sie zog Manne zu sich und küsste ihn auf die Wange.

»Seit wann seid ihr hier?«, fragte er.

»Seit ein paar Stunden. Wir sind schon sonnenmüde.«

»Und warum hat mir niemand Bescheid gesagt?«

»Weil es dann keine Überraschung mehr gewesen wäre.« Jonas klopfte seinem Vater auf die Schulter.

»Wenn du allerdings noch sehr viel länger gebraucht hättest, dann hätten wir uns schon bemerkbar gemacht. Petra sagt, du hast einen neuen Fall?«, fragte Mala, und ihre klugen Augen blitzten. Schon beim letzten Mal hatte sie sich sehr für die Klärung des Falles interessiert und ein Stück weit zur Lösung beigetragen. Sie konnte gut logisch denken. Was für seinen emotionalen und impulsiven Sohn ein wirklich gutes Gegengewicht war.

»Ja, Caro und ich ermitteln tatsächlich wieder in einem Mordfall«, sagte er.

Malas Augen weiteten sich. »Ich möchte alles wissen!«, sagte sie und griff nach seiner Hand, um ihn neben sich auf den Stuhl zu ziehen.

»Langsam, langsam.« Manne lachte. »Erst mal möchte ich wissen, ob es Pläne fürs Abendessen gibt.« Er streckte den Daumen in die Höhe. »Dann brauche ich ein Bier«, ergänzte er und streckte den Zeigefinger aus. »Dann erzählt ihr mir, was euch nach Berlin treibt.« Der dritte Finger schnellte in die Luft. »Und dann erzähle ich euch von unserem Fall. Aber erst dann.«

Jonas lachte. »Das mit dem Bier kann ich schnell lösen«, sagte er und ging in die Hütte, um wenig später mit zwei kleinen Schulti und einer Limo wiederzukommen, die er Mala reichte.

»Wir dachten, dass wir einfach den Grill anwerfen«, sagte Petra. »Wir haben noch genug da, und Jonas und Mala haben auch noch ein bisschen was mitgebracht.«

»Hervorragend«, sagte Manne und sprang auf. Dieser Tag wurde besser und besser. »Ich bereite dann schon alles vor.«

»Setz dich wieder hin«, sagte Jonas mit solchem Nachdruck, dass Manne sofort in seiner Bewegung innehielt.

»Was ist denn jetzt los? Ich wollte doch nur den Grill anwerfen.«

»Ich hab schon alles vorbereitet. Du musst nicht sofort alles stehen beziehungsweise uns hier sitzen lassen, nur weil der Grill ruft. Immerhin sind wir nicht so oft hier, da kannst du uns schon mal eine halbe Stunde deiner vollen Aufmerksamkeit schenken.«

Manne ließ sich in seinen Stuhl zurückfallen. Er schämte sich ein bisschen, was vermutlich daran lag, dass Jonas vollkommen recht hatte.

»Danke«, sagte Jonas lächelnd, nachdem Manne sich wieder hingesetzt hatte. »Und Mama, vielleicht kannst du auch zu uns rüberkommen?«

Petra und Manne tauschten einen Blick. Jetzt wurde es interessant. Die beiden hatten offenbar einen guten Grund, sie hier so zu überraschen. Sein Herz begann, wie wild zu schlagen. Es war eine große Neuigkeit, so viel war sicher. Bei seinem Sohn wusste man allerdings nie, ob das jetzt gut oder schlecht war.

Seine Frau legte ihre Zeitschrift zur Seite, griff nach ihrem Glas und kam zu ihnen herüber. Sie setzte sich neben Manne und schob ihre sonnenwarmen Füße unter seinen Hintern. Er lächelte und legte seine Hand in Höhe des Knöchels auf ihr Bein.

»Wir kommen gerade aus London«, erklärte Mala. »Und wir haben euch was mitgebracht.«

Sie angelte nach ihrem Rucksack, der neben ihr auf der Erde stand, und fischte darin herum. Irgendwann brachte sie ein bunt eingepacktes, leicht verknittertes Päckchen zum Vorschein, das sie Petra mit einem Lächeln hinhielt.

»Ihr müsst uns doch nichts mitbringen!«, rief diese aus und nahm das Päckchen so vorsichtig in die Hand, als wäre es ein Babyvogel, der aus dem Nest gefallen war.

»Wir wollten aber gern«, sagte Jonas. Er grinste breit.

Manne wusste nicht, warum, aber in diesem Moment hätte er seinen Sohn gerne gehauen. Er freute sich diebisch darüber, seine Eltern zu überrumpeln. Jonas konnte so ein Arsch sein. Weshalb er ihn allerdings mehr und nicht weniger liebte.

»Mach es auf, Petra.« Mala grinste ebenfalls wie ein Honigkuchenpferd. Ihre Finger kneteten jedoch den Stoff ihres Rucksacks und verrieten ihre Nervosität.

Manne drückte Petras Knöchel liebevoll und nickte ihr zu. Kurz darauf wollte er ihr das Päckchen allerdings aus der Hand reißen. Es ging ihm einfach zu langsam! Petra zog die Schleife so bedächtig auf und löste die Tesastreifen so langsam, als wäre das Geschenkpapier selbst von großem Wert.

Endlich hatte sie es geöffnet und ein Knäuel aus weißem Stoff herausgeholt.

Manne runzelte die Stirn. Was war das denn jetzt? Auch Petra sah ihren Sohn fragend an.

»Du musst es aufwickeln«, sagte er und rollte amüsiert die Augen.

Petra begann, an dem kleinen Bündel herumzunesteln, und schließlich …

»O mein Gott!« Seine Frau zog ihre Füße unter ihm hervor, sprang auf und fiel ihrem Sohn in die Arme. Manne verstand überhaupt nichts mehr, fing aber das kleine Kleidungsstück auf, das Petra vom Schoß gerutscht war. Es war ein winziger Baby-Body.

Ungläubig blickte er auf und sah in das Gesicht seiner Schwiegertochter, die ihn leicht verunsichert anlächelte.

»Ihr werdet Oma und Opa«, sagte sie. »Freust du dich?«

»Ich …« Manne versuchte, den Kloß, der ihm im Hals steckte, herunterzuschlucken. Versuchte, die Tränen wegzublinzeln. Doch beides gelang ihm nicht. Er wollte etwas sagen – er musste etwas sagen, verflucht! –, aber auch das schien nicht so recht klappen zu wollen. Was war denn nur mit ihm los?

»Papa?«, hörte er Jonas fragen, und es lag ein wenig Verunsicherung in seiner Stimme. Das hörte man wirklich selten.

Er schaute auf und schluckte. »Scheiße«, stieß er hervor. »Natürlich freue ich mich. Ich freu mich wie verrückt!«

Manne schloss seinen Sohn in die Arme, dann Mala und zum Schluss seine Frau.

»Schande. Sind wir wirklich schon so alt geworden?«, schniefte sie ihm ins Ohr.

Er musste lachen. »Ich schon«, flüsterte er. »Du natürlich nicht.«

Als er sich von ihr löste, stand eine Flasche Champagner neben einer Flasche alkoholfreiem Sekt auf dem Tisch. Die hatte Mala sicherlich auch in ihrem Rucksack gehabt. Schien ein großer Bruder von Caros Handtasche zu sein, das Ding. Jonas öffnete beides, während Mala in der kleinen Laubenküche nach passenden Gläsern suchte, die sie natürlich nicht fand. Immerhin waren sie hier nicht bei der Gräfin!

Sie kam mit einem Sammelsurium alter und ausgespülter Senf-
gläser zurück und zuckte entschuldigend die Schultern. »Was anderes hab ich nicht gefunden«, sagte sie, und Manne lachte.

»Weil wir nichts anderes haben. Der Anlass ist schön genug, da
müssen es die Gläser nicht sein.«

Der Champagner wurde verteilt, und sie stießen miteinander
an. Dann setzten sie sich wieder, und Petra fing an, Mala auszufra-
gen. Nach Geburtstermin und Geschlecht und wie es ihr ging und
seit wann sie es wussten und ob ihr übel war und wie sie das mit
der Arbeit machen und wann sie zusammenziehen wollten und
tausend andere Dinge, die ihm gar nicht in den Kopf gekommen
wären. Da herrschte nach wie vor erstaunliche Leere.

»Du bist so still«, sagte Jonas nach einer Zeit, und Manne lachte.
Es klang so unsicher, wie er sich fühlte.

»Ich weiß nicht, was ich sagen soll«, antwortete er wahrheitsgemäß. »Ich würde euch gern zwingen, nach Berlin zu ziehen. Ich
freue mich so auf mein Enkelkind, aber gleichzeitig weiß ich nicht,
wie ich es aushalten soll, dass es so weit weg aufwächst.«

»Ach Papa!« Jonas stieß mit seinem Glas gegen das seines Vaters. »Wir bleiben auf keinen Fall in München. Da kann sich ja
kein Mensch eine Dreizimmerwohnung und einen Kita-Platz leisten.«

Manne schöpfte leise Hoffnung. »Denkt ihr etwa darüber nach,
herzukommen?«

Jonas legte den Kopf schief. »Hier ist es ehrlich gesagt nicht viel
besser, Papa. Die Wohnungen kosten ein Vermögen. Aber wir haben verschiedene Optionen und können uns einiges vorstellen.
Wir werden sehen.«

»Wer weiß? Vielleicht ziehen wir ja auch nach London«, sagte
Mala in diesem Moment. »Zu meiner Familie.«

Manne fiel alles aus dem Gesicht. Dann doch besser München.
»Meinst du das ernst?«

Mala prustete los. »Ganz sicher nicht. Die Mietpreise in London sind doch noch viel schlimmer. Außerdem sehe ich zu, dass unser Kind so weit weg von dieser indischen Community aufwächst, wie es irgend geht.« Sie schnupperte an ihrem Rucksack. »Meine Sachen riechen immer noch nach Curry. Alles dort riecht nach Curry.«

Manne beugte sich zu ihr rüber und schnupperte ebenfalls. »Tatsächlich. Aber ich finde, das riecht köstlich.«

»Nur weil du nicht in einem Thali-Restaurant aufgewachsen bist. Wenn ich in den nächsten Tagen noch einmal das Wort Masala höre, schreie ich.«

Manne entspannte sich bei diesen Worten ein wenig. Es klang wirklich nicht so, als hätten Jonas und Mala vor, in die Nähe ihrer Eltern zu ziehen.

Jonas legte einen Arm um seine Freundin. »Du kannst dich ja gleich in Windrichtung neben den Grill stellen. Mein Papa räuchert die Curryreste schon aus dir raus.«

»Ich bin nicht sicher, ob das gut für das Baby wäre«, gab sie lächelnd zurück.

»Wenn ihr gerade aus London kommt«, schaltete sich Petra nun ein, »habt ihr dann deinen Eltern auch gesagt, dass du schwanger bist?«

»O ja«, sagte Mala ernst. »Der Schock über den deutschen Freund musste doch dringend von einem größeren Schock verdrängt werden.«

»Wie haben sie es aufgenommen?«, fragte Petra ängstlich, und über Jonas' Nase bildete sich eine Falte.

»Nicht sehr gut«, sagte Mala fröhlich. »Aber das hatte ich auch nicht erwartet. Wir beide nicht.«

»Es war vielleicht auch ein bisschen viel für sie«, sagte ihr Sohn nachdenklich und nahm einen Schluck aus seinem Glas, auf dem von den Jahren verwaschene Schlümpfe Hand in Hand tanzten. Gab es diese Gläser heute eigentlich noch?

»Sie wussten ja gar nichts von mir, und dann stehe ich einfach auf ihrer Matte. Und dann noch die Schwangerschaft.«

»Es ging nicht anders«, sagte Mala und lächelte leicht. »Sie werden lernen, damit zu leben, wenn sie was von ihrem Enkelkind haben wollen.«

Jonas kratzte sich am Kopf. »Malas Mutter ist fast in Ohnmacht gefallen. Am liebsten hätte sie mich draußen auf dem Gehsteig stehen lassen. Es war wirklich … schräg.«

»Schräg ist es sowieso mit meiner Familie. Warte es bloß mal ab.«

Mala wandte sich an Manne. »Natürlich haben sie darauf bestanden, dass wir sofort heiraten. So schnell wie möglich.«

Manne verschluckte sich fast an seinem Champagner. Auf seinem Glas suchte der pinke Panther mit der Lupe nach Fußspuren. Wie passend. Ob Mala ihm das Glas mit Absicht hingestellt hatte?

»Und? Werdet ihr?«

Jonas lächelte. »Das ist jetzt auch für euch ein bisschen viel. Ich weiß. Aber ja, wir werden heiraten. Sonst fallen Malas Eltern vor Scham noch tot um.«

»Sie müssen sich jetzt sowieso einiges anhören, schätze ich. Die nächsten Wochen wird es nur noch darum gehen, was sie bei meiner Erziehung alles falsch gemacht haben und welche Männer aus Wembley oder Mumbai oder Jaipur oder sonst woher besser für mich gewesen wären als dieser Deutsche.« Sie zeigte lächelnd auf Jonas, der eine scherzhafte Verbeugung andeutete.

»Ich bin aber auch ein schlechter Umgang. Aus besonders schlechtem Hause.«

Petra lachte auf und warf Jonas eine Kusshand zu.

»Meinem Vater werden sie erklären, dass er mir niemals hätte erlauben dürfen zu studieren. Meine Mutter wird sich anhören müssen, dass sie sich früher um eine passende Partie für mich hätte kümmern müssen.«

Mala wackelte mit dem Kopf hin und her. »Aber alle werden sich einig sein, dass eine unverheiratete Tochter mit Baby eine noch viel größere Schande wäre. Und meine Familie wird zusammenwerfen und ein Fest auf die Beine stellen, das ihr niemals vergessen werdet. Das schwöre ich euch.«

Manne schwirrte der Kopf. Er hatte Hunger, Champagner im Blut und tausend Fragen.

»Ihr müsstet für die Hochzeit nach London kommen«, sagte Jonas langsam. »Ist das okay?«

»Natürlich«, sagte Petra prompt. »Was soll ich denn anziehen. Einen Sari?«

Mala nickte lächelnd. »Du wirst zauberhaft aussehen. So schön braun, wie du bist.«

»Ja«, rief Petra verzweifelt. »Aber da, wo mein T-Shirt anfängt, bin ich käseweiß!«

»Wir finden was Hübsches«, versuchte Mala Petra zu beruhigen, die den Rest aus ihrem Glas auf Ex kippte.

Manne war aufgeregt wie vor einem Schulball. »Und was muss ich da anziehen?«, fragte er.

Jonas grinste. »Einen Achkan.«

»Einen was?«

Mala beugte sich zu ihm und tätschelte seinen Arm. »Keine Sorge. Du wirst auch großartig aussehen.«

Dann stellte sie ihr Glas geräuschvoll auf dem Tisch ab und atmete einmal tief durch. »So. Und jetzt möchte ich nicht mehr über diese elende Hochzeit reden. Wir fliegen da hin, wir lassen uns von meiner Mutter herumscheuchen, ihr werdet lächeln und nicken, wir werden lächeln und nicken, alle essen sehr viel Curry, und dann fliegen wir wieder zurück und haben unsere Ruhe.«

Jonas lachte laut und sagte: »Ich finde es schön, dass du dich genauso darauf freust, mich zu heiraten, wie ich.«

»Schluss jetzt«, sagte sie grinsend und trat Jonas unterm Tisch gegen das Schienbein. »Ich will alles über euren neuen Fall hören, Manne.«

»Und ich möchte jetzt endlich den Grill anzünden. Kommst du mit nach hinten? So ein bisschen Räuchern wird meinem Enkelkind schon nicht schaden. Dann weiß es gleich, was es hier draußen erwartet.«

KAPITEL 20

Er wartete schon vor ihrem Haus und grinste wie ein Honigkuchenpferd. Himmel, so hatte sie ihn ja noch nie gesehen! Dass dieses Grinsen die entgegenkommenden Autofahrer nicht blendete, war eigentlich schon erstaunlich.

»Was ist denn mit dir los?«, fragte Caro, als sie die Beifahrertür aufriss und sich in den Sitz fallen ließ. »Zu viel Zucker zum Frühstück?«

»Falsch. Ganz falsch, meine Liebe. Ich werde Opa!«

»O mein Gott!« Caro umarmte ihn und drückte ihm voller Überschwang einen Kuss auf die Wange. »Das ist ja toll. Jonas wird Papa, wie schön!«

Manne reduzierte seinen Gesichtsausdruck auf ein breites Lächeln und nickte. »Ist es. Kommt nächstes Jahr im März. Sie wissen noch nicht, ob es ein Junge oder Mädchen wird.«

»Mensch, das sind ja Neuigkeiten!« Caro freute sich ehrlich für Manne. Er war so glücklich, dass es ansteckend wirkte. Noch vor ein paar Minuten war sie ziemlich angespannt gewesen. Immerhin waren sie drauf und dran, in Thorsten Wieses Wohnung einzudringen. Caro wurde schlecht, wenn sie nur daran dachte. Das letzte Mal, dass sie so was Ähnliches getan hatten, hätte sie beide beinahe umgebracht. Oder vielmehr: der Mörder, der sich ebenfalls in der Wohnung aufgehalten hatte. Es gab mittlerweile Tage, an denen sie nicht an diesen Abend zurückdachte, und Nächte, in denen sie nicht schweißgebadet aufwachte. Sie hatte es gut weggesteckt, alles in allem. Aber die Erinnerungen lauerten noch ganz nah, im Dunkeln. Und natürlich drängten sie jetzt nach vorne ans Licht. Doch diesmal würde es anders laufen. Ganz sicher.

Auf jeden Fall war Caro gut vorbereitet. Sie hatte in ihrer Handtasche frische Handschuhe, Plastiktüten, Pfefferspray, die Taschenlampe, eine Powerbank für ihr Handy, Gaffer-Tape, Überzieher für die Schuhe, sehr viele Süßigkeiten und Pfefferminzbonbons gebunkert. Die Tage waren momentan besonders lang.

»Wie schön«, sagte sie noch mal und hievte ihre Handtasche auf den Schoß.

»Und er und Mala werden heiraten.«

»Himmel, Manne!« Vor lauter Überraschung rutschte ihr die Tasche wieder von den Knien. »Das ist ja eine gute Nachricht nach der anderen!«

»Ich weiß«, sagte Manne. »Jonas und Mala kamen gestern überraschend aus London und haben beide Bomben platzen lassen.«

»Oh, sie waren bei Malas Eltern?« Caro erinnerte sich, dass Jonas und Mala ihr von dem schwierigen Verhältnis zu ihren Eltern erzählt hatten. Und davon, dass die ihrer Tochter den Kopf abreißen würden, wenn sie erführen, dass sie mit einem deutschen Mann zusammen war.

Manne nickte und setzte den Blinker, um aus der Parklücke zu fahren. »Für die war es kein so angenehmer Schock wie für uns. Sie sind wohl sehr traditionell.«

»Ich glaube, indische Familien sind das sehr oft. Egal wie erfolgreich sie sind oder wie lange sie schon in Europa leben.«

Manne nickte und verzog das Gesicht. »Wir müssen irgendeinen Weg finden, die Mitgift zu umgehen. Ich kann doch von diesen Leuten kein Geld annehmen!«

Caro starrte Manne an. »So weit habe ich ja noch gar nicht gedacht. O mein Gott. Wird es eine Mitgift geben?«

»Mala sagt, wir kommen da nicht drum rum, wenn wir ihre Familie nicht beschämen wollen. Ich hoffe nur, wir können sie möglichst niedrig halten.«

»Findet Mala das richtig?«

»Sie findet es bescheuert, meint aber, wenn ihr Vater darauf besteht, sollen wir das Geld an ein Bildungsprojekt für Mädchen in Indien spenden. Das sei noch die beste Investition.«

»Kluge Frau.« Mala war Caro von Anfang an sehr sympathisch gewesen. Ein bisschen wie Svenja. Sehr intelligent und geradeheraus. Niemand, dem man um den Bart gehen oder vor dem man sich in Acht nehmen musste.

»Das ist sie. Ich freue mich wirklich sehr, dass Jonas noch zur Vernunft gekommen ist.«

»Wie meinst du das denn?«

»Seine früheren Freundinnen waren alle austauschbar und ein bisschen … simpel. Ein ganz anderer Typ.«

Caro machte es sich auf dem Beifahrersitz bequem und angelte einen Schokokeks aus der Packung, hielt ihn Manne hin und nahm sich danach auch einen.

»Was denn für ein Typ?«

»Schlank, blond, hübsch, blöd. So Mädchen, die irgendwas mit Mode oder Medien machen.«

Caro kniff die Augen zusammen. »Gib sofort den Keks zurück!«, forderte sie, und Manne, der offenbar jetzt erst begriff, was er da gerade gesagt hatte, ruderte sofort zurück.

»Neinneinnein! Du bist damit definitiv nicht gemeint. Du bist ganz anders.«

»Ich bin schlank, blond, kein Gesichtselfmeter und ich habe früher was mit Mode und Medien gemacht.« Caro verschränkte die Arme vor der Brust. Wie konnte man nur so oberflächlich sein?

»Mit dir kann man aber ein normales Gespräch führen«, gab Manne mit vollem Mund zurück. »Jedenfalls meistens.«

»Im Gegensatz zu dir. Du sprichst mit vollem Mund, Manne. Und was du sagst, gefällt mir auch nicht.«

Manne seufzte. »Ich wollte damit nur ausdrücken, dass die Damen, die Jonas früher abgeschleppt hat, austauschbar waren und ohne erkennbaren Charakter. Und wenn du eines hast, Caro, dann ist das Charakter.«

»Du bist wie kein anderer in der Lage, eine Beleidigung als Kompliment zu tarnen.«

Manne grinste. »Danke schön!«

»Hmpf«, machte Caro, gab sich aber zufrieden. Sie hatte ganz vergessen, dass sie Manne ja noch etwas beichten musste. Das war jetzt kein guter Zeitpunkt, denn eigentlich war sie diejenige, die sauer auf ihn war. Aber es musste raus.

»Wo wir von Oberflächlichkeiten sprechen ...«, setzte sie an, und Manne drehte den Kopf.

»Jetzt komm schon, ich hab es doch erklärt!«

Caro winkte ab. »Das meine ich nicht. Mir kam gestern Abend eine Idee, die funktionieren könnte.«

Sie hielten an einer Ampel, und Manne warf ihr einen misstrauischen Blick zu.

»Was für eine Idee?«, fragte er langsam.

Caro holte tief Luft. Sie hätte das wirklich mit Manne absprechen müssen, dachte sie heute nicht zum ersten Mal. Doch sie wusste auch, dass Manne niemals zugestimmt hätte. »Nachdem wir die Wohnung in der Tiroler Straße durchsucht haben, hat mich die Frage nicht mehr losgelassen, was Maik dort getrieben haben könnte. Irgendwie stinkt das zum Himmel. Und die Restaurantrechnungen deuten darauf hin, dass eine Frau mit an Bord war. Ich habe ein komisches Gefühl bei der Sache.«

»Ich auch«, sagte Manne nickend und fuhr ein Stückchen vor. Himmel, diese Ampel war ja grauenhaft. Gerade mal zwei Autos schafften es pro Grünphase auf die Kreuzung.

»Und Wiese ist wie vom Erdboden verschwunden. Es wäre gut, wenn man ihn schnell finden würde. Für den Fall entscheidend.«

»Da stimme ich dir zu. Ich frage mich aber schon, warum du so lang und breit ausholst, Caro.« Er schenkte ihr noch einen dieser strengen Seitenblicke. »Was hast du gemacht?«

Caro holte ihr Handy hervor und öffnete ihren Instagram-Kanal. Durch sorgfältige Pflege, schöne Bilder und interessante Beiträge hatte sich die Zahl ihrer Follower in den vergangenen Monaten auf über elftausend hochgeschaukelt. Es war total verrückt. Bei dem Modelabel war sie über die fünftausend nie hinausgekommen, egal, wie viele absurde Gewinnspiele sie veranstaltet hatte. Aber True Crime war faszinierend. Nicht nur für sie.

»Ich habe zwei Fotos hochgeladen. Eins von Wiese und eins von Maik. Und gefragt, ob jemand schon mal Kontakt zu einem dieser beiden Männer hatte.«

»Das hast du nicht!«

Manne starrte sie an. Sein Mund ging auf und klappte wieder zu. Nicht einmal, sondern mehrfach. Er wusste ganz offensichtlich nicht, was er sagen sollte. Und Manne war selten sprachlos.

»Es ist grün«, sagte Caro ruhiger, als sie sich fühlte, und Manne fuhr so abrupt an, dass er ihrem Vordermann beinahe hinten draufgefahren wäre. Er fluchte leise.

»Warum hast du das nicht mit mir abgesprochen?«, fragte er, und sie lächelte.

»Weil du sowieso Nein gesagt hättest.«

»Hätte ich auch! Was, wenn Thorsten Wiese den Beitrag sieht und sich endgültig aus dem Staub macht? Was, wenn Lohmeyer ihn sieht?«

Caro freute sich insgeheim über die Frage, weil sie vorgesorgt hatte.

»Der Beitrag ist nicht öffentlich, er kann nur von den Menschen gesehen werden, die uns folgen. Und das sind zu über neunzig Prozent Frauen. Ich habe vorher extra geschaut, ob ich Lohmeyer oder Wiese finde. Fehlanzeige. Die Wahrscheinlichkeit ist sehr gering.«

»Aber das Risiko ist sehr hoch für einen Schuss ins Blaue.«

»Es ist kein Schuss ins Blaue.«

»Ach nein?«

»Nein. Ich kann mir genau anschauen, wer uns folgt. Wie alt sind die Leute, welches Geschlecht haben sie, wo wohnen sie? Der Großteil der Leute kommt tatsächlich aus Berlin, und es sind Frauen zwischen zwanzig und fünfzig.«

»Und warum denkst du, dass das wichtig ist?«

»Manne, denk doch an alles, was wir herausgefunden haben. Die K.-o.-Tropfen, die Frauen in der Anlage, der Badezusatz, die Kondome. Und das ganze Geld. Wenn das, was Maik und Thorsten getrieben haben, nichts mit dem Internet zu tun hat, dann fress ich einen Besen mit Stiel. Vielleicht haben die beiden sich als Escorts angeboten. Dann muss sie jemand gesucht haben. Vielleicht haben sie Frauen über Dating-Apps kennengelernt und mit ihnen einfach dasselbe abgezogen, was Wiese mit Nora gemacht hat. Wenn er es einmal getan hat, wieso sollte er es nicht wieder tun?«

Manne kratzte sich am Kinn.

»Das haben die Kollegen vom LKA doch sicher auch schon überprüft.«

»Vielleicht. Aber momentan wird Wiese nur als Zeuge gesucht. Nicht mehr und nicht weniger. Und Carsten meinte, sie hätten noch keine stichhaltige Theorie.«

»Ob deine Theorie stichhaltig ist, wage ich auch zu bezweifeln.«

»Ich hab ja gar keine echte Theorie. Nur ein Bauchgefühl.«

»Das ist natürlich viel besser.« Mannes Stimme troff vor Sarkasmus.

»Es kann aber doch auch nicht schaden, oder? Vielleicht kommt etwas dabei raus, vielleicht auch nicht. Wir werden sehen.«

»Hat sich denn schon jemand gemeldet?«, fragte Manne, und Caro schüttelte bedauernd den Kopf.

»Leider nicht. Wahrscheinlich führt es zu gar nichts, aber ich wollte es wenigstens versuchen.«

Manne brummte etwas, und Caro wusste, dass sie ihn, wenn schon nicht überzeugt, dann wenigstens befriedet hatte.

»Versprichst du dir denn was von der Wohnung im Wedding?«, fragte sie, und Manne zuckte die Schultern.

»Vielleicht wohnt Wiese da schon lange nicht mehr. Vielleicht hat er die Wohnung untervermietet oder verlassen oder, oder, oder. Diese Wohnungen ohne Anmeldung sind Wundertüten. Wir werden es gleich erfahren.«

»Letztlich folgen wir auch nur den Brotkrumen«, sagte Caro und stellte zufrieden fest, dass der Verkehr endlich wieder ein wenig ins Rollen kam.

Sie nutzte die restliche Zeit, um indische Hochzeitstraditionen im Internet zu suchen und Manne alles laut vorzulesen, um ihm die Laune zu verderben. Es klappte erstaunlich gut. Je mehr sie vorlas, desto griesgrämiger wurde er. Und desto weniger nervös sie selbst. Über Hochzeiten zu sprechen, war ein gutes Mittel, Ängste zu vertreiben.

»Allmählich verstehe ich, warum Mala keine Lust hat zu heiraten«, brummte Manne schließlich, als er vor einem stuckverzierten, aber sanierungsbedürftigen Haus im Wedding unweit des Leopoldplatzes hielt.

Auf der Straße waren ein paar Leute auf dem Weg zur U-Bahn unterwegs, sonst war es ruhig.

»Jonas muss wirklich auf einem Pferd kommen?«, hörte sie Manne ungläubig fragen.

Caro zuckte amüsiert die Schultern. »Wenn sie es klassisch aufziehen, dann haben sie bestimmt schon eins gebucht. Es ist Tradition. Ein Prinz auf einem Pferd. Wie im Märchen.« Sie versuchte, sich Jonas auf einem weißen Pferd vorzustellen. Der Gedanke ließ sie kichern. Was tat man nicht alles für die Liebe?

»Mach dich darauf gefasst, ebenfalls eingeladen zu werden«, sagte Manne jetzt, und Caro war überrascht.

»Wieso das denn? Ich kenne die beiden doch kaum.«

»Es werden wohl auch genug Leute eingeladen, die die beiden überhaupt nicht kennen. Und wenn wir mit zu wenigen Gästen aus Deutschland auflaufen, bekommt Malas Familie den Eindruck, wir würden die Hochzeit nicht ernst nehmen und Mala nicht richtig in unserer Familie willkommen heißen. Also muss ich so viele Leute wie möglich überreden mitzukommen.«

»Also uns musst du sicher nicht überreden. Eike und ich waren ewig nicht in London, und Greta reicht Jonas auf einem Pferd als Lockmittel sicherlich vollkommen aus.«

Manne lächelte und nickte in Richtung eines Kastenwagens, der ein Stück weiter die Straße runter parkte. »Eckhard ist schon da. Und Blume ist sicher auch nicht weit. Komm.«

Caro klopfte das Herz, als sie aus dem Wagen stieg. Da war sie wieder, die Angst. Ihr Atem ging flacher, und ihre Hände begannen zu schwitzen.

Diesmal ist es anders, sagte sie sich. Diesmal seid ihr mit einem Kriminalkommissar unterwegs. Und der hat eine Waffe. Außerdem hatte sie den Sommer genutzt, um ein paar sehr gute Selbstverteidigungsklassen zu besuchen, und sie war im Gegensatz zum letzten Mal gut bewaffnet.

Aber ihr Körper erinnerte sich trotzdem und verkrampfte, während Manne mit federnden Schritten auf den Mann zuging, der mit einem großen Werkzeugkoffer aus dem Kastenwagen stieg.

Caro blickte sich um und sah Carsten Blume vom Hauseingang aus leicht winken. Er wirkte, als wollte er am liebsten mit der Fassade verschmelzen. Sie ging zu ihm rüber.

»Guten Morgen«, grüßte er und zog die Schultern hoch, als wäre ihm kalt. »Schön, dass alle pünktlich sind.«

»Der Verkehr war grauenhaft, aber wir haben einen Puffer eingebaut«, gab Caro zurück, die gerade sehr dankbar war für das Geplänkel.

»Sind Sie nervös?«, fragte sie den Kommissar, und der zuckte nur die Schultern.

»Ich mache hier gerade etwas, das mich in Teufels Küche bringen kann«, sagte er. »Und ich weiß noch nicht mal, warum ich mich überhaupt dazu habe breitschlagen lassen.«

»Weil die Information über diese Wohnung von uns stammt. Steht er auf dem Klingelschild?«

Sie schielte an dem breit gebauten Polizisten vorbei auf das große Klingelbrett, das wie auch schon das in der Tiroler Straße übersät war mit Namensschildern, die zum Teil mehrfach neu überklebt worden waren. Eine Partei hatte dafür sogar Heftpflaster benutzt. Chic.

»Ja, hier unten.« Der Kommissar zeigte auf ein Klingelschild, das dem Gartenhaus zugeordnet war.

»Erdgeschoss im Hof«, murmelte Caro. »Nicht gerade Luxus. Aber passt zu Noras Beschreibung.«

Blume schüttelte den Kopf. »Für ehemalige Knackis ist es gar nicht so einfach, eine Wohnung anzumieten. Ganz egal, wie reich sie sind. Ihre Schufa ist meistens miserabel. Und ohne die geht in dieser Stadt nun einmal gar nichts.«

Manne und Eckhard kamen zu ihnen herüber und tauschten ein paar Höflichkeitsfloskeln aus. Dann klatschte Eckhard in die Hände und sagte: »Na dann los! Ich hab heute noch ein bisschen was anderes zu tun!«

Blume musterte den fröhlichen, beleibten Mann besorgt. »Diesen Einsatz können Sie aber nicht in Rechnung stellen«, sagte er.

»Na eben drum!«

Carsten Blume nickte und lehnte sich gegen die Eingangstür, die langsam aufschwang.

»Hier müssen wir zumindest nicht klingeln. Das Schloss ist offenbar kaputt.«

Eckhard schüttelte den Kopf. »Das sehe ich täglich. Und dann heulen die Leute rum, weil ihnen die teuren Rennräder aus dem Hof geklaut werden. Aber die Hausverwaltung anrufen oder sich mal selbst kümmern kann keiner.«

Sie gingen durch die riesige Eingangstür und eine breite Einfahrt, die früher wahrscheinlich wirklich mal für Fahrzeuge gedacht gewesen war. Heute hingen dort wie in den meisten Häusern nur noch die Briefkästen. Diese großen Türen jedenfalls waren typisch für Berlin. Genau wie die Hinterhöfe, die Caro sehr liebte.

Hier gab es aber nur einen, und der wirkte deutlich gepflegter als die Fassade vorne. Caro musste sofort an ihren eigenen Hinterhof denken. Die Fahrradständer waren genauso überfüllt wie bei ihnen. Jemand hatte die Beete bepflanzt und schien sie zu pflegen. Die Blumen sahen gut aus. Verrückt, dass sie mittlerweile auf so was achtete. Ein geschlängelter Pflasterweg führte zum etwas kleineren Gartenhaus, dem der gelbe Putz von den Wänden bröckelte. Alles in allem sah es aber ziemlich charmant aus.

Nur neben dem Eingang zum Gartenhaus waren die Blumen an einer Stelle ein bisschen platt gedrückt.

Die Tür ließ sich ebenfalls aufdrücken, was allerdings nicht ungewöhnlich war. Die meisten dieser Türen hatten keine eigene Klingelanlage. Und wer hatte schon Lust, jedes Mal, wenn es klingelte, nach unten zu laufen und aufzuschließen?

Caro erinnerte sich daran, dass sie in ihrer ersten Wohnung noch einen Durchsteckschlüssel gehabt hatte. Ein absurd langes Teil mit Bart in der Mitte, das man auf einer Seite der Tür reinstecken musste und nur dann auf der anderen wieder rausholen konnte, wenn man wieder abgeschlossen hatte. Eine disziplinarische Maßnahme des Eigentümers und früher in Berlin wohl ziemlich üblich. Damals hatte sie wirklich einen nervig langen Weg mit vielen Türen hinter sich bringen müssen, um Gäste einzulassen. Weshalb sie nie irgendwas zu Hause gefeiert hatte.

Im Gartenhaus war der Flur dunkel und eng, die Briefkästen

waren teilweise aufgebrochen. Die linke Wohnung schien dem Eigentümer als Lager zu dienen; sie hatte schon durch die Fenster gesehen, dass dort so einiges an Gerümpel lagerte. An die Tür der rechten Wohnung klopfte jetzt Carsten Blume laut und vernehmlich, als wollte er ihrer Anwesenheit einen offiziellen Anstrich verleihen.

»Herr Wiese?«, rief er dann auch, und es hallte im Flur. Keine der Türen öffnete sich. Wieses Tür nicht und auch sonst keine in dem kleinen Häuschen.

»Na dann.« Eckhard drängte sich an Caro und Manne vorbei, die beide gegen die schmutzige Wand der nach oben führenden Treppe gedrückt wurden. Blume sprang auf die erste Stufe, um Platz zu machen.

Eckhard nestelte am Türschloss herum. »Es ist jedenfalls nicht abgeschlossen«, schnaufte er und wühlte in seiner Kiste. »Aber ziemlich zickig. Es klemmt. Wenn ich es aufbrechen dürfte, wären wir schnell drin.«

»Auf gar keinen Fall«, rief Blume alarmiert aus.

Eckhard kicherte. »Jetzt mal nicht in Wallung geraten, junger Freund. Ich mach schon nichts kaputt.«

»Darum geht es nicht«, brummelte Blume, doch er lehnte sich an die Wand.

Caro wunderte sich, dass noch niemand gefragt hatte, was sie hier trieben. Eigentlich war sie es gewohnt, dass in Mietshäusern immer jemand den Kopf aus der Tür streckte, sobald etwas Ungewöhnliches im Gange war. Vielleicht lag das aber auch an Pankow beziehungsweise dem Wedding.

»So, das hätten wir«, sagte Eckhard nach einer Weile. Und tatsächlich stand die Tür einen Spaltbreit offen. Wie hatte er das denn gemacht?

»Ihr braucht mich jetzt nicht mehr?«

Manne schüttelte den Kopf. »Nein, du kannst dich vom Acker

machen. Danke dir.« Er klopfte Eckhard auf die Schulter, der abwinkte.

»Keine Ursache, mein Freund. Keine Ursache. Und beste Empfehlungen an Petra. Schönen Tach euch!« Und damit verschwand er durch die schmale Tür in den sonnigen Hof und ließ sie allein.

Allein mit der nun geöffneten Tür.

Alle drei zogen Handschuhe, Haarnetze und Schuhüberzieher an, die Caro nach und nach aus ihrer Handtasche holte und verteilte. Sie wollte auf keinen Fall etwas in dieser Wohnung hinterlassen, so viel war sicher. Es kam ihr so vor, als würde sie sich auf einen chirurgischen Eingriff vorbereiten. Eine Operation an der offenen Wohnung.

Ihr war ein bisschen schlecht. Die Leichtigkeit, die sie zwischendurch gefühlt hatte, hatte Eckhard anscheinend mitgenommen.

»Okay«, sagte Carsten Blume, atmete tief durch und zog seine Dienstwaffe. »Immer schön hinter mir bleiben, verstanden? Und kommen Sie erst rein, wenn ich die Wohnung gesichert habe.«

Das musste man Caro nicht zweimal sagen. Am liebsten würde sie da gar nicht reingehen. »Mhm«, machte sie.

»Klar«, sagte auch Manne.

Caro sah, dass seine Hand zitterte. Also griff sie in ihre Tasche und legte ihm das erstbeste Bonbon, das sie finden konnte, zwischen die Finger. Dann zog sie das Pfefferspray hervor und umklammerte es. Denn auch ihre Hände zitterten und waren schweißnass, weshalb es besser war, ihnen etwas zu tun zu geben.

Sie wusste, dass es albern war, doch ihr ganzer Körper schrie ihr zu, keinen Schritt weiter zu gehen.

Wir sind zu dritt, wir sind bewaffnet. Es ist nicht wie damals. Das dachte sie immer und immer wieder.

Blume klopfte noch einmal gegen die halb geöffnete Tür und rief: »Kriminalpolizei! Wir kommen jetzt rein!«

Dann stieß er die Tür auf.

Caro hörte, wie er durch die Wohnung ging und Tür für Tür aufstieß.

»Hier ist niemand!«, rief er nach einer halben Ewigkeit. »Sie können reinkommen!«

Manne und Caro tauschten einen kurzen Blick, dann folgten sie dem Kriminalkommissar und schlossen die Wohnungstür hinter sich.

Die Erdgeschosswohnung war dunkel, aber größer, als Caro erwartet hatte, und mit schönen Dielen ausgestattet. Schäbig, so wie Nora es beschrieben hatte, war hier gar nichts. Linker Hand neben der Eingangstür lag das Bad mit frei stehender Badewanne, dahinter ging es in eine große Küche mit Steingutfliesen und moderner Einbauküche in Hellgrau. Auf der Arbeitsplatte standen einige sehr teure Küchengeräte. Alles funkelte und glänzte, als käme es frisch aus dem Katalog.

»Sieht ziemlich neu aus«, murmelte Caro.

»Jedenfalls hat Wiese mehr Geschmack als sein Kompagnon«, bemerkte Manne, dessen staunende Augen über die Oberflächen wanderten.

»Warten Sie, bis Sie das Wohnzimmer gesehen haben«, sagte Blume, der hinter Caro getreten war. Sie zuckte vor Schreck zusammen.

»Können wir uns nicht duzen?«, fragte Caro. »Immerhin sind wir gerade zusammen hier eingebrochen.«

»Abgemacht.« Carsten Blume grinste.

»Also auf den ersten Blick wirkt die Wohnung einfach nur leer und verstörend aufgeräumt«, sagte er.

»Dann riskieren wir doch einen zweiten Blick«, sagte Manne. »Aber bevor wir uns aufteilen, möchte ich das Wohnzimmer sehen.«

Sie gingen durch den ziemlich langen, engen Flur, vorbei am Schlafzimmer in das riesige Wohnzimmer, das am Ende des Flures lag.

Es war der hellste Raum in der ganzen Wohnung und voll mit blank geputzten Vitrinen. Sie standen an drei der vier Wände und waren allesamt voll mit teuer aussehenden Modellautos und Armbanduhren.

In der Mitte stand ein modernes Sofa im Scandi-Stil mit einem schlichten Couchtisch aus mattem Kupfer davor, auf dem sich eine dünne Staubschicht breitgemacht hatte.

Über die Couch selbst zogen sich dunkle Streifen, als wäre sie vor Kurzem abgesaugt worden. Das Glas der Vitrinen war streifenfrei.

»Hier hat jemand geputzt und ist dann abgehauen«, murmelte Manne, und Carsten nickte.

»Ja. Und wisst ihr, was ich noch auffällig finde?« Er deutete auf eine Lücke zwischen den Vitrinen. »Ich glaube, dort hat auch mal eine Vitrine gestanden. Die Anordnung wäre doch sonst zu merkwürdig, oder?«

Caro wäre von selbst nicht darauf gekommen, aber er hatte recht. Die breite Lücke zwischen zwei der Vitrinen ergab keinen Sinn.

Manne ging zu der Stelle, auf die Carsten deutete, und kniete sich hin. Dann senkte er den Kopf und suchte den Boden ab. »Gib mir mal deine Taschenlampe«, forderte er und wedelte mit der Hand vage in Caros Richtung.

Sie kramte ihre große Stabtaschenlampe hervor und knipste sie an.

Manne nahm sie entgegen und leuchtete in den Spalt zwischen zwei Holzdielen.

»Hier sind kleine Glassplitter«, sagte er. »Ich verwette meinen Hintern, dass die von der Vitrine stammen, die hier mal stand.«

»Das Holz ist auch ein bisschen heller«, stellte Caro fest. »Nicht viel, aber wenn man es weiß, fällt es auf.«

Die beiden Männer nickten.

Sie betrachtete die Uhren nachdenklich. »Askania. Breitling. A. Lange und Söhne. Er kannte sich aus. Das hier sind keine protzigen Rolex, die man einfach kauft, um sie herumzuzeigen. Das sind Liebhaberstücke.«

»Woher weißt du denn so was?«, fragte Manne verdutzt, während er sich an ihr hochzog.

»Mein Vater ist Uhrmacher«, erklärte sie. »Er hat eine ausgeprägte Leidenschaft. Aber deutlich weniger Geld. Ich kenne solche Uhren nur aus seinem Geschäft. Und aus Katalogen. Aber ich weiß genug, um sagen zu können, dass hier viele, viele Zehntausend Euro herumstehen. Vielleicht sogar mehr.«

»Wiese hat sein Geld offenbar in Uhren angelegt«, sagte Carsten. »Während Maik einen Palast gebaut hat.« Er trat an die Vitrinen heran. »Die sind aus Panzerglas. Das geht nicht mal eben kaputt. Ich würde wetten, das hier ist sogar schusssicher. Und die Schlösser sind mit einem Code geschützt. Das ist *high end.*« Er kratzte sich am Kinn. »Wie ist das Ding dann kaputtgegangen?«

»Vielleicht ist es das ja gar nicht«, sagte Manne und deutete auf kleine Kratzer, die sich über den Fußboden zogen. Sie wirkten jetzt nicht unbedingt frisch auf Caro, doch sie führten eindeutig in Richtung Flur.

Wie zuvor Manne ging sie nun auf die Knie und fuhr mit den Händen über die Spuren im Holz. Als sie die Handschuhe ins Licht hielt, konnte sie einen schwachen Film darauf erkennen. »Die sind tatsächlich frisch eingeölt«, sagte sie und erhob sich wieder.

»Merkwürdig«, murmelte Blume.

»Wir sollten uns hier wirklich ganz genau umschauen«, meinte Manne. »Irgendwas ist extrem faul.«

»Könnte Maik auch hier gestorben sein?«, fragte Caro, der augenblicklich kalt wurde.

»Nein, natürlich nicht. Denk doch mal nach! Zwischen der Vorstandssitzung und dem Brand der Laube lag nur ein Fußballspiel! In der Zeit hätte Maik hierherkommen müssen, seinen Tod finden und als Leiche unbemerkt zurück in die Anlage gebracht werden müssen.« Manne schüttelte den Kopf. »Das ist so gut wie unmöglich. Wahrscheinlich hat er die Anlage überhaupt nicht verlassen.«

»Aber niemand hat einen Schuss gehört«, gab Caro zu bedenken. »Und die Anlage war voller Menschen.«

»Aber alle Welt hat Fußball geschaut. Im Stadion gibt es immer mal wieder Knallgeräusche. Und die Anlage liegt in der Nähe einer Tramstrecke«, gab Manne zurück. »In so einem Setting erkennt man einen Schuss nicht unbedingt als Schuss. Die meisten Menschen haben schließlich noch nie einen gehört. Aber jetzt schauen wir uns erst mal weiter um. Vielleicht hat der Kerl auch einfach nur vor Wut eine Vitrine kaputtgehauen.«

»Diese Vitrinen kann man nicht einfach so kaputthauen«, schaltete Blume sich ein. »Das ist quasi unmöglich.«

Sie gingen zu dritt ins Schlafzimmer. Sich in dieser Wohnung aufzuteilen, erschien keinem von ihnen sinnvoll. Sechs Augen sahen mehr als zwei, und hier mussten sie alles genau überprüfen.

Das Schlafzimmer war so modern und sauber wie der Rest der Wohnung. Die einzige Auffälligkeit war eine puderrosa Steppdecke auf dem schlichten Doppelbett. Es war eine Tagesdecke, wie ihre Oma sie früher benutzt hatte, um das Bett abzudecken. Diese hatte dann in der Mitte noch einen Haufen aus Zierkissen aufgeschichtet. Eine Sache, die sich Caro noch nie erschlossen hatte. Wozu sollte das gut sein?

Bei ihrer Großmutter hatte sie es früher nie infrage gestellt, doch hier ergab diese Überdecke einfach keinen Sinn. Überhaupt sah das Bett merkwürdig aus. Es war komplett flach. Jegliches Bettzeug schien zu fehlen.

»Wer schläft denn ohne Kissen?«, murmelte sie und ging näher an das Bett heran. Dann stieg ihr ein unverkennbarer Geruch in die Nase.

»Hier riecht es nach Chlor«, sagte sie. Die beiden Männer kamen ebenfalls näher.

»Stimmt. Ziemlich doll sogar«, sagte Carsten. Er streckte die Hand aus und zog mit einem Ruck die Tagesdecke zur Seite. Zu Caros Erstaunen rieselte dabei ein bisschen Dreck zu Boden. Der war genauso unpassend wie die Tagesdecke selbst.

»Puh«, sagte Manne und atmete vor Erleichterung hörbar aus. »Ich dachte schon.«

Sie starrten zu dritt auf eine offenbar benutzte, aber ansonsten vollkommen normale Matratze. Die Tagesdecke war direkt darüber ausgebreitet worden.

»Die lag früher aber andersrum«, bemerkte Manne und deutete auf die Abdrücke des Lattenrosts, die, wenn man gegen das schwach einfallende Licht schaute, gut zu sehen waren.

Carsten seufzte. »Na dann«, sagte er und stellte sich neben Manne. Beide griffen den Rand der Matratze. »Bei drei.«

»Eins, zwei, drei!«

Die beiden Männer wuchteten die Matratze auf die andere Seite, die mit einem Knall wieder auf dem Bett landete.

»Oh, Mann«, sagte Caro. Bei dem Anblick, der sich nun bot, drehte sich ihr der Magen um.

Dabei wusste sie selbst nicht so genau, warum. Eigentlich war es nur ein Fleck. Ein dunkler, länglicher und vielleicht fünfzig Zentimeter breiter Fleck im unteren Drittel der Matratze. Aber in Kombination mit dem Chlor und dem Fehlen von Kissen und Decken …

»Wetten, dass das Blut ist?«, fragte sie tonlos, und die beiden Männer nickten.

»Da würd ich mitgehen«, sagte Manne. »Und wenn man hier

Luminol einsetzen würde, hätte man noch mehr zu sehen als das. Da bin ich sicher.«

»Luminol«, murmelte Caro und rief sich Bilder von Tatorten in Erinnerung, die auf den ersten Blick sauber gewirkt, dann aber nach dem Einsatz von Luminol und bei richtigem Licht die grausame Wahrheit und sehr viele Blutspuren offenbart hatten. In den Reportagen, die sie gelesen und gesehen hatte, hatte sie dieser Effekt immer fasziniert. Doch jetzt lief ihr bei der Vorstellung ein Schauer über den Rücken.

»Scheiße«, fluchte Carsten. »Ich hätte nicht mit euch hierherkommen sollen. Wie soll ich denn jetzt die KT hinzuziehen?«

»Immer mit der Ruhe«, sagte Manne. »Es ist doch ganz einfach. Wir haben dich gerufen, als wir den Fleck gefunden haben. Deine Nummer habe ich von einem alten Kollegen. Fertig.«

»Und Lohmeyer wollten wir nicht anrufen, weil er ein blödes Sackgesicht ist«, ergänzte Caro. »Das wird man uns wohl abnehmen.«

»Und wie habt ihr die Tür aufbekommen?«, fragte Carsten, auch wenn er nicht mehr ganz so griesgrämig dreinblickte.

Manne zuckte die Schultern. »Die stand offen. Oder, Caro?«

»Ja. Minimal, wir mussten sie nur aufdrücken.«

Manne lächelte. »Da hast du es. Alles kein Problem.«

»Na, wenn das so ist.« Carsten stapfte aus dem Raum, um kurz darauf mit einem Küchenmesser zurückzukommen. Er schlitzte die Matratze in Höhe des Flecks ein Stück auf. Darunter kam rotbraun verkrustete Füllung zum Vorschein.

»Meint ihr, das könnte Maiks Blut sein?«, fragte Caro, und Manne rollte mit den Augen.

»Haben wir nicht gerade schon über den Zeitstrahl gesprochen?«, fragte er, und sie schlug nach ihm wie nach einer lästigen Fliege.

»Aber das bedeutet ja dann …«

»Thorsten Wiese ist nicht etwa nicht auffindbar, weil er der Täter ist, sondern, weil auch er zum Opfer geworden ist«, stellte Carsten fest. »So stellt es sich jedenfalls momentan für mich dar.«

»Für mich auch«, bestätigte Manne.

»Oder er hat sich beim Mord oder dem Inbrandstecken der Hütte verletzt, ist zurück nach Hause und hat sich hingelegt«, schlug Caro vor. »Als es ihm besser ging, hat er die Bude geputzt und ist auf und davon.«

»Möglich«, sagte Carsten. »Aber nicht sehr wahrscheinlich. Wenn er auf der Flucht ist, wieso hat er seine Uhren nicht mitgenommen? Die kann man auf dem Schwarzmarkt wunderbar zu Geld machen, ohne Spuren zu hinterlassen. Ich wette, er wusste das und hat sie unter anderem dafür überhaupt angeschafft. Als Versicherung für den Ernstfall.«

»Vielleicht waren die wertvollsten in der Vitrine, die fehlt«, schlug Manne vor. »Und er hat vor lauter Aufregung den Code vergessen, weshalb er sie einschlagen musste.«

»Zum allerletzten Mal«, sagte Carsten und seufzte. »Das ist definitiv Panzerglas da drüben. Das kann man nicht einfach so kaputt schlagen. Außerdem hätte er sich sicherlich nicht die Zeit genommen, die Vitrine zu entfernen, wenn er so in Eile war.« Er stemmte die Hände in die Hüften. »Eine Blutanalyse wird klären, ob es sich um Maik Reuters Blut handelt. Und wenn wir Glück haben, ist die DNA von Wiese auch im System. Er saß ja schon mal ein.«

»Wegen schwerer KV«, bestätigte Manne. »Kann gut sein, dass man eine Entnahme für die Zukunft angeordnet hat.«

»Aber um das alles anzuleiern, muss ich erst mal telefonieren. Ich denke, wir sind uns einig, dass wir jetzt die geballte Power des LKA brauchen.«

Caro verzog das Gesicht. »Kommst du irgendwie um Lohmeyer rum?«

Carsten schüttelte den Kopf. »Leider nicht. Aber ihr könnt bleiben, bis man euch rausschmeißt. Immerhin hätten wir keine Ahnung hiervon, wenn ihr nicht wärt.«

Er blickte an sich herunter und beäugte dann Manne und Caro. »Ich denke, es wäre sinnvoll, wenn wir alles bis auf die Handschuhe wieder ausziehen. Das wirkt sonst ziemlich seltsam.«

Und mit diesen Worten zog er das Handy hervor und ging aus dem Zimmer.

KAPITEL 21

Manne brauchte ein bisschen frische Luft und ging raus in den Hof, um sich die Blumenbeete noch einmal näher anzusehen. Und um aus dieser Wohnung rauszukommen.

Vom Chlorgeruch war ihm ein bisschen schwummrig geworden. Vor allem wegen des Zusammenhangs; sie waren hier ja nicht im Schwimmbad. Jemand hatte mit Chlor versucht, das Blut aus der Matratze zu schrubben. Und so, wie der Holzfußboden unter dem Bett aussah, auch von dort.

Die Leute von der KT würden die Holzdielen rausreißen und todsicher darunter und an den Seiten Blutanhaftungen finden. Gerade bei diesen Altbaudielen konnte man es vergessen, alles Blut zu entfernen. Ganz egal, wie viel man schrubbte. Aber jemand hatte geschrubbt. Vielleicht im Schutz der Dunkelheit, vielleicht am helllichten Tag. Etwas war vorgefallen in dieser Wohnung, und gerade die dort nun herrschende Sauberkeit und Ordnung verstörten ihn tief. Manne zog es vor, wenn Tatorte auch wie Tatorte aussahen. Wenn man Kampfspuren sah, umgeworfene Möbel und zu Bruch gegangenes Porzellan. Und nicht dieses Bild, als wäre nichts gewesen. Das natürlich nur ein dünner Schleier über dem Grauen war. Als hätte man ein Spitzendeckchen drübergeworfen. Hatte man ja auch irgendwie.

Er schüttelte sich und fragte sich nicht zum ersten Mal, warum er sich das hier überhaupt antat. Sein Ruhestand war so schlecht doch gar nicht gewesen.

Mannes Blick fiel auf die Blumenbeete unter dem Fenster, von dem er nun wusste, dass es das Schlafzimmerfenster war. Die Blumen dort waren großflächig platt gedrückt worden, an einigen Blättern und Halmen konnte man das nach wie vor gut erkennen, auch wenn sie sich mittlerweile berappelt hatten. Der Bereich sah einfach deutlich struppiger aus als der Rest.

Er beugte sich, so weit er konnte, nach vorne, um nicht auf das Beet zu treten. Falls es hier Fußspuren gab, wollte er die natürlich nicht versauen.

Er entdeckte frische Abriebspuren an der äußeren Fensterbank.

»Kein Computer, kein Handy, kein Tablet«, informierte ihn Carsten, als Manne die Wohnung wieder betrat. »Keine persönlichen Informationen. Bis auf einen Ordner mit seinen Haftunterlagen. Urteil, Bewährungsauflagen, Zeugnis aus dem Knast.«

»Vor dem Fenster sind die Blumen zerdrückt. Die Fensterbank ist beschädigt«, informierte er seinerseits, und Carsten nickte brummend, während er sich in die Küche verzog.

Er fand Caro im Schlafzimmer. Sie hatte die Überzieher noch nicht ausgezogen, sondern kniete in voller Montur auf der gesteppten Tagesdecke, die auf dem Bett gelegen hatte, und untersuchte sie genau.

»Puh, mach doch mal ein Fenster auf«, forderte Manne. »Hier drin riecht es schlimmer als in jedem Hallenbad.«

Aber Caro beachtete ihn kaum. »Hier sind Pflanzenteile dran«, sagte sie und deutete auf ein paar vertrocknete Ästchen und ein bisschen Gras. »Und hier ist ein Monogramm eingestickt.« Sie schlug eine Ecke um und deutete auf zwei Buchstaben, die mit blauem Garn eingestickt worden waren.

»GG«, sagte er. »Das könnte jeder und niemand sein.«

»Nicht ganz. Weder du noch ich könnten es sein. Und auch niemand mit dem Nachnamen Wiese.«

»Meine Großmutter hat Monogramme gestickt. Meine Mutter auch noch. Wenn ich ins Schullandheim musste, haben sich immer alle drüber lustig gemacht. Aber ich glaube, heute hat so was wieder einen Wert.«

»Stimmt. Ich habe auch ein paar Taschentücher mit den Initia-

len von meinem Opa. So was behält man als Familienerbstück.«
Sie erhob sich. »Trotzdem merkwürdig, eine solche Decke hier zu
finden. Sie passt überhaupt nicht in diese Wohnung.«

»Und hier passt eigentlich alles zusammen.« Manne nickte.
»Wahrscheinlich wurde sie nachträglich hergebracht und stammt
von dem Ort, an den auch das Bettzeug gegangen ist.«

»Hast du in die Mülltonnen geschaut?«, fragte Caro.

»Die sind leer.«

»Verdammt.«

»Wer dermaßen gründlich sauber macht, ist aber eh nicht so
blöd, am Tatort irgendwas in den Hausmüll zu werfen«, dachte er
laut.

»Wahrscheinlich nicht.« Sie sah ihn an. »Also. Was machen wir
jetzt daraus?«

Manne zuckte die Schultern. »Keine Ahnung. Wir müssen die
Laborergebnisse abwarten.«

»Aber was ist, wenn Wiese oder wer auch immer noch lebt?
Verletzt und in Gefahr?«

»Ich wüsste nicht, wo wir jetzt ansetzen sollten. Die Nummer
wird ein bisschen zu groß für uns.« Manne lächelte. »Wahrscheinlich sollten wir das den Kollegen vom LKA überlassen. Immerhin
deutet alles von der Kleingartenanlage weg. Schmittchen muss
meiner Meinung nach nicht fürchten, dass es jemand von ihnen
war.«

»Und das ist das Wichtigste?« Über Caros Nase grub sich eine
tiefe Falte in die Stirn, die ihm verriet, dass sie sauer wurde. »Wir
sollen herausfinden, was passiert ist, und nicht, was nicht passiert
ist.« Sie stapfte aus dem Raum.

Am liebsten hätte Manne ihr »Nänänänänä« hinterhergerufen,
auch wenn er wusste, wie kindisch das war. Stattdessen zog er sein
Handy aus der Tasche und rief Schmittchen an, um ihn über die
neuesten Entwicklungen zu informieren.

Dieser war tatsächlich ziemlich erleichtert, was Manne einen Stich versetzte. Seine eigene Stimmung war zu düster, um Schmittchens Erleichterung zu teilen. Und Caro hatte ja recht. Er wollte gerade zu ihr gehen, um ihr vorzuschlagen, erst mal ein nettes Café zu suchen und in Ruhe zu reden, als die Wohnungstür aufging und gegen seine Schulter stieß.

»Autsch!«, rief er aus und sah sich Sekundenbruchteile später seinem Lieblings-Griesgram vom LKA gegenüber.

»Was sind Sie?«, fragte Lohmeyer entnervt. »Mein Stalker?«

»Sie rennen mir hinterher. Nicht umgekehrt«, gab Manne zurück.

»Ich sehne den Tag herbei, an dem ich Sie nicht mehr sehen muss.«

»Dann sind wir uns ja einig.« Manne lächelte. »Hat Herr Blume Sie informiert, dass wir ihn gerufen haben?«

Lohmeyer nickte. Eines musste man diesem Mann lassen: Ein Lügner war er nicht.

»Dann wissen Sie ja auch: Ohne uns hätten Sie diese Adresse gar nicht.« Manne verschränkte die Arme hinter dem Rücken und musste irritiert feststellen, dass Lohmeyers sauertöpfische Miene tatsächlich gut für seine Laune war. Was sagte das über ihn als Mensch aus?

Lohmeyer ging auf die Sticheleien nicht ein, sondern scheuchte Manne rüde aus dem Weg, damit die Kriminaltechnik freie Bahn hatte. »Ich hoffe, Sie haben hier nichts kontaminiert«, rief er noch über die Schulter.

»Für wen halten Sie mich eigentlich?«, gab Manne zurück. »Den Deppen vom Dienst?«

»Wollen Sie eine Antwort?«

Vielleicht war er doch nicht so gut für seine Laune.

Manne wurde ins Badezimmer gedrängt, während ein Team aus fünf Spezialisten in weißen Schutzanzügen die Wohnung betrat.

Im nächsten Moment tauchte Caro im Flur auf. Sie sah nicht glücklich aus.

»Gehen wir lieber, bevor ich aus dieser Wohnung einen doppelten Tatort mache«, sagte sie. Ihre Wut schien sich in Windeseile ein anderes Opfer gesucht zu haben. Manne dachte einen Augenblick nach, dann nickte er.

»Fahren wir zu Nicole«, schlug Caro vor.

»Ich dachte eher an Kuchen«, gab er zurück, doch sie schüttelte energisch den Kopf. Ihre Entschlossenheit hatte sie jedenfalls nicht eingebüßt. Im Gegenteil.

»Erst Nicole. Dann Kuchen. Die Herrschaften vom LKA sind hier ja noch eine Weile beschäftigt.«

Manne sah seiner Kollegin einen Moment in die funkelnden Augen, dann nickte er. »Abgemacht. Auch wenn du mir auf der Fahrt noch erklären musst, was genau wir von ihr wollen.«

KAPITEL 22

Caro wusste, dass es ein sehr dünner Strohhalm war, an den sie sich gedanklich gerade klammerte, aber sie konnte nicht einfach warten, bis das Labor des LKA zu einem Ergebnis kam oder die Hölle zufror. Sie standen stadtauswärts im Stau, und das untätige Rumsitzen verursachte ihr beinahe körperliche Schmerzen. Am liebsten hätte sie die Tür aufgerissen und wäre vorgerannt. Was natürlich überhaupt nichts gebracht hätte.

»Vielleicht weiß sie ja doch was«, sagte sie.

Manne brummte, sagte aber nichts.

»Hast du irgendeine bessere Idee? Falls ja, wäre das jetzt der perfekte Zeitpunkt, damit rauszurücken.«

»Nein«, gab Manne zu. »Hab ich nicht. Unsere Spezialität ist die Kleingartenanlage, und ich hätte schwören können, der Mord hat irgendwas damit zu tun. Aber offenbar hat der Fall doch einen ganz anderen Hintergrund.«

»Eben. Und wenn man wieder ganz von vorne beginnen muss, geht man zurück zum Anfang. Wie bei Monopoly. Es ist auf jeden Fall besser, als rumzusitzen.«

»Was wir jetzt gerade überhaupt nicht tun.«

»Manchmal hasse ich dich.«

Sie schüttelte den Kopf. »Ich verstehe die ganze Sache einfach nicht. Die Wohnung in der Tiroler Straße, die schicken Anzüge, das ganze Geld. Und nirgendwo Baumaterialien. Nur Restaurantrechnungen. Was haben die denn gemacht?«

»Es könnte alles Mögliche sein. Deshalb weiß ich auch nicht, warum wir jetzt zu Nicole fahren. Die beiden haben irgendeine Betrugsmasche abgezogen, ohne dass sie davon wusste. Du hast sie doch erlebt!«

Caro zupfte an ihrer Unterlippe herum.

»Aber wenn er gar kein Unternehmen hatte, wo kamen dann die ganzen Materialien her?«, fragte sie. »Wo hat er das Zeug besorgt?«

»Vielleicht einfach gekauft?«, schlug Manne vor, doch Caro schüttelte den Kopf.

»Die Sachen müssen wirklich sehr, sehr teuer gewesen sein. Und die Bauphase von drei Jahren … er hat ja das meiste selbst gemacht. Jedenfalls hat er das seiner Frau gesagt, aber die Bauten auf der Anlage hat er verpfuscht. Und Weber hat ja auch angedeutet, dass er eher der Mann fürs Grobe war und zu schlampig, um wirklich wichtige Arbeiten zu verrichten.«

»Wir können Weber fragen. Vielleicht hat der Kontakte zu Baustoffhändlern und kann uns sagen, wo Maik das Zeug gekauft hat«, schlug Manne vor.

»Gute Idee. Wir sollten auf jeden Fall Fotos machen von den Fliesen und den Säulen«, sagte Caro.

»So machen wir es. Am besten fahren wir danach einfach zu Weber. Ist ja nicht weit, und vielleicht können wir noch mal mit Nora reden.«

Caros Handy vibrierte, und sie war fast dankbar, irgendetwas tun zu können, als sie es zur Hand nahm.

»Ich hab 'ne Nachricht auf Insta«, sagte sie, und Mannes Brauen hoben sich minimal interessiert.

»Ach?«

Mit zitternden Fingern öffnete Caro den Nachrichtenchat.

»Liebes Team von Nowak und Partner«, begann sie vorzulesen. »Ich bin einem der Männer, die ihr sucht, auf Tinder begegnet. Dem mit den Locken auf dem ersten Bild. Er heißt Thomas, jedenfalls hat er sich als Thomas vorgestellt. Wir hatten ein paar Dates, ich fand ihn interessant. Er hat viel über Geld gesprochen, das hat mich genervt. Wollte wissen, ob ich ein Sparkonto habe und so was. Das fand ich merkwürdig. Mit nach Hause genommen habe ich ihn trotzdem. Hätte ich es bloß gelassen! Am nächsten Morgen hatte ich brüllende Kopfschmerzen (dabei trinke ich nie Alkohol), und Thomas war weg. Zusammen mit meinem Bargeld und meinem neuen Telefon. Hab ihn natürlich angezeigt, aber das war ziemlich zwecklos. Online hab ich ihn nicht mehr gefunden, und seinen Nachnamen kannte ich auch nicht. Hoffe, ihr findet den Mistkerl. Haut ihm eine runter von mir. Liebe Grüße, Lisa.«

Caro atmete aus. »Ha!«, rief sie. »Ich wusste es.«

»Ja, das stimmt«, bestätigte Manne. »Dein Bauchgefühl war richtig. Auch wenn es uns nicht wirklich weiterhilft. Denn die vielen Zehntausend Euro hat sich Wiese sicher nicht mühevoll aus den Geldbeuteln seiner One-Night-Stands zusammengeklaut.«

»Aber ich bin sicher, die Sachen hängen zusammen. Vielleicht haben Maik und Thorsten einen Weg gefunden, das Ganze größer aufzuziehen.«

»Wir hätten der Geschichte mit Nora noch weiter auf den Grund gehen müssen«, sagte Caro. »Wiese hat sie betäubt und beklaut.«

»Das ist nicht bewiesen«, gab Manne zu bedenken. »Und außerdem konnte sie sich an nichts mehr erinnern, oder? Wie hätten wir denn da weiterkommen sollen?«

»Ach, ich weiß auch nicht.« Caro schüttelte den Kopf. Das war doch zum Verrücktwerden. Sie fühlte sich der Wahrheit so verdammt nahe, und trotzdem konnte sie sie nicht sehen.

»Es hängt alles zusammen«, wiederholte sie und kaute an ihrer Unterlippe herum. »Sie haben Frauen abgezogen, und eine hat sich gerächt. Und jetzt sind beide tot.«

»Jetzt mal den Teufel nicht an die Wand«, sagte Manne ohne echte Überzeugung.

»Ach, glaubst du, Thorsten Wiese ist in den Urlaub gefahren?«

»Nein«, gab Manne zu. »Aber ich hoffe, er ist noch am Leben.«

»Wir hätten früher in die Hochstädter Straße fahren müssen. Die Adresse hatten wir seit Samstag. Samstag, verflucht.« Caro schlug mit der flachen Hand gegen die Tür.

»Aber einfach einbrechen …?«

»Wir haben Wiese nicht erreicht, oder?«

»Das stimmt, aber das ist doch noch lange kein Grund, in seine Wohnung einzudringen. Wiese ist ein erwachsener Mann und könnte genauso gut auf Mallorca sein oder sein Telefon verloren haben.« Manne schenkte ihr einen Seitenblick.

»Ich weiß genau, wie du dich fühlst, Caro. Du denkst, wir hätten unsere Zeit verschwendet und dadurch einen Menschen in Gefahr gebracht.«

Caro nickte heftig. Ganz genau das war das Problem. Seit sie den Blutfleck auf der Matratze in Wieses Wohnung gesehen hatte, wurde sie von Schuldgefühlen und Unruhe zerfressen. Die ganze Zeit dachte sie, etwas Wichtiges übersehen zu haben, nicht das Richtige gedacht oder getan zu haben. Das war ein beschissenes Gefühl.

»So ist es doch auch.«

Manne seufzte. »Wie gesagt: Ich kenne das. Wirklich sehr, sehr gut. Mir ging es im Laufe meiner Jahre bei der Polizei mehr als einmal so. In dem Augenblick, in dem man einen Fall übernimmt, fühlt man sich verantwortlich. Ob als Detektiv oder als Polizist, scheint egal zu sein. Aber zwei Dinge musst du dir klarmachen: Erstens sind nicht wir primär für die Täterermittlungen verantwortlich, sondern das LKA Berlin. Und die haben es auch nicht geschafft, Wiese ausfindig zu machen, beziehungsweise diesem Aspekt auch erst nicht so viel Bedeutung beigemessen. Und zweitens trägt die Hauptverantwortung für das, was passiert, immer der Täter.«

»Oder die Täterin«, murmelte Caro.

»Oder die Täterin«, bestätigte Manne.

»Wir hätten das nicht so leichtfertig abtun sollen.« Caro knibbelte weiter an ihrem Nagelbett, bis Blut kam. Sie konnte sich einfach nicht beruhigen.

»Caro, hör auf damit. Diese ganzen Gedanken sind völlig zwecklos. Wir sind den Spuren gefolgt. Sie haben uns in Wieses Wohnung geführt. Und in die Tiroler Straße. Wir haben jeden Tag seit dem Brand gearbeitet. Und jetzt machen wir weiter. Genau wie das LKA.«

Sie schnaubte und nahm sich den nächsten Fingernagel vor. »Das geht alles viel zu langsam«, murmelte sie.

»Es wird jetzt Fahrt aufnehmen. Die geballte Kraft des LKA wird sich hinter den Fall klemmen, das ist sicher. Lohmeyer ist ein Arschloch, aber kein Idiot. Er wird alles tun, was er kann. Wahrscheinlich ruft Carsten uns in ein paar Stunden an, um uns zu sagen, dass sie jemanden verhaftet haben.«

Caro nickte, doch überzeugt war sie nicht. Manne warf ihr einen weiteren Seitenblick zu, und sie presste sich gegen die Rückenlehne des Sitzes, um nicht vor Nervosität durchzudrehen.

»Du weißt nicht, was sie noch alles wissen. Das LKA hat viel mehr Möglichkeiten als wir. Und Blume hat uns sicher nicht alles gesagt.«

»Hm«, machte Caro. »Trotzdem wäre ich echt froh, wenn wir schneller vorankämen. Dieser Stau macht mich verrückt.«

»Ja. Ein Blaulicht wäre praktisch«, sagte Manne mit einem Lächeln. »Aber da vorne ist die Baustelle, und dahinter geht es dann bestimmt schneller.«

Er hatte zum Glück recht. Nach der Baustelle ging es bedeutend schneller voran, und irgendwann erreichten sie tatsächlich die Einfahrt der Reuters.

Caro sprang aus dem Auto, noch bevor der Motor verstummt war, und konnte sich nur mit Mühe davon abhalten, Sturm zu klingeln. Am liebsten hätte sie sich zerrissen und ihre Einzelteile in verschiedene Richtungen geschickt. Verdammt, wieso hatten sie nur ein Auto zur Verfügung?

»Mit euch hatte ich nicht gerechnet«, sagte Nicole überrascht, die sie in der offenen Tür empfing und noch schlimmer aussah als am Samstag. Die Trauer und Erschöpfung setzten ihr sichtlich zu, in den wenigen Tagen schienen unzählige Sorgenfalten dazugekommen zu sein.

Der Anblick ihres tieftraurigen und von Müdigkeit gezeichneten Gesichts holte Caro tatsächlich ein bisschen runter. Sie musste sich zusammenreißen. Denn es ging hier auch um Nicole und den Kleinen.

»Es ist einiges passiert. Dürfen wir reinkommen?«, fragte Manne, während Caros Blick auf den Jungen fiel, der sich hinter Nicole versteckte.

Er war seinem Vater wie aus dem Gesicht geschnitten, hatte aber die blauen Augen seiner Mutter und ihre dunklen Haare geerbt, was eine wirklich süße Kombination war. Für einen Sechsjährigen war er ziemlich klein. Die Augen hingegen waren so groß, dass sie ihm aus dem Kopf zu fallen drohten. Sie standen auch deutlich hervor. Aber wahrscheinlich litt der Kleine auch unter Schlaflosigkeit und schlimmen Träumen; genau wie seine Mama.

Nicole nickte und strich ihrem Sohn über den Kopf. »Lenny, kannst du hoch in dein Zimmer gehen, während ich mit den beiden hier spreche?«

Der Kleine schüttelte heftig den Kopf. Nicole hob ihn hoch und seufzte. »Er lässt mich keine Sekunde allein. Nicht mal aufs Klo darf ich.«

»Ich kann dich nicht allein lassen«, murmelte Lenny in die Haare seiner Mutter. »Dir darf nichts passieren. Ich pass auf dich auf.«

Nicole drückte ihren Sohn fest an sich, und Caro stiegen Tränen in die Augen.

»Und ich pass auf dich auf, mein Krümel«, murmelte sie. »Na, dann komm. Du darfst bleiben, wenn du dir ein Video anguckst und Kopfhörer aufsetzt.«

Lenny nickte. Nicole trug ihn ins Wohnzimmer und lud ihn dort auf der riesigen cremefarbenen Couch ab. Es war offensichtlich, dass die beiden im Moment vor dem Fernseher wohnten. Auf dem Couchtisch stapelten sich leere Süßigkeitenpackungen, eine Rotweinflasche stand halb voll auf dem Boden. Die Couch war über und über mit Kuscheltieren bevölkert, Nicole musste sie mit dem Unterarm zur Seite schieben, damit Manne und Caro überhaupt Platz nehmen konnten. Lenny schnappte sich einen sehr neu aussehenden kleinen Stoffhund und drückte ihn an sich, bevor er sich an seine Mutter kuschelte.

Nicole hielt ihm ein paar Kopfhörer und ein Tablet hin. »Schön laut machen. Unsere Gespräche sind nicht für Kinderohren.«

Sie übernahm das Einstellen der Lautstärke selbst, doch dem Kleinen schien es sowieso nur wichtig zu sein, so dicht an seine Mutter gekuschelt zu bleiben, wie es möglich war.

»Also, was ist los? Ihr seht aus, als wäre es wirklich wichtig«, sagte Nicole, während sie ihrem Sohn durchs Haar strich. Die ganze Szenerie brach Caro fast das Herz.

»Thorsten Wiese ist verschwunden. In seiner Wohnung wurde eine ziemlich große Menge Blut entdeckt«, erklärte Manne. »Es könnte sein, dass auch er Opfer eines Verbrechens wurde.«

»Thorsten? O nein.« Nicole schloss für einen Moment die Augen. »Gott, was haben die beiden nur getrieben?«

»Genau das wollen wir wissen«, sagte Manne.

Caro biss sich auf die Lippen.

»Ich habe wirklich keine Ahnung. Wie schon gesagt: Wir hatten nicht viel Kontakt miteinander. Er war mir sympathisch, und Maik hat immer nur in den höchsten Tönen von ihm gesprochen. Aber mehr weiß ich nicht.«

»Auch nicht, dass Thorsten Wiese vorbestraft ist?«

Nicoles Augen weiteten sich. »Nein! Was? Aber ... « Sie runzelte die Stirn und murmelte »Ach so …«

»Ach so?«

»Maik hat mir damals erzählt, dass Weber einen Knacki einstellen wollte. Er war total dagegen, meinte, dass Schläger in der Firma nichts zu suchen hätten und dass er ihn im Auge behalten würde. Und das war Thorsten?«

»Sieht ganz danach aus«, bestätigte Manne.

Nicole atmete langsam aus. »Weil Maik sich so aufgeregt hat, hätte ich nie gedacht, dass er sich mit ihm anfreundet. Er mochte es nicht, wenn jemand brutal wurde.«

»Ach? Wie sah das denn bei ihm selbst aus?«, fragte Caro.

»Was meinst du?«

»Wir möchten gerne wissen, was damals mit deinem Zahn passiert ist«, erklärte sie.

»Ihr wart bei meinem Schwager«, sagte Nicole. Es war keine Frage. Manne nickte trotzdem.

»Er tippte auf häusliche Gewalt.«

»War auch so.« Nicole zuckte die Schultern. »Die Enge in der Einliegerwohnung meiner Eltern, Lenny, der älter wird und auch mehr Raum und Ruhe für sich braucht. Und Maik, der, anstatt meinem Vater zu zahlen, was wir ihm schulden, lieber ein neues Auto kauft.« Sie schloss für einen Moment die Augen. »Es war ein fieser Streit, und er war betrunken. Mein Vater hat rotgesehen und … na ja. Es war nicht das erste Mal.«

Caro glaubte, sich verhört zu haben. »Bitte? Es war gar nicht Maik?«

Nicole schüttelte heftig den Kopf. »Nein, Maik war so nicht. Er hat mich nie geschlagen und auch sonst niemanden vor diesem verfluchten Abend, soweit ich weiß. Wenn er verletzen wollte, dann hat er das mit Worten gemacht. Er war nicht brutal. Mein Vater dagegen schon. Sein Temperament ist oft mit ihm durchgegangen, er hat meine Mutter geschlagen, meine Geschwister und mich.« Sie schüttelte den Kopf. »Warum ich jetzt, wo er tot ist, um ihn weine, ist mir ein Rätsel.«

»Er war dein Vater«, sagte Caro schlicht und Nicole nickte. »Es klingt fürchterlich, aber: Mein Papa war nicht nur schlecht. Lenny hat ihn sehr geliebt. Aber trotzdem war er kein Mensch, mit dem man leben konnte. Maik und er haben sich fürchterlich geprügelt an dem Abend, er sah noch viel schlimmer aus als ich. Das war der Moment, an dem wir beschlossen, dass wir endlich ausziehen müssen. Maik hat sich um die Anschlüsse im Haus gekümmert, und dann ging es erstaunlich schnell.«

Sie blickte Manne fragend an. »Wolfgang denkt, Maik hätte mich geschlagen?«

Er nickte. »Er ist felsenfest davon überzeugt.«

Nicole schüttelte den Kopf. »Ich hätte es ihm sagen müssen. Aber ich habe von klein auf gelernt, nicht so über meinen Vater zu sprechen.«

»Wolfgang wird es sicher zu schätzen wissen, wenn du dich meldest«, sagte Manne.

Etwas nagte in Caros Hinterkopf. »Warum wollte Maik nicht, dass du zu Wolfgang fährst?«, fragte sie.

Nicole zuckte die Schultern. »Maik wollte nicht, dass ich mit Wolfgang auch nur spreche. Die beiden kamen nicht so gut miteinander aus. Wir hatten keinen Kontakt.«

Caro überlegte, ob sie erzählen sollten, dass Maik und Wolfgang sehr wohl miteinander sprachen und dieses Kontaktverbot wohl eher dazu gedient hatte, vor Nicole zu verbergen, dass Maik seinen Bruder immer wieder angepumpt hatte. Sie tauschte einen kurzen Blick mit Manne, der leicht den Kopf schüttelte. In diese Richtung wollten sie nicht, und das Gespräch könnte zu viel Zeit kosten.

Ihres Wissens nach hatte Wolfgang Reuter nun wirklich nichts mit Thorsten Wiese zu tun. Und um Salz in die Wunde zu streuen, waren sie nicht angetreten. Jedenfalls nicht dieses spezielle Salz.

»Hat die Polizei schon mit dir über die Wohnung in der Tiroler Straße gesprochen?«, fragte Caro stattdessen.

Nicole nickte und senkte den Kopf. »Sie haben mich gestern Abend angerufen. Das war ein großer Schock«, sagte sie.

»Das glaube ich dir sofort. Du hattest gedacht, dort wäre ihr Büro«, sagte Caro, und Maiks Witwe nickte.

»Klar, ich war ja nie dort. Maik meinte, da gäbe es nichts zu sehen. Und ich wollte nicht nachfragen. Alles lief so gut, ich dachte, es steht mir nach allem, was passiert ist, einfach nicht zu, mich da einzumischen.« Sie lachte bitter. »Dabei hätte mich doch brennend interessiert, was die beiden da trieben.«

»Der Nachbar sagt, es war Maik, der dort vor allem am Wochenende wohnte. Was hat er dir denn erzählt, was er treibt, wenn er am Wochenende unterwegs war?«

»Arbeit. Freunde. Garten. Fußball. Das Haus. Er hatte so viel zu tun. Nach dem Streit mit meinem Vater hat er sich im Haus meiner Eltern kaum noch blicken lassen. Ich hatte wirklich große Hoffnung, dass jetzt in unserem eigenen Haus alles wieder anders wird.« Sie zuckte die Schultern und zögerte kurz. »Wisst ihr denn, was er in der Tiroler Straße gemacht hat? Hatte er …« Sie atmete einmal tief durch. »Hatte er eine andere Frau?«

»Wir wissen es nicht«, sagte Manne. »Aber was wir wissen, ist, dass er dort als Immobilienmakler aufgetreten ist. Unter dem Namen Mirko Retter.«

Nicole starrte Manne an, als hätte sie einen Geist gesehen. »Wie bitte?«

»Mirko Retter«, wiederholte Manne. »Warum?«

Nicole biss sich auf die Unterlippe und schielte noch einmal zu ihrem Sohn. »Letzte Woche war eine junge Frau hier und hat nach einem Mirko Retter gefragt.« Nicole war weiß wie eine Wand.

»Dabei ist fragen ein zu harmloses Wort. Sie hat mich ange-schrien.«

»Wieso das?«, fragte Caro.

»So genau weiß ich das nicht. Sie wollte zu Thorsten Wiese, und als ich gesagt habe, dass er hier nicht wohnt, sondern nur mit mei-nem Mann zusammenarbeitet, ist sie ausgeflippt. Wollte von mir wissen, wer ich sei, und hat mich sogar geschubst. Dann hat sie verlangt, mit Mirko Retter zu sprechen.«

»Bist du sicher, dass es genau der Name war?«

Nicole nickte.

Manne setzte sich kerzengerade hin. »Und sie hat zuerst nach Thorsten Wiese gefragt?«

»Ja. Es schien ihr wirklich wichtig zu sein. Und als ich ihr sagte, dass er nicht hier wohnt, ist sie völlig durchgedreht.« Nicole kraul-te wieder Lennys Haare. »Lenny war total verstört. Er hat alles mit angesehen. Erst das und jetzt noch der Tod seines Vaters.« Sie seufzte. »Man möchte sein Kind doch beschützen, verdammt. Na ja. Der Frau war es wohl unangenehm, sich so verhalten zu haben. Sie kam ein paar Stunden später vorbei, um sich zu entschuldigen. Ich habe sie nicht aufs Grundstück gelassen, bin aber zu ihr raus ans Tor.«

»Und was hat sie gesagt?«

»Nur, dass es ihr leidtut und dass sie Lenny diesen Hund schen-ken will.« Nicole deutete auf das Stofftier, das der Junge an sich drückte. »Als Wiedergutmachung, weil sie ihn so erschreckt hat. Ich habe behauptet, Lenny sei nicht da. Den Hund habe ich aber genommen.«

»Wann war das genau?«, wollte Manne wissen.

»Freitagnachmittag«, sagte Nicole.

»Wie sah die Frau aus? Kannst du sie beschreiben?«

»Klein und schmal, aber drahtig. Dunkelblonde, lange Haare. Muskulös. Sonst nichts Besonderes.«

»Ihre Haare glitzern«, nuschelte Lenny in den Kopf des Ku-schelhundes, und sowohl Nicole als auch Caro zuckten zusam-men.

»Du sollst doch Video gucken«, schimpfte Nicole im selben Au-genblick, in dem Manne »Sag das noch mal« sagte.

Lennys geweitete Augen hüpften von einem zum anderen. Er biss sich auf die Lippen.

Nicole warf Caro einen fragenden Blick zu. »Ist das wichtig?«

Caro nickte benommen und kniete sich auf den Boden, sodass sie mit Lenny auf Augenhöhe war. Das Herz schlug ihr bis zum Hals. »Hast du gesagt, ihre Haare glitzern?«

Lenny nickte.

»Bist du sicher?«

Er nickte erneut.

»Es stimmt«, schaltete sich Nicole wieder ein. »Ich dachte hin-terher, sie käme vielleicht von irgendeiner verrückten Party und hätte eventuell Drogen genommen.«

»Nicht von einer Party«, murmelte Manne. »Von einer Kita.«

Caro sprang auf. »Darf ich euren Fußboden fotografieren?«, platzte sie heraus, und Nicole schaute bei dieser Frage genauso verstört und verwundert drein wie ihr Sohn.

»Wenn du möchtest, aber …«

»Hast du der Polizei von dem Vorfall erzählt?«, fragte Manne, doch Nicole schüttelte nur den Kopf.

»Ich dachte, das wäre nicht wichtig. Sie hat uns ja nichts getan und sich entschuldigt. Thema erledigt«, hörte Caro sie sagen, wäh-rend sie in Windeseile Fliesen, Säulen und Friese fotografierte.

»Ihr habt uns wirklich sehr geholfen«, sagte Caro nun und lä-chelte Lenny zu. »Und jetzt müssen wir wirklich los.«

KAPITEL 23

»Scheiße. Scheiße! Ich wusste es, ich wusste es, ich wusste es!« Sie rannte so schnell die Einfahrt hinunter, dass der Kies unter ihren Füßen nur so spritzte.

»Caro!« Manne schnappte nach Luft, während er hinter seiner Kollegin her in Richtung Auto hastete.

»Caro!«

Sie wirbelte herum. »Was?«

Er blieb abrupt stehen. Sie sah ein bisschen wahnsinnig aus, und das erschreckte ihn. So kannte er Caro überhaupt nicht. Manne holte tief Luft. Er war wirklich aus der Form geraten in den letzten Jahren, wenn er bei dem kurzen Weg schon anfing zu schnaufen.

»Wir wissen doch noch gar nicht, wo wir hinfahren sollen.«

»Zu Nora Mertens, wohin denn sonst?«

»Und wo hält sie sich gerade auf?«

Caros Gesichtszüge fielen nach unten. »Ich ... ich weiß nicht.«

»Eben. Ich schlage vor, wir rufen erst mal bei Weber an. Oder vielmehr: Du rufst erst mal bei Weber an. Ich schnaufe wie ein Walross.«

»Und ich reg mich zu sehr auf. Scheiße, Manne, hab ich nicht gesagt, es könnte eine Frau sein?«

»Hast du«, entgegnete er ruhiger, als er sich fühlte. »Aber selbst wenn wir an eine Frau gedacht hätten, dann doch wohl nicht an Nora Mertens.«

Caros Nasenflügel bebten, und sie stemmte die linke Hand in die Seite. »Ach nein?«

»Wohl kaum. Warum auch? Wir wussten nur, dass die drei vor Jahren zusammengearbeitet haben. Und das auch nur kurz. Und zwar bei Weber, den du jetzt bitte anrufst, um nicht noch mehr Zeit mit Rumschreien zu verschwenden.«

Caro warf ihm noch einen giftigen Blick zu, zog aber ihr Handy aus der magischen Handtasche und wischte mit solcher Entschlossenheit auf dem Bildschirm herum, dass es wirkte, als wolle sie einen Schatz ausgraben.

Manne lehnte sich an das warme Auto und wischte sich seinerseits den Schweiß von der Stirn. Es war ein wirklich heißer Sommer gewesen. Sein Rasen daheim in der Harmonie sah aus wie ein Stück Savanne, und er hatte sich bestimmt fünf Mal gehäutet in den letzten Monaten. Jetzt war September. Irgendwann musste es doch auch mal reichen mit der Hitze.

Er war müde und besorgt. Und er ärgerte sich mindestens genauso wie Caro, dass sie den Erzählungen von Nora Mertens nicht mehr Bedeutung beigemessen hatten. Die ganze Zeit war Thorsten Wiese die große Unbekannte in diesem Fall gewesen, aber eben nicht greifbar, sodass sie in andere Richtungen geschaut hatten. Wie die Kollegen vom LKA offenbar auch. Es war eben nicht so leicht, eine Person in einer Millionenmetropole zu finden, wie es im Fernsehen immer aussah. Und sowieso hätte Manne viel eher darauf gewettet, dass der Mörder in der Kleingartenanlage oder der Familie zu finden wäre. Im nahen Umfeld von Maik Reuter.

»Caroline von Ribbek hier, von der Detektei Nowak und Partner. Wir waren vor Kurzem bei Herrn Weber und würden ihn gern sprechen«, hörte er Caro sagen und schloss für einen Moment die Augen.

Was sie gerade erfahren hatten, hatte den Fall auf einen völlig neuen Level gehoben. Kommissar Zufall nannten Kriminaler die unsichtbare Macht, die öfter, als man glauben würde, in die Ermittlungen eingriff. Wie ein zusätzliches Teammitglied. Unzählige Fälle hatte Manne in seiner Karriere nur gelöst, weil sich jemand verplappert hatte, sich ein Zeuge gemeldet hatte, den niemand auf dem Schirm gehabt hatte, der Täter eine Dummheit beging oder, oder, oder. Manchmal hatte er das Gefühl, die Ermittlungen führten nur auf den richtigen Weg. Was einem dort allerdings begegnete, lag vollkommen außerhalb jeglichen Einflusses.

»Wenn er nicht da ist, dann hätten wir gerne mit Nora Mertens gesprochen … Ach, die ist krank? Seit wann? Gestern. Ich verstehe. Können Sie mir dann bitte sagen, wo sie wohnt?«

Manne beobachtete, wie sich Caros Stirn kräuselte und der Mund sich nach unten verzog.

»Was meinen Sie damit? Wir ermitteln hier in einem Mordfall und … Ja. Ich verstehe schon, aber es ist wirklich … Ja, dann rufen Sie ihn eben an.«

Als Manne merkte, dass Caro laut wurde, streckte er die Hand nach dem Telefon aus. Er hatte zumindest genug Erfahrung, um zu wissen, dass es nicht zielführend war, jemanden anzuschreien, wenn man etwas von ihm wollte. Und eigentlich wusste Caro das auch. Sie klatschte ihm mit versteinerter Miene das Handy in die geöffnete Handfläche.

Manne hielt die Unterseite zu. »Iss irgendwas«, raunte er. »Du brauchst Zucker.«

Caro schnaubte, doch sie gehorchte. Gut.

»Hallo, Manfred Nowak hier. Meine Kollegin hat Ihnen ja schon gesagt, dass wir gerne mit Nora Mertens sprechen würden.«

»Die ist krank«, antwortete die leicht verschnupft wirkende Frauenstimme am anderen Ende.

»Das haben wir verstanden. Aber es ist wirklich wichtig. Es geht um Leben und Tod. Und das meinen wir nicht im übertragenen Sinn.«

»Tut mir leid«, sagte die Frau, die überhaupt nicht klang, als würde es ihr leidtun. »Wir nehmen den Datenschutz sehr ernst, und Frau Mertens ist eine geschätzte Mitarbeiterin. Ohne Herrn Webers Zustimmung werde ich nichts rausgeben.«

Er massierte sich mit der linken Hand die schwitzende, pochende Schläfe. »Könnten Sie sich diese Zustimmung dann bitte einholen?«

»Er ist auf einer Baustelle. Da erreiche ich ihn nie, er lässt das Handy immer im Auto. Sie werden da wohl hinfahren müssen.«

Manne schloss die Augen. So viel Zeit hatten sie eigentlich nicht. »In Ordnung«, sagte er trotzdem, so ruhig er konnte. »Dann sagen Sie mir bitte, wo wir ihn finden können.«

Er wedelte in Richtung Caro, die das Notizbuch und einen Kuli auf die Windschutzscheibe des Autos legte und kauend irgendetwas von »keine Sekretärin« nuschelte.

Manne ignorierte sie und notierte sich stattdessen eine Adresse in Französisch Buchholz.

»Vielen Dank, Sie haben uns sehr geholfen«, sagte er und legte auf.

»Das soll ja wohl ein Witz sein!«, schimpfte Caro, kaum dass er ihr das Handy wieder zurückgegeben hatte.

»Caro, die Frau hat ihre Anweisungen.«

»Mag ja sein, aber es gibt Momente im Leben …«

»Willst du fahren?«, schnitt Manne ihr das Wort ab, auch, weil er keine Lust hatte, sich das die nächsten zwanzig Minuten während der Fahrt anzuhören. Wenn Caro sich auf den Verkehr konzentrieren musste, konnte sie längst nicht so viel schimpfen, wie sie wollte. Außerdem brauchte er jetzt auch einen Keks.

Sie funkelte ihn an, dann riss sie ihm den Schlüssel aus der Hand. »Und ob ich will.«

Die nächsten Minuten wollte Manne im Nachhinein dringend aus seinem Gedächtnis streichen. Caro raste über die Autobahn, als wären sie nicht in Berlin unterwegs, sondern auf irgendeinem Filmset. Wenn sie an der Ampel standen, trat sie nervös aufs Gas und brachte damit sogar einmal ein paar Jugendliche extrem zum Lachen. Manne konnte es ihnen nicht verdenken. Ein alter türkisfarbener Toyota, der den Motor aufheulen ließ, war sicherlich ein lustiger Anblick. Und Caro saß überdies auf dem Fahrersitz, als wollte sie ein Rennpferd antreiben. Angespannt und zum Äußersten bereit.

Als sie mit knirschenden Reifen am Rand einer großen Baustelle hielten, war Manne bereit, vor lauter Dankbarkeit in der nächstbesten Kirche eine Kerze anzuzünden. Er hatte überlebt.

Caro hupte wild, um auf sich aufmerksam zu machen. Kaum dass sie die Türen geöffnet hatten, kam Weber auch schon mit ärgerlichem Gesicht auf sie zugestapft.

»Was machen Sie beide denn so einen Wind?«, rief er ihnen entgegen.

»Wir müssen sehr, sehr dringend mit Nora sprechen«, antwortete Caro, die atemlos klang, obwohl sie nur Auto gefahren war.

»Das hat Mimi mir schon ausrichten lassen. Aber warum? Was ist mit meinem Mädchen los, dass Sie hier auftauchen wie Fernsehcops?«

Manne kniff sich in die Nasenwurzel. Natürlich hatte sie das! Dass sie ihren Chef auf Baustellen nicht erreichte, war einfach eine Ausrede gewesen. Er räusperte sich. »Thorsten Wiese ist verschwunden. In seiner Wohnung deutet ein großer Blutfleck auf ein Verbrechen hin und …«

Weber hob die Hand und stoppte Manne. »Moment, Moment, Moment«, sagte er. »Was hat Nora damit zu tun?«

Manne verzog das Gesicht. »Wir haben leider Grund zu der Annahme, dass Nora in die ganze Sache verwickelt ist.«

»Warum?«

Caro trat von einem Bein auf das andere, als müsste sie aufs Klo. »Das zu erklären würde wirklich zu lange dauern. Wir müssen zu ihr, so schnell wie möglich. Jede Sekunde zählt.«

Weber starrte sie an, als hätte er einen Geist gesehen. Dann fing er sich wieder und fragte: »Sind Sie sich ganz, ganz sicher?«

Manne und Caro nickten ernst.

Weber dachte nach, dann gab er sich einen Ruck. »Gut. Sie warten hier. Ich muss noch meinem Vorarbeiter Bescheid geben.«

»Wie meinen Sie das?«, fragte Manne, der eine Ahnung hatte, die ihm gar nicht behagte.

»Na, was glauben Sie wohl? Ich komme mit!«

»Herr Weber, das ist …«, sagten Manne und Caro beinahe gleichzeitig, doch Weber winkte ab.

»Mir liegt was an dem Mädchen. Kapiert? Sie ist wie 'ne Tochter für mich. Ich werd' sie mit dem Scheiß ganz sicher nicht alleinlassen. Und im Zweifel kann ich besser mit ihr reden als Sie beide zusammen.« Damit stapfte er quer über den Kiesplatz.

Caro sackte neben Manne ein Stück zusammen. »Das ist nicht gut«, murmelte sie. »Das ist nicht gut.«

»Vielleicht doch. Sie vertraut ihm. Hat sie uns nicht selbst gesagt, Weber sei für sie auch wie ein Vater?«

Caro nickte, doch sie knibbelte wieder an ihren Fingernägeln herum. »Wir können nicht auf ihn aufpassen«, nuschelte sie und seufzte tief.

»Das weiß er, Caro. Und er ist ein Mann, der gut auf sich selbst aufpassen kann, glaube ich. Wenn die beiden sich wirklich so nahestehen, wird sie ihm nichts tun.«

Weber kam zurück und winkte sie zu sich heran. »Kommen Sie, wir nehmen meinen Lkw.«

Manne starrte auf das Monstrum, auf das sich der Bauunternehmer gerade zubewegte. Es war ein Lkw mit ausfahrbarem Kranarm, ein riesiges Gefährt.

»Auf keinen Fall«, stieß er aus, doch Weber lachte nur. »Ich fahr damit täglich durch die ganze Stadt. Im Gegensatz zu Ihrer Nussschale ist mein Wagen klimatisiert, und außerdem kann man damit überall parken. Die Leute denken einfach, in der Straße wäre eine Baustelle und gut. Ich hatte noch nie Probleme.«

Weber war kein Mann, mit dem man lange diskutieren konnte.

Im Grunde war es Manne egal, wie sie zu Nora Mertens kamen, Hauptsache, es ging schnell, was er bei dem Monstrum tatsächlich bezweifelte.

»Wir fahren mit dem Kran oder gar nicht. Ich hab hier all mein Werkzeug drin. Und es wäre nicht das erste Mal, dass es von einer Großbaustelle verschwindet. Also los jetzt, verschwenden wir keine Zeit.«

Caro zuckte die Schultern und lief in Richtung Beifahrertür, und auch Manne fügte sich. Sie wollten schließlich was von Weber. Und eigentlich war er ganz froh, jetzt weder fahren zu müssen noch in den Genuss von Caros Bleifuß zu kommen. Den Toyota konnten sie jederzeit hier abholen.

Weber ließ sich hinterm Steuer nieder und startete den Motor. Sofort fing Mannes Hinterteil an zu vibrieren. »Können Sie uns dann jetzt wenigstens sagen, wohin wir fahren?«, bat er. »Ich muss den Kollegen vom LKA durchgeben, wo wir sind.«

Weber schüttelte entschieden den Kopf. »Wir schauen erst mal nach, ob Nora nicht einfach nur krank im Bett liegt, bevor wir so einen Wind machen.«

»So verständlich dieser Wunsch ist, Herr Weber, aber wir haben Grund zu der Annahme, dass Nora Mertens eine Schrotflinte zu Hause hat.«

Weber runzelte die Stirn. »Natürlich hat sie das. Nicht nur eine. Sie hat den Jagdschein mit siebzehn gemacht und fährt regelmäßig ansitzen.«

Manne wurde kalt. »Ihre Adresse. Sofort.«

Webers Züge verhärteten sich. »Nein.«

Manne machte den Mund auf, um etwas zu sagen, da stieß ihn Caro von der Seite an.

Sie hielt ihr Handy in der Hand und deutete auf ein Chatfenster. Oben stand der Name Carsten Blume, unten las er die Worte: *Live Standort teilen*. Caro wählte den Zeitraum von acht Stunden und tippte auf *Senden*. Darunter schrieb sie nur: *Komm schnell!!! Dringend!!! Caro.*

Manne nickte unmerklich, dann sagte er: »Wie Sie wollen.«

Sie fuhren auf die Autobahn und bretterten in Richtung Buch.

»Ist nicht weit«, versicherte Weber. »Eine Viertelstunde.«

Manne starrte auf die Felder, die sich links und rechts der Autobahn breitmachten, auf die Kleingartenanlage rechter Hand, auf die Bahnschienen. Doch er sah nichts davon wirklich. Vielmehr befand er sich in einem komischen Zwischengefühl vor der Eskalation.

»Können Sie mir jetzt erklären, wie Sie auf Nora kommen?«, fragte Weber, der das Lenkrad so fest umklammert hielt, dass seine Knöchel weiß hervortraten. »Und ich hoffe für Sie, dass Ihre Erklärung überzeugend ist, damit ich nicht rechts ranfahre und Sie am Straßenrand aussetze. Nora ist ein gutes Mädchen.«

»Auch gute Menschen können schreckliche Dinge tun«, hörte Manne Caro sagen.

»Und Sie meinten selbst, dass jeder zu einem Mord fähig ist, wenn der Grund nur gut genug ist«, erinnerte Manne ihn.

Weber nickte grimmig. »Schon. Damit hab ich aber Wiese gemeint und nicht Nora.«

»Maik Reuter wurde mit einer Schrotflinte erschossen. Er und Thorsten Wiese haben kein Bauunternehmen betrieben, sondern irgendwas anderes.«

»Hätte mich auch gewundert. Ich hab mich gestern noch ein bisschen umgehört. Keiner aus der Branche hat irgendwas über die zwei zu berichten.«

»Maik Reuter ist in diesem Zusammenhang unter einem Decknamen aufgetreten. Mirko Retter.«

Weber schnaubte. »Einfallsreich.«

»Oscarverdächtig«, ergänzte Caro, und Weber lachte nervös auf.

»Und nun ist Nora am Freitagnachmittag bei Maik zu Hause aufgetaucht, hat nach Thorsten Wiese und dann nach Mirko Retter gefragt. Als Frau Reuter ihr sagte, dass beide nicht bei ihr wohnten, ist sie ausfallend und sogar handgreiflich geworden.«

»Das klingt nicht nach Nora. Sind Sie sicher, dass sie es war?«

»Ja. Sie hat dem Sohn der Reuters einen riesigen Schrecken eingejagt.« Manne machte eine Pause. »Der Kleine hat gesagt, dass ihre Haare glitzern.«

»Oh, verdammt«, murmelte Weber. »Oh, verdammt.«

»Wir haben also einen verschwundenen Thorsten Wiese, einen Maik Reuter mit Schrot im Bauch, eine glitzernde und sehr wütende Unbekannte und eine Nora mit Jagdschein, Kontakt zu beiden und einer glitzernden Baustelle. Verstehen Sie uns jetzt?«

Weber sagte nichts, sondern nickte nur mit zusammengekniffenem Mund.

Er tat Manne leid. Es war sicherlich nicht einfach, das zu hören. Bei ihrem Besuch war deutlich geworden, wie nahe sich die beiden standen. Warum hatte dieser Dickschädel aber auch mitkommen müssen?

Sie fuhren auf Höhe des alten Krankenhausgeländes nach Buch hinein. Manne mochte diesen nördlichsten Stadtteil Berlins nicht sonderlich. Hier gab es nur Plattenbauten oder Krankenhäuser. Davon aber jeweils zu viele. Ein richtiges Zentrum gab es nicht, sondern nur zerfaserte Siedlungen und eine Einkaufsmeile, die noch nicht mal eine richtige Straße war. Buch war für ihn nichts Halbes und nichts Ganzes. Aber immerhin schön grün.

Sie hielten gegenüber einem der hohen Plattenbauten an der Hauptstraße.

»Ich hätte gedacht, Sie zahlen besser«, sagte Caro trocken, als sie aus dem Lkw hüpfte.

»Oh, Nora verdient gut, darauf können Sie wetten. Sie spart aber auf ein eigenes Häuschen, deshalb gibt sie nicht viel aus.« Er zeigte auf das rosa Gebäude vor ihnen. »Die Wohnung im fünften Stock hat ihren Eltern gehört. Sie ist hier aufgewachsen.«

»Fünfter Stock?« Caro kniff die Augen gegen die Sonne zusammen und schaute nach oben. »Da sind alle Vorhänge zugezogen.«

Manne fröstelte. Das war nicht gut.

Weber stapfte über die breite Straße entschlossen in Richtung Eingangstür, sodass Manne und Caro nichts anderes übrigblieb, als hinter ihm herzuhasten.

»Hat Carsten sich gemeldet?«, raunte Manne Caro zu, die den Kopf schüttelte.

»Sonst bleib zurück und versuch, ihn anzurufen.«

»Bleib du doch selbst zurück!«, zischte Caro. »Ich klingle ihn an, das wird ja wohl reichen. Er hat 'ne Smart Watch.«

»Was hat denn das damit zu tun?«

»Die vibrieren, wenn das Telefon klingelt. Außerdem: Wenn es hier richtig brenzlig wird, rufen wir einfach die Polizei.«

Manne verkniff es sich, sie daran zu erinnern, dass es nicht immer so einfach war, die Polizei zu rufen, wie sie im Frühjahr am eigenen Leib hatten erfahren müssen.

Weber war schon dabei zu klingeln, als sie die Tür erreichten. Beziehungsweise hielt er seinen großen Daumen kontinuierlich auf die Klingel gedrückt. Doch Nora öffnete nicht. Auch die Gegensprechanlage blieb stumm.

Sofort drückte Weber jede andere Klingel, bis endlich eine Stimme »Ja bitte?«, sagte.

»Post«, presste Weber hervor, und die Tür summte auf.

KAPITEL 24

Sie hielten sich nicht damit auf, auf den Fahrstuhl zu warten. Diese Dinger konnten in den alten Plattenbauten schon mal Minuten brauchen, bis sie sich blicken ließen. Außerdem war es besser, in Bewegung zu bleiben, um nicht vor Angst einfach zu erstarren.

Caro klopfte das Herz bis zum Hals; sie hielt sich dicht hinter Manne.

Im fünften Stock angekommen, hämmerte Weber ohne Umschweife gegen die Holztür in der Mitte des Flures, an der ein Willkommensschild mit einem Holzfrosch angebracht war. Auf einer farbenfrohen Fußmatte standen bunte Flip-Flops neben drei Postpaketen. Der Anblick machte sie irgendwie sehr traurig. Caro wollte schon fragen, ob sich Weber wirklich sicher war, hier richtig zu sein.

»Nora, mach auf!«, rief er, und seine Stimme hallte durch den langen Flur und das hohe Treppenhaus. Caro hörte, wie hier und da Türen aufgingen. Sie hatten also Zeugen. Das beruhigte sie ein bisschen.

Caro trat vor und legte ein Ohr an die Tür, Weber tat es ihr gleich. Im Inneren erklangen Schritte, und ihre Blicke trafen sich. Caro fiel ein Stein vom Herzen. Immerhin war da drin noch Leben! Doch die Tür ging nicht auf. Weber gab ihr mit einer Geste zu verstehen, dass sie sich wieder zurückziehen sollte, und sie gehorchte. Manne und sie pressten sich gegen die Wand, außer Sichtweite des Türspions.

Dann hämmerte Weber mit der Faust gegen die Tür, dass sie in den Angeln bebte. »Nora! Ich weiß, dass du da bist. Mensch, Mädchen, mach die Tür auf, ich muss mit dir reden!«

Lange passierte nichts, dann kam von der anderen Seite ein zaghaftes »Walter?«

Weber schluckte und schloss kurz die Augen. »Ja, ich bin's. Ich war gerade in der Nähe und wollte mal nach dir sehen. Ist alles in Ordnung?«

»Verschwinde!«, schrie Nora. »Verzieh dich und lass mich in Ruhe. Gerade in der Nähe? Du willst mich wohl verarschen!«

Manne stupste Caro mit dem Ellbogen in die Seite und zeigte auf eine Stelle unten am Türrahmen. Verschmierte Blutspuren. Eindeutig. Sie zog ihr Handy aus der Tasche und ließ es erneut bei Carsten Blume klingeln. Verflucht, ständig verfolgte das LKA sie, aber wenn man sie mal wirklich brauchte, gingen sie nicht ans Telefon.

»Verschwinde!«, schrie Nora noch einmal, gefolgt von einem herzzerreißenden Schluchzen.

»Ich gehe hier erst weg, wenn du die Tür aufgemacht hast und ich mich überzeugen konnte, dass es dir gut geht.«

Eine Weile war es still, dann erklang hinter der Tür eine unheimliche Mischung aus Weinen und Lachen. Caros Nackenhaare stellten sich auf.

»Dass es mir gut geht …«, krächzte Nora. »Walter, ich hab Neuigkeiten. Es wird mir nie wieder gut gehen. Oder für immer, wer weiß das schon? Aber wenn du schon mal hier bist, kann ich dir auch gleich persönlich sagen, dass ich kündige. Dann ist das wenigstens erledigt.«

Weber warf Manne und Caro einen besorgten Blick zu. Das klang gar nicht gut.

»Nora, bitte«, drängte er. »Lass mich rein.«

»Die Tür bleibt zu!«, schrie Nora so laut, dass Caro zusammenzuckte. Weiter hinten ging eine Tür auf, und ein weißer Haarschopf erschien. Manne schüttelte heftig den Kopf und wedelte in Richtung des älteren Herrn, der halb verärgert, halb neugierig auf den Flur hinausspähte. Mit einem missmutigen Blick verschwand der Nachbar wieder in seiner Wohnung.

»Gut, dann lass eben die Tür zu, wenn du mich nicht sehen willst. Aber ich gehe hier nicht weg, Nörchen. Nicht in einer Million Jahre.« Webers Stimme war sanft, aber in seinen Blick hatte sich Verzweiflung geschlichen. Verständlich.

»Erinnerst du dich an die Walther von meinem Papa?«, schluchzte Nora, und Mannes Augen weiteten sich.

»Ja, natürlich«, sagte Weber und rieb sich mit der flachen Hand durchs Gesicht.

»Ich hab sie in der Hand.«

Caros Finger krallte sich in Mannes Unterarm. Nur mit Mühe gelang es ihr, den Schrei zu unterdrücken, der aus ihrer Kehle wollte. Aber sie fühlte, wie ihr vor Anspannung Tränen in die Augen stiegen.

»Mach keinen Quatsch. Was willst du denn damit, Mensch?«

Nora antwortete nicht, sondern schluchzte nur noch.

Ein Schaben erklang, und kurz darauf war ihre Stimme deutlicher zu hören; sie musste auf der anderen Seite der Tür zu Boden geglitten sein. »Es ist alles vorbei ... Ich war fast so weit. Und dann kommst ausgerechnet du!«

»Es ist noch nicht alles vorbei«, sagte Weber. »Wie kannst du nur so reden? Du bist doch noch jung, und man kann vieles regeln.«

»Ich hab Mist gebaut, Walter. Großen Mist. Zu großen Mist, um da wieder rauszukommen.«

»Jeder baut mal Mist.«

Nora schlug gegen die Tür. »Das hier ist was anderes!«, schrie sie.

»Dann erklär es mir«, sagte Weber. »Bitte.«

»Ich ...«

Plötzlich ertönte ein Klopfen von der anderen Seite der Wand, an der Manne und Caro lehnten. Beide zuckte zusammen.

»Lass das!«, schrie Nora.

Sie blickten sich an. Mannes Lippen formten das Wort »Wiese«, und Caro nickte. In dem Moment vibrierte ihr Handy.

Es war die Antwort von Carsten. *Gleich da.* Caro schloss vor Erleichterung kurz die Augen.

Manne machte eine Geste. Er wollte ihr Handy haben.

Kein Blaulicht. Keine Sirene. Nicht direkt vorm Haus parken, schrieb er an Carsten und schickte es ab.

Reden Sie weiter. Unter allen Umständen. Halten Sie sie hin. Wir holen die Polizei, tippte er anschließend und hielt Weber das Telefon hin. Dieser las, dann schluckte er. Doch er nickte.

Manne zeigte in Richtung Fahrstuhl, und Caro stieß sich von der Wand ab. Es war sicherer, diesmal zu fahren, weil sie zur Treppe an der Wohnungstür hätten vorbeigehen müssen.

So schnell und so leise sie konnten, schlichen sie durch den Flur. Es dauerte wirklich ewig, bis der Aufzug kam. In der Zeit hörten sie zu, wie Weber mit Engelszungen auf seine Mitarbeiterin einredete, deren lautes Schluchzen bis zu ihnen hallte. Ihre verzweifelte Entschlossenheit war beinahe greifbar.

Als sich die Fahrstuhltüren endlich hinter ihnen geschlossen hatten, begann Manne zu fluchen. »So eine verdammte Scheiße!«, rief er aus, so laut, dass Caro das Gefühl hatte, der ganze Fahrstuhl würde wackeln.

»Manne, ich kriege einen Tinnitus.«

Sie lehnte sich gegen die Wand. Es gab tausend Dinge, die sie jetzt gern sagen würde – und gleichzeitig überhaupt nichts. »Was sollen wir denn jetzt machen?«

Manne atmete hörbar aus. »Wir besprechen uns mit dem LKA.«

»Hast du nicht gehört, was Carsten über Lohmeyer gesagt hat?«, fragte sie mit wachsender Verzweiflung. »Der ist ein Freund der harten Hand. Wenn die sich zu erkennen geben oder Anstalten machen, die Wohnung zu stürmen, dann tut sie sich was an.«

»Vielleicht auch nicht«, sagte Manne, doch Caro schnaubte.

»Sie hat schon einmal abgedrückt.«

»Bei sich selbst ist das aber noch mal schwerer.«

Caro hob die Brauen. »Glaubst du das wirklich?«

Manne sah ihr kurz in die Augen, dann schaute er kopfschüttelnd weg. »Nein«, gab er leise zu.

Der Aufzug hielt, und Caro blieb nur noch, Manne einen zweifelnden Blick zuzuwerfen, bevor die Tür aufging.

Sie verließen das Haus im Laufschritt. Auf der Straße blickten sie sich nach allen Seiten um und entdeckten dann einen schwarzen Bus auf der anderen Straßenseite. Als sie Lohmeyers Kopf dahinter hervorlugen sahen, bedeutete Caro ihm, sich wieder zu verziehen, und erstaunlicherweise tat er das auch.

Kommissar Lohmeyer, Carsten Blume und noch zwei Kolleginnen warteten hinter dem LKA-Fahrzeug schon auf sie. Lohmeyer setzte an, etwas zu sagen, doch Manne hob die Hand.

»Verschonen Sie uns«, sagte er knapp. »Die Lage ist folgende: Im fünften Stock befindet sich die Wohnung von Nora Mertens, der mutmaßlichen Mörderin von Maik Reuter, ferner dringend tatverdächtig, Thorsten Wiese entführt zu haben, der sich höchstwahrscheinlich ebenfalls dort oben aufhält.«

Lohmeyer starrte Manne an. »Meinen Sie das ernst?«

»Todernst«, sagte Caro. »Und es ist nicht nur bloße Vermutung. Am Türstock der Wohnungstür befinden sich Blutspuren, und als wir vor der Wohnung standen, war ein Klopfen aus dem Inneren zu hören, das Mertens sofort wütend unterbunden hat.«

»Nora Mertens ist bewaffnet und kurz davor, die Waffe gegen sich selbst zu richten. Sie befindet sich direkt hinter der Wohnungseingangstür.«

»Wissen Sie, dass sie bewaffnet ist, oder glauben Sie das nur?«, fragte Lohmeyer.

Manne seufzte. »Wir können natürlich genauso wenig durch

Wände sehen wie Sie. Aber Walter Weber, der mit uns hier hinge-
fahren ist, kennt die Waffe und hat uns ihre Existenz bestätigt.
Nora Mertens ist eingetragene Jägerin und auch im Besitz einer
Schrotflinte.«

Carsten und Lohmeyer tauschten einen Blick, der Unbehagen
ausdrückte.

»Das hätten Sie vielleicht besser mal nachgeprüft, wie?«, bemerkte Caro giftig, noch bevor sie es verhindern konnte. Verdammt, der Druck musste einfach irgendwo hin.

»Sagen Sie uns nicht, wie wir unsere Arbeit zu machen haben«,
blaffte Lohmeyer.

Caro dachte schon, Carsten würde überhaupt nicht den Mund
aufmachen, da schaltete er sich doch noch ein: »Können wir das
nicht auf später verschieben? Wir haben ein Problem hier.«

»Ich rufe das SEK«, sagte Lohmeyer trocken. »Bewaffnete Gei-
selnahme ist ein Fall für die Kollegen.«

»Nein!«, riefen Caro und Manne wie aus einem Mund.

Lohmeyer hielt inne. »Wir haben hier eine Situation wie aus
dem Lehrbuch. Da muss man nicht groß nachdenken.«

»Nora Mertens ist ein Nervenbündel. Wenn sie die Polizei kommen hört, schießt sie.«

»Wir werden ja nicht sofort stürmen, Herrgott. Waren Sie zu oft
im Kino? Wir schicken erst mal einen Vermittler nach oben.«

»Der beste Vermittler ist bereits hier«, sagte Manne ruhig.
»Walter Weber ist für Nora wie ein Vater, das hat sie uns selbst
gesagt. Sie vertraut ihm. Es ist ihm schon gelungen, sie ein wenig
zu beruhigen und sie zum Reden zu bringen. Wenn jemand sie
davon abhalten kann, alles noch viel schlimmer zu machen, dann
er.«

»Aber er ist für so was nicht ausgebildet. Er ist Bauunternehmer!«, hielt Lohmeyer verärgert dagegen.

»Ja, das stimmt. Aber er kennt sie. Seit Jahren. Vertraute haben sich doch oft schon als bessere Wahl als Vermittler erwiesen. Vor allem, wenn es wie hier nicht um Geld geht.«

Lohmeyer stemmte eine Hand gegen das Auto und musterte Manne und Caro abwechselnd. »So. Sie haben jetzt lang und breit erklärt, was wir alles nicht machen sollen und warum. Haben Sie denn auch Gegenvorschläge? Oder sollen wir einfach abwarten, ob ein Zivilist das allein hinbekommt?«

»Natürlich nicht. Das Ziel muss aber sein, Wiese und Mertens zu retten.«

»Selbstverständlich ist das das Ziel«, schnaubte Lohmeyer, »für wen halten Sie uns eigentlich?«

»Und wie würden Sie jetzt vorgehen? Sagen wir mal, wenn es kein SEK geben würde und Sie sich nicht auf andere Menschen verlassen könnten?«, fragte Manne gereizt.

Caro begann wieder, von einem Fuß auf den anderen zu treten. Wie konnte es sein, dass die Polizei hier war und sie sich trotzdem kein Stück besser fühlte? Ihr Blick wanderte das Haus hinauf bis zu den zugezogenen Fenstern.

»Sie hat einen Balkon. Und das Fenster neben der Balkontür ist gekippt«, murmelte sie, und alle schauten nach oben.

»Vielen Dank für diese wertvolle Information«, sagte Lohmeyer bissig. »Aber wir wollen keine Immobilie kaufen, und solange Sie nicht Spidergirl sind, kommen wir da nicht hoch.«

Caro schnaubte. »Sie wissen doch bestimmt, wie man durch ein gekipptes Fenster einbricht, oder?«, fragte sie, während sich ein Plan in ihrem Kopf formte. Sie sah Manne an, und der nickte. Er wusste genau, was sie vorhatte.

»Ich weiß es«, sagte er dann auch. »Dafür brauchen wir nur eine Rolle Toilettenpapier und zwei feste Schnüre.«

»Worüber redet ihr denn?« Carsten klang irritiert, aber neugierig. Lohmeyer verschränkte die Arme und sagte zur angenehmen Abwechslung mal nichts.

Manne sah Caro in die Augen. »Weißt du, wie man so ein Ding bedient?«

Sie schüttelte den Kopf. »Ich kann es aber googeln.«

»Weber können wir jedenfalls da oben nicht entbehren. Wenn das klappen soll, muss er an der Tür bleiben.«

Caro nickte und knabberte an ihren Nagelbetten herum.

»Wenn ich nicht sofort das SEK rufen soll, muss ich wissen, was hier los ist und worüber Sie beide reden«, forderte Lohmeyer.

Manne atmete tief durch. »Wir haben die Situation, dass Nora bewaffnet und verzweifelt die Wohnungstür blockiert, weshalb wir uns, wenn wir keine Eskalation provozieren wollen, anders Zugang zur Wohnung verschaffen müssen.«

»Wir. Nicht Sie.«

Er wischte Lohmeyers Einwand beiseite, indem er ungeduldig mit der rechten Hand in dessen Richtung wedelte. »Weber lenkt sie momentan ab, indem er mit ihr spricht. Und Caro hat gerade richtig bemerkt, dass zur Wohnung ein Balkon gehört und dass das Fenster gekippt ist. Ich weiß, wie man ein Fenster öffnet, das gekippt ist. Dazu brauche ich die eben genannten Gegenstände.«

Manne wandte sich an eine der Kolleginnen vom LKA, die das Gespräch bisher schweigend beobachtet hatte. »Könnten Sie sich vielleicht in einem der Nachbarhäuser durchklingeln? Ich brauche am besten mehrere Klopapierrollen.«

Der Blick der jungen Frau huschte zu ihrem Chef, doch der starrte Manne nur mit unbewegter Miene an.

»Da oben findet gerade ein Drama statt, und Sie wollen eine meiner Mitarbeiterinnen losschicken, um Klopapier zu besorgen?«

»Hatten Sie nie Training mit jemandem von der Einbruchssicherung? Oder vom Schlüsseldienst?«, fragte Manne, und Caro entging seine mühsam unterdrückte Verzweiflung nicht.

»War nie mein Bereich«, gab der Kommissar zurück.

»Man kann in eine Wohnung durch ein gekipptes Fenster einsteigen. Und das fast geräuschlos. Alles, was man dazu braucht, ist eine Schnur, eine Rolle Klopapier und zwei geschickte Hände.«

»Aber wie wollen Sie da hochkommen?«, fragte Lohmeyer, offenbar um Fassung bemüht.

Manne deutete auf den Laster der Weber Bau GmbH. »Damit«, sagte er.

KAPITEL 25

Für eine Weile sagte niemand ein Wort. Das gesamte Team ließ Mannes und Caros Vorschlag auf sich wirken. Der Plan war ein wenig unorthodox, das schon, aber ganz bestimmt besser, als eine junge Frau mit Schusswaffe in der Hand zu Tode zu erschrecken. So würde es ihnen vielleicht gelingen, zu deeskalieren.

Wer konnte schon wissen, wie lange das SEK brauchen und was in der Zeit noch alles passieren würde? Und was geschah, wenn sie eintrafen? In diesem Augenblick bemerkte Manne, dass ein Gewitter aufzog. Über den farbenfrohen Plattenbauten türmten sich dunkle, prall gefüllte Wolken, und die Sonne verschwand. Ein starker Wind kam auf. Das passte ja wunderbar zu der aufgeladenen Stimmung.

»Es ist schon schlimm genug, dass wir einen Zivilisten involviert haben«, unterbrach Lohmeyer seine Gedanken. »Aber ein Zivilfahrzeug und noch Sie beide?«

»Es ist die beste Möglichkeit, jetzt zu handeln«, mischte Carsten sich ein. »Jan, wenn es am Ende einen oder zwei Tote mehr gibt, ist wirklich niemandem geholfen. Bis das SEK hier ist, dauert es ewig. So kommen wir vielleicht in die Wohnung, ohne die mutmaßliche Täterin aufzuschrecken. Wenn sie wirklich so ein Nervenbündel ist, wie Nowak und von Ribbek sagen, dann ist sie zu allem fähig. Das ist ja keine normale Entführung hier, wie Nowak schon sagte. Eher ein privates Drama.«

Lohmeyer rang mit sich, Manne konnte es deutlich sehen. Er war Carsten sehr dankbar, dass er für ihren Plan Partei ergriff. Es war das Reiskorn, das die Waage kippte.

»Schneider, holen Sie Nowak, was er braucht«, sagte Lohmeyer zu seiner Kollegin.

»Eigentlich müssten wir alles hinten im Bus haben. Küchenrolle geht doch auch, oder?«, antwortete sie.

Manne nickte, dann fuhr er fort: »Bleibt nur noch die Frage, wer den Kran bedient. Ich hab so was noch nie gemacht, und auch wenn ich Caro voll vertraue …« Er ließ den restlichen Satz in der Luft hängen.

»Ich kann das übernehmen«, sagte Carsten. »In der Oberstufe habe ich während der Sommerferien immer auf dem Bau gearbeitet und ein paar Mal einen kleinen Kran bedient. Das ist nicht so schwer, der Arm muss ja nur nach oben. Ich brauche allerdings jemanden, der für mich guckt, dass ich nichts umbrettere.«

»Okay.«

»Ich hole die Schlüssel von Weber«, sagte Caro und war schneller verschwunden, als Lohmeyer auch nur einatmen konnte. Ihr entschlossener Gang ließ ihren blonden Pferdeschwanz zackig hin und her wippen.

Carsten verschwand in Richtung Lkw, um sich schon mal ein Bild zu machen.

»Mit der Frau könnte ich nicht arbeiten«, knurrte Lohmeyer, und Manne war versucht, ihm zu unterstellen, dass er generell nicht mit Menschen arbeiten konnte, die ihren Kopf zum Selbstdenken benutzten. Immerhin war das, was sie jetzt versuchen wollten, ganz allein Caros Idee gewesen.

»Dürfen Sie ja auch nicht«, gab er stattdessen liebenswürdig zurück, doch Lohmeyer überging ihn.

»Schutzwesten für alle«, sagte er stattdessen und schob die Seitentür des Busses auf.

Manne staunte nicht schlecht über die Ausstattung. Zu seiner Zeit hatten sie nie einfach ein paar schusssichere Westen durch die Gegend kutschiert. Die Dinger waren teuer, und Berlin war pleite. Während die Kollegin alle mit Ausrüstung versorgte, zog Lohmeyer einen kleinen schwarzen Koffer unterm Beifahrersitz hervor. Manne sog scharf Luft ein.

»Sie können mit einer Dienstwaffe umgehen, nehme ich an«, sagte der Kommissar, und er nickte.

»Solange es hell ist.«

Lohmeyer lud die P1 durch und reichte sie ihm zusammen mit einem Halfter. Seine Hand begrüßte die Waffe wie einen alten Freund. Viele Jahre hatte er genau so eine Pistole jeden Morgen aus dem Tresor geholt und geladen. Mit ihr in der Hand fühlte er sich besser und schlechter gleichzeitig. Er war nicht traurig gewesen, das Ding los zu sein. In all den Jahren im Dienst hatte er seine P1 nur zu Übungszwecken abfeuern müssen. Wofür er sehr dankbar war.

»Die ist nur für den absoluten Notfall«, sagte Lohmeyer streng.

»Das sollten Dienstwaffen immer sein«, gab Manne zurück und schnallte sich den Gürtel mit der Waffe um. Er lugte am Bus vorbei und sah, dass Caro zurück war. Sie und Carsten hingen vollkommen vertieft über dem Armaturenbrett des Lkw.

Manne pfiff kurz auf zwei Fingern, und Caro kam zu ihnen herüber. Er wickelte die Küchenrolle ab, die man ihm gegeben hatte.

»Wie lange brauchen Sie, um ihren Einbruch vorzubereiten?«, fragte Lohmeyer und sah ihn skeptisch an.

Manne zog sein Schweizer Taschenmesser aus der Hosentasche, schnitt ein Stück von der Papprolle ab und bohrte in das längere vier Löcher, zwei an jedem Ende, durch die er jeweils lange Stücke Schnur zog und zu großen Schlaufen verknotete. »Bin gleich so weit.« Er wandte sich an Caro. »Wie sieht es da oben aus?«

»Unverändert. Sie hat einen Schuss abgegeben, der ist Gott sei Dank nur in den Boden gegangen. Weber ist ein Nervenbündel, aber er spricht noch immer ruhig und gelassen. Versucht, sie am Reden zu halten. Über ihre Kindheit und gemeinsame Baustellen und so weiter.«

»Immerhin scheint dieser Weber kein kompletter Idiot zu sein. Gut«, sagte Lohmeyer. »Nowak. Sie kommen mit Schneider und mir auf den Balkon und öffnen das Fenster. Aber Sie bleiben außerhalb der Wohnung, habe Sie mich verstanden? Sie tun und lassen, was ich sage.«

Manne nickte. Er wurde bald Großvater und war nicht unglaublich scharf darauf, sich in Gefahr zu bringen. Deshalb hatte er keine Einwände.

Lohmeyer wandte sich an die zweite Kollegin. »Lietze, Sie und Blume bleiben hier unten, es sei denn, Sie hören was von uns. Und von Ribbek ...«

»Ich gehe zurück zu Herrn Weber. Er muss schließlich wissen, was hier läuft.«

»Auf gar keinen Fall. Sie bleiben hier.«

»Ich gehe zu Weber«, wiederholte Caro mit Nachdruck.

Die beiden lieferten sich ein Gefecht mit stummen, sehr scharfen Blicken, bis Lohmeyer seufzend einlenkte. »Eine Weste für Frau von Ribbek.«

Warum musste es ausgerechnet heute gewittern? Es hatte seit Wochen nicht geregnet, aber jetzt, wo sie in den winzigen Korb steigen sollten, den Blume gerade mit seiner Kollegin am Hubarm des Lkw befestigte, wurde es windig? Das war doch ein schlechter Witz.

In der Ferne rumpelte es bedrohlich. Der Wind wurde stärker, und die dunklen Wolken kamen näher. Binnen kürzester Zeit hatte sich eine Gänsehaut auf Mannes Armen ausgebreitet, und den einen oder anderen Tropfen hatte er auch schon abbekommen. Er fühlte sich wie in einem Film.

»Ich bin so weit!«, rief Blume und schwang sich auf den Fahrersitz. Er hatte den Motor schon vor einigen Minuten angelassen und die seitlichen Stützen ausgefahren. Die Geräusche wurden vom Verkehr auf der Straße zum Glück komplett geschluckt.

Manne, Lohmeyer und Nike Schneider, die LKA-Beamtin, die sie begleiten würde, tauschten einen kurzen Blick, dann kletterte Lohmeyer ekelhaft flink auf die Ladefläche des Lkw und reichte ihm die Hand.

Manne warf noch einen Blick zu Caro, die ihm ein kurzes Lächeln schenkte und die Finger kreuzte. Er nickte, und sie verschwand wieder in Richtung Hauseingang. Irgendwie war es blöd, sie gehen zu sehen. Er wollte Caro eigentlich lieber in seiner Nähe haben, jetzt, wo der Fall zu Ende ging. Und natürlich wollte er auf sie aufpassen; dabei wusste er ziemlich genau, was Caro sagen würde, wenn sie von diesem väterlichen Impuls wüsste.

Wie er es auf den Lkw geschafft hatte, konnte er hinterher nicht mehr sagen, aber sein Schienbein tat höllisch weh. Der Hubkorb war klein, und Manne musste all seine Willenskraft aufwenden, um die Vorstellung, das Ding könnte nicht richtig eingehakt sein, zu verdrängen.

»Ich habe gerade das SEK verständigt«, sagte Lohmeyer leise. »Wir können da nicht hochgehen, ohne wenigstens Verstärkung gerufen zu haben.«

Er nickte. An Lohmeyers Stelle hätte er wahrscheinlich genauso gehandelt. Natürlich wollte hier niemand, dass ihr Plan fehlschlug. Aber falls doch, musste es einen Plan B geben.

»Am besten, Sie bestellen gleich auch einen Krankenwagen. Das ganze Blut muss ja irgendwo hergekommen sein.«

»Schon längst erledigt«, sagte Lohmeyer und steckte das Telefon ein. Angeber, dachte Manne.

Der Korb setzte sich in Bewegung, und just in diesem Augenblick donnerte es laut. Das Rumpeln des Krans verschmolz mit den Wettergeräuschen. Doch Manne wurde schlecht. Er wusste, dass sie gleich einen Wolkenbruch erleben würden. Es war düster und windig, und der Korb wackelte bedrohlich. Unten auf der Straße wurden Blätter und Müll durch die Luft gewirbelt.

Manne hatte ein Gefühl von Endzeitstimmung. Lohmeyer schwieg und mahlte mit den Kiefern.

Die Fahrt kam Manne endlos vor. Wahrscheinlich, weil der Korb zwei oder drei Mal bedrohlich im Wind wackelte und Carsten natürlich und dankenswerterweise sehr behutsam vorging, um keine Gebäudeteile zu verletzen.

Schließlich kamen sie kurz unterhalb der Balkonbrüstung zum Stehen. Schneider stieg behände auf den Balkon und half erst ihrem Chef, dann Manne nach oben.

Erst jetzt konnten sie sehen, dass die Vorhänge vor der Balkontür nicht ganz bis auf den Boden reichten. Das Licht im Zimmer war an, und ein schmaler Streifen fiel zu ihnen nach draußen.

Lohmeyer ging auf alle viere und spähte durch den Schlitz. »Ich sehe zwei gefesselte Füße. Und einen Teller mit Essensresten.«

Manne schloss die Augen. Wiese war nicht nur hier, er befand sich auch auf der anderen Seite dieser beiden Glasscheiben. Das war großes Glück im Unglück. Vielleicht konnten sie ihn sogar sichern, ohne dass Nora etwas davon mitbekam.

»Dann zeigen Sie mal, was Sie können«, raunte Lohmeyer, und Manne nickte. In dem Augenblick, in dem er die Küchenrolle durch den geöffneten Fensterschlitz schob, fragte er sich, wie er so dämlich hatte sein können, diesen Vorschlag zu unterbreiten. Schließlich hatte er das, was er nun versuchen wollte, noch nie gemacht. Doch es war zu spät, jetzt noch etwas zu ändern oder umzukehren.

Mit den beiden Schnüren, die er links und rechts an die Papierrolle gebunden hatte, begann er, die Rolle zu bewegen. Ziel war, sie über den nach oben zeigenden Fenstergriff zu stülpen. Es war Jahre her, sehr viele Jahre, seit er die Schulungen über Einbruchsmethoden im Rahmen einer Fortbildung besucht hatte, und auch damals war alles nur Theorie gewesen. Doch das Prinzip hatte er verstanden, und es war nur logisch: Wenn man die Rolle erst mal über dem Fenstergriff hatte, musste man die Schnüre rechts und links der Scheibe positionieren. Dann konnte man das Fenster zu sich heranziehen und mithilfe der Schnüre und der Rolle den Griff so drehen, dass sich das Fenster ganz öffnen ließ.

So weit die Theorie. Manne hatte auch schon gesehen, dass es funktionierte. Es war nur etwas völlig anderes, wenn man es versuchte, während die Hände zitterten und einem der Regen in den Nacken peitschte.

Außerdem musste man sehr behutsam vorgehen, damit die Rolle nicht aus- oder die Schnüre abrissen. Gott, er war zu alt für so was. Zumal in der Dunkelheit, die das Gewitter mit sich gebracht hatte, seine Sehkraft rapide nachließ.

Doch irgendwann hatte er es geschafft. Der Fenstergriff drehte sich um neunzig Grad in die richtige Richtung, und er konnte das Fenster nach innen aufdrücken.

»Sie bleiben hier«, sagte Lohmeyer, während er durchs Fenster kletterte. Seine Kollegin folgte ihm.

KAPITEL 26

Weber wirkte müde und zunehmend verzweifelt. Er war blass und sah abgekämpft aus, als gehöre er ins Bett. Die Atmosphäre auf dem Flur hatte sich merklich verändert. Es war düsterer geworden, und das Gewitter, das vor dem Fenster am Ende des Ganges wütete, tat sein Übriges. Es war schwierig, in so einer Atmosphäre die Nerven zu bewahren.

Auch Nora schien es schlechter zu gehen. Sie weinte viel und sagte kaum noch etwas. Weber versuchte immer wieder, sie zum Öffnen der Tür zu bewegen, doch sie ließ sich nicht beirren.

Caro fühlte sich machtlos, während sie schweigend neben dem Bauunternehmer hockte und darauf wartete, dass etwas passierte.

»Und er hat mir am Anfang doch gar nicht gefallen. Ich hab mich nur um ihn gekümmert, weil ich wusste, dass dir das gefallen würde«, hörte sie Nora irgendwann leise sagen.

Weber hob die Brauen, und auch Caro horchte auf.

»Wen mochtest du nicht?«, fragte Weber vorsichtig.

Nora schniefte. »Na, Thorsten. Er war ... ich weiß auch nicht. Irgendwie unheimlich.«

»Ich verstehe, was du meinst«, sagte Weber, auch wenn er Caro dabei ratlos anschaute.

»Aber dann hat es mich erwischt, und ich ...« Nora zog die Nase hoch. Es klang, als würde sie ihren Kopf gegen das Türblatt hämmern. »Ich war so dumm.«

»Du hast dich verliebt«, stellte Weber fest und rieb sich mit der flachen Hand übers Gesicht.

Nora wimmerte nur.

»Wir machen alle Dummheiten, wenn wir verliebt sind.«

»Aber nicht solche. Ich hab dich bestohlen. Ich hab«, sie

schluchzte, »ich hab gelogen und … o Gott.« Nun weinte sie wieder hemmungslos, und Caro betete, dass sich Manne und die anderen beeilten. Lange ging das hier nicht mehr gut.

»Es tut mir leid«, flüsterte Nora. »Es tut mir so leid.«

Auf der anderen Seite der Tür ertönte ein Klicken.

»Nein, nein, nein«, rief Weber. »Mädchen, tu das nicht. Bitte!«

Dann ertönte ein Rumpeln. Und dann geschah alles auf einmal.

KAPITEL 27

Der junge Kerl war in einem erbarmungswürdigen Zustand. Sein rechtes Bein war mit blutigen, schmutzigen Bandagen umwickelt und sein Gesicht aschfahl und schweißnass. Er atmete flach, aber immerhin war er noch am Leben.

Lohmeyer und seine Kollegin Schneider drückten sich vom Fenster aus dicht an der Wand entlang und krochen auf Wiese zu, der erfolglos versuchte, den Kopf zu heben.

Trotz der stickigen Hitze, die aus der Wohnung quoll, fror Manne erbärmlich. Sein Kreislauf war ganz offensichtlich mit der Gesamtsituation unzufrieden.

Als Lohmeyer und Schneider Thorsten Wiese erreichten, beugte die Polizistin sich tief zu ihm hinunter und flüsterte ihm etwas ins Ohr. Manne sah, dass er schwach nickte, und hatte trotz allem, was er über den Kerl wusste, Mitgefühl. Vor ungefähr einem halben Jahr war er selbst von Lohmeyer und seinem Team aus Lebensgefahr gerettet worden. In der letzten Sekunde.

Er sah zu, wie die beiden Beamten vom LKA den jungen Mann hochhievten. Schneider an der linken und Lohmeyer an der rechten Seite. Dann zuckte ein Blitz über den Himmel, und ein ohrenbetäubend lauter Donner erklang. Im nächsten Moment erstarrte Lohmeyer und ließ Wiese los. Etwas stimmte nicht. Manne duckte sich instinktiv unters Fenster und robbte in Richtung Balkontür. Lohmeyer und Schneider hatten den Vorhang beim Reinklettern ein wenig verschoben, sodass Manne vom Boden aus in das Zimmer spähen konnte.

Offenbar waren sie ertappt worden. Nora stand in der Zimmertür und schrie.

»Du gehst nirgendwo hin!«, hörte er zwischen zwei Donnerschlägen, und dann schrie sie noch etwas, das er nicht verstehen konnte.

Erst jetzt bemerkte er, dass Lohmeyer am Boden lag und sich nicht rührte. Scheiße, hatte sie ihn etwa auch erschossen? Nein, er wand sich, war aber offenbar verletzt. Schneider war vor Wiese getreten, der wieder auf dem Boden lag.

Die Situation war außer Kontrolle! Manne versuchte, sich das Regenwasser aus den Augen zu blinzeln.

Die beiden Frauen standen einander gegenüber, beide bewaffnet, beide schwer atmend.

Mannes Magen drehte sich einmal um die eigene Achse. Er zog die P1 hervor und entsicherte sie. Nora hatte ihn noch nicht bemerkt. Wenn er jetzt nur freies Feld bekam …

Und dann erschienen Caro und Weber hinter Nora, und diese wirbelte herum.

Der Moment war vorüber. Manne hielt es nicht mehr aus. Er erhob sich und schwang sich durch das Fenster.

KAPITEL 28

Caro hatte nicht nachgedacht, und Weber genauso wenig. Als Nora aufgestanden war und ihre Schritte auf dem Flur verklangen, hatte der Bauunternehmer nicht lange gefackelt und die Tür mit drei gezielten Tritten eingetreten.

Caro hatte sich am Rande ihres Bewusstseins gefragt, wofür man überhaupt Wohnungstüren hatte, wenn die so leicht aufgingen, während sie hinter ihm her durch den Flur gerannt war.

Und nun standen sie da. Manne, Kommissarin Scheider, Nora, Weber und sie. Die Blicke schossen wie Pistolenkugeln durch den Raum, es roch leicht nach Schießpulver. Lohmeyer blutete aus dem Oberschenkel, blickte aber genauso drein wie immer: mühsam beherrscht. Offenbar hatte Nora auf ihn geschossen. Er presste seine Hände auf die Wunde, sein Brustkorb hob und senkte sich schwer. Manne rief etwas, doch sie konnte ihn nicht verstehen, da der Regen draußen laut prasselte und das Fenster weit offen stand.

Nora zielte mit ihrer Waffe auf die Kriminalbeamtin, schaute aber um sich wie ein gehetztes Tier.

»Nora«, flehte Weber, doch ihm war die Puste ausgegangen. Offenbar hatten die Tritte gegen die Tür ihn seine letzte Kraft gekostet.

»Waffe auf den Boden!«, hörte sie Schneider wie von ferne schreien, sicherlich nicht zum ersten Mal.

Nora schüttelte den Kopf.

Das durfte doch alles nicht wahr sein. Die Zeit schien sich unendlich auszudehnen. Wie lange waren sie schon hier? Stunden? Tage? Caro fühlte sich verwundbar und seltsam entrückt. Wie in einem Film. War das hier echt? Sie hatte so was schon tausend Mal gesehen. Auf Leinwänden, auf Bildschirmen. Und in ihrem Kopf. Trotzdem wusste sie nicht, was sie tun sollte.

Aber ihr Körper hatte offenbar eine Idee, ihre Füße bewegten sich fast von allein. Ganz langsam auf Nora zu.

Dabei begegnete sie Mannes Blick, der kaum merklich den Kopf schüttelte. Seine Augen flehten. Caro lief trotzdem weiter, wie auf Autopilot. Sie konnte nicht anders. Und dann war sie bei ihr. Direkt hinter Nora.

Caro hob langsam die linke Hand und legte sie Nora auf den Rücken. Die zuckte zusammen, drückte aber nicht ab.

»Was willst du tun?«, fragte Caro leise, so, dass nur Nora es hören konnte. »Uns alle erschießen?«

»Dafür hab ich nicht genug im Magazin«, entgegnete die Frau zitternd, und Caro fühlte, wie ein Lachen in ihr hochblubberte. Wenn Situationen besonders ernst wurden, lachte sie manchmal. Das war ihr als Kind schon passiert. Sie atmete tief durch.

»So bist du nicht. Das weiß ich.«

»Ach? Woher?«

Caro ging nicht auf die Frage ein, sondern sagte stattdessen sanft: »Erzähl mir, was passiert ist.« Sie hob ihren rechten Arm. »Was hat er dir getan, dass du ihn so hasst? Was hat er getan?«

»Ich hasse ihn doch nicht«, entgegnete Nora mit einem unsicheren Lachen. »Ich liebe ihn.«

Caro schloss die Augen und ihre Arme um Noras Körpermitte. Es war eine seltsame Umarmung.

Nora begann zu schluchzen, und im nächsten Augenblick wurden sie gemeinsam von zwei Seiten zu Boden gerissen.

»Nora Mertens, ich verhafte Sie wegen des dringenden Tatverdachts, Maik Reuter getötet haben, ferner wegen schwerer Körperverletzung in zwei Fällen sowie Freiheitsberaubung«, hörte Caro Kommissarin Schneider rufen.

Sie konnte sich nicht rühren. Ihr ganzer Körper hatte sich um Nora Mertens gekrampft, und Caro war sich sicher, ihre Arme nie wieder öffnen zu können. Oder ihre Augen. Sie blieb einfach liegen und umklammerte Nora, so fest sie konnte. Es war das Einzige, wozu sie in der Lage schien.

»Na komm«, sagte da eine vertraute Stimme sanft. Eine warme Hand legte sich auf ihren rechten Oberarm. »Komm. Lass sie los. Es ist vorbei.«

Manne.

Caro ließ sich von ihm wegziehen, doch die Augen öffnete sie immer noch nicht.

»Es ist vorbei«, sagte Manne noch einmal, und Caro brach in Tränen aus.

KAPITEL 29

Das SEK hatte die gesamte Straße abgesperrt. Caro, Manne und Bauunternehmer Weber saßen auf der Ladefläche des Lkw auf einer Plane und beobachteten das Treiben. Der Regen hatte aufgehört.

Thorsten Wiese war gerade von einem Krankenwagen mit Blaulicht abtransportiert worden, und Manne musste zugeben, dass es jetzt vielleicht doch ganz gut war, dass es in Buch so viele Krankenhäuser gab. So würde der junge Mann schnell behandelt werden. Auch wenn Manne bezweifelte, dass er sein Bein behalten konnte, so bestand doch wenigstens Hoffnung, dass er überlebte.

Lohmeyer wurde in einem zweiten Rettungswagen versorgt; durch die geöffnete Tür konnte Manne sehen, wie ihm die Sanitäter einen Druckverband anlegten. Eine Frau vom SEK saß neben ihm und nickte in regelmäßigen Abständen ernst. Kommissarin Schneider sprach mit ein paar Kollegen, und Carsten hockte auf dem Gehsteig vor dem schwarzen LKA-Bus, auf dessen Rücksitz Nora in Handschellen saß. Manne sah, dass sie immer wieder den Kopf schüttelte. Irgendwann zog Carsten genervt die Tür zu und gesellte sich zu Lohmeyer.

»Was du da oben gemacht hast, war vollkommen wahnsinnig«, sagte Manne zu Caro und legte ihr einen Arm um die Schulter. »Ich hoffe, du weißt das. Mutig, weise und genau das Richtige. Aber auch vollkommen wahnsinnig.«

»Erzähl Eike nichts davon«, bat sie mit einem zittrigen Lachen. »Der lässt mich nie wieder vor die Tür.«

»Ich wusste nicht, dass du dafür eine Erlaubnis brauchst.« Manne kniff die Augen zusammen. »Lohmeyer wird dir bestimmt noch einen Einlauf verpassen, sobald er wieder richtig beisammen ist. Und mir.«

»Was mir genauso egal sein wird wie dir«, gab Caro zurück. Manne musste lachen.

»Komplett egal. Am Ende ist es schließlich gut ausgegangen. Wer weiß, wie es ohne uns gelaufen wäre.«

»Ohne uns hätte Nora sicherlich eine Kugel in ihrem dicken Schädel«, schaltete Weber sich das erste Mal überhaupt in das Gespräch ein. »Ich bin froh, dass ich mitgekommen bin. Auch wenn ich wünschte, das alles nicht erlebt zu haben. Verstehen Sie, was ich meine?«

»Zu hundertfünfzig Prozent«, sagte Manne, und Caro nickte.

»Sie haben einen großen Unterschied gemacht«, fügte er noch hinzu, weil es stimmte. Manne war gerade in der Lage, so was auszusprechen. Nach Extremsituationen gab es bei ihm immer ein Zeitfenster, in dem er so emotionsgeladen war, dass er Dinge sagte, die er sonst nur dachte.

»Was passiert jetzt?«, fragte Weber, und Manne zuckte die Schultern.

»Nora wird so schnell wie möglich befragt. Da sie nicht verletzt ist, wird es direkt losgehen, wenn sie auf der Direktion sind. Wir müssen noch unsere Aussagen machen, und dann hören wir lange nichts, und dann sehen wir uns wahrscheinlich im Gerichtssaal zu Noras Prozess wieder.«

»Sie hat keine guten Aussichten«, sagte Weber. Es klang nicht wie eine Frage.

»Nicht die besten«, gab Manne zu. »Aber sie ist noch jung.«

Weber schüttelte den Kopf. »Ich hätte den Typen niemals einstellen sollen.«

»Geben Sie sich bloß nicht die Schuld«, sagte Caro. »Wir wissen noch gar nicht, was genau gelaufen ist. Aber ganz sicher ist: Sie haben nichts damit zu tun.«

Weber schnaubte unglücklich, doch widersprach nicht.

Carsten kam zu ihnen herüber. Auf seinem Gesicht lag ein merkwürdiger Ausdruck. »Nora Mertens weigert sich, mit uns zu sprechen«, sagte er ohne Umschweife, noch bevor er ganz bei ihnen angekommen war.

»Sie hat auch nicht mit mir geredet«, sagte Weber. »Und ich kenne sie seit über zehn Jahren. Machen Sie sich nichts draus.«

Carsten blieb stehen und sah Caro an, als wäre sie ihm vorher nicht aufgefallen. »Sie will nur mit dir reden.«

Manne merkte, wie Caro zusammenzuckte.

»Mit mir?«, fragte sie überrascht.

Carsten nickte. »Ausschließlich. Sie sagt, wenn sie nicht mit dir reden darf, dann spricht sie mit niemandem. Nicht mit ihrer Anwältin, nicht vor Gericht.«

Manne begann zu kichern. »Ist Lohmeyer der Kopf geplatzt?«

Über Carstens Gesicht huschte ein Lächeln. »Noch nicht. Aber die Gefahr besteht, würde ich sagen.«

»Und … soll ich jetzt mit ihr reden?«

»Nicht jetzt.« Carsten schüttelte den Kopf. »Aber wenn du mitkommen könntest, dann würde es sicher helfen.«

»Dann kommt Manne auch mit«, sagte Caro entschieden.

Carsten ließ die Schultern hängen. »Wieso habe ich genau das befürchtet?«, fragte er kopfschüttelnd. »Dann mal los.«

Sie verabschiedeten sich von Weber und versprachen, am nächsten Tag bei ihm vorbeizukommen.

Manne klopfte dem Bauunternehmer auf die Schulter, bevor dieser ins Führerhaus des Lkw stieg. »Danke noch mal«, sagte er, doch Weber nickte nur und schaute ihn nicht mehr an. Der Mann war fertig mit der Welt. Manne konnte das so gut verstehen.

KAPITEL 30

Sie warteten lange. Auf irgendeinem Flur der Polizeidirektion Pankow, in der Manne sein gesamtes Arbeitsleben verbracht hatte. Hier war es wie in jeder anderen Behörde der Stadt. Lange Flure, ausgediente Möbel und der Geruch nach staubigen Klamotten ließen Caro an ihr Bürgeramt denken. Viel los war nicht unbedingt, die Beamten, die an ihnen vorbeiliefen, wirkten recht entspannt auf sie. Irgendwie hatte sie sich die Stimmung auf einem Polizeirevier ein bisschen anders vorgestellt. Geschäftiger. Aber es war ihr ganz recht so.

Caro war nicht nach Reden zumute. Was ungünstig war, denn sie war hier, um genau das zu tun. Doch sie hatte das Gefühl, ihr Kopf war zu voll, um irgendetwas sagen zu können. Manne grüßte mal hier und da ehemalige Kollegen, war aber sonst auch sehr still und schien ähnlich müde zu sein wie sie.

Sie hatte einen Adrenalin-Kater, diese bleierne Müdigkeit, die einen überfällt, wenn eine heftige Situation vorbei ist und das viele Adrenalin vom Körper abgebaut wird. Eigentlich wollte Caro einfach nur ins Bett. Aber das ging natürlich nicht.

Das Gewitter hatte sich längst verzogen, draußen genoss Pankow einen wunderbaren Sommerabend. Caro wurde ein bisschen wehmütig bei dem Gedanken an ihren Garten. Nach dem Regen roch die ganze Anlage sicher herrlich.

»Was meinst du, wie lange dauert das?«, fragte sie schließlich, als sie die Stille nicht mehr aushielt.

»Es kommt darauf an, wie schnell Nora erzählen wird. Und natürlich, wie viel sie zu erzählen hat.« Manne schielte auf Caros Handtasche. »Hast du da noch was zu essen drin?«

Richtig. Essen! Während des gesamten Tages hatten sie beide

noch nicht wirklich Zeit gehabt, etwas zu essen. Und sie waren früh in den Wedding aufgebrochen. War das wirklich erst heute Morgen gewesen? Caro hatte das Gefühl, dass zwischen dem Moment, in dem Eckhard die Tür zu Thorstens Wohnung aufgebrochen hatte, und diesem hier ein ganzes Menschenleben lag. Aber hatte sie nicht vorgesorgt und für einen langen Tag gepackt? Natürlich!

Sie ließ ihre rechte Hand in die Tasche gleiten und zog eine Rolle Doppelkekse hervor. »Einmal Sodbrennen to go«, sagte sie und hielt Manne die Rolle hin.

Der riss sie erwartungsfroh auf. »Ist mir auch schon egal. Wenn ich keinen Zucker bekomme, schlafe ich ein.«

Caro nahm sich zwei Kekse und schob sie sich nacheinander in den Mund. Eigentlich hatte sie keine Lust auf was Süßes. Ihr ganzes Sein schrie nach einer Pizza mit extra Knoblauch oder noch besser einer Spinatlasagne, die in Béchamel ertrank. Aber die Kekse machten wach und vertrieben ein paar der düsteren Wolken aus ihrem Kopf.

Caro wusste selbst nicht, warum sie so schwermütig war. Sie hatten es schließlich geschafft! Manne und sie hatten den Fall gelöst und Thorsten Wiese so vielleicht sogar das Leben gerettet. Das war gut! Es war sogar mehr als das. Caro konnte nur hoffen, dass es sich auch so anfühlen würde, wenn die Erschöpfung und die Taubheit erst mal abnahmen.

Der Zucker brachte zumindest die Lebensgeister zurück, und so langsam kam ihr Hirn auch wieder in Gang. Sie angelte sich einen dritten Keks. »Gott, ich hätte nicht gedacht, dass man sich in diesem Job so grausam ernährt.«

»Musst du ja nicht. Du kannst genauso gut eine Portion Quinoa-Salat in deiner Handtasche versenken. Eine ganze Schüssel sogar, wenn du möchtest.«

Caro stieß ihn mit der Schulter an. »Den Salat verzeihst du mir nicht, oder?«

»Niemals«, gab Manne zurück und lächelte. »Und das Gurkeneis auch nicht.«

»Dir ist schon bewusst, dass du ein erwachsener Mensch bist, der seine Entscheidungen eigenständig treffen kann, oder? Es steht dir grundsätzlich frei, etwas abzulehnen.«

»So einfach ist das aber auch nicht«, gab Manne zurück, und Caro grinste.

»Komm schon, sprich mir einfach nach: Das ist sehr nett, aber nein danke.«

»Du bist echt 'ne doofe Nuss«, sagte Manne, doch er lachte. Caro lachte ebenfalls. Manne zu ärgern half extrem zuverlässig gegen schlechte Laune aller Art.

Irgendwann kam Carsten den Flur entlanggelaufen. Er lächelte müde und hatte in der rechten Hand etwas, das verdächtig wie ein eingeschweißtes Croissant aussah. Dem ging es also auch nicht besser.

»Ich hab den Staatsanwalt ans Telefon bekommen. Er billigt deinen Einsatz, Caro. Bedingung ist, dass das Verhör auf Video aufgezeichnet wird und ich vorher Nora über ihre Rechte aufkläre. Ferner werde ich eingreifen, wenn irgendwas aus dem Ruder läuft. Einverstanden?«

Caro nickte. »Sehr. Mir ist lieber, dass du mir über die Schulter schaust, quasi.«

»Hast du was von Wiese gehört?«, fragte Manne.

Carsten verzog das Gesicht. »Er hat eine schwere Blutvergiftung, die schon ziemlich weit fortgeschritten ist. Er liegt jetzt in der Charité und bekommt ein Breitbandantibiotikum, das Bein werden sie ihm abnehmen müssen. Ob es packt, wird sich zeigen.«

Manne nickte ernst, und Caro drehte sich der Magen um. Das Gefühl, es geschafft und Wiese gerettet zu haben, war in dem Moment, in dem die Sanitäter ihn übernommen hatten, übermenschlich groß gewesen. Die Möglichkeit, dass er trotzdem nicht überleben würde, fühlte sich an wie ein Betrug an ihrer Leistung. Als wäre alles vergebens gewesen. Das stimmte zwar natürlich nicht; ein Mensch war es immer wert, gerettet zu werden. Man musste es wenigstens versuchen. Trotzdem.

»Dank euch hat er eine Chance«, sagte Carsten. »Wäre er noch länger in Noras Wohnung geblieben, dann wäre er mit Sicherheit gestorben.«

Caro nickte.

»Kommt, wir gehen«, sagte Carsten.

Manne hob überrascht die Brauen. »Ich darf mit?«

Carsten deutete amüsiert auf Caro. »Sie wird dir hinterher doch sowieso alles erzählen.«

»Haarklein«, bestätigte Caro, und Manne grinste.

»Nach allem, was ihr getan habt, lass ich keinen von euch beiden auf dem Flur sitzen.«

»Der Mann verdient eine Beförderung«, sagte Manne und erhob sich. Auch Caro stand auf.

»Sie haben Nora schon rübergebracht. Manche Kollegen sind zwar der Meinung, dass es gut ist, wenn die Verdächtigen vor einer Vernehmung lange allein sind. Aber wer das glaubt, der denkt auch, eine lange Haftstrafe wäre eine funktionierende Methode, Leute abzuschrecken.«

Manne und Caro folgten Carsten durch die langweiligen Flure bis in ein Büro mit einer großen Glasscheibe an einer Wand. Die Scheibe selbst sah aus wie im Kino, das Büro allerdings nicht. Es war kein abgedunkelter Raum mit einer Stuhlreihe wie im Theater, sondern beherbergte einen Tisch mit Laptop, eine Kaffeemaschine, ein direkt vom Zimmer aus zugängliches kleines Bad und einen Kühlschrank.

»Setz dich, Manne«, sagte Carsten und deutete auf einen blau gepolsterten Stuhl, der die besten Jahre schon in den Neunzigern hinter sich gehabt hatte. Manne nahm Platz und bedankte sich.

»Brauchst du was?«

»Ein Kaffee wäre gut.«

»Kommt. Caro?«

»Für mich auch. Und darf ich Kekse mit reinnehmen? Für Nora und mich?«

Carsten schaute kurz zur Keksrolle in Caros Hand, dann nickte er. »Ich muss die aber auf einen Teller tun.«

Er rumorte in einem Schrank neben dem Kühlschrank herum und kam mit einem festen Plastikteller zurück. »Porzellan kann zerbrechen und zur Waffe werden«, erklärte er so gleichmütig, als würde er übers Wetter sprechen.

Caro fröstelte. Sie hatte bis zu diesem Moment recht wenig darüber nachgedacht, dass Nora eine Mörderin war. Doch nichts anderes war sie. Sie hatte jemanden getötet; vielleicht sogar zwei Menschen.

Carsten stellte den Teller und zwei gefüllte Kaffeetassen auf das Tablett. Eine dritte drückte er Manne in die Hand. Dann sah er Caro forschend an.

»Kann's losgehen?«

Sie nickte nur. Damit es aufhören konnte, musste es schließlich irgendwann losgehen.

Carsten machte das Licht im Zimmer aus. Jetzt war es doch ziemlich genau so, wie Caro es aus dem Fernsehen kannte. Im nächsten Moment hörte sie, wie Carsten jemanden auf dem Flur bat, Nora zu holen. Das Licht im Nachbarzimmer ging an. Es war gleißend hell. Carsten drückte ein paar Knöpfe, die neben der Scheibe angebracht waren, und nebenan ging die Tür auf.

Caro beobachtete gebannt, wie Carsten Nora ihre Rechte vorlas und sie über die Videoaufzeichnung aufklärte. Wie er ihr sagte, dass sie ohne Anwalt gar nichts aussagen müsse. Nora nickte nur immer wieder und starrte dabei auf ihre Hände.

»Ist sie da?«, fragte sie schließlich, und Carsten nickte.

»Gut. Ich rede nur mit ihr.«

Carsten sah in Richtung der Scheibe, und Caro nahm das Tablett in beide Hände. So richtig zu Ende gedacht hatte das allerdings niemand. Sie musste die Türen mit ihrem Ellbogen öffnen und sich unelegant hindurchwurschteln. Manne kam ihr nicht zu Hilfe.

Wenigstens Carsten hielt ihr die Tür auf, als er bemerkte, dass sie Mühe hatte, das Tablett nicht fallen zu lassen, aber da war sie eigentlich auch schon im Raum. Er verließ das Vernehmungszimmer ohne ein weiteres Wort und schloss hinter ihr die Tür ab.

Eine Weile stand Caro unschlüssig im Raum herum, doch dann hob Nora ihren Kopf.

»Kaffee?«

Caro nickte und ging zum Tisch. »Und Kekse. Kekse machen alles besser.«

»Na ja. Danke.« Nora versuchte ein Lächeln, aber es gelang ihr kaum. Doch sie nahm den Kaffee und auch einen Keks, was Caro als gutes Zeichen wertete. Und sie warf ihr immer wieder kleine, prüfende Blicke zu.

Caro ließ ihr Zeit. Aß ihren Keks sehr langsam, dippte ihn immer wieder in die Tasse, schaute sich um. Ein bisschen so, wie sie es nach einem Wutanfall von Greta immer machte. Mit Zucker versorgen, da sein, abwarten. Zumindest ihre Tochter fing irgendwann immer von selbst an zu sprechen. Hier ging es zwar nicht um eine zerbrochene Lieblingstasse, sondern um ein zerbrochenes Leben, aber Caro hatte sonst keine Strategie an der Hand, auf die sie zurückgreifen konnte.

Nora nahm einen Schluck Kaffee. »Wie geht es Thorsten?«, fragte sie, und Caro wusste nicht, was sie darauf antworten konnte. Sollte sie hier nicht die Fragen stellen?

Sie entschied sich für die Wahrheit.

»Schlecht. Er hat eine ziemlich heftige Blutvergiftung, bekommt Antibiotika und wird sein Bein verlieren. Aber er ist am Leben.«

Nora nickte. Tränen liefen über ihre Wangen und tropften auf die billige, abgenutzte Tischplatte. Wie viele Menschen hatten hier wohl schon draufgeweint?

»Ich will nicht, dass er stirbt«, flüsterte sie.

Caro sagte nichts. Was konnte sie auch sagen? Das hättest du dir vorher überlegen müssen?

»Er ist in der Charité«, erklärte sie schließlich. »Ein besseres Krankenhaus gibt es nicht.«

Und dann, nach einer Weile, fragte sie: »Warum ich? Warum wolltest du unbedingt mit mir sprechen?«

»Du warst sehr lieb zu mir, als ich von Thorsten und mir erzählt habe. Sehr … feinfühlig. Ich habe das Gefühl, wenn ich jemandem erzählen kann, was passiert ist, dann dir.«

»Dann erzähl es mir«, sagte Caro. »Ich bin hier und höre zu.«

»Ich habe Angst, dass du mich verurteilst. Dass du … Ich weiß auch nicht. Ich will nicht, dass du schlecht über mich denkst.«

»Ich kann dir natürlich nichts versprechen«, antwortete Caro aufrichtig. »Außer mit meinem Urteil zu warten, bis du deine Geschichte zu Ende erzählt hast.«

Nora nickte. Sie atmete einmal tief durch und lachte schließlich. »Mein Papa hat immer gesagt, es sei lebensgefährlich, sich zu verlieben. Wie recht er damit hatte, hätte ich nie gedacht.«

Und dann hörte Caro nur noch zu.

Vier Stunden lang.

 KAPITEL 31

Sie hatten Caros Auto genommen und waren nach Karow gefahren, wo Weber ganz in der Nähe seines Betriebes wohnte. Manne und Caro fanden den Bauunternehmer hinter seinem Haus auf der Terrasse sitzend, ein Buch auf den Knien, das er keines Blickes würdigte. Er starrte einfach nur in seinen Garten.

Nach Noras Aussage mussten viele Leute informiert werden. Nicole und Wolfgang Reuter, Schmittchen, Noras Angehörige. Wiese. Das meiste davon würde Carsten mit seinem Team übernehmen. Doch Weber hatten sie versprochen, persönlich vorbeizukommen. Und dieses Versprechen hielten sie nun auch.

Sie hatten beide nicht viel mehr als vier Stunden geschlafen, was nach dem Marathon des vergangenen Tages weniger Erholung und mehr ein schlechter Witz gewesen war. Weber sah nicht viel besser aus, als Manne sich fühlte.

Sie nickten einander zu wie Menschen, die gemeinsam Schlimmes durchlebt hatten. Manche Dinge musste man nicht erklären.

»Einen schönen Garten haben Sie hier«, sagte Caro.

»Danke. Ist mein Hobby.«

»Die Hortensien sind wirklich prächtig«, bemerkte Manne anerkennend und ließ sich ganz selbstverständlich neben Weber auf den zweiten Liegestuhl sinken. Caro faltete sich zu ihm aufs Fußende.

»Wie geht's dem Jungen?«, fragte Weber, und Manne wunderte sich über die Wortwahl. Bisher hatte der Bauunternehmer kein gutes Wort für Wiese übriggehabt.

»Er schwebt noch in Lebensgefahr, liegt auf der Intensivstation. Aber die Ärzte sind vorsichtig optimistisch.«

»Wenn er überlebt, kommt er von der Charité direkt in Untersuchungshaft«, sagte Caro.

Weber zog die Brauen hoch. »Hatte er was mit dem Mord zu tun?«

»Nein«, Caro schüttelte den Kopf. »Nein, das war Nora ganz allein, fürchte ich.«

»Wie geht's ihr?«

Caro zuckte die Schultern. »Wie soll es ihr schon gehen? Sie hat ihr Leben zerstört, und niemand weiß, ob sich aus den Scherben noch irgendwas Sinnvolles machen lässt.«

»Aber sie ist zäh und nicht blöd«, bemerkte Manne. »Sie wird sich schon zurechtfinden.«

»Was hat sie Ihnen erzählt? Ich will alles wissen.«

Caro verzog das Gesicht und seufzte. »Im Prinzip ist es eine tragische Liebesgeschichte, aber das hatten wir ja schon vermutet. Allerdings war es mehr. Thorsten Wiese und Maik Reuter haben Nora benutzt, um reihenweise Frauen abzuzocken.«

Nun schaute Weber doch sehr überrascht drein. »Wie das?«, wollte er wissen.

»Sie hatten sich doch darüber gewundert, dass Maik Reuter und Thorsten Wiese offenbar so viel einnahmen, aber in der Baubranche nirgends mehr auftauchten.«

Weber nickte.

»Das hatte einen einfachen Grund: Sie haben ihr Geld überhaupt nicht mit dem Hochziehen und Anstreichen von Mauern verdient, sondern mit handfestem Betrug«, sagte Manne.

»Es ist ein bisschen schwer zu erklären«, sagte Caro. »Ich habe nur vier Stunden geschlafen; genauso lang, wie das Gespräch mit Nora gestern gedauert hat. Aber ich versuche es mal. Wichtig zu wissen ist: Thorsten und Nora haben sich schnell ineinander verliebt, nachdem sie sich in Ihrem Betrieb kennengelernt haben.«

»Aber dann hat er sie unter Drogen gesetzt und ausgenommen. Das weiß ich schon. Sie hat es mir erzählt, nachdem Sie beide bei uns vom Hof gefahren sind.«

Caro schüttelte den Kopf. »Hat er nicht. Das hat Nora sich nur ausgedacht, um den Mordverdacht auf ihn zu lenken. Als wir das erste Mal bei Ihnen waren und mit ihr gesprochen haben, da lag Wiese längst schwer verletzt im ehemaligen Schlafzimmer ihrer Eltern. Sie dachte, wenn man glaubt, dass Wiese Reuter getötet hat, ihn aber nicht ausfindig machen kann, dann wäre sie aus dem Schneider.«

Webers Lippen verzogen sich zu schmalen Strichen.

»Hätte ja auch fast funktioniert«, warf Manne ein. »Sowohl für uns als auch für das LKA stand Wiese auf der Liste der Verdächtigen ganz weit oben.«

»Nora hat Wiese jedenfalls sehr geliebt. Wie es umgekehrt war, lässt sich schlecht einschätzen. Denn Wiese hat Nora hauptsächlich benutzt. Er hat ihr von einem Grundstück erzählt, das er geerbt habe und auf dem ein Onkel schon angefangen habe, vor seinem Tod zu bauen. Dass er das Haus gerne fertig bauen und mit Nora dann zusammen dort leben wolle.«

»Nora war Feuer und Flamme«, erklärte Manne. »Hat Materialien über Ihren Firmenrabatt bestellt und ihre Wochenenden geopfert, um den Innenausbau zu machen. Sie hat fast die ganze Arbeit allein erledigt, rund drei Jahre lang in jeder freien Minute. Manchmal hat sie Kollegen um Hilfe gebeten, aber nicht oft. Wiese war ja im Betrieb nicht gut gelitten.«

»Was sie bis vor ein paar Tagen nicht wusste: Das Haus gehörte gar nicht Thorsten, sondern Maik Reuter. Die beiden haben sich nämlich einen ganz besonders perfiden Coup ausgedacht. Und den haben sie in den letzten drei Jahren über dreißig Mal durchgezogen. Nora selbst hat ihnen hierzu die Idee geliefert, möchte ich wetten.« Caro rieb sich seufzend die Stirn.

»Das Ganze lief folgendermaßen ab: Thorsten Wiese lud ein falsches Profil mit seinen Fotos auf einer Dating-Plattform hoch, traf Frauen, war charmant. Er ist ein Frauentyp, die Damen verliebten sich schnell. Doch Thorsten hatte es nur auf die abgesehen, die etwas auf der hohen Kante liegen haben, dabei aber ganz dringend auf der Suche nach dem Mann fürs Leben sind, den sie heiraten und mit dem sie eine Familie gründen können. Nicht vermögend, aber solche mit gewissen Ersparnissen. Ihnen tischte er auch die Geschichte mit dem geerbten Grundstück und dem Haus auf, das er für sich und seine Zukünftige bauen möchte«, erklärte Manne und schüttelte den Kopf.

»Wiese ist mit den Frauen zur Baustelle gefahren, hat ihnen erklärt, dass er noch einen Kredit aufnehmen muss, um das Ganze fertigzustellen. Dass er aber keinen Kredit bekommt so ohne Weiteres, weil er vorbestraft ist«, sagte Caro. »Immerhin hier hat er nicht gelogen.«

»Es lief immer gleich ab«, nahm Manne den Faden auf. »Nach mehreren gescheiterten Versuchen Wieses, an Geld zu kommen, trafen er und seine jeweils Auserwählte einen Freund Wieses im Restaurant. Mirko Retter ist angeblich Immobilienprofi und kennt sich bestens aus im Business und verspricht natürlich, zu helfen.«

»Mirko Retter war natürlich Maik Reuter. Er hat sich fein rausgeputzt und groß dahergeredet«, fügte Caro hinzu.

»Das konnte er gut«, brummte Weber, und Caro nickte.

»Offensichtlich. Die Gruppe ist chic essen gegangen, und im Laufe des Abends kam immer das Gespräch auf einen ganz bestimmten Bauunternehmer, den er persönlich kenne und der kurz vor der Insolvenz stehe. Reuter hat jedes Mal glaubhaft versichert: Für fünfzigtausend macht der Bauunternehmer das Haus fertig. Man müsse aber schnell sein, bevor der wirklich pleiteginge. Er hat wohl immer eine rührselige Geschichte von unverschuldeter Insolvenz, kranken Verwandten oder sonst was aufgetischt. Grauenhaft. Aber der Mensch glaubt ja, was er glauben möchte.«

»Die meisten Frauen haben Wiese das Geld überwiesen, damit er die Fertigstellung des Hauses in Auftrag gibt«, sagte Manne.

»Und davon haben die beiden ganz gut gelebt. Maik musste zudem keinen Finger krumm machen, während Nora seiner Familie ein Haus gebaut hat.«

Weber schüttelte den Kopf. »So was muss man sich erst mal ausdenken«, murmelte er. »Das ist doch Wahnsinn.«

»Wiese hat die Beziehungen immer noch ein paar Monate aufrechterhalten und ist dann aus dem Leben der Frauen verschwunden«, fuhr Caro fort. »Profil unter falschem Namen, Hotelzimmer am anderen Ende der Stadt. Und da er die Frauen immer mit verbundenen Augen zur Baustelle gefahren hat, weil es ›ja sonst keine Überraschung ist‹, wussten die meisten nicht mal, wo das unfertige Haus überhaupt stand. Die Frauen haben sich dann immer an Reuter alias Retter gewandt. Der machte einen auf verständnisvoll. Lud die Frauen zu sich in die Wohnung ein. Es gab etwas zu trinken, ein paar Knabbereien. Nach ein paar Stunden lagen sie nackt und vollgekotzt in Reuters Bett und hatten ein Formular unterschrieben, das besagt, dass sie ihm Betrag X als unbefristetes Darlehen zur Verfügung stellen.«

»Also war Noras Geschichte nicht komplett ausgedacht«, sagte Weber.

»Nicht komplett, nein«, bestätigte Caro. »Einen wahren Kern hatte die Sache. Reuter hat die Frauen tatsächlich unter Drogen gesetzt und ausgenommen. Viele dachten auch, sie hätten Sex mit ihm gehabt. Ob es so war, können wir nicht mehr rekonstruieren.«

»Und woher wusste Nora das jetzt alles?«

»Sie hat es auf die harte Tour erfahren. Denn aus dem versprochenen Umzug ins Eigenheim wurde nichts. Wiese hat ihr erklärt, dass seine Familie das Grundstück zurückfordere, sie aber dagegen klagen würden. Sein Freund und Anwalt, Mirko Retter, würde sich darum kümmern.«

»Zu der Zeit lief die Beziehung zwischen Wiese und Nora sowieso nicht mehr rund. Sie haben sich kaum noch gesehen, Wiese hatte mehrfach mit Trennung gedroht. Außerdem hat er Nora schon länger nicht mehr in seiner Wohnung empfangen. Nora vermutete eine andere Frau und ist zum mittlerweile fertigen Haus gefahren. Das war letzten Freitag. Dort hat sie auch eine andere Frau angetroffen, aber diese hat ihr rundheraus erklärt, dass in dem Haus kein Thorsten Wiese wohne. Dass er nur der Arbeitskollege ihres Mannes Maik sei. Und dass sie den Namen Mirko Retter noch nie gehört habe. Als Nora dann noch den kleinen Sohn der Frau gesehen hat, der seinem Vater wie aus dem Gesicht geschnitten ist, hat sie endgültig kapiert, dass tatsächlich Maik Reuter in dem Haus wohnt, das sie für sich und Wiese gebaut hat.«

»Und was sie dann tat, ist wirklich erstaunlich«, schaltete Manne sich wieder ein. »Sie beschloss, Maik vor seinem Haus aufzulauern. Er ist am Freitag noch mal kurz nach Hause gekommen, um sich zu duschen und umzuziehen. Nora folgte ihm in ihrem Auto bis in die Anlage, wo sie ihn stundenlang beschattet hat. Während der Sitzung des Vorstands hat sie ihre Schrotflinte geholt, die noch von einem Jagdausflug im Kofferraum lag, und ist ihm schließlich in einigem Abstand in seine Laube gefolgt.«

Caro nickte. »Es war sein Pech, dass er noch mal zurück ist, anstatt mit dem Vorstand direkt zur Kneipe zu gehen, um das Fußballspiel anzuschauen. Kaum war Maik in seiner Laube, folgte ihm auch schon Nora und stellte ihn zur Rede. Mit vorgehaltener Waffe. Sie hielt Maik für den Drahtzieher. Da kannte sie das ganze Ausmaß ja noch nicht, sondern wusste nur, dass Thorsten und Maik einen Coup zu ihren Lasten durchgezogen hatten. Als Maik ihr dann eröffnete, nicht ohne Häme, wie sie erzählt, dass Thorsten mit etlichen anderen Frauen in der ganzen Stadt geschlafen habe, während sie dachte, er würde arbeiten, hat ihr das den Rest gegeben. Sie hat abgedrückt. Und als sie gemerkt hat, dass sie Maik zwar schwer verletzt, aber nicht getötet hat, ist sie panisch geworden. Sie hat ihm noch ein Kabel um den Hals gelegt und zugezogen.«

Weber schloss die Augen. »Man kann sich kaum vorstellen, dass der Mensch, den man jeden Tag gesehen hat, den man zu kennen glaubte, einem anderen so was antut.«

»Ich will sie nicht verteidigen«, sagte Caro. »Was sie getan hat, ist unverzeihlich. Aber sie ist früh zur Waise geworden und hat lange gebraucht, um überhaupt wieder jemanden in ihr Leben zu lassen. Außerdem hat sie auf ein eigenes Haus gespart, schon lange. Das haben Sie uns selbst erzählt.«

Weber nickte.

»Sie hat das alles ausgegeben. Für Fliesen, Baumaterial, hochwertigen Kalkputz, Stuckverzierungen. Für ein Haus, in dem sie niemals leben wird. Weil das, was sie für Liebe hielt, nur Hohn war.«

»Wie konnte sie nur so dumm sein?«, fragte Weber und wirkte regelrecht verzweifelt. »Sie wusste doch, dass er vorbestraft war!«

»Er hat ihr die übliche Geschichte aufgetischt«, erklärte Manne. »Schwere Kindheit, falscher Umgang.«

Weber schnaubte.

»Von der Gartenanlage ist sie dann zu Thorsten Wiese in den Wedding gefahren. Als er ihr öffnete, hat sie ihm ohne große Vorwarnung ins rechte Bein geschossen. Beide Male hat sie übrigens einen Schalldämpfer benutzt.«

»Den hab ich ihr geschenkt. Letztes Jahr zum Geburtstag«, sagte Weber und schüttelte den Kopf. »Wir wollten das Wild nicht aufschrecken.«

»Die Nachbarn wurden so auch nicht aufgeschreckt«, sagte Caro.

»Als sie in Wieses Wohnzimmer kam und die vielen Vitrinen voller teurer Uhren sah, ist sie vollkommen ausgeflippt. Sie hat versucht, eine davon zu zerstören, doch Panzerglas geht nicht so einfach kaputt. Sie hat sich einen Ihrer Transporter geborgt und das Ding zu sich nach Hause gebracht. Zusammen mit ihrem treulosen Thorsten. Aus dem hat sie dann die ganze Wahrheit herausgepresst.«

»Das war's im Grunde«, sagte Manne. »Die Polizei wird in den nächsten Wochen und Monaten zu klären haben, wie viele Frauen den beiden Männern zum Opfer gefallen sind. Das Haus und die Uhren werden mit Sicherheit wieder zu Geld gemacht, um die Frauen zu entschädigen, aber das wird Jahre dauern. Wiese wird auf jeden Fall hinter Gittern landen. Diese Geschichte hat keine Gewinner.«

Sie schwiegen eine Weile.

»Danke, dass Sie gekommen sind«, sagte Weber schließlich und stand auf. Ein Zeichen dafür, dass er genug gehört und auch genug gesagt hatte.

Manne und Caro taten es ihm gleich. Sie verabschiedeten sich, und Manne war froh, dieses Gespräch hinter sich zu haben.

Auf dem Weg zum Auto hakte sich Caro bei ihm unter.

»Wie findet man eigentlich heraus, was von einem Tatort in die Asservatenkammer gewandert ist und was nicht?«, fragte sie Manne, und der runzelte die Stirn.

»Da muss man nachfragen. Warum?«

»Es gibt da einen Gedanken, der mich nicht mehr loslässt«, erklärte Caro. »Ich möchte gern noch eine Sache klären.«

Manne verstand gar nichts mehr. »Aber wir sind doch fertig. Mörderin gefasst, Fall gelöst.« Er blieb stehen. »Oder glaubst du, wir haben die Falsche?«

Caro schüttelte den Kopf, und Manne war ein bisschen beruhigt. Das war ja immerhin schon was.

»Nein, ich glaube ganz sicher, dass Nora Maik Reuter erschossen hat. Aber ich glaube noch etwas anderes. Ich glaube, dass dieser Fall noch einen Epilog verdient hat.«

»Einen Epilog?«

Caro knuffte ihn. »Keine Sorge. Ich erklär es dir im Auto.«

KAPITEL 32

Ihr Herz klopfte bis zum Hals, und die Finger verkrallten sich im Stoff. Komisch, nachdem sie so viel durchgestanden hatte, sollte man doch meinen, dass dieser Termin einem Spaziergang gleichkäme. Aber genau das Gegenteil war der Fall. Sie starb beinahe vor Aufregung.

Manne hatte sein »Willst du das wirklich machen?«-Gesicht aufgesetzt und sah aus wie ein wandelndes Fragezeichen. Sein Zeigefinger schwebte über dem Klingelknopf.

Caro nickte.

Sie warteten einen Moment, doch schon bald hörten sie das charakteristische Klappern von Gartenschuhen auf dem Plattenweg.

»Ach, das ist ja eine Überraschung!«, rief die Gräfin, als sie sie erblickte. »Wie schön, dass Sie vorbeikommen.«

Ihr Blick fiel auf Caros Hände, und sie gefror mitten in der Bewegung.

»Wir bleiben nicht lange«, sagte Caro. »Wir wollten Ihnen nur Ihre Decke zurückbringen.«

Das Gesicht der alten Frau wurde von einer Sekunde auf die andere abweisend. »Ich habe keine Ahnung, wovon Sie sprechen.«

Caro klappte die Ecke der rosa Tagesdecke um und zeigte auf das Monogramm. »Gesine Graf. Das sind Sie doch. Oder?«

Die Schultern der Frau sackten ab. Sie kam die letzten Schritte auf das Gartentor zu, und nun war auch deutlich zu sehen, wie müde und abgekämpft sie war. Sie streckte die Hände nach der Decke aus, und Caro reichte sie ihr über das Gartentor.

Gesine Graf machte keine Anstalten, sie einzulassen.

»Wie haben Sie es herausgefunden?«, fragte sie.

Caro zuckte die Schultern. »An der Decke hafteten Pflanzenreste. Und bei der Vernehmung wurden Noras gesamte persönliche Daten vorgelesen. Auch die ihrer Eltern. Ihre Mutter hieß Graf mit Mädchennamen.«

Manne legte den Kopf schief. »Sind Sie ihre Großmutter?«

»Großtante«, sagte Frau Graf. »Ich selbst habe keine Kinder. Noras Mutter war meine Nichte.«

»Nora ist zu Ihnen gekommen, nachdem sie Maik Reuter erschossen hat, oder?«

Die Gräfin nickte. »Sie war völlig aufgelöst und wusste nicht, was sie jetzt tun sollte. Sie hat mir nicht viel erzählt, war fahrig und nervös, wollte nur weg von hier. Ich habe ihr die Schrotflinte abgenommen, sie in die Decke gewickelt und bei mir in der Laube versteckt. Es war pures Glück, dass während des Fußballspiels niemand gesehen hat, wie sie mit dem Ding hier übers Gelände lief. Sie stand völlig neben sich, ließ sich aber nicht dazu bewegen, hier bei mir zu bleiben. Als sie weg war, bin ich zur Hütte und hab sie angezündet. Ich dachte, das sei die einfachste Art, Noras Spuren zu beseitigen.«

»Kein schlechter Gedanke«, sagte Manne. »Sie haben es den Ermittlungsbeamten auf jeden Fall sehr schwer gemacht.«

»Aber dann kam Nora und hat sich die Flinte geholt«, sagte Caro, und das Gesicht der Gräfin verdüsterte sich weiter.

»Sie muss das Ding irgendwann in derselben Nacht wieder an sich genommen haben. Am nächsten Morgen war sie weg. Aus ihrer Kindheit wusste sie noch, wo der Schlüssel liegt.« Die Gräfin sah Manne direkt in die Augen. »Ich habe sie nicht mehr erreicht, und zu Hause hat auch niemand mehr die Tür geöffnet. Ich habe das Schlimmste befürchtet, aber … Ist noch jemand zu Schaden gekommen?«

Manne nickte. »Thorsten Wiese. Der Mann, wegen dem Nora das alles überhaupt getan hat. Aber wie es aussieht, kommt er durch.«

Gesine Graf schloss für einen kurzen Moment die Augen. Dann fragte sie: »Was habe ich zu befürchten?«

Manne legte den Kopf schief. »Einfache Strafvereitelung ist für Angehörige straffrei, hier haben Sie gar nichts zu befürchten. Bezüglich der Brandstiftung kann ich nur sagen: Wir sind Privatpersonen und nicht die Polizei. Für uns besteht keine Verpflichtung zur Anzeige.«

»Wenn Sie Ihr Gewissen erleichtern wollen, sprechen Sie mit Schmittchen oder Wolfgang Reuter. Alles Weitere liegt in den Händen der Ermittlungsbehörden.« Caro lächelte leicht. »Wir mischen uns da nicht ein.«

»Danke. Ich weiß das sehr zu schätzen«, sagte die Gräfin. Dann schüttelte sie traurig den Kopf. »So viel Leid für gar nichts.«

»Das ist bei Tragödien immer so«, sagte Manne

Caro nickte. Es war wirklich alles ziemlich traurig und extrem sinnlos. »Alles nur wegen der Gier und dem Traum von Macht und Geld«, sagte sie.

»Ist es nicht komisch, dass das Opfer meiner Großnichte ausgerechnet eine Parzelle in meiner Gartenanlage hatte? Und noch dazu ein Mensch war, für den ich nur Abscheu empfand?« Gesine Graf strich die alte Tagesdecke glatt. »In dieser Stadt leben fast vier Millionen Menschen. Und dann so was.«

»Das Leben treibt die merkwürdigsten Blüten«, sagte Manne und klopfte aufs Gartentor. Damit verabschiedeten sie sich.

Als sie zum Parkplatz gingen, atmete Caro einmal tief durch. »Ich werde diese Gartenanlage nicht vermissen«, sagte sie, während sie sich noch einmal umsah. »Hier ist alles viel zu penibel und ordentlich. Unsere Harmonie hat so viel mehr Seele.«

»Das stimmt. Und nach allem, was gelaufen ist, glaube ich kaum, dass Schmittchen sich die nächsten Jahre über uns beschweren wird.«

Caro hob die Brauen. Was Manne da sagte, klang wie Musik in

ihren Ohren. »Heißt das, du wirst aufhören, mich wegen dem Unkraut zu nerven?«

Doch ihr Nachbar, Chef, Kollege, Freund, Gartenvorstand und Sargnagel Nummer eins schüttelte den Kopf. »Das kann ich nicht. Du weißt, warum.«

Caro seufzte. »Jetzt ist die Saison ja fast vorbei. Nächstes Jahr geben wir uns mehr Mühe, versprochen.« Sie lächelte ihn an. »Ehrenwort. Aber jetzt will ich erst mal grillen. Wir rufen Eike an, der soll mit Greta kommen. Dann hat sie morgen eben Schnupfen und kann nicht in die Schule. Mir egal. Heute Abend will ich mit einem Bier im Garten sitzen und ins Feuer starren. Und an irgendwas anderes als an Maik Reuter und Thorsten Wiese denken.«

»Das ist doch mal ein Wort«, sagte Manne vergnügt. »Jonas und Mala sind auch noch da. Das wird ein schönes kleines Fest.«

Caro schüttelte den Kopf. »Ein Fest«, wiederholte sie. »Und was feiern wir? Immerhin hat die Gräfin recht. Dieser ganze Fall war sinnlos und traurig.«

»Ja, aber der Fall ist nicht das Leben. Wir feiern, dass ich Opa werde. Dass Jonas und Mala heiraten. Dass wir einen Fall gelöst und ein Leben gerettet haben.«

Manne öffnete die Autotür und musterte Caro mit einem ernsten Blick. Dann sagte er: »Ich weiß, das ist eines der schwersten Dinge, die es zu lernen gibt, wenn man mit Verbrechen arbeitet: die verflixte Gleichzeitigkeit zu ertragen. Aber gerade wenn man etwas besonders Schlimmes miterlebt hat, ist es wichtig, das Leben zu feiern. Die bösen Geister auszuräuchern.«

Caro lächelte. »Ist das der Grund, warum du ständig grillen möchtest? Um die bösen Geister auszuräuchern?«

Manne zwinkerte verschmitzt. »Warum sollte ich es sonst tun? Du kennst mich: Ich bin ein zutiefst selbstloser Mensch.«

Nun musste sie wirklich lachen. Einfach, weil der ganze Druck von ihr abfiel und Manne so lächerlich dreinschaute und weil er recht hatte. Wenn sie diesen Job auf Dauer machen wollte, dann musste sie lernen loszulassen. Und mit jedem Toten, der ihr begegnete, das Leben ein bisschen mehr zu feiern.

Wenn das mal kein guter Vorsatz war.

Unkraut vergeht nicht!

Mona Nicolay

ROSENKOHL UND TOTE BETE

SCHREBERGARTENKRIMI

Vorfreude auf das neue Gartenjahr? Von wegen! Manne Nowak, Ex-Polizist und Vorsitzender der Berliner Kleingartenanlage »Harmonie e.V.« kann es nicht fassen. Die neuen Nachbarn von Parzelle 9, Eike und Caro von Ribbek, haben vom Gärtnern ganz offensichtlich keine Ahnung. Und zu den ersten Grillwürstchen des Jahres wollen sie Manne einen Quinoasalat andrehen! Dann wird in ihrem Gemüsebeet eine Leiche entdeckt. Weil die Polizei den Falschen verdächtigt – nämlich Manne –, macht er sich mit Caro selbst auf die Suche nach dem Mörder, was sie nicht nur einmal quer durch die Schrebergartenanlage, sondern auch durch die deutsch-deutsche Geschichte führt…